久悦记

流潋紫 著

作家出版社

流潋紫

浙江湖州人，中国作协会员。代表作有长篇小说《后宫·甄嬛传》《后宫·如懿传》；编剧作品《甄嬛传》《如懿传》等，被誉为80后作家群的领军人物之一。

久
悦
记

# 目 录

四　行路看浮云

宋
以
朗

序

●

　　说起现代中国作家中的佼佼者，不可不提张
爱玲，因为她的身世生平与文学作品都很独特，实
在属于传奇。1995 年，张爱玲在美国去世，享年
七十五岁，遗嘱指明所有遗产交给挚友宋淇夫妇。
他俩去世后，遗产由儿子宋以朗打理。

　　宋以朗是统计学出身，文学绝对是外行，所以
多年来都是战战兢兢，怕有负长辈的重任，平时以
勤补拙，尽量看有关张爱玲的书籍论文。他曾经说：
"你出版任何有关张爱玲的书我都会找来看！"

　　一问宋以朗："你说你看了几百本有关张爱玲
的书，最多是哪个种类？对你有没有帮助？"他说：
"最多的是传记体。在古今世界文学史上，其他作
家没有一个会有几百本传记吧！早年的传记来自学
者（余斌、刘川鄂、于青等），态度严谨，有根有
据，我受益不少。到了后期，张爱玲传记的市场继

续扩张，不少新出传记不是翻炒旧事，就是编造杜撰，实用回报率激跌。统计学有谓，质量较数量更为重要！今天我拿到一本新的张爱玲传记，我会犯愁：又是华丽苍凉传奇流言从海上来今生今世因为懂得所以慈悲海上花开花落滚滚红尘第一第二最后一炉香倾城小团圆？不要啦嘛！"

再问宋以朗："除了张爱玲传记，市上还有哪些种类？"他说："文学评论也多。我偏爱历史研究（陈子善、高全之等），受教甚多。我不喜欢文学理论，因为好像强逼我学习并接受一门理论（如心理分析学、后结构主义、女性主义等等）。"

三问宋以朗："你其实最想看的是什么？"他站起来，大笑说："终于找到要点啦！一般作家出新书，大力炒作，疯狂热卖，然后热度退下，明年没有新书，就没有人会记得那是谁。但张爱玲是一只独角兽，与众不同。举例：张爱玲早期的短篇小说集《传奇》是1944 在上海出版，一时洛阳纸贵。2005 年，新版的早期短篇小说集《倾城之恋》销售大概五十万本，一路到 2020 年每年都维持这个数目左右，什么金融风暴、新冠肺炎、网络媒体都没有影响。毕竟张爱玲写的那些年代社会人物，已经远远逝去。我想了解这个稳固的读者群：他们是从哪里来的？是什么吸引他们的？为什么不断地有新人涌进？答案不在销售数据里面，也不在什么作者传记或文学理论里面。答案是要从读者群中找。"

他又说："可是只找一个张爱玲读者来问是没有用的。大家有不同的人生经验、学历工作、社交网络、嗜好品位，以至有一千个读者就有一千个因由去读张爱玲。我虽然没有办法找出今年那五十万人一一问他们为什么买了《倾城之恋》，我更喜欢看看读者的反映。"说完他拿出一本《久悦记》。

"这本书是一位张爱玲读者的反思。书中没有张爱玲生平史，也没有作品简介，因为那些都预设已知。思路跑得如天马行空，从郊外桃花说起，转到八三版的《射雕英雄传》里郭靖桃花岛求娶黄蓉成功，粤语的歌曲《桃花开》欢快响起来，想起张爱玲也是喜欢桃红的，而终于懂得张爱玲为什么不想做妈妈了！"

是的，读了《久悦记》不会令你变成张学专家，但你会快悦地欣赏那些联想，进而启动自己的联想。简单一点：如果张爱玲看到学生对胡兰成《今生今世》里《民国女子》的评语是"文笔是真的好，可是人品是真的下作"，大多数会想她一定芳心大悦。复杂一点：如果懿贵妃不是那么隐秘，而是有曹七巧的性格，那世界会变成哪样呢？这个牵涉太大，也难说会否经此一改，就不再成为大热的官斗小说。

《久悦记》最后提出一个问题：小说《心经》名字何解？请千万不要答这种问题，就算答了也不可以作实，因为张爱玲还要继续给我们久悦。

散

文

篇

久悦记

〇一

临水
见
花影

临水
见
花影

# 2020 年的最后一天

2020 年的最后一天，断崖式的降温带来呼呼的风声，我的书房在北面，是用阳台搭建出来的，夏日凉快，冬日却倍感深寒。哪怕开着暖气吹着脚，总有些瑟瑟。

但是今天，阳光特别金灿，照得楼下马路边或深红或苍翠的树都蒙上了蓬蓬的金尘。

让人相信，这一定是非常温暖的一天。

我带着孩子回了趟学校。人就是这样，读书的时候总多抱怨，一放假，立刻想回学校去。小小孩已经有复杂的感情。

"我想去学校呀！"他说，"校门口有大白兔，有许多小猫，还有学校的大型游乐场，多好玩啊。"

整个 2020 年，我们想去的地方太多，想见的人太多，却总也不能实现。

幸好心里是有期望的，下个月，再下个月，或是明年，一切都会好起来的。

明年，已经近在眼前。

天幕黑下来，我默默读完了《小团圆》，这个多少隐射了祖师奶奶自己情事的故事。要知道类似写自己的回忆录最难，甜蜜处难免像镀了金光，而写生离死别，如在回忆里再遭受一次凌迟，千刀万剐。

也许很多人不喜欢《小团圆》，多年的情事，随着离世一同埋葬，由着后人揣度也就算了。可她偏要写出来，在明知胡兰成的《山河岁月》里情深了一遍又一遍，罔顾她的疼痛，咬着她支离破碎的心咀嚼出华美的辞藻。

她一直默默不作声，写下了《小团圆》，临死都不愿发表。内心总是藏着一股劲道的，你有你的满天情意洒，我有我的真心值得藏。

真的，在寒风刺骨的日子里，想看一点张爱玲的小说，觅得温暖之处，是不大可能的。

她是冬日凛冽的风，清晨薄而易逝的霜降，冷了的炒栗子肉。

但也不是没有一点愉快过，哪怕只在胡兰成的笔下，哪怕只是阿小的期盼，哪怕是曼桢写信时的真心，哪怕是等着的人听到少帅的皮靴踏着庭院石板而来的交缠的畏惧和欣喜，总有点不管不顾豁出去的快乐。

把人性剖干净了，刀刃上还闪着清冷的光，这就是张爱玲。

今年，是她诞辰 100 周年，2020。念起来总有点绕嘴，谐音是爱你爱玲。

但，大约是疫情的缘故，并没有什么纪念她的大型活动，只有两部影视剧，不只张迷愤怒，祖师奶奶大约也是不屑一顾的。且不说写作，一个写出《太太万岁》这样的好本子的女性，怎么会接受自己的作品被改得面目全非。

这一年，我重看了她的书，觉得小时候真幼稚，曼桢为什么不再勇敢一点逃出去找沈世钧，而是为了孩子接受委身于祝鸿才，将日子过得这般不堪呢。

直到我们也成了面目全非的中年人，才知道人生有很多时候我们并没有勇气，不能与世俗对抗，我们束手束脚，牵挂重重。

于是每看一篇，总忍不住要与人说说。

陶渊明说："人亦有言，日月于征，安得促席，说彼平生。"

那时张爱玲对胡兰成动了心，也不是因为他的面孔和巧舌如簧，是真真正正有那么些话，说到她心坎上去了。

因为懂得，非常难得。

这一年，我们被疫情所困，前面的几个月在恐惧中勇往直前，后来的几个月，总是心有余悸。直到今天，疫情还在反复，看着国外越来越高的感染数据，会惶惑地想，明年未必一定比今年更好。

可是，我们总还是要怀有希望，不是吗？

见不到的人，或许等等就能见到了。

去不了的地方，或许等等就能去了。

我有心上人，不惧岁月深。心中有寄托，有期望，总是好的。

此刻，喝一口微醺的酒，读一本喜欢的书，身边蜡梅幽香悄悄，阳台上的大花蕙兰开得没来由地兴头。新的一年，总是让人生出更多期待。

## Ms MIN

上海商城新开了一家铺子，专卖一个设计师的品牌，名叫 Ms MIN，初见就颇喜欢。尤其到了新年出的款式，鲜艳的红的质地，是非常正的红，如同新年的爆竹、结婚的证书。嗯，是《留情》里淳于敦凤和米先生配了框子挂在墙上的那种，有玫瑰翅膀的小天使，牵着泥金的飘带，下面一湾淡青的水，浮着两只彩色的鸭。

真有趣，我竟在她家——看到了，鲜红的锦缎衣裤，提花暗纹的莲花莲叶，朵朵田田，开了满身，鸳鸯——或是彩色的鸭，成双成对，又不是展翅欲飞的样子，后边一只朝前游，前边一只回首看，老叫人想起是敦凤和米先生过马路的样子。

可是，敦凤和米先生又不是正头夫妻，大约是穿不了这样正的红。可若是《鸿鸾禧》里的邱玉清，那是一色的红都适合的，大红玫瑰红枣红，都是正式结婚的红。

以前的人作兴正红正色正室，粉红梅子红一律都是偏房的色。曹七巧恨得牙都出血了，终究是从姨太太的命成了二奶奶，哪怕是做一个残废的人的妻子，到底不一样，名分在手里，钱财遗产都能多得不少。

现在的人不讲究这些了，只要美，复古也是时髦。

我很喜欢这样古典的新式，有一季是满身石榴桃子的棉袄，也有百子图，一瞬间以为走错了路，去了民国，去了更从前，百子百福，榴桃多子，连留下来的明宫清廷的袄子和旗装，都是这样喜兴的意头，中国人最喜欢的，又在黑色的底子上，连那从粉到白的渐变都特别清艳。还有一件淡银白的斜襟系带小褂，深一色的银线密密走出花瓣盛开的雏菊，浅金线的枝叶在花朵里绵绵地蔓伸，有种清淡简静的妩媚。

当时就喜欢，买下来了，即使知道不大会穿，就是喜欢它属于我，静静地挂在衣柜里看一眼也是好的。当然植绒百蝶的紫红裙子，浮雕一样飞显，每一只都向上旋翔，沐浴在阳光里，细细的欢喜，细细的音乐，得是快乐的时候穿。

　　当然那颜色比不上张爱玲喜欢的那种喜气的桃红，亦有几分样子可拟。尤其店铺开在静安寺一带，常德公寓再过去些的路上，那种桃红翠绿，更贴了几分往事沉沉的烟霞气。天底下的快乐是共通的，和欢喜的人，静静一起坐着，谈天说地也好，只是握着手也好，还要穿艳丽的衣服。

　　真的，讲起来蝴蝶还是蹁跹得小家子气了一些。旧照片上李香兰与张爱玲的合影，黑白照最考验人。李香兰以颈上一挂两圈的雪白硕大的珍珠醒目引人。张爱玲呢，没戴醒目的首饰，就那件衣裳是真真的不得了，和大红大紫的女明星李香兰合影，穿着米白色裙子，两边是一件家传夹被陈丝缎面料子做的半长洋裙，米白色薄绸上洒淡散墨点，隐着暗紫凤凰，那凤凰从膝盖处的裙幅顺着双臂各自飞旋到两肩，华丽昂扬，又不失古典美，一下子抢走了风头。据说当天张爱玲身上的衣服，是用祖母的一床夹被的被面找裁缝做的，好友炎樱的设计，很有画意，别处没看见过类似的图案。

　　《红楼梦》里的话怎么说的，如今上用的都不如从前官用的了，现在官用的还怎么能看，这才特特去翻出了老祖宗的霞影纱给宝姐姐糊纱窗。有些精致的手工东西，的确一年不如一年，手绣比机绣慢，可一针一线有灵气，不死板啊。

　　张爱玲的心里，多半也是嫌弃人人站出来不是旗袍就是洋装裙子，她宁可去寻老祖母的丝绸被面，一色是权贵人家里走出来的神秘的身影。那背后隐隐绰绰的，是任着性子来又能拿主意的脾气。

　　印象里张爱玲穿旗袍的次数不多，奇装异服，别出心裁。一个人，心里有美的想象，才有美的文字、美的设计。张爱玲愿意穿这样张扬的衣服去会客，一则 1944 年是她写作生涯最顺利的时候，和胡兰成感情又好，胡兰成离了婚，写下了婚书给她。她是快乐的，事业爱情都得意，穿出来的衣服也是心情的某种映照。

更喜欢的一件玫红丝质缎面提花的长裙，及脚踝，非常贴身，斜裁扭转。这样古怪的别致，应该是善于想款式改衣服的张爱玲喜欢的。尤其那玫红的质地又轻又薄，上面尽是绵绵的流丽的黑色花枝，再缠绵悱恻，也不禁有一种绝美的凄凉，红玫瑰再红再香，终究是有老去的一天，那是振保偶尔撞见了，从头想起亦要流泪的。同款还有一个暖阳金丝，太阳底下是明黄，走到梧桐叶繁盛的小路上，树影底下就是暗金，因有黑花对衬，就显得非常地正宫大气，叫人想起戏台上的虞姬常穿的那种黄色锦袍。得意陪霸王是她，横剑别霸王也是她。这样的女人，穿着像她这样的裙衫，谁愿意活着的时候得个"贵人"封号，终身监禁在宫廷里，渐渐老了，渐渐失宠了，寂寞地死去；死后得个追封的"端淑贵妃"或"贤穆贵妃"的谥号，一只锦绣装裹的沉香木棺椁。人，总要轰轰烈烈活一回。哪怕是《花凋》里的郑川嫦，心痛穿肠的不幸里，到底有过恋爱的欢喜。

当然也有略现代一些的衣服，银丝的长裙子，走路有流光熠熠。墨绿的金黄的真丝衣衫，加一排小盘扣，一两朵绣花，宅院深深里的少奶奶们都会喜欢，无论是《小艾》还是《金锁记》，当然是她们成熟些的时候，更年轻，雪青银红，滚边彩绣都来不及。

到底洋房宅门里的人，一辈子锁在那里，只管喜兴。

拆了盘扣，一色最简单的T恤长裤，真丝穿起来又利落又轻薄，走路都带着凉风，夏日里最舒服。

这样的店铺开在上海，最是相宜。每一件拎出来，略古典些的，都是一部部张爱玲小说的对照记。做的人用心，穿的人欢喜，是百年懂得。

# 变天与变心

在上海爆出新冠疫情的阴影下，人心开始惴惴，虽然杭州的温度热得出奇。可是终归人人都知道，热对病毒的消亡一点用处也没有。

今早起来开始大降温，我立刻把毛衣都掏出来了。冬天是真正来临了。

站在窗口可以看到浊黄的江水滚滚汤汤，滔滔东去。

住在江边有好也不好，看江涛是方便的，足不出户就可看浪拍岸。不好处是江风太大，我毫无预兆地感冒了，虽然我在炎热的天气还是穿着厚卫衣，但始终不知道为什么突然感冒了。

感冒有感冒的好处，利索地收拾好孩子的作业，他自由，我写文。

我想祖师奶奶是不大喜欢江的。她喜欢维多利亚的海，在小说里不厌其烦地描写，影响了一代又一代人，包括亦舒。

我甚至向往，我应该有一间朝海的屋子，金灿的阳光照在碧蓝的海上，一日的心情就开始好起来。就算风球来临，屋子里总是安全的。

总说变天快，可那是有预兆的，有提醒的。论起变心，当然也有蛛丝马迹可循，可是世人总会不相信、不接受，尤其是女人。

等闲变却故人心，却道故人心易变。

其实变心是常事，不变才是稀罕事。

祖师奶奶那样脆弱而没有安全感的人，受尽了爱人变心反复之苦，终于痛下决心，三十万稿费给出，买断孽缘。

她情愿离乡背井，去了美国，又为经济所迫，去了香港和台湾找工作。

她的晚年，总算有爱人可以依靠。

可那个爱人，如果如胡兰成那样懂得她有多好。

只是世上的男人多半自大，看穿了一个女人的爱，拥尽了一个人的爱，便觉得不值得了。

世上多的是平平无奇却无比自信的男人，何况胡兰成。

张爱玲太爱胡兰成，所以拿捏不住他。最后还是得佘爱珍出手，一物降一物，孙猴子也翻不出如来佛的手掌心，胡兰成从此乖乖度日。

太爱一个人，所以拿他毫无办法。

这样昏黄的阴沉天，盖着一条小薄被，披着厚厚的围巾，一本一本看张爱玲的书，越发觉得苍凉荒芜。

这世间牢靠的爱，要去哪里寻呢？

章小蕙说她年轻时喜欢盖着真丝被看亦舒的新书，才不管外面的男生等了多久，她自顾自沉浸在书里。

那是少年得意。

而我看《留情》，只觉得无限悲怆。便是没有孩子，组织一个家庭，多么艰难。

我们将女人轻视一等，再婚的女人更轻视一等，总有无限悲怆。

张爱玲的后半生里，很有些为经济所迫，又挂念后夫。前夫不着调儿，后夫年迈贫困，生计总是大事。

要做一个快乐富有不在意世俗的女作家，当真是难。

还是变心容易，比变天更容易。

# 春日花

2月29日，因为四年才一度，很算是有点特别的日子。

天气不太好，一忽儿阴沉沉，一忽儿细雨绵绵。我向例不大喜欢雨天，所谓"天街小雨润如酥"，我总未能感觉其美。

路边的红叶李都满开了。一点儿都不像才出了正月的样子，花朵争先恐后探知春意。这花的名字很恰如其分，通俗易懂，深红的叶子，略红的花蕊，白色的薄薄的细巧的花瓣，柔弱不堪的样子。但一开起来就是满树，密密匝匝的，却不知为什么，远望去白惨惨一片，很是凄惶的样子。整一个像《红玫瑰与白玫瑰》里的烟鹂，寡淡而乏味。我特意在晴天也看过，很不如我小时候看过的梨花与李花，都是白色，都是薄薄的花瓣，但因红叶李花瓣圆睁，多少有了饱满的润气，看着也心情怡然。

这个时节，梅花早凋了，这个事情上又有古怪，白梅红梅绿梅都颇具个性，美得风姿迥异，暗香浮动，可以清心也；便是蜡梅也好，香气虽然过于浓郁，带着酒气，但也有同好中人。不知为什么，这几年小区都喜欢种深粉色的梅花，特别俗艳，是梅花里的霓喜之流。我想来想去，只因春日多雨的时节，怎么雨水冲洗，她都会更艳一层，便是常日的雾霾天也是掩不住的丽色，算是奇女子。能在俗世中混出艳名，留得立足之地的，都不简单。大概也是因地制宜的效果。

可惜今年梅花凋得早。因为疫情，整整一个月都未见雾霾，粉梅不适应，先辞春而去了。又碰上忽而天暖到二十七度，玉兰花一树树地开了。

小时候读林徽因的《你是人间的四月天》，读到"你是一树一树的花开",不知怎么就认定了一定是白玉兰,才衬得起松竹梅中竹与梅的情谊。

我很是爱它,一整个春天,桃与樱都占尽风光,唯独白玉兰深得我心,紫玉兰便不行,我再爱紫色,同是这种花,在我心里差了不知几层。

因为这两天忽然冷起来,楼下初开的白玉兰沾了雨水,立刻锈色斑斑,一夜憔悴。像我这样喜欢白玉兰的人,很是不忍心看,心情又灰了一层。

这种春天的花,其开也盛,其败也忽,美得惊心动魄,也是春色挽不住的伤感。

倒是尚且含苞那几株,忍住了前几日浩浩春风煦煦暖阳的引诱,倒还有容我再细赏一回的心情。江南的人,不知为何很喜欢种这种白玉兰花,大学的时候,湖边种了大片大片,风雨之夕后,凋落的不是满地的雪,而是"铁锈",容易感伤的少女会因此闷闷不乐许久。

还有一种白兰花,夏季的时候总有老太太沿街叫卖,我起初以为只有我们家乡的小城镇才有这样闲的老太太,一元一朵地卖,无论是我奶奶还是外婆,平日怎样俭省的人,这时候都不计较银钱了,看见了都要买,自己衣襟上别一朵,给我也别一朵,香气盈满了衣裳,只可惜那洁白如玉的花顶多只皎洁上一天,隔夜就萎黄了,真的是花瓣都细缩了那种枯萎,蜷得跟爪子似的,枯焦的颜色。

可依旧是香的,连着穿过的衣服都是,有种人去骨犹香的幽气,像《聊斋》里的女子。后来我也种了一株,说是娇气难养,到底年年开花,不辜负我惜花的盛情。花犹如此,人更是自然,一点点好都记在心上,不好,当然也记着,明年便不肯开花给你瞧。谁没有点烈性子呢？

　　卖花的老太太也有同时卖茉莉花，圆白玲珑的一串，也有卖栀子花，香气更浓烈，不知怎么，都不如白兰花受欢迎。尤其我的初中时代，不知是哪任后勤主任想不开，在老旧破陋的厕所旁种满栀子花，用浓香掩恶臭，硬生生败坏了这好颜色的花朵。后来读亦舒的书，赠花是一束洁白幽烈的栀子花，更为此花觉得不公。

　　后来想想，大概很多人遇事惯会先遮瞒掩盖，充鼻不闻，充耳亦不闻，能糊涂过去就最好，而不解决根本。凭他怎么想得出来，那香与臭混在一起，越发告诉所有人，此地气味难闻，必定有不堪之物。

　　这个春天，花时乱了序，人心也错了方寸。

　　一切都等着复苏，慢慢正常起来。孩子已经会背"碧玉妆成一树高"，会背"千里莺啼绿映红"，希望再晴好一段时间，可以在人少的清晨，带他去看看柳树，看看西湖边的桃花笑春风，可以一起吹吹风，趁着孩子还小，还来得及告诉他，遇事要坦白，切勿隐瞒。因为人类的许多错误，实在是隐瞒下的恶果。也许，他不能长成为一个优秀的人，但我希望，他永远是一个坦诚的人。

## 黄金镯

　　这两年周大福出了传承系列的金镯子，说是用古法制作的，亚光，无一点雕琢和花纹，有实心和空心两种。卖得好到什么程度呢？无论是香港和内地，每一家都遗憾地告诉你，没有货，没有，全部售完。

不知什么时候起，又时兴起这样的朴素又实成的镯子，比起浮夸的黄金龙凤镯，显得古朴又时髦，而且无论是和卡地亚或蒂芙尼的镯子搭，还是和梵克雅宝的花形手链、redline 的细细粒钻石小红绳，都异常地百搭。

很快，空心的那种金镯似乎又被怨声载道，无外乎是黄金软，空心的容易磕出凹印，虽然轻，却不压阵。

反而动辄五十克以上的实心黄金镯，最受欢迎。

试戴了一只，非常非常沉，感觉整个手腕都沉甸甸地压了下去，简直影响打字工作。可是美倒是真美，只试戴一小会儿，无数人过来问，你若不要，我们立刻要买。

真是，无论经济景气与不景气，黄金都是最让人爱收藏的。

钻石不盛行前，黄金最保值。民国的时候，大黄鱼和小黄鱼就是金条的昵称，《长恨歌》里王琦瑶靠着李主任留下的一盒金条，熬过了多少漫长又幽深的岁月。张爱玲呢，最爱写黄金的枷锁，《金锁记》里的曹七巧，一进了深锁无光的姜家，便再不戴做姑娘时的银镯子了，再一生下了孩子，可了不得，便是哥嫂来探望，随手就是送出一副四两重的金镯子，一对披霞莲蓬簪，侄女们每人一只金挖耳，侄儿们或是一只金锞子，另送了她哥哥一只珐蓝金蝉打簧表。连姜家的姑嫂妯娌一起剥起核桃，都要戴上金指甲的套子。但凡涉及点值钱像样的东西，无一不是金子的。

曹七巧戴着那黄金的枷锁，沉沉地封锁了一生，扼住了自己，却怎么也不肯摘下来。那是她一生里最紧要的东西，握在手里，冷冰冰，劈杀得哥嫂亲戚的情分，劈杀得与小叔的渴望，连亲生的一双儿女都劈杀得了。

那大约是张爱玲目睹过的周遭遗老遗少们的日子，无论是父亲也好，舅舅也好，多少从前的好日子过去了，没有傍身的本事，不过是变卖祖宗留下的家产，那送进当铺的，一点点丢去的，哪样不是赤金灿烂的颜色，看得小女儿揪心。等长大了写小说，竟忘不掉那火油钻戒指，翡翠耳环，水钻宝石的头面，还有母亲的胸针。

她终身记得。尤其是那只她随身的唯一的金饰，一副包金的小藤镯，随着她漂洋过海，那样地爱惜。绍兴社戏里说"风藤镯，白手膀"，绍兴的诸暨想来对张爱玲的影响太深了，白手膀呢，上海女人的白又是张爱玲亲口赞许的粉蒸肉白，配深色的藤镯，包着黄金，一定分外登样。

那包金小藤镯还是张爱玲五六岁的时候戴的。她记得太清楚了，浅色纹路的棕色粗藤上镶着蟠龙蝙蝠。不必说，都是赤金上雕的花纹，能雕刻蟠龙蝙蝠，包金一定是足够地厚，厚到可以跟足金媲美。以至于张爱玲离开大陆时，检查行李的青年干部是北方人，难得看到一个包金镯子，起了好奇心和钻研心，刮来刮去还是金，不是银。刮了半天，终于有一小块泛白色。张爱玲一定心痛极了，唯一的爱物，还被狠狠刮着以证清白，最后落得一句："这位同志的脸相很诚实，她说是包金就是包金。"

张爱玲想也说不出什么了，也不能再辩驳什么，在那个时代。她看着黄金被这样刮，每一下都是心痛，心痛爱物在旁人手里，不过是落个好奇和验证。且黄金，本来就得戴得小心翼翼，以免有划痕，倒是藤条，有点像清末流行的风藤镯，藤条越用越是光滑平顺，光泽也越润亮。黄金定身，风藤可以活血化瘀，消肿祛毒，于她后半生漂泊多病里，倒多少有点心理上的安慰。

希望带着它离开的张爱玲，见着这小物，在或奔波或避世的日子里，觅得一点沉着的实在的快乐。

# 金刚石镯子

从上环的地铁口出来，等着过马路，叮叮车一路摇摇晃晃过去，太阳特别好，金光灿烂，行人的脚步也特别匆促，飞也似的带着风。

就那么等红灯的一瞬，看到隔壁有一个女子，抬起手腕来，一茎细的白金镯子，镶嵌满了碎钻，发着白光，衬得手背的皮肤细腻洁白，真是吸引。

曾经碰到一个说话很古怪的中医，照例地，身为男性的他并不喜欢钻石。中年男人仿佛特别地喜欢蜜蜡或小叶紫檀的手串，每颗珠子都非常大，直径足有两厘米，谓之养人。

他说，女人不要戴钻石呀，一点也不养人。

又说，想要身体好，不如摘了碎钻镯子，改戴蜜蜡或琥珀呀。

怎么可能？

想起《第一炉香》里，香港的故事，尽是颠倒迷离的繁华，可是细念起来，记得最清楚的竟是司徒协送的那只金刚石的镯子，三寸来阔。多么惊人，我就是数学不好，也知三寸快有十厘米。"车厢里没有点灯，可是那镯子的灿灿精光，却把梁太太的红指甲照亮了……薇龙托着梁太太的手，只管啧啧称赏"。当然要称赏，梁太太的青春是将要逝去了，不得不借着年轻的人儿来笼络情人，那一只手再美再雪白，指甲上的蔻丹再血滴滴地红，又如何呢？终有一天是要皮也薄了，青筋浮起，或有点点老年斑，可是拿一只金刚石的镯子，竟能在黑夜无灯的车厢里照亮指甲，鲜红的指甲与雪白的钻石，多惊心动魄的美。

三个人拥挤坐在一排，目醉神迷里，说时迟那时快，咔啦一声，一只一模一样的金刚石镯子已经铐在了自己手上。金刚石的镯子会咬人么？自然会的，葛薇龙再想把持自己，如何把持得住，被姑母和她的老情人挟住了，在心动与恍惚的拒绝里摘不下来了，就这样把自己铐给了一个汕头的搪瓷商人，沉甸甸地压住了离开香港的心。

不知那只金刚石的镯子上面镶嵌的钻石有多大多密，是星河烟闪的花炮，是品蓝织锦缎上的闪小银寿字，挽不住地叫人动心。

葛薇龙戴在了手上，赌上了自己未来七八年的身家性命；姑母呢，亦拼命挽回了一些渐渐下滑的声势。

中年男人们的手串，是养人。

佛家曰七宝，有说是金、银、琉璃、珊瑚、砗磲、赤珠、玛瑙七种，亦有将珍珠或琥珀纳入，多有安五脏、宁心神之效，亦可入药，听起来就是宁神养气。

哪里像金刚钻，碰上什么东西多容易划出伤痕，明亮又尖锐，是流动的不息的欲望，催着女人们永远不敢停歇。譬如《色戒》里太太们手指上的钻石戒指，《第一炉香》里乔老太爷送给葛薇龙的白金嵌钻手表，跟镯子一样，非得在手上，低头便瞧得见。不似耳环和项链，非得照镜子，才慢一拍地自觉自知。而且，戒指、手表、镯子，或小或大，圆圆一环，总像一个铐子。

一年贵过一年的钻石，永远在上涨，上涨的不仅是价值，更是欲望，比起一直往下走的青春，亦催人勤力，要获得它总得付出辛苦。

欲望，没有什么不好。香港，就是一座特别的欲望之城。每个人为了工作、为了追求、为了梦想、为了那不遥远的欲望，搏力工作，让这个城市永远五光十色，生机勃勃。哪怕一时跌下去，昂头又重新来过。

所以，钻石是女人所戒不了的。冰冷的、雪白的、闪光的，戴在手上，提醒自己，欲望是与生俱来，不可浇灭的。只是我们已经不大与葛薇龙相同，战乱动荡逃出来的一线繁华里，她的三寸阔金刚石镯子来得容易些。现代女子呢，便是细如脉脉一茎的嵌碎钻镯子，也不能不埋首勤苦写字，用劳力换取。当然，它亦时刻提醒女人们，勤苦工作，只为付得起该付的账单和自己喜欢的小爱物，在自己手里可以把握住想要的满足。

## 快乐的时候

小时候每到过年时，总是格外静，格外寂寞。有时年三十的晚上，拿完了长辈的红包，秘密收起来不叫弟弟妹妹找到，然后看完了烟火，就觉得电视没劲道，宁可坐在厨房的灶台底下，看着火，盯着炉子上小火温着的菜。

年初一的快乐是穿新衣。不管怎样是不变的红色，但一年能有一回全身上下里外换上新衣，还是要得意扬扬地去小伙伴家串门拜年，其实是展示新衣相互比较的。

接下来初二到初六走亲戚，不外乎只有收红包的时候最快乐，手指头轻轻一捏，就能估出大约是多少数目。有次以为是厚厚一沓，不想一打开，竟是厚厚一沓红色的一块钱，二十张，蔚为奇观。

但不论多少，妈妈从不说"我替你存起来以后交学费"，而是叫我到银行单独开个账户，一年一年把压岁钱存进去。那张薄薄的存折是我的，写着我的名字，只属于我一个人，藏在我的小抽屉底下，上面盖着玩具，心里非常踏实。

等到大了，已经自己会赚钱，看到数字的一瞬，快乐上一瞬，也就那么一瞬，便也淡淡的了。钱，不是花出去，就是赚进来，来来去去，在我名下打个转儿而已。过年对穿新衣已经毫无兴趣。反正想穿，每日都可以买了即时穿上。不像小时候，一个月前买好了，珍藏在柜子里，每天看一回，再看一回，盼着能早一点穿上。

那种等待的焦灼，期盼的快乐，在新衣上身的一刻，全部大放光彩，成了无数的满足。

那些都是一年里最重大的快乐。

现在呢，过年成了寂寞的事。城市空空荡荡，是最清静的时候。年夜饭简简单单吃完，春晚可看可不看，守岁也无滋味，只想睡觉。原来那些开心的时候，在小时候都已经用完了，回想起来，原来竟是那么短暂的一点，一点。

有多少人的快乐是长久的呢？

曼桢的快乐，是收到红宝石粉戒指的那一刻，心是笃定的，以为一生一世都会和喜欢的人在一起。

七巧的快乐，是小叔子为着钱上门来调情，她沐浴着细细的阳光，细细的音乐，一生都只有那一刻，就立刻明白过来——他不过是为着她的钱，然后暴怒了。那么，还不如是麻油店大姑娘的时候，知道谁对她有点真心意，还得意些——那是未嫁的姑娘的得意。

敦凤的快乐，是算命的说自己的男人"还有十二年的阳寿"，她还有十二年可以倚靠他，说不定熬死了正室太太，自己能从姨太太扶正，却想不到，那男人听了有多凄惶——竟只有十二年了。

阿小的快乐呢，等着男人来看自己，没有摆花烛的婚姻，一个月不过一回的见面，还要来伸手拿钱。可是能见着面，能做夫妻，有了孩子，总是好的。

霓喜呢，一辈子男人堆里打滚，依附求生，能快乐的时候，不过是自以为抓住了那个男人的钱，与他生下了孩子。那些东西都是不牢固的，她一次次被驱逐出来，可是每一次再抓住的时候，又是一层胜利和喜悦。

张爱玲的笔下，没有长久快乐的人。哪怕于千万人里遇见了，说一句"你也在这里"，然后不过就是风流云散，女孩被辗转拐卖的命运。

连她自己，小时候见着母亲，被仆妇抱到她的床上最开心；大了呢，和姑姑同住的日子里虽然相契，但也有心病，为着胡兰成。对了，最快乐的日子是住在静安寺常德公寓的时候，我特意去走过那条路，楼下开着咖啡店，卖着张爱玲各个版本的书，旁边已经建了酒店。我前后绕了一圈，正门上写着"私人宅邸，不可进入"，大抵是这个意思。从玻璃门望进去，大结构没改过，冲着正门，左边是极窄的拐上去的楼梯，弯曲的，不正的，顶多容一个人走，两个人就窄挤。电梯门冲着大门，想来以前应有按电梯的人，现在大约是改造过了。

无论怎样，从风水上讲，楼梯电梯直冲着大门，总是不好的。不知是否因为这样，她和胡兰成并没有很长久，不似佘爱珍，死死地拿住了他。渣男终究要狠人来应对，张爱玲不是狠人，只是一朵低到尘埃里的，自顾自开着的欢喜的花。

她自己的快乐都不长久，笔下的女人们，哪里能分得更多的真心与爱意。她，终归是伤了心，冷眼冷心落冷笔，也没叫她们快乐得多一点。

后来，她快乐过么？从温州回来，便灰心死意。倒是去了美国，与赖雅在一起，那个比她大三十岁的男人，身体有病痛，已经需要她照顾了。张爱玲的日记里写到她替赖雅摩挲后背，一次又一次，有时常常不止。不知为何，读来有种心静的安慰，只有彼此信任亲近的人，才会互相摩挲后背抓痒，和赖雅在一起，她一定心平气和许多。

那种平静的快乐，比起低到尘埃里，比起连朝语不息，比起那些说过的顷刻间就风流云散的痴话甜话亲昵话，比起那张不作数的心愿都成了空的婚书，要实在得多。

我们一生期望的，不就是这实实在在的快乐，衣服也好，钱也好，人也好，握得住的，在身边的，才是最可靠的。

# 七 巧

越近黄梅溽热，越是心烦气躁。难得有静下来的时候，喜欢心无旁骛，盖一条薄薄的真丝小毯子在膝盖上，随便抽一本张爱玲的书看，不知为什么，抽中《金锁记》的概率总是大一点。

我读书时，语文老师半开玩笑地说，《金锁记》最不适合女学生读，原本懵懵懂懂的少女，看多了会知道嫁给有点感情的贫穷汉，不若去给残废的有钱少爷做妾。

我听了只是笑，张爱玲写的是那个时代的常情，其实放到这个世代，照样有人这样选择，无论是看过还是没看过《金锁记》的。

老师又说，有一样顶不好，《金锁记》的女主人公嘴太坏，堪称张爱玲小说里第一坏嘴。

也是，比起《连环套》的霓喜撒泼发疯一样撕绸缎店的料子，比起别的女主角哭得直挺挺地昏死过去，七巧最让人记住的是她那一张刻薄如刀子的坏嘴。

少有女主角的嘴是那样坏的，年轻时不过泼辣些，那是受哥嫂的委屈，大姑娘嘛，终究矜持些。

我想，一个人但凡嘴上刻薄，心里一定是有无尽的怨毒。

金庸笔下因爱生恨的，譬如李莫愁，杀尽无数名中与"沅"相关之人，也曾发下毒誓，要灭门陆家庄，只为曾经相爱相许之人陆展元移情于何沅君，愤而发泄，手段毒辣。

而嘴上刻毒的人，大抵是连爱也没有得到过，心中有无数的求而不得，无数的辗转反侧，无数的郁结悲怆，无时无刻不要发泄出来，她心里不喜欢的，譬如嫁给了她暗暗爱慕的季泽的兰仙，她嫌恨，要动嘴皮刀子，明着暗着戳几句，让人难受也好；略比她好些的大嫂子稍稍如意些，丈夫康健，她嫉妒，要动嘴皮刀子；再不然，与她毫无相干的小姑子的婚事，也要踅到老太太跟前去挑拨些难听的话。

她叫七巧，可从来没有过什么巧缘，像是拼整齐的七巧板，一生都是残缺，都是被捉弄，被撕扯，扯去所有的体面，提起她，人人都摇头。

她什么话都敢说，什么话都憋不住，私情里的，闺房里的，都要嚷嚷出来，上上下下，竟没有半点得人心的。

她只为着发泄，发泄那无穷无尽的怨恨与不甘心。

出身低门楣矮，自然在那个年代里让人鄙夷，那不是她的错，可是用薄薄的刀片似的嘴杀着自己亲生的儿女，肆无忌惮地逼死了两个儿媳，终究是她那黑色的心里汪洋溢着的，只有恨、防备、猜忌与先下手为强的怨毒。

有时候我们很不大明白，为什么一个明明体面的妇人，总能无缘无故地对着毫无干系的人冒出尖刻的言语。大概，她的一生都是不幸福的，也永远是得不到幸福了，她比谁都明白这一点，却无力改变，连那吞云吐雾的鸦片烟里，都不能暂时麻痹一点点，给她片刻的安稳。

她被伤害过，无不是可怜的，可那些可怜熬油似的滚煎着，她随意一撩手，就去泼那些与她无仇怨的不相干的人。那被虫蚁一点一点咬啮蛀蚀空了的心里，汹涌着无穷无尽的阴郁与恨仇，拿它们去劈杀任何一个无辜的人都是好的，管他们是什么人呢，至亲也好，路人也罢，用力伤一个是一个，要世人和她一样茕茕，一样悲苦。然而，她用言语劈伤了旁人，也劈杀了自己。

何其可怜，何其可悲。


## 叹息桥


港剧《叹息桥》大红的时候，我并没有追剧去看。知道是林保怡监制，而林保怡和周家怡的班底又有《玛嘉烈与大卫·绿豆》的珠玉在前，可还是先打开了亦舒的同名小说——《叹息桥》。

一个上海女孩李平，凭借绝艳皮相在香港战战兢兢立足，成为从前家仆如今富豪之子夏彭年的情妇，有点点张爱玲《第一炉香》的感觉。

在内地生活的贫困与迫人，初到香港也是无依无傍，过得逼仄，想要读书改变命运，最后还是靠皮相，立稳了脚跟。

不一样的是，《叹息桥》的李平比《第一炉香》的葛薇龙幸运，她有真心爱她的王羡明，虽然那不过是个凡俗之至的男人，没什么上进心，一辈子以为人打工做司机为大满足，逼急了会说出类似"多少人想在这个城市立足都不能"的难堪话，会因失去她而自暴自弃，打架生事，会麻木地结婚，同一个爱他的女人，可他是真心爱李平的。

葛薇龙呢，她一生里，没有男人真心爱过她。她真心爱着的乔姓男人，不过是和她姑母一起联手起来，用她的身子去撮弄钱，撮弄男人，换得他们的满足。她看似忙碌热手，不过是青春的一阵子，学到的技艺不是傍身的才学，而是长三堂子里卖身的路数，勾引男人的法子。

李平的幸运，是她一心求上进，学习英语班刻苦求教，对着情夫夏彭年派来的老师朱明智也是尊重有加，学着做生意做投资，商场如战场，不敢稍有怠慢，十分渴学。

一个人待另一个人好，除了护着她，还要教她上正路。

夏彭年虽然未婚，也是自由身，与李平家有世交，可太子爷也要开疆拓土，也要与贵戚结亲，何况李平这样的情妇，曾经是他夏家发家的老主人，三十年河东河西，一切颠倒。老一辈的心里，难免有隔阂。

夏彭年一心一意疼爱她，给她自由穿着的权利，教她英文教她生意，什么也不落下。

男人既然爱过一个女人，就该为她长远打算。

虽然爱极了明艳颜色讨厌黑灰白的李平穿得俗艳，可俗艳也有足够惊艳，她成了他最长情陪伴的女伴。

去上流社会应酬，李平是不失礼的。可是背后还是有香港贵妇人议论：

"大陆女人现在比台湾女人还厉害，豁出去做。"

"苦头吃足了，只要有甜头，勿择手段，难道还回转去不成。"

这种话听多了，简直会积劳成疾。

每每听到这种话就好笑，香港那么小的城，红男绿女，男人比女人紧俏，所以女人们看得牢，有"跟尾狗"这样的名言出世，也还有中古时代留下来的三妻四妾共处分列各房皆有名分的风格。香港女人，起初是要防着娇娇嗲嗲的台湾女人，后来连大陆女人也要防。其实往祖上数三辈，多少香港名人，不是来自内地的上海与宁波？同乡人笑同乡人，大约是数典忘祖；女人笑女人，是连自己都一同鄙夷进去。

女人何苦为难女人哉！

如果美色是利刃，管她是香港人台湾人大陆人还是哪里来的，有用不用，谁会自行毁去，不以它傍身。

只是聪明的美人，都知道光阴的眷顾短暂，与其如《喜宝》里勖存姿曾经有过的那些女人一般，握着大把金钱和房产下堂离去，然后挥霍一空，沉沦低贱，不如拼命读书学习，至少学识和本事是不会离你而去的。

亦舒的故事，能经几十年不衰，自有她的本事和耐看处。

我一直以为，《叹息桥》会有一个美好的收梢，毕竟男未婚女未嫁，都是独身，夏彭年爱美丽聪慧的女郎，李平爱救护她于危难的男人，真心崇拜爱慕他，志趣相投，有话可聊，连同居都那么相契，同住巴黎，各有自由，又不会分离，给对方新的乐趣。

可也不是没有遗憾。

夏彭年爱李平，除了美色，何尝不是带着对李平的姐姐，那个天使般拉着小提琴的李和的渴慕，那渴慕里有意难平的自卑和难以补偿的遗憾和寄望。而夏家，用李平外公的资助发达，却未及时报恩，在那十年里给予救护，由得李平一家沉沦苦海，不得不让李平只身逃到香港，寄人篱下，真做了亲戚，主仆颠倒，贫富各易，谁没有一点说不出口的难为。

而李平，李平有什么呢？她再美、再聪慧、再自知分寸，也没有家世傍身，她不过是一介孤女，对夏氏家族开疆拓土毫无用处。她是夏氏大宅里闪耀的水晶灯、古董花樽里盛开的玫瑰花，却不是霸业的并肩者。难免地，夏彭年有时都会带着一点看小玩意儿的心思待她，而不似王羡明，一心一意只想与她注册结婚，尊她如女神。

香港是个势利的地方，但世上何处有不势利的地方？

门当户对，门第早已调换，旧时王谢堂前燕了。李平再爱夏彭年，再想嫁给他，又能如何？她做不了自己的主，更做不了夏彭年和夏氏一家的主。

身不由己，命不由己，哪怕她已经尽了最大的努力，情愿丢掉名声，一直做情妇下去，直到人老珠黄下堂被弃。

可夏彭年不愿这样自私。所以他能做的，是尽早放手，趁她年轻，还能保住名声。他未婚，她是女朋友；他婚后再来往，情妇这个名声永远也洗不脱。

他爱李平，但更爱自己与整个夏氏家族。吃过苦的人，绝不容许自己再吃苦。

小说的最末，李平和夏彭年选择在威尼斯分手，他们尽情地享受最后的七十二小时，不分日夜厮守在一起，羡慕相爱到老的夫妻。

"你看，彭年，人生就像一道桥，我们自彼处来，往那头去，一边走，一边不住叹息，因恨事太多。"

夏彭年怜惜地问："这些年来，也总有叫你高兴的事。"

李平抬起头，思想像是飞出老远，过半晌她说："现在我知道了，在那个时候，我也不是不快乐的。"

"现在呢？"

李平忽然笑了，过半晌她答："现在，现在我也不是不快乐。"

她轻轻叹息一声，转过脸去。

不是不相爱，而是，爱情，从来不是最重要的。

这是个悲伤的结尾，悲伤里有彼此的爱，让人掩卷痛哭。

《第一炉香》的最末，新年，葛薇龙如愿地嫁了喜爱的人——明知他是利用她，同游铜锣湾，到底也有过快乐，可是那快乐里，是无限的出卖和背叛，越发地苍凉，叫人哭也哭不出。

也不过是，一声叹息。

## 糖炒栗子

这两天闲着无事，每天叫盒马鲜生的外卖送一份糖炒栗子来吃。原以为他家的栗子不过尔尔，可是味道居然不错——哪怕接到手的时候已经是凉了的，也有甜味。

读书的时候爱吃糖炒栗子，初冬的夜，赶着去学校上晚自习，天色黑下来，骑着自行车经过卖糖炒栗子的摊子，遥遥地闻到香气就开始挣扎，等经过摊子，听到师傅叉着一把墨漆漆的长柄铁铲在大铁锅里用沙子炒着栗子的沙沙声，那种醇厚的甜香，夹着一点桂花的气味，就实在踩不动自行车了。

其实刚吃过晚饭，肚子还是饱的，可就是忍不住想吃，就是所谓的嘴馋肚饱。刚拿到时最馋，老板用发黄的厚纸袋装好，又加两颗，算是添头。抱在怀里烫手得很，可是舍不得放在车篮里，一定要一手推车，一手抱住装栗子的袋子才觉得踏实，又暖手。走几步，实在忍不住馋，停好车抓一颗出来，用牙咬开壳，略软滚烫的栗子肉直接落进嘴里，那种烫舌的香气，咕噜噜从舌头一直暖进胃里，驱散了冬夜的寒气。

等到了教室，这就成了暖手袋，不敢上课偷吃，又怕凉得快，就裹在棉外套里，下课时剥一颗又一颗，一直到回家，最后一颗栗子肉是凉的，可也满足了。

这样苦读的冷夜，有什么是一小袋糖炒栗子不能满足的呢？

《留情》里的米先生和敦凤，看着和气，隔了一大把年岁，客客气气做着夫妻——不，那是他们永不能解决的矛盾，哪怕有一纸婚书，敦凤也不过是米先生的姨太太，不是正妻。

一个做过正室的人，坚持着守寡了十几年，有出身，有教养，有美貌，末了还不是为着钱，为着下半世的依靠，去做了有钱人的姨太太。她是多么地盼望着成为正室——一个有名分的女人，可是米先生再让着她，再与病了许久的妻子争执过大半辈子，可大半个感情还是随了妻子去，而非在这个让他慰藉的上等美人儿一般的敦凤身上。

能不恨么？不耿耿于怀么？敦凤仿佛不识相地总提起死了的前夫和与他有关的一切，莫不是在赌气，气自己曾是个正房太太，末了却成了一个尴尬人儿，尴尬身份。

那样千疮百孔的感情，那样深的心病，总得遮掩着弥盖着过下去，谁还有更好的选择呢？末了，两人走到路上，买一包糖炒栗子，敦凤打开皮包付钱，自然是用米先生的钱，她能赚取什么呢？不过是用着他的一切，做他的人。栗子交在米先生手里拿着，这样看起来，他们还是一对亲密的人儿，仿佛是相爱的。也唯有这样相爱，才可以一起做这些琐碎的小事。

这或许是一点安慰。无论有没有感情，相处里有怎样的不满意和怨艾，无论内里怎样地千疮百孔，总有一点拿得出来的体面，就像华丽的大衣披在身上，虽不比皮裘暖和挡风，可到底也是穿上了大衣的人，不至于在寒风里瑟瑟。

不知那样一路握着糖炒栗子的袋子一起走着，偶尔分食几颗，敦凤的心里会不会好受些？米先生当然是会做人的，一路剥好栗子，完整地一颗颗喂到她嘴边给她吃，热的、甜的、粉糯的，化解了冬日细雨的寒气和不愉快，一切难解的难题，到底是可以稍稍无视些。

就是这样，慢慢地走下去，或许走完米先生还剩下的十二年阳寿，守到了底，看着一路好像是相爱的，留着一点细碎的情分吧。

就像那年的张爱玲，在静安寺附近的路上，每日和胡兰成来来去去走着，会不会也一起买一包糖炒栗子快乐地分食，暂时忘却生命里种种的不愉快。未来是怎样的，谁也不知，这一刻落在肚子里的爱人递来的爱吃的栗子，能抵消很多现实的未知的为难。所以我们爱它的热它的甜，糖炒的一颗颗，经得起滚烫滚烫的沙子翻炒，终究能圆满地还出一点甜味来，那才是每个感情里的女人，祈求的甜蜜与圆满。

## 桃花开

开车经过路边，发现斜出去的野径上几树桃花横生在一条小河边，自顾自开得灿烂。因那地方幽僻不好近人，只可远赏，那薄命逐水流的桃花，倒也生出一种贞静的感觉来。

真奇怪，是满树芳艳的贞静。

已经很少见有几树桃花临水而开的景象了。小时候读诗，是"双飞燕子几时回，夹岸桃花蘸水开"。

桃花需得有水，才有那种风流感，花多且沉，那种粉红是别的花朵难以企及的香艳。这个季节，杏花芳菲，垂丝海棠亦格外地轻柔袅袅。别的花儿，总是花叶交相辉映，唯独桃花特别，花色引人，叶子再碧绿也还是躲躲闪闪，花事盛大的时候，只不过是个陪衬。就像有的女人，盛名在上，男人虽然也有点文采笔墨，可总是一生做了她的衬托，无论是出书也好回忆也好，世人论起来，总是说：那是某某某的男人。然后地，才有些兴趣，去打量探寻，也不过是在那个男人的文字里，去寻那个女人的香痕一缕。

四季轮回，桃花开在梅花后头。梅花是冬花里的翘楚，就算是红梅，也有一种清冷孤傲，若是有雪，更有遗世独立之感。桃花却是开个热闹喜悦，从前看某个男作家的书，开篇就写诸暨老家乡间的桃花，也是觉得亲切。毕竟我小时候，春天一到，必定要跟着我的爷爷去摘折桃花，好桃花都开在乡里，穿过田畈地，有初开的油菜花，那黄色特别娇嫩，却没什么香气，说白了，就是菜花气，豌豆花也是这样，紫色白色，眼睛似的，还有梨花和李花，都是兀自雪白的一树，因是白花，也不打眼。我要去折一枝梨花，爷爷便不大喜欢，大约是雪白花碧绿叶的缘故。

等走得乏了，忽然有村野人家的墙边捧出一大株桃树来，开得正热闹，蜂蝶嗡嗡的，便要客客气气和人讨一枝——因为是要结桃子的。乡间人客气，见一老一小远远来求花，无有不允的，总是拿出剪刀来，可以随便剪。

也有爱花的小姑娘，扎着小辫子，搬着板凳坐在桃花树底下吃晚饭。偶尔风过，花瓣飘落下来，几瓣掉在饭碗里，小姑娘也笑嘻嘻，照样吃下去。后来看古方，知道桃花是可以入药养颜的，那小姑娘也是讨巧。

讨来的桃花插在玻璃汽水瓶里，可以开很久很久。我也曾自己埋过一颗桃核，吃了桃子特意留出来的，埋在老屋一个无人住的空院地里，第二年果然抽了苗长了枝，过了两三年开花，不知是不是地泥贫瘠了一些，那株桃花特别瘦弱，花开寥寥数十朵，一会儿就数得清，很多年后也没长得更大些。再后来，那空地闲着，不知谁抬来几口新制的石棺，那里春天开桃花，秋天有野菊，格外有种生死相照的凄艳的诡异，也没人再敢去了。更后来，平地起了新楼房，我每次回去，总隐隐约约觉得，那座楼底下，桃花是照样年年开着的。

许多人觉着桃花逐水流是薄命，总说乱世桃花，红颜薄命，说得好像其他的花做得了自己的主似的。香港夏日偶有风球，就算是三月天，飘泼大雨也是说来就来，影树的花开得再红艳，不也经不得风吹雨打去。

张爱玲的笔下也有桃花，那故事的开头极好，都以为桃花树下的少男少女没有早一步，也没有晚一步遇上了，总会有个好收梢。中国人的故事，讲究的是团圆喜庆，强扭的美满，无论是《井底引银瓶》还是《王宝钏与薛平贵》，一个男人无论做错什么，女人都是个原谅，求个夫妻团圆，妻妾和睦，为此不惜叫王宝钏一个正妻苦守寒窑了十八年之后，还要到代战公主这个妾手里讨生活做皇后，为此只活了十八天。这十八天，若是写个宫廷剧，简直无甚好写，一个无依无靠贫穷艰苦里熬出来的年迈色衰的皇后，如何敌得过年轻貌美手握重权的妾，想想也是凄惨。所以张爱玲的桃花里，到底没开出好姻缘，女孩子被卖了又卖，我一度很疑心那是《连环套》里霓喜一开始的故事，毕竟她的一生这样桃花艳丽，缤纷招摇，最后也不过是落英满地。

唯一可喜的是，这个季节如果见桃花，想起的歌儿是欢快的，我小时候，听得最多的不是"在那桃花盛开的地方……"，我也不知桃花盛开满林是什么样子，毕竟那时尚未读过《桃花源记》，连个可想象处也没有，倒是有首粤语的歌曲《桃花开》是从小听到大，只要八三版的《射雕英雄传》播到郭靖桃花岛求娶黄蓉成功，那歌儿就欢快响起来，到现在还能哼起来。桃花岛桃花芬芳了东海一角，除了黄药师年轻时与冯蘅琴瑟和谐，灵犀相通，也唯有那时节的郭靖和黄蓉最有小儿女情怀。

今天是天朗气清，赏花人自有快乐心，听听这首《桃花开》，想起张爱玲也是喜欢桃红的，或许真是一世人，总有爱过的快乐时。

## 袜　子

滚石有一段时间喜欢出苦情歌，辛晓琪是个中翘楚。繁华都市里的女人，再忙碌再成功，也有唱不尽的心事，多半是为了爱，多半的多半是为了爱而不得。

每次听她的《女人何苦为难女人》都要起一身鸡皮疙瘩，为了一个男人，两个女人要私下开解劝慰，莫要自结成仇，彼此敌视，白白便宜了第三个女人。

最可畏的是《味道》。写词的人大抵有真爱过一个人的细腻心事，细节信手拈来：

　　想念你的笑
　　想念你的外套
　　想念你白色袜子
　　和你身上的味道
　　我想念你的吻
　　和手指淡淡烟草味道

　　余者不过是爱情里常有的事，笑也好，吻也好，情人眼里出西施，都是甜蜜。爱抽烟的男人，亦要抽烟的姿势好看，烟草气味混着个人不同的气味，自成一派。否则也不过是个寻常烟酒佬，何足为奇。

　　至于白色袜子，倒颇稀奇一点。

　　我所见过的许多男人，黑皮鞋配白袜子，很奇怪的不知什么料子，一定不是棉袜，有点像化纤，看着滑溜溜的，很是滑稽。

　　很多男人，穿惯了球鞋，其实不知什么鞋配什么袜子，而且他们多注重面子，袜子什么样，完全不要紧。

　　也见过会穿的人，时新的球鞋里是毛线袜子，细看是纷杂的暗暗的多色交织，十分趣致。夏天呢，有时就一双黑色真皮拖鞋，里头是蓝色绒线袜子，会穿也敢穿，难得还能穿得好看，打破男人们穿衣的惯例。

　　白袜子其实最骄矜，尤其是白毛线袜子，洗不过几次就黄了，穿两次就得扔。看章小蕙的采访，在她真喜爱钟镇涛那段日子，会偷偷藏他的白色米奇袜子，只为体会他的味道，想来也是真爱过。

　　唯有爱一个人，才会从头到脚地关注对方。胡兰成对张爱玲颇为上心的那段日子，她戴嫩黄边框的眼镜，新得了桃红颜色的旗袍，静安寺庙会上买了来的绣花鞋子，鞋头连鞋帮绣有双凤，穿在脚上，线条非常柔和，她特要穿给胡兰成看，在他来的时候，在房里。桃红是闻得见的香气，双凤是成双成对的心。

不知那时候，张爱玲穿什么颜色的袜子。胡兰成没有说，不知是不是他看了绣花鞋就够，也无心去关照内里配了什么袜子，也许是赤足，但肯定不会是白色丝袜。

张爱玲的笔下，只有《金锁记》里寂寞又孤老的大小姐长安，年纪轻轻的，就只穿着玄色绣花鞋与白丝袜，人还未老，一颗心就已老了。白丝袜配玄色鞋是多么难看，长安有兴致的时候，会去买玻璃丝袜，听着就旖旎，是一颗心又活络了。

可是玻璃丝袜是难穿的。无论工艺怎样进步，一切丝袜号称透气无形，其实都是紧绷绷在身上，与女人腿上腰上的肉苦苦为敌，绷作一团。

年轻的时候有阵子我喜欢安娜苏的丝袜，十分之夸张，黑色底的丝袜，上头各种刺绣，多以紫色丝线为主，绣成蝴蝶和缠枝花。我也不为穿，买来搁着看看，全是收藏。真有穿裙子的时候，连裤袜是安全的，不大会滑落，齐腿根的丝袜是松泛些，可是总时时担心它会滑落。以前的女人会用吊袜带，听听就十分之香艳。

我在穿袜子一节上十分讨厌烦琐，最不爱穿丝袜，见到有人穿丝袜配凉鞋和洞洞鞋，简直特为惊异。我是宁可裸足穿球鞋的，若是穿裙子，最好也不要丝袜，夏天穿这个，简直为难死人。

白袜子倒也有，全是棉袜，只穿球鞋时用。想到《金锁记》里长安的白丝袜，又是一阵凛。张爱玲写人真刻毒，一双白袜子，就是一个无心梳洗懒得交际心字成灰的女子。女为悦己者容，没有那个人，断了爱的指望，总是胡乱对付着自己，对付着未来。

那个唱着《味道》的苦情女人，也是爱而不得，只有那点痴，连自尊心也折低了，叫人可怜。

## 我终于懂得张爱玲为什么不想做妈妈了

一个童年缺少爱的孩子，她对未来的恋爱和婚姻都是恐惧的。我们所谓的三观，对一个于不健全家庭长大，长期缺爱的孤僻少女张爱玲而言，她是不在意的。

她只需要爱，需要暖，需要心有灵犀的伙伴。

胡兰成当然不算是一个好伴侣，滥情，逃难也是一路逃花，甚至不惜厚着脸皮当着张爱玲说小周的好，范秀美的好。

真是一个被女人宠坏了的溏心郎官，张爱玲苦苦爱你，缔结婚约：愿琴瑟在御，岁月静好。

这静好，一年都不到，她被离弃。

初爱即夭折，有时候可以毁去一个人的人生。

她从此萎谢于尘埃里，要很多很多年后，才能再相信爱，比如在得到妈妈临终寄来的遗物古董时；比如，有赖雅时。可一切，来得似乎晚了一点。

我可以在逆境里咬牙下去，是因为我知道，有人无条件爱护我保护我，关心我一饭一食一眠。

传闻在《小团圆》里九芝是张爱玲的原型，堕胎，子宫颈折断。一个人连自己的一生都难以负责，如何负责一个呱呱坠地的新生儿。

不如让他不要来到这个乱世，来到这个无序竞争的疯魔的世道。

真的，老师对自己的孩子多半是束手无策的，包括我，一团乱麻。因为有时候，真的是教导别人家的孩子容易，教导自己的娃难——因为孩子向例听老师的胜于听母亲的话。

想起怀孕生产的艰难，辛辛苦苦拼上半条命为了一个自己的孩子，那我能给他什么？为了了解孩子以后要学什么，我拿起小学课本先自学了一遍，又去小学上课，提前体验小学生活，旁听一年级教学，才惊觉现在的小学语文已经到了什么难度，完全是初中语文的下沉式教育。如果不是亲眼看到，我差点不能了解语文的中小衔接已经是什么模样。

而数学，许多孩子已经冲到思维班里日夜补习，学的完全是超越年龄的内容。可是能不学吗？我和身边的妈妈们讨论，只会越发焦虑，不知如何是好。只好陪着孩子学，辛苦接送，风雨无阻，恨不能以身相代。

大环境如此，裹挟其中，谁也无法。

冷汗都下来了。

妈字，女为马也，夜奔千里，汗血浑身。

但甘之如饴。

这是每一个妈妈都会尽力做的。

请我的孩子，明白我的苦心与付出。

因为我实在太害怕，给你的爱太多，是溺爱宠坏你，也会给你巨大的压力，让你束手无措；给你的爱太少，我心怀愧疚，生怕你的一点点不够都是我造成。

敏感脆弱的张爱玲，也会如此想吧。

做一个妈妈，太两难了。不如暂时放弃，学会如何去爱，自己拥有丰沛的爱，再去面对这一切。

昨晚你对我说："妈妈，我们永远不要分开。"

我懂，我哭了，我只愿和你一起，做一对彼此相依的母子，风雨共渡，面对未知的未来。放弃和牺牲所有时间，丢开一切，只为和你共同成长，陪伴你更多。

我是一个脆弱的母亲，永远觉得自己不够好。

望你原谅我的不足，爱我如初。

# 禧

禧，《说文》里曾说"禧，礼吉也"；《尔雅》也曰"禧，福也"。多有幸福、吉祥之意。

翻阅诗书，觉得很奇怪，历代给嫔妃定封号，多是寓意吉祥美好的字眼，如贤、德、柔、淑、丽、华、端、庆、安、宁，吉字祥字这样直接的也有，譬如清代嘉庆的吉嫔、祥嫔，末代逊帝溥仪的祥贵人。

与"禧"字形相近的"熹"与"僖"，"熹"为光明炽热，"僖"为喜乐，也有小心畏忌之意，大概有点提点警醒的意思，就像"恪"与"顺"，都是要人小心顺服。

中外历史上与"禧"字有关的两位后妃，皆是赫赫有名，一个是朝鲜第十九代君主的张禧嫔，另一个便是清末的慈禧太后。

张禧嫔名玉贞，出身中人，而非两班贵族之女，父为译官，父丧后母亲沦为奴婢。《朝鲜王朝实录》记载，肃宗六年，张玉贞的堂伯张炫卷入了"三福之变"而"受刑远配"，张氏家族亦被牵连并抄家，张玉贞由此没入宫中为内人。她生性机巧，容色出众，深得肃宗宠爱，只是为肃宗嫡妻仁敬王后金氏所侧目，又被肃宗生母明圣大妃厌恶，赶出宫中数年。直到仁敬王后与明圣大妃先后逝世，肃宗曾祖母慈懿大王大妃（即庄烈王后）赵氏赏识怜悯，视她为自己南人派别之女。张玉贞以宫女身份回宫，终于得到后宫牒纸，受封最末等的从四品淑媛，继而进位正二品昭仪乃至正一品嫔位，封号为"禧"。

须知朝鲜历来奉中国为宗主国，国君称王，正妻称"王后"，而非"皇后"，王后之下地位最尊乃是嫔，如朝鲜正祖的后宫宜嫔成氏，朝鲜宣祖的后宫仁嫔金氏，朝鲜中宗的后宫敬嫔朴氏，皆是备受宠爱，地位超然，便是王后也颇敬让几分。但张禧嫔一般中人出身，除了能独占六宫之宠，独居肃宗为她特意兴建的新宫"就善堂"，还引领朝廷党争，成为南人领袖，并且在肃宗苦盼子嗣而后宫皆无所出的情形下生下肃宗第一个儿子，封为世子，成为日后的朝鲜景宗。此后张禧嫔宠爱愈盛，煊赫张扬，她又性子高傲，对曾经身份在她之上的从一品贵人金氏和正宫仁显王后都不甚尊敬，是恩仇分明之人，终于母凭子贵，挤下肃宗一直无所出的继后仁显皇后闵氏，将其与同系的金贵人一同废位，赶出宫中，贬居私邸，由后宫嫔御登临王后之位，此后内廷外官勾连，皆是张玉贞身后南人主张朝事。

张玉贞因自己是宫女获宠，多年来无人可分宠于她，成为皇后后志得意满，也要防患于未然，史称她"向上频有不逊之举，妒恚特甚"，对肃宗临幸的宫人获封颇为不满，更是对同情废后仁显的低贱杂役宫女、日后英祖的生母淑嫔崔氏以水缸压身，终于为肃宗所不满。"上颇悔悟"，借仁敬王后之侄引领的"闵妃重定运动"，重新迎接苦苦独居私宅数年的闵氏回宫，重立为妃，却也没废张氏为庶人，只是将其降为禧嫔，保其亲子世子地位，日后继位。即便是崔氏生下男丁，令肃宗大喜过望，也未动摇张玉贞之子的地位。

张禧嫔之死，也是历代后宫最常见的罪名"巫蛊"，由淑嫔崔氏出面告发张氏诅咒病故不久的仁显王后。说到底，不过是肃宗知晓张玉贞干预政事，怕子少母壮，于是效仿汉武帝钩弋故事，赐下死药，令其自尽。

张玉贞之前，李氏朝鲜继立王后，多有从后宫嫔御中擢升的旧例，如燕山君生母废妃尹氏、燕山君异母弟中宗生母慈顺大妃，都曾从后宫而登后位。唯一不同的是，张玉贞是朝鲜王朝第一位也是唯一一位中人出身而登上国母之位的王后。鉴于张玉贞对朝政和后位的野心，引发的党争之祸，肃宗在下令赐死张禧嫔的前一天正式下旨："自今著为邦家之典，不得以嫔御登后妃。"此后李朝再也没有后宫嫔御升为王后之事发生。譬如仁显王后临终前，曾推举一同复位的宁嫔金氏为新任王妃，肃宗没有同意，宁可另择名门少女继为仁元王后；而两百年后的大韩帝国时期，明成皇后闵氏去世后，纯献皇贵妃严氏也掀起"升后上疏运动"，高宗也没有同意。可见张禧嫔的教训对后世影响之大。

景宗即位后追封生母为"玉山府大嫔"，因从国母之位降为后宫，不得入宗庙，景宗便另设祠堂"大嫔宫"以祭祀，为李朝"七大宫"之一。

朝鲜历史上重男轻女不说，最终儒家嫡庶尊卑，妾身份之低微卑贱，会累其子女亦世世为正妻儿女的奴婢，或是不得不没入娼妓之流。张禧嫔这般不安于室有心插手政事的女子，以妾灭妻，历来为朝鲜历史诟病。不只在其在位时有《谢氏南征记》影射张禧嫔与仁显王后争宠的小说，更有《仁显王后传》褒仁显贬张氏，将其与燕山君时倡优出身的后宫张绿水、光海君时的尚宫金氏和中宗时期协助文定王后掌权二十年，有毒杀正室嫌疑却获封外命妇正一品贞敬夫人封号的郑兰贞并称为朝鲜妖女。

这样妖女，倒是比贤德仁爱著称，废后又重新复位的仁显王后有意思得多。

相形之下，我国的慈禧太后叶赫那拉氏选秀入宫，比张玉贞地位高了不少，初入宫为贵人，位阶并不算高，只因貌美出众，机敏刚性，让软弱的丈夫咸丰得了一时的喜欢，生下皇长子爱新觉罗·载淳，后来玫贵人徐佳氏虽生下皇次子悯郡王，可这悯郡王当日即夭折。载淳是的的确确的咸丰独子，无可争议的皇位继承人，自此地位稳固，与张玉贞无异。咸丰与肃宗皆苦盼皇子久矣，叶赫那拉氏也是母凭子贵，一路成了仅次于皇后的懿贵妃。虽然咸丰更宠爱温柔多情的丽贵妃，丽贵妃亦有一女，破例封为固伦公主，视同皇后所出，也不能稍稍动摇懿贵妃的地位。

张禧嫔与慈禧两人都是母凭子贵，都喜欢干涉朝政，慈禧甚至能代为御览奏章，掐印作记，只等咸丰朱笔一挥。无非那时的懿贵妃隐秘，并非像张禧嫔一样引导党争，所以未被前朝后宫瞩目弹劾。

张玉贞遗憾的是没有活到儿子即位那一日，成为大妃，如同太后之尊。

叶赫那拉氏遗憾的是没有做过一日的皇后，哪怕同为太后，慈安为母后皇太后，为嫡妻；慈禧为圣母皇太后，终究是妾室。直到慈安死后，她才一生纵性，独断国事。

李翰祥导演拍过慈禧的故事，题目很直接：《一代妖后》，张禧嫔也被朝鲜历代风评定论为"妖花"。在汉文化辐射的区域内，非常讲究生下儿子的重要性，严重到无子可以是休妻的"七出"之条，历来因为无子而被废的皇后比比皆是。嫉妒更是不能有，想要专一地得到一个男人的爱，防微杜渐，简直是醋汁子拧的老婆，该杀。

想要干政，那更是不应该。女子无才便是德，手怎么可以从帘后伸出来，武则天还没做皇帝呢，骆宾王的《讨武曌檄》就铿锵掷地，骂声流芳千古。

女人应该是温顺的，多子的，恪守闺阁教训的，从父从夫从子，不可有一点"凤在上龙在下"的僭越。历来女子干政，从汉代吕后到唐代武后、宋代刘太后、清代的孝庄和慈禧，恋栈权势固然是大错特错，便是扶持幼子登基，只想江山安稳，多少事外托大臣并不跋扈好杀的，也要编排点"狸猫换太子"的耸人故事，或者带点花边新闻，和臣子的风流故事，汉臣满王都不要紧，总之要提醒你们一点——做女人能得势，无非是靠君恩、丈夫的恩宠、儿子的助力，还有外边男人的扶持。

韩国人那么喜欢拍关于张禧嫔的故事，拍了一部又一部，或是老调子认定张氏祸国妖孽，要么认定她是肃宗真爱，与仁显王后的争斗，再加上后来的淑嫔崔氏，简直可以写无数谁是"真爱"的小论文。

但是宫廷争斗皆与前朝相关，有多少爱意也被消磨殆尽，无非是政治当前，永保社稷为先罢了。

这样的"禧"嫔，哪有什么欢喜，哪怕曾有过数年专宠，被心爱的男人赐下死药，也尽够残酷了。

至于慈禧，一生得到咸丰的宠爱不过昙花一现，若非有子，和深宫失宠妇人有何两样。即便母凭子贵成了圣母皇太后，她的骄纵蛮横，母子离心，与继子光绪更是生死相搏，想要力挽狂澜，却救不得千疮百孔的末世气象，只能眼睁睁看着王朝衰落，八国侵华，连日本都欺到头上，在风雨飘摇中心力交瘁而亡。她死时，身边已经没有什么至亲了，丈夫死了，儿子死了，她夺了妹妹的儿子也不见得有多善待，妹妹也恨毒了她。真是孑然一身，孤苦无依，哪怕徽号再长，陪葬再丰，人死灯灭，一生有几多"禧"处。

抛开这些人物，手边有篇小文章，是张爱玲的《鸿鸾禧》，名字拆开来个个都是好寓意，鸿雁是定亲的信物，成双成对，忠贞不渝。鸾凤和鸣是中国人历来对婚姻的期望，喜乐更不用说。结婚是喜事，一定是快乐的。

可是《鸿鸾禧》里的新娘子邱玉清不快乐，结婚前狠狠撒钱买着一切华丽而不实用的东西，全为着满足自己一辈子只有一次的喜事。能嫁出去总是好的，小姑子和姑表姐妹都嫉妒得不行，急急盼着轮到自己，对新娘子自然没好话——当然这是背后。

做女人的，一生只有这一次任性的机会，不能不由着性子来。新娘子就是这样委屈的。新娘子的未来婆婆也委屈，她更是里外不是人，不讨丈夫儿子女儿的喜欢，媳妇是外来人，难得还能维持一点暂时的欢喜。一场喜事，大家都觉得自己委屈了、忍让了，喜悦是小片小片的，像下过雨后地上湿透了的残红的爆竹纸，鸿雁要往天上飞，南北来回，鸾鸟适合绣在丝绸屏风上，贞静绚丽，慢慢地，羽毛褪了色，一辈子也过完了。

不知道张爱玲有没有看过一出曲目，叫《鸿鸾禧》，自冯梦龙《古今小说》中《金玉奴棒打薄情郎》改编来的，不用想，打完负心薄幸的人，照旧要强扭的欢喜，团圆恩爱地过下去。

说是喜事，就如那个"禧"字，是看上去的欢喜，谁都知道，底下是不能翻开看的，都是说不得的悲哀，不叫世人看笑话罢了。

# 心 经

因为一场疫情，这个庚子年的开头变得十分清静。人人闭户不出，偶尔看楼下的车道，有三五辆车经过，就算是热闹。为了响应号召，自我隔离，于是日日在家宅着。

其实也没有什么不好，这个时候的西湖特别安静，没有游客团队人挤人，大喇叭喊着，四处堵车；也不用走亲访友一顿瞎聊，其实只是无所事事刷手机。

从年二八静住到年初三，连个外卖都不敢叫，其实小区早已不让外送人员进来。我们也不敢往楼下去。

成日刷手机也很无聊，干脆坐下来写《心经》。其实我的毛笔字很差，也不心静。小时候为了不肯学书法，不知挨了多少打，一边跑躲着打一边不肯学，终究不学无术。现在要写起来，不过是拿个钢笔，在现成的经文上临摹。

说是描经祝祷祈福疫情早退也好，说是求得安心宁静也好，可到底没耐心，写了没几页，去翻张爱玲的《心经》。房间暖气开得足，我披着羊绒毯子，却是越看越心惊。

不得不说，自我从小看张爱玲小说的日子里，《半生缘》看得较多，《连环套》靠后，《心经》是最不敢看的。

不为别的，只是当时还是学生，看着《心经》，最是"心惊"。

一个寻常小家庭的故事，父母是不出意外地不甚恩爱，女儿过分地依恋父亲。许多到中年的夫妻，都不过如此，早就不同房了，便是睡一间房，也发生不了什么艳事。妻子，多半是一个做什么都不够的力所不能及的妇人，可以名正言顺地批评教育，因为内心看不上。

女儿呢，女儿不一样，是自己的骨血凝聚长大成的一个标致的人儿，有自己年轻时的影子，又多半没有母亲那种伧俗。我是极力想生女儿的人，可一度看了《心经》就掩卷，青春期的女儿对父亲有多眷恋，在这本书里，许小寒待母亲简直是仇人，话不投机，父亲却是可亲的。如果是个关心女儿的父亲，父女更是密不可分，生生地，为自己带来一个永生永世不可分离的小情人。

所以，我害怕许峰仪和许小寒那样的父女不像父女、恋人不像恋人的感情。张爱玲的笔力太过犀利而怕人了，简直如惊悚片。而惊悚，恰是因为过于真实了，直到我三十岁以后，才渐渐知道，原来许多适龄的女孩子不肯结婚，是因为没有遇着像她爸爸那样的男人。虽然那男人在他妻子眼里一无是处，可在女儿眼里，是选夫婿的榜样。

这就是张爱玲笔触的锋利与老辣。或许在她的人生里，得到的父爱太少太少，她期望过父亲的保护和信任，可换来的却是毒打和禁闭。那时，她的心就或许是伤透了，可在伤透里或许还有一点期望，血缘至深，父亲怎会这样待自己？

这或许是张爱玲一生都难解的题。

后来的胡兰成也好，赖雅也好，多少有她依赖的渴望的父亲的影子。她并不在别的小说里透露分毫，只是在《心经》里，离经叛道了一回。

身为写作的人，唯一能感同身受的是，许多我们心里不曾讲出的缺憾，只是悄悄在小说里，虚构的故事里，淡淡地露一道痕迹。

当然地，我一直参不透这小说为什么要叫《心经》，也许很情感，解到难以分解，只能寄托于佛法来平心静气。心经，更或许是心里难念的经，参不透的情，解不开的题。

# 月　季

趁着天气好，小区里一个人也没有，我戴上口罩，握着剪刀，去看看一个月前已经进行过冬季大剪枝的月季们。

因为气候一直不够冷，很担心大剪枝后本该在蓄积营养过冬的月季们发了新芽，过早抽枝，到了春天，就会后续无力，长出的枝条就软塌塌的，叶子也不够油绿。

这种心情，大约很像世上每一位老父亲老母亲，担心自己的女儿在该用功读书的年纪学坏了，结果耽误了学习。本来天气坏，不敢下楼去，还能哄着自己，不怕不怕，大剪枝过，顶多冒点芽头，不会现在就大长其长的。果不其然地，越怕什么越来什么。

待到花圃一看，月季花们个个成了正在向上流社会靠近中的葛薇龙，叶子绿得有模有样了，竟连花苞都抿了好几个，几乎是要含苞待放了。

若我脚上有一只朱漆描金折枝梅的木屐，或是打湿了的毛巾，一定狠狠地摘下来朝这些不该含苞的月季丢过去，狠狠地抽打。

什么叫怒其不争呢？大约就是这样的心情。

含苞已经顶大了，足有我的两个拇指大，滚圆的，大红亦有，金黄亦有。花苞已经鼓得足足的了，可是偏偏怎样也开不出来。

当然开不出来，之前接连的雨水，把一个月前浇过的花肥水都冲淡了，肥力不足。天气也不对，暖了几天后骤然降温，半个月来就一直是阴沉沉的雾霾天气，气候并不适宜开花。真的，就算此刻阳光这么好，天气这么暖，不过是小半天，天色又阴沉了。

所以纵然兴致勃勃结了那么大的花苞，却死死憋住了，怎么也开不出来。当然，花儿自己是不信的，有花就要开，有心就要灿烂。全不顾旁边另有的几盆乃前车之鉴，便是以花苞的形式枯烂在枝头，何止是黑色的枯萎，还结了银白的霉烂的絮，至死都是含苞待放却不能放的委屈，憋死的一腔雄心。

不合时宜地开花，与爱上不恰当的人一般，纵有万丈柔情待付与出去，可只能烂在了心里。季泽是永不会回应七巧的爱的，偶尔给些阳光雨露的甜头，好叫她沐浴在细细的阳光里，细细的音乐里，不过是为着她的钱——她快乐了那么一会儿，自己就明白过来了。乔琪乔是不会多爱几分葛薇龙的，哪怕他吻她，替她拍着旗袍上的火星子，陪她去铜锣湾一带的闹市看闲玩意儿，拉着她躲开外国兵的调戏，他终究不会将她放在心里。

这样凄婉的爱，用尽力气的爱，偏偏无处可绽放，可以做的，不过是萎谢了。

萎谢了还不止，我这样的养花人是知道的，这时节开花，是白耗肥力，还影响下一季花季时的花苞个数，花期的长短。

来日里谁都看见春来花好，密密丛丛，谁还记得那些错了时节的花苞，看到一点点阳光就愿意灿烂，就以为春日会为它早来，于是兴致勃勃地结了花骨朵，却只是浪费了生命与情意。

周遭是人心惶惶，每个人都躲在家里，无事也不出门。自然地，花儿愿意开就开，愿意不开就不开，愿意开一朵也好，凋谢了也随它的愿。可是花开无人欣赏，到底是孤清的。

我是爱惜花朵的人，每开一枝，从含苞到欲放到盛开，都要端端正正地拍下来，存在电脑里。如今惜花人不在，无人照料，可劲儿地开花又做什么呢？我拿剪刀将这些势必不会开的花苞都剪了下来，剪了还不够，花苞都一瓣一瓣剥开，看得清每一片花瓣都紧紧地贴着另一瓣，只等着暖阳长久春来早，再等得几日，或许就能开了。我把它们绞得碎碎的，开不了的花，最好的出路是化作春泥更护花。

修剪完枝叶，将花盆一一放整好，希望它们莫再被一点点暖意骗了，飞蛾扑火一般探出身姿来，却落得萎靡枝头的结果。

可是，也许是我错了吧，贪恋暖意的，是缺了温暖的人；贪恋情爱的，是自小孤独的人。我种月季爱她月月长红，不过是心里怕凋谢怕离别，才喜欢这一朵凋零一朵开的永不寂寞吧。

久悦记

○二

随景照灵犀

# 初 心

今日旭丹来杭州看我。

难得晴朗的好天气,微风不是那么凉。我上完课急急赶去与她见面,一路又堵车,其实很心焦。

疫情期间,要约见一面其实不大容易。我们提早两个月约,要在她没有排练和演出的日子,我的课时也不能太紧张,完成我们共同的一个初心,也算作是越剧《甄嬛》再度启动江浙沪巡演的纪念。

这一回,是旭丹挑了全本《甄嬛》的大梁,犹记得当初《甄嬛》初演,分成上下两本,上本的少女甄嬛杏花雨下惊鸿舞,是李旭丹;下本的伤心人甄嬛归来杀伐决断,痛失所爱,是王志萍老师。

来杭州的那次演出非常轰动,我与促成此事的时任上海越剧院院长李莉、越剧《甄嬛》的导演杨小青老师一同上台谢幕,在如雷的掌声里,来不及抹去在台下看完整场时那盈出的泪。

对于一个从小跟着母亲当票友看越剧的我而言,从未想过,有一天我写的小说会被李莉院长亲自改编成唱词清丽、曲调悠扬的越剧,被演绎成为才子佳人的深宫梦里一团杏色的破碎的华丽影。

那时我与李莉院长见面，说实话是不大相信一部小说可以改编成越剧，彼此合作，我多是抱着试一试的心，想让《甄嬛》多一种呈现形式。李莉院长是手速非常快的人，下笔成章，我彼时怀孕，挺着肚子看了好几稿剧本，只觉得念来口角噙香，韵律里皆是华美之词，悲情难掩，不得不佩服多年浸淫其中的老行尊出手，果然值得学习。然后是定演员、试妆。杨小青导演着力于新型的舞台形式，服装也一改往日越剧多是及地裙幅和水袖的样式，改为广袖和曳地长裙，裙幅又重刺绣，拖曳如云霞，颇有分量。

旭丹与我说，美自然是美的，可是每一退步，都要小心踩着裙摆，飞扬甩裙时要使很大的力。

越剧戏服重工如此，我已经很吃惊了，尤其甄嬛的造型多，妆容由少女至太后，随着心路转变，色彩由粉及蓝，转为盛大的红与幽深的紫，我常常在看演出时很是担心，演员们是如何迅速换头套换装，又转至台上来唱念做打。

一行有一行的辛苦。

知道是旭丹来演甄嬛，我很放心，多少年前宛转和她有过一点缘分，知道她是个有剧缘的人，又喜欢看《甄嬛》。

说起来旭丹，喜欢是真喜欢，若不是真喜欢，不会一演演了七年的《甄嬛》，从只演上本到出演上下两本，她激动得不得了。这七年里，不断地改妆、排练，为几根刘海能不能体现出少女甄嬛的娇俏较劲，不厌其烦，又怕舞台上的甄嬛只重于舞，少了原著中的"口角伶俐不输人"而担心，我不断安慰她，历经了七年，观众都一直认可，你塑造的甄嬛很成功。

彼时李莉院长就要在《甄嬛》开演前为我定一套装纪念，大约是在华贵妃或甄嬛的戏服里选两套拍，作为纪念。但那时我大着肚子，之后产后身材不能复原，实在是穿不上戏服。李莉院长便与我开玩笑——你呀，是正正方方的小生脸，来我们剧院穿皇上和清河王的服装，一定都穿得下。

我吓得"呀"一声跳起来走了。今日化妆的老师一揪起我的头发单看骨相，又摸了摸我的下颌，很肯定地说："标标准准一张小生脸，怎么不入行？"

旭丹在旁边笑个不停，连连说："不行不行，阿紫姐姐是写了甄嬛的人，她必须穿甄嬛的戏服和我合拍一张。"

是了，两个与"甄嬛"痴缠了多年的人，要一起穿着甄嬛的戏服，拍一套《双生》系列，我们很默契地选择了后期甄嬛的造型，更华贵明艳。我毫不犹豫选了紫色，那种末世的伤感与悲凉；旭丹选的是滴血验亲那一场的粉白与玫红，尚没有被深宫的风刀霜剑磨去最后的纯粹。

上了浓妆，勒了头，眼角便微微吊起来，我的脸富态，一吊眼角，自己都唬了一跳，以为是王熙凤，只差一身耀眼衣服五彩璎珞圈了。幸好有头套，又贴了鬓角。连化妆师都说，你还是适合历经沧桑的甄嬛。

能不历经沧桑吗？在我二十多岁的时候，已经写完了她的一生。三十岁以前，写完剧本，看着孙俪的演绎又经历了一回，然后投入到更悲切无力转圜的婚姻困境里，面对着文字里的如懿，与她彻夜同行，并肩走了五年。

心思刚从如懿身上转回，旭丹已经试了无数照片。她是真喜欢甄嬛这个角色，喜欢到戏服都穿了七年，拍了无数的定妆照、剧照，她还要拍，留下每一年每一月甄嬛与她魂梦相同的模样。

戴头套，幸而不重，衣服也能穿，走起来稳稳的，我仿佛也走入了戏里，只是唱不出那华美的词，只能默然哀息。

我与旭丹站在黑色的丝绒布景前，一紫一粉，背身而立，照片出来，恰是我们要的双生花的感觉，仿佛两个人都要走进那深宫无底的深渊黑暗里。

一切美好，在噬人的宫廷里是留不住，留不住的。

倒是写了《甄嬛传》小说的我和演了越剧版《甄嬛》的旭丹，我们共同完成了一个初心，两代甄嬛，相依而立。

这颗初心执着了七年，从李院长时到了旭丹，终于得以成全。

卸完妆收拾东西的时候，我看娇小的旭丹拖着一个巨大的箱子，将戏服和头套、首饰都小心翼翼地收起来，问她怎么来的，她很腼腆，说自己开车来，提早一晚到了住下，因为戏服是越剧院借出来的，她得自己保管才放心。

真是个劳心劳力的小姑娘，为了我们共同的，更多的是我的心愿，她这样费心费力，却不爱对人言。若我不追问，她定是不说了。

我这个人大约常年关着门写东西，有时懒言，看着孤僻，是个冷面孔，其实心血是热的。旭丹却实实在在是个热心热面的好姑娘，怕我有些越剧里的门道不懂，拉着我细细分说。逢年过节，总有一句真心的问候，而非套话。我的生日，她亦记得牢牢的。

这样热心的小姑娘，总是能化了我的冷面，做一对交心的朋友。

其实她比我小一些些，可是在我眼里，总好像隔了辈数，对着她不自觉地露出慈祥的姨母笑。她叫我"姐姐"，我也当她是"妹妹"，盼她在广阔舞台里永远执着一颗精益求精的初心，成为戏剧舞台上最出色经典的甄嬛。

# 动物园哭泣记

人生难免伤心事，难免要泪流。

成年人真是麻烦，哭泣都没有自由。偶尔难过落泪，小朋友也稀奇，过来羞你的脸，满面讶异和嘲笑："咦？大人也哭，不知羞。"

大人为什么不可以哭？大人也有伤心事，有难解的题，不明白的困惑，或者明白却更痛苦的事情，情愿一世糊涂，却连糊涂也不能。

大人也要哭一哭，发泄情绪。故作坚强极力忍耐，往往憋出内伤。好似七伤拳，拳拳都伤自己心肝肺。

渐渐发觉，工作日的异地动物园，是个可以放心哭泣的好去处。

既不是那种太热门的动物园，动物都挤挤挨挨一堆，又忙又热闹，跟公司差不多，一个一个塞满了格子间，抢食争空间，立刻被带入工作情境；也不是那种铁笼子围一围圈一圈的老式动物园，看着像牢笼，又和动物们隔着八丈远，那是坐牢，画地为牢，且动物毛发脱落稀疏，老迈枯瘦，懒洋洋只知不能动，想想就似看到未来衰弱年老不能自理的自己。要是还有动物马戏表演，那就更糟糕，平日里工作感情受尽委屈，为人奴役驱使，势若不敢不听从，看动物被训练得那么乖顺，火圈也敢钻、高台也敢跳，混得一口安稳饭吃，混得有人照顾，自惭形秽之下，明白自己连动物也不如，更觉得凄惨恐惧，恨不能立刻逃离，哪还有心思发泄情绪？

非得是那种安静些的动物园，游人不算太多，每种动物两三只，天地为笼，有阔朗的园区，安安静静进食，养得油光皮滑，肚皮和屁股都圆滚滚的，颇为自在。无攻击性的动物只在栅栏后，比如长颈鹿、斑马、小鹿、狐獴、大象和马来貘。有攻击性的动物呢，也就在玻璃后，看得颇清楚。热带多雨的天气，树木浓密，多半柔软向下，没有那种激昂勃发，反而柔软垂蔓，绿意温拂。

走到马来貘的园区，人特别少，隔着长满矮树丛的木制栅栏，大约和马来貘几十厘米远。我在被游人的屁股磨得光滑无刺的长凳上坐下，尽管无须克制地流下眼泪来。

忍泪忍了这一路走过来，十分辛苦。坐下便可以尽情流泪。

我已不是小孩子，不会号啕大哭，只眼泪流下，就觉得心中郁结可以散去一点。

为什么不对着熊猫、长颈鹿、白鳍豚和白老虎哭泣？太热门的动物，人太多，总是不好意思。马来貘的位置颇偏僻，属于可看可不看的动物。

它的身体一半白一半黑，鼻子微长，圆滚丰满，看着不丑样，甚至有点喜态。从前的人分不清，以为身体有黑色白色，长得滚圆就是熊猫，其实根本是两类动物。不过同时具有黑白色和圆形，马来貘看着总是讨喜些。看鼻子呢不像猪也不像大象，身体倒是像猪一些，耳朵像马，总之许多不像。好像年轻时的我们，总有许多理想和期待，关于未来，关于情爱，关于事业，可是最后呢，糊里糊涂、随波逐流，或是拼命一搏还是落了下来，最后成了什么也不像的那个连自己都不喜欢的人。

貘胆小，厾如我一般，又爱逃避，总钻进水里，希望看不见听不见就一切烦心事都不存在。而且貘是传说中的神兽，可以吞噬噩梦，我长期失眠，眠浅梦多，又是敏感体质，容易惊梦。

如果做貘，把噩梦当零食吃了，肯定睡得安稳。纵然白日有点胆小逃避，夜晚不辗转伤心就好了。做貘真好，可惜我梦想而不得。

于是对着它们哭。

想哭就是想哭，就是伤心，无人倾诉，也诉不明白。烦恼不是真理，可以越辩越明。

人和动物隔得那么近，各管各的。我只管哭，它们只管自己游水进食，偏它们这样最好，连逼迫去表演马戏都不用，中庸快乐地活着。

它们若有思想，一定也觉得，人真是奇怪的动物，要那么多感情和思想做什么，都是为难自己。

身边人也会想，你真是奇怪，有吃有住，有屋有车，还要哭什么？你都哭，我岂不是更要天天哭？

别说只是身边人，这世界上，就算是最亲密的人，感情都是不相通的。连感同身受都难得，何来要求对方能明白你一切心情，否则这世界上就不会有一对恋人之间有误会。误会、猜疑，往往都是对亲近人才有，才能刺伤自己。很多夫妻，鸡同鸭讲，照样是可以过一世。

我们希望爱自己的人也懂得自己，其实真正是奢求。有时连对着他们流泪亦不敢，怕他们多心，跟着难过，又无济于事。

于是走到动物园，对着貘流一流泪。

从此，动物园又成了一个好去处。


# 豆 沙


有些人小时候就发宏愿：要吃软而糯的甜食。

有些人是不说话，天生地就好吃，默默地吃。小时候过年，磨豆沙这件事就是我与爷爷来做。赤豆是一早就浸泡在清水里的，每天换水，泡上三天。然后他用高压锅蒸煮赤豆，蒸得软烂，因这是危险的事，他不许我靠近高压锅，认为会爆炸，以至现在听到高压锅哧哧的声响，我都觉得莫名地紧张。

等赤豆蒸好，便一切交给我，爷爷坐在一旁，笑眯眯看我捣豆沙，捣得细细的。奶奶就说："看孙女儿捣豆沙有什么好笑，成天也不见对别人有笑脸。"

我爷爷是战场上回来的，又是摩羯座，盼了一辈子女儿没生到，对着三个儿子和唯一的孙子都没笑脸，唯独对我，做什么都对，什么都好。我们那个小镇上都知道，小时候我是在我爷爷怀里抱着长大的，婴儿床都没躺过几天；弟弟呢，则是奶奶带得多；可奶奶最喜欢的、最疼爱的是三叔的女儿。我弟弟这个唯一的孙子，并没落下什么特别的好处。男尊女卑，在我家仿佛颠倒了过来。

我捣豆沙，爷爷闲坐着指点我加一点猪油，这样豆沙不会发干，才会甜润。起初我们不加糖，好的赤豆自有甜味，淡淡的就好。后来爷爷和奶奶的味觉都有些退化，越发地爱吃甜食，就要我捣豆沙的时候不时加白糖进去了。

这样磨碎后再蒸，入口细腻无豆碎，就成了。这是一年里的大事，做春卷，揉拳头大的圆子，做八宝饭，处处都用得到豆沙。爷爷的牙不好，喜欢吃软而糯的东西，还要好消化，豆沙最对味。

我吃东西刁钻，豆沙粽子只挖豆沙吃，糯米都留着；春卷只吃有豆沙馅儿的部分，剩下的油炸碎皮索索落了一盘子，圆子和八宝饭更是，中间的豆沙挖空了，留着洞穴似的一窝。除了豆沙，如果是完整的赤小豆，无论是蒸米饭还是裹蘸白糖那种赤豆糯米粽子，我都碰也不碰，一颗颗的红色赤小豆嵌在白米饭里，令我的密集恐惧症发作，更是无味难吃，非得蘸白糖才能入口。我奶奶很看不上我这样子，又要数落我挑食。

爷爷便维护我："她胃不好，不能吃糯米，也不好直接吃赤豆，只能吃豆沙。再说了，自己做的豆沙自己吃，又有什么错。"

爷爷不嫌弃我浪费，我不吃的，他都替我扫清了，说是自己爱吃，总不肯叫人说我的不是。到很多年后，他的癌症转移到胃部了，他还不知道，突然非常非常想吃豆沙粽子，家里人都不敢劝，更不敢告诉他他已不能吃这种食物，只好推托说我想吃，都带去了大学，他便在病床上眉开眼笑："都给她，她喜欢就都给她。这孩子从小就爱吃豆沙。"

妈妈眼红红的，偷偷对我说："别人吃是不行的，只有说你要吃，他就最高兴，便不提自己要吃，总算哄过去了。"

我流下泪来，无论什么时候，爷爷最宠溺我。

现在我依然爱吃豆沙，自己包粽子，豆沙是双倍三倍地加，裹成巨型的粽子，塞一块猪油，等煮好了，豆沙尽挖来吃，雪白绵软的糯米通通弃之不食。

后来去香港，吃到了红豆莲子沙。莲子要完整雪白的一颗，入口即化，红豆沙要细细绵绵，有新会陈皮的香味，惊为天人。这就很难了，记得是住湾仔的时候，楼下有永华面家，除了竹升面出名，我就爱那碗红豆沙。那红豆沙是去皮的，格外细腻柔滑，用勺子一舀，绵绵地流下，可见熬得浓，是多么用心。尤其这几年，老铺子连续地关门，越来越难吃到好的红豆沙，实在有时馋嘴，去寻街边铺子吃一碗，也是不尽如人意。竟有一次，和很好的朋友去吃极有名的一家茶楼，红豆沙竟有焦煳味，实在大失水准。但是更多的时候，如果在甜品里选不好吃什么，那就一个点莲子杏仁茶，一个点莲子红豆沙，换着尝一尝，彼此都满足。也确实是难得，这个世界上别说好吃的豆沙越来越少，能记着你口味爱好的人也是越来越少，都是值得珍惜的。

　　虽然是叫红豆沙，其实还是赤小豆做的。古诗云："红豆生南国"，"此物最相思"。吃红豆沙，仿佛吃了入骨相思，用甜味补相思的苦，聊作安慰。其实赤小豆和唤作相思子的红豆全不是一种东西。可分不清又有什么要紧？甜蜜的滋味入口，只有自己最清楚，便是错了相思，只要是快乐的，也是定不负绵绵不绝的思念意。


## 繁花凋


　　第一次听到上海越剧院院长李莉告诉我说要将小说版的《甄嬛传》改编为上下本的越剧《甄嬛》，我异常惊讶。我从小跟着奶奶和妈妈等候在小镇的舞台下，看着她们听越剧听得如痴如醉，多多少少也是知道些越剧的传统曲目，那时的我并不懂唱腔流派，只觉得台上水袖翻飞，珠光鬓彩，才子佳人最早的故事《葬花》《化蝶》《珍珠塔》，情爱缠绵，两心相悦，是随着悦耳的唱音深深镌刻在我心底的。

　　越剧曾有一段极其辉煌的时期，剧迷满天下，有段时间流行越剧电视，除了《九斤姑娘》这样耳熟能详的故事，也演绎了极见编剧功底的《天之骄女》，讲述高阳公主的传奇故事。

　　如今要在一个电视剧与电影更流行的时代出越剧新戏，我内心又是期待又是惴惴，那时我读着李莉院长一稿一稿改编的唱词念白，激动得不能自已。

　　读过《甄嬛传》的读者都知道，《甄嬛传》有着深深的《红楼梦》的影子，无论台词还是氛围，无不带着"千红一哭万艳同悲"的色彩，剧中那一个个繁花盛开般的女子，盛开过，芬芳过，却无一不凋零风中，消卷海上，不过是一堆华丽的浮沫，便是甄嬛登上了太后的宝座，痛失爱人与挚友，失去曾经天真纯洁的本心，只余漫漫长夜孤寂里回忆相伴。而越剧最经典的剧目就是《红楼梦》，"天上掉下个林妹妹"，简直是百听不厌的曲子。

李莉院长的改编深得我心，与电视剧改编在清朝的时代背景不同。越剧《甄嬛》保留了小说中架空古代的背景，内容也更纯粹地保留在情与爱二字上。甄嬛与皇帝玄凌、清河王玄清爱恨交织，与眉庄彼此信任相依的友情，是越剧擅长的人性真善，情意之美，因而眼见她繁花开，眼见她花叶凋，心中更是悲戚。

越剧版唱词的考究雅丽不用说，拜读完唯有衷心拜服四字。待到定下演员，青年版《甄嬛》的主演者李旭丹是我早早熟知的一个姑娘，去红尘华浪里走了一遭，回到越剧院来，安安心心做一名越剧演员，我喜欢和欣赏这样心思沉静专一所长的姑娘，何况她那么有灵性。

她倒是很合我心中少女甄嬛的形象，不比林妹妹初进国公府的小心翼翼，舞台上的她安静时如一朵小小的杜若，清雅宁馨；动则如轻云刚出岫，是明朗天气下倚梅园里纷飞的小小蝴蝶。

我去探班时，演员们还穿着家常衣裳在对词磨合，一片热闹。我静等着《甄嬛》花开沪上，芳气传浙江的日子。

记得那时《甄嬛》上下本在杭州剧院上映时，简直是一票难求，我要不是沾了点原作者的光，险险不能陪着爱越剧的妈妈一同到剧院来一次充满新鲜感的视听享受。

真正是完全新鲜的感受，舞台设计古朴、厚重、华丽，黑中带金，沉厚古雅中暗示了人物的命运，同时以二层楼台的设计，让布景千变万化，随故事中人与情节相互辉映。最让我欣喜的是人物造型取汉唐风骨的华丽大气，衣饰取色各是人物性格的代表。初入宫的秀女们清新写意，粉红浅蓝，那是怀着一颗天真懵懂的心，期望在宫廷里求得平安身，也得个一心人。临花照水唱都是少女心怀，但一旦涉及好友眉庄和她的初恋温实初，她又能坦然相护，勇敢果决。这样的姑娘，是恰与我心里的甄嬛慢慢重叠在一起，合上了影子来的。台上皇帝、玄清、华贵妃、眉庄、温实初、槿汐一一上来，便热闹了起来，有了宫廷里活生生的人的气象。水袖翻飞，丽影照人。我从未见过这样美的灯光舞美设计，这样美且新颖的绣衣华彩，随着人物的性格变化，衣饰也随之变化，我是恨不得将甄嬛与华贵妃的行头一套套穿上试一遍才满足。更何况这越剧《甄嬛》除却一个个性格鲜明的人物，一开口就是惊艳全场，是越剧种种流派在越剧《甄嬛》中的一场盛宴：旦角的王派、傅派、袁派、金派、吕派，小生的徐派、范派、陆派……我只知道我的越剧甄嬛师承王派，由艺术家王文娟创立，李旭丹又师承王志萍，唱腔上最适合甄嬛的人生变化，自然流畅，委婉传情，意韵深长。她的演绎，将一个初入深宫心怀期待的少女如何经历波折离宫寻得真爱，演绎得令人频频拭泪。

除了灵性，便是专注，心无旁骛投入到角色中去，与之融为一体，叫人以为旭丹就是甄嬛，甄嬛就是旭丹。旭丹，当真是我心目中少女甄嬛的不二之选。

无论何种戏剧，其实都在求新求变，希望更多的人看到知道我们国家有这样悠长的艺术流派。旭丹后来告诉我，去香港巡演，汪明荃老师也特意来探班。汪明荃老师是粤剧翘楚，李旭丹是越剧新秀，如果越剧与粤剧有一场共同的交流，让彼此看到自己最精彩的剧目，那一定是一场最华丽的戏剧欢宴。

　　感谢李莉院长，给了我这样的机会，让甄嬛从小说中走出去，走向越剧的舞台；感谢旭丹，为上本《甄嬛》做了书迷，细细寸寸来考究，一甩袖，一飞眼，皆是情意春光，亦是落魄中挣扎的含恨与勇气。

　　上天给了我很多幸运，不只是旭丹的甄嬛，还有下版更精彩紧张的演绎。

　　小说和戏剧里的繁华都是一场梦呵，唯有越剧版的《甄嬛》，有诚心有爱意，一场场演下去，让我们的梦呵长一些，更长一些。

## 给从前的爱

　　是日春分。

　　这个三月好像特别漫长。春日迟迟不来，一直的雨雪霏霏天气，绵绵无尽。没有一个春天像这个春天，哪里都不想去，每天都是待在家里，看着玻璃窗外的草坪依旧是灰黄的颜色。

　　是从哪一天起呢，这个春天突然有了颜色。其实柳树才是鹅黄新绿，桃花也才初蘸水。一夜之间铺天盖地开满的，是夹道的一树一树玉兰，开得惊心动魄。

　　才忽然惊觉，这是我曾经最喜欢的花。喜欢了多久呢，应该有十几年。

　　犹记得大学的时候，一场灿烂的阳光之后，满校园都是含苞的玉兰花，阳光多持续两天，便迅疾地盛开了。未见叶绿先见花，这种花有种不管不顾的倔强，自顾自明艳着。

玉兰多二色，秾丽的紫，纯净的白。我偏爱白色的玉兰，白得格外纯粹，不掺一点杂色，香气亦不浓烈。有人喜欢白色香花，譬如栀子，好像德才兼备的人。而白玉兰呢，纯粹以颜色触人心弦。那是种清洁的花朵，没有招惹人的芬芳，只是独自静立在那里，一任春风拂过，并不曾给它多一点爱恋与顾惜。阳光下的玉兰固然动人，每一瓣花瓣都好像镶了金边，好像触手可得的美丽人生。可我更喜欢在夜色下看花。

大学时代的春夜，每一次从教室下了自习回寝室，都会特意绕到西边的旧教学楼看玉兰花。不知为什么，这种花特别适合夜色沉沉。月光清明，一树树连绵的花开便被映照成宁静无波的海。遥远的树下有虔诚的人聚在一起庄严歌唱：哈利路亚，哈利路亚。一切都格外安详。

那时，我们一起仰望美丽的花朵。那些花开到极盛时，便似张开了翅欲飞的白鸽。

白鸽会飞到哪里去呢，好像天地清朗开阔，哪里都可以自由地去。

或许这真是年轻的好处，看花看事都格外简单，天真到让人怜悯。

每一场花开，我们都以为会结果。

其实不是的。很多花事繁盛，说凋零就凋零了，禁不起一夕的风雨，尽数凋散。

真是残忍，这样美而盛大的花格外脆弱，萎谢也来得格外迅疾。有时候真是眼睁睁地看着，花落如雨，伸手去挡也挡不住。我喜欢过的丰厚满润的白色花瓣，刚落在地上的时候还是一样的纯白，可是很快，如果路人经过不小心踩到，就连鞋底的纹印都会落下清晰可见的黑色的痕迹。若再有雨水，那些花瓣就会零落成为浑浊的泥水尘土中萎黄的花凋。

在这之后的很多年，玉兰花开都是一年里最重要的事。为她花开而欣喜，为她花落而伤感。便是有人发一张故宫里玉兰新白的图，都会徒惹半日欢喜与不安。

花事太短暂，总是倍感珍惜。

可是今年，花开得突然，却毫无赏花的心情，任她花事盛，总觉得隔了一层，有一种难言的隔膜。

闺蜜丁小姐和来小姐照例给我发来玉兰花开的照片，她们说："这是你最喜欢的花呢，往年我都陪着你去看。"

不是不感动的，有人这样惦记着你的好恶。可是心底另一层里，却隐隐觉得木然，花固然是一样的美，可是我如果已经不喜欢了，会怎样呢？

真的，会怎样呢？花是不变的花，人是善变的人。曾经很喜欢很喜欢的，居然有一天会不喜欢，再也惊不起心的涟漪。惜花人，已经走远了。

那个曾经一起赏花的人，我喜欢了很久很久，有一天突然发现，我也已经不喜欢了。

人真是奇怪的动物，喜欢的时候可以那么喜欢，喜欢了很多年，居然也可以说不喜欢也就不喜欢了。

倒也并非因为难以得到而放弃，反而是因为已经得到了，得到了那么久，不知不觉便淡漠了。

花开不惊心，人亦不经心。花并没有不好，照旧那样美，可是真的就只是这样了；人也是好人，可所谓感情，也是真的就这样了。

那些爱，都成了从前的爱。再爱，也不过是从前的爱。

给从前的爱，不知从何说起，只能慰以沉默，以叹息。

这大概是一个活到几十岁也不明白的难题：为何有了勇气还是不够，握紧的还是都放了手？为何有了爱还是不够，到了手还是都松了手？

那是比花凋更残忍的事，花凋有风刀霜剑严相逼的缘故，不爱却真是无声无息地不爱了。那些温柔的陪伴，终有一天会成为相看生厌，待到零落成泥碾作尘，却连化作春泥护花也不能，只是散成了尘霾，成了黯淡天气里灰沉沉的一抹。

曾经深爱过的人，为何有一天会不爱了？那样的深情厚意，到底去了哪里？

情歌不能答，诗歌不能答，最聪明的哲人，也解不开这难念的经。

只是很惘然地想，再也没有最爱的花了。

不知明年的春天，会是怎样的春天。

## 假如让我说下去

又一次预报台风天气。

开车出去，亦小心翼翼，生怕突然遇上狂风疾雨。

毕竟上一年台风"摩羯"来临，正巧开车在高速上，陷进茫茫大雨里，前后都是白晃晃的雨，雨刮器开到最大，什么也看不清，亦不能停在高速路边，只能开着双跳，好似卷在海心漩涡里，不知何时会真正被卷到海底，便一切结束。

最后开出大雨区，几乎是浑身脱力。

　　因为有过这样恐惧，现时一人开车，都少听音乐，怕会分散注意力，不见前方风云变幻。

　　也是凑巧，停在长时间的红灯前，不小心触碰到音乐，电台情歌，是非常动听的一段前奏。

　　真是好听，那十数秒，几乎忘记时间过去，十分神往。

　　完全是渴盼，歌手唱下去，告诉我那么动听的旋律，歌词里是什么样的故事，触动都市里少听再少听流行音乐的神经。

　　歌手的声音太有特质，一听便知是杨千嬅。那并不算我特别中意的歌手，虽然《勇》和《飞女正传》是必听曲目。

　　虽然最难过时也要听她说"爱你不用合情理""抱着你不枉献世"，虽然一直觉得去红馆听她一次演唱会，才不枉这些年每一次分手里听她一遍遍奉献歌声，以此两首名曲作解忧安慰。

　　我的粤语听力不算十分好，勉强听出的几句歌词：


　　　　暴雨中　我到底怎么要害怕
　　　　难道你　无台风会决定留下
　　　　太应景这个台风将来的黄昏。
　　　　天际风云流转，在滔滔寂静的江水上沉默变幻，落日
　　残存的余晖将江河都映成残忍的深红色。
　　　　反正这个世界已经快要颠倒，哪里都是血红色。
　　　　反正只能等大风大雨来，才能留到干干净净的天地。


　　反正，那一句"陪着我　让我可以不靠安眠药进睡"，太深深切中一个长期依赖安眠药入睡的人的心，但真不是我喜欢的词与曲。

　　DJ话，歌名是《假如让我说下去》。

　　表白情意的时候，话不需多，一句"我爱你"也够，但论到吵架分手，每一个人都不一样。

　　我一直想，如果一句接一句对白说下去，会怎样。

　　作为一个编剧，大概可以长篇大论下去，无休无止。

　　有一句老话，叫作话赶话儿赶到那里了。

　　大意为本来话没有那么难听，为论战里赢过对方，一句比一句伤人。否定起爱意，批判起对方，为证明我没有错是你错更多，一句比一句激烈。到底是深爱过的人，彼此熟知，最知对方伤痛处在哪里，一刀接一刀，利刃下去，再转动锋刃，伤口扭转，眼睁睁看着流血至死，一段感情无法挽回。

　　可是成年人的可贵，是点到为止，彼此留颜面。

　　假如让我说下去，大概亦只能说，"分开吧"。

　　就像那首歌，开头的旋律那样好听，足以单独截下来反反复复听，后面的词与曲一开腔，都觉得没有太多善处可陈，有难以忘记的词句吗？有。有直击人心处吗？有，但也只是一二所得，不过如此，不过如此，万分吸引的开始，后来都在相处中磨成了鸡肋，食之无味，弃之可惜；但一段感情若大家都还珍惜，怎会想到放弃，哪怕是弃之可惜。那么到最后，终究还是放弃。

　　假如再一次，再一次让我说下去，我情愿闭上嘴，不再说下去。

　　挂掉电话，沉默地离开，不再联系，亦不再打听到他任何过往、现在与将来，做不打搅的爱人，哪怕长夜未明，依旧依赖安眠药入睡。那亦是我一个人的事。

　　那是一个烈女的孤勇与倔强。

# 牡丹与芍药

最近是芍药季，往年我只自己栽种鲜花，少有去购买的，总觉得麻烦。今年因为疫情，花市大跌，许多鲜花白白地烂在地里，叫花农欲哭无泪。支持鲜花事业，成了一件要紧又有意义的事。

香雪兰、睡莲、玫瑰、芍药、牡丹，杂花纷繁，买得乐趣无穷。倒是真真正正有心思坐下来细赏群花。难怪当年女皇临朝，则天皇帝要给百花分出品秩等级，也唯有女人，才有这样的心思。

听闻则天皇帝一直不喜牡丹未奉诏而开，因迟治罪，贬去洛阳。

这样一来，倒成就了洛阳牡丹名种，姚黄魏紫满天下。也许是因为《爱莲说》，"牡丹，花之富贵者也"，总觉得有些俗气。也许是因为没有到过洛阳，没有见过大唐花事的余韵。对于习惯了清瘦之美的现代人而言，牡丹到底是过于慵慵硕硕了。

我是喜欢芍药多一点的，二十四桥明月夜，玉人红芍，向来是我爱下扬州的理由之一。于是兴致盎然地定了许多束芍药，每周一次，想来将就着花期也够。

谁知真插瓶了才知道，即便加了营养水，芍药也是一日含苞，一日欲放，一日盛绽，一日萎谢。真真是四日生死，花开花谢瞬忽间。

有时候坐着吃一顿饭的工夫，你都能看到小桃子大的花苞禁不住地要撑开来，圆鼓鼓的，又到晚间，已有两三瓣花瓣轻逸出来。而凋谢又是那样快，刹那微黄，花瓣零落蜷缩，叫不伤春的人也伤春了。

真是红颜弹指老，刹那芳华。

就像有些感情，其兴也勃也，亡也忽也。

　　赌气之下买了牡丹，与芍药花形肖似，但颜色更浓烈绚厚一些，整朵花也雍容丰厚，似要双手殷殷捧着才能捧得住似的。往清水瓶里一插，红红白白满蓬舒展，也不去管它。

　　每日里进进出出，看它花色白的依旧雪白，红的渐次转成橘黄，硬铮铮不见一点锈黄，足足开了十几天，也未见一片花瓣凋落的。

　　心中不免服气，花王到底是花王，唯有牡丹真国色，如此才能动京城。

　　牡丹，是有底气的女儿家，硬颈的，铁骨铮铮。谁都说她富贵风流，却也不得不佩服，她有竹节的倔强。

　　亦舒喜欢给笔下的人物起名丹薇，就是牡丹与蔷薇的意思。都是花开绚烂，又不好亲近的人物。

　　也是，许多事，只听传闻，谁知其中真意。传了那么多年的富贵骄矜，最后从初春到晚春，都是牡丹一枝硬颈，冷眼看尽风流。


# 念　念


　　开车的时候听音乐，是刘若英的《念念》和周杰伦的《珊瑚海》接在一起。

　　一首歌到另一首歌之间有三秒的空白，衔接在一起觉得无比突兀。

　　前者是一个女人带了哭腔的喃喃自言自语；后者也伤心，但是因为男女对唱，竟相说伤心，伤心也成了旁人眼里的热闹。

从我的高中时代起，周杰伦的歌就是少男少女最准确的情感表达。我到现在也记得，无论因为什么理由分手，大家都要各自抱头痛哭一回："海鸟跟鱼相爱，只是一场意外。"真是浪漫，双方各自再有不好，那到底是一个是飞鸟一个是海鱼，相遇是浪漫，分开也是注定。甚至不需要狗血剧里那些分手时一再地追问："你爱不爱我？你有没有爱过我？"

分手时问这种话，真是自取其辱。不是得到对方直接不掩饰地说"是"，就是安慰奖，"爱过"，可答案不是一样？都是曾经深爱过，现下不爱了。若是依旧深深相爱，哪有要分开的理由？

这样问，本身就是多此一举。

反正归根结底，我们的爱差异一直存在。这样一句完结，总算温情体面，撒了手。

这才有十多年后的《念念》，那是对年轻时那个飞鸟和海鱼相爱未完结故事的念念不忘、牵肠挂肚。

可是人到中年了，有一句话，叫作人到中年心事多。

想起往事，会有无数难以用言语表述清楚的心绪。那种心绪，想要理顺呢，有点难，想要说呢，从头说起，淅淅沥沥无数曲折，谁愿意听，只能偶尔自己拿来回味。

所以，才有了这一首《念念》，给中年放不下的女人的歌。

那些错过的往事，如果不曾错过，是否就成了完满的现在。

那些原因，思来想去过了，如果不是不爱了，那就是：

当初彼此不够成熟坦白，实在不应该

热情不再，你的笑容勉强不来

最后只能爱深埋珊瑚海

于是有了《念念》：

过去的故事　已难说清楚

想写一个结束　让它渐渐模糊

我在不在乎　我在不在乎

我渴望的温暖　让我更无助

不在乎　告诉自己

我在乎　念念不忘

我在不在乎　我在不在乎

曾经就在身旁　怎么留不住

不在乎　却不能忘

太在乎　念念不忘

不忘那么难　忘了更心酸

若用爱和它相处　有没有出路

未完的故事就继续说着　念念不忘

　　没有一句表达明白的情绪，和当年的不够成熟坦白一样。年龄的增长，并没有让人学会成熟坦白的表达，反而更加怯懦。到底在乎不在乎呢？反反复复这样问，当然在乎的。否则怎么会搁在心里十几年。不在乎么？嘴上这么说说，心里也跟着犹豫，要是真在乎，怎么不留住我？

　　听女人歌，就是听另一个女人曲曲折折的心事。哦，原来我也有这样难言的情绪，你替我说了出来。啊！有人说出来，哪怕只是答案的一种，也未必不好。

　　刘若英这样，淡淡的，怨艾的。好似洒脱，还是怨艾。其实都是对爱的执念。她的歌，很多很多，都是对爱的执念。得不到的时候想得到，得到了又不够爱。

女人啊，都是一样的。要对方在乎她，不惜一切代价认这份爱，那即使分开，也足以满足地含泪追念一生。

再往前十年，是李宗盛的全盛时代，那些直白的情怀，道来无比切心而中耳。

而现在，分开的痛苦依旧清晰，我们却再无清楚的言语来言说。

说不清，道不明，心有千千结，到头来与其词不达意，也就唯有念念。

## 枇杷记

白居易的《琵琶行》在我记忆里总是有些混乱，常常记成"我闻枇杷已叹息，又闻此语重唧唧"。这多半是碰上了枇杷的小年，吃不上好的白沙枇杷，才会"江州司马青衫湿"，深觉"同是天涯沦落人"。

向例去游古镇，乌镇是充满了回忆的少女时代，每行一处，必有少时的我的影子重叠，就如看着一部属于自己的过往影片。而塘栖呢，奔去只为两件事，四季里都有的奔头是塘栖板鸭，锦良板鸭比小杨板鸭略瘦一点，没有那种肥腴到让人心惊落跑的白脂，皮薄脆，肉喷香有咬劲，即传说中的瘦而有肉。

但因为杭州出了夏就是冬，接下来板鸭可以快递，就无须特意赶去了。

倒是每年到了五月中旬，初夏一至，头等大事啊就是赶去塘栖农家摘买白沙枇杷。

许多地方的枇杷白长一个大个子，果实奇大圆整，硕人一般，但空有卖相，入口淡而无味。塘栖枇杷分两种，一种红沙，看着橘红可爱，入口却微酸，有点用皮相哄人的意思。一种白沙呢，果皮淡淡金黄，剥出果肉来，肉色丰厚雪白，汁水不算很多，却是扎扎实实的甜与醇。怎么个甜法呢？一击入心，终生难忘。

从此我的初夏过得甜不甜，全由这"五月枇杷黄似橘，年年新果第一枝"的枇杷来开局。

枇杷性独特，果中独承四时之雨露、备四时之气者，"秋日养蕾，冬季开花，春来结实，夏初果熟"，不错过四时里每一寸美好。它又是水果里最不可貌相的一种，非得果皮皱巴巴，果子略小，皮带黑点褶皱，才是甜味浓重，否则都是淡如白水一般。其中被世人所盛赞的优质白沙枇杷，最是难看，却格外甜润，亦格外娇贵，从南到北运输不易，大约得是空运或是高铁才能一饱口福。

去年有港台的朋友在上海开会，看我朋友圈晒白沙枇杷，简直馋得不行，我立刻叫了顺丰次日到，一般中午十二点前都能收到，给她快递了一箱子枇杷去，打开后色不变味依旧香，大有一种"一骑红尘妃子笑，无人知是荔枝来"的仗义。后来，那人竟认认真真数了一百四十四颗，决定分三顿吃。第二顿吃完收拾起来上飞机，送去与朋友分甘同味，谁知耽搁了两三天，再送上去时枇杷皮都有点干瘪瘪了，布满了小黑点，但好歹还能吃，也算让港台友人尝了塘栖枇杷的鲜美。今年竟是想效法去年，也是不能的了。

水果里我偏爱枇杷、石榴、荔枝这种不太好剥又汁水四溅的，西瓜也喜欢，切开时有"噗"声，脆裂得炎夏都清爽了好几度，年轻时胃口好，半个西瓜挖着吃，是大人对小孩子最大的宠爱，尤其家里若兄弟姐妹多，谁可以挖西瓜无籽的中心那一勺，就是最被疼爱的小孩。现在年长，无人跟我抢西瓜吃，一是因为无籽西瓜多了，谁也不稀罕去抢那一勺挖着吃；二则现在都怕血糖高，西瓜糖分那样足，吃了易胖又易水肿。石榴呢，是要有人冒着手指头被汁水染黄的风险一粒粒剥下来积蓄成一大碗，一口抓着吃了，自己没有这样的耐心，想想也罢了。香蕉、苹果、橘子方便易得又好吃，可是我不大喜欢。苹果是完整的一个，吃不完剩下了眼睁睁看它氧化，十分可怜。橘子易上火，香蕉、火龙果和牛油果，除非打成奶昔，否则决然不碰。真奇怪，整个的时候觉得淡而无味，拼成奶昔，却很是喜欢。还是枇杷好，吃完将核埋下，竟也种成了几株枇杷树，颇有成就。

只是不知为何，我种的枇杷都只成树，满是叶子却不长果。那也无妨，咳嗽时随手折几片叶子，炖了冰糖，或者切点梨子，润肺止咳。

那时候，就尤想起枇杷的好。可惜每年的枇杷季都那么短，不过半个月，立时销声匿迹。枇杷又格外娇贵，雨水多了少了，冬季过寒了还是暖了，都影响这一年的收成与甜味。难得碰到一年好枇杷，真是天赐的恩物。

民国时代的书里，最记得张爱玲写某个堂子里出身的姨娘，剥得一手倒垂莲花的好枇杷，大抵是果肉完整，果皮倒垂如莲瓣，也是一门绝技。当然了，若无剥过那样多的枇杷，尝过淡而无味、酸涩落泪的那么多枇杷，也练不出这一门服侍人的技艺。便是有剥到一颗甜的，也轮不到自己吃。

想想也是心酸的，如同二胡咿咿呀呀地拉着，或者就是弹起琵琶，个中泪多，写的人最分晓便是了。

# 睡　眠

一个人睡觉睡舒服了是什么感觉？四体舒畅，头脑清明，精神奕奕，看阳光是阳光，看花儿是花儿，看草是草，看云是云，吃东西有东西的滋味儿。

这对普通人而言，是多么正常的感觉。可是对于我，那已经是很久很久以前才有过的感觉了。上一次不吃任何药物，依靠自己的能力睡去是什么时候，我已经不记得了。

要知道当年的我会给华妃写出"你知道从天黑等到天亮的滋味吗？"这种台词，我都恨不得给自己一个大巴掌。谁会知道呢？当年那个一挨枕头就睡着的我，会成为一个失眠星人。

可能是因为在做《如懿传》剧本和拍摄时的压力，那时我已经开始失眠，睡眠不足带来的疲劳是最初的难受，加上经常讨论剧本，长年做老师落下的咽喉炎也越发厉害，吃消炎药是经常的事。那时我已经开始吃褪黑素，几乎市面上能买到的褪黑素都试了一遍，比较有用的是同仁堂和美国一种褪黑素软糖。

在剧组里，失眠是最惯常不过的事，哪个演员手里没有几种褪黑素，交流怎样对抗失眠是我们之间经常的话题，有人靠喝酒，有人靠运动到累翻过去。

我试过四十二小时没有睡着，睁着眼看天花板，人很累，筋骨酸痛，恍恍惚惚，可就是睡不着，断断续续跳两千个绳，跑八公里，也是无济于事。身体的疲劳和精神上的想入睡完全是两回事。

有时候夜里躺在床上，望着天花板，脑子里一片空白，其实也并没有多困扰的事，可就是睡不着。褪黑素的剂量加了三四倍，还是没有困意，索性就坐起来，看着窗外天色由黑变白。

尝试去看医生，试过很多种药物，最后唯一对我有效的是思诺思。一开始是四分之一片就可以入睡，但是药物的副作用明显，四肢皮肤过敏，出现细细密密的血点子。那阵子过去，身体适应了药物，慢慢三分之一片，半片，四分之三片，一片，一片半，两片。这四年里，剂量不断增加。我知道思诺思的成瘾性和依赖性，尝试戒断过。

可是睡不着带来的头痛完全让我无法好好工作，加上情绪有波动，含服会让我镇定一点——这还是一个失眠友人告诉我的，舌下含服比吞服更有效。药片是有苦味的，可是逐渐地，我习惯了那种苦味。

有时写字时完全投入情绪，心绪很坏，在舌下含服一片，感受那种苦味，又吐出来，可以稍稍平静一点。

这个世界上，有人有酒瘾，有人有烟瘾，那都是一种难以戒除的依赖。

可是又能怎么办呢？

很多人对失眠不太理解，觉得睡得少一点，白日里多劳动多运动，身体累了自然会想睡。其实不是的，能入睡的人难以理解失眠的人的痛苦，就好像人与人的悲喜其实并不相通，你可以陪伴，可以体会，感同身受，但并不是真正身在其中，感受到那种痛苦。

睡神周公已经不眷顾我了。

有时候即使服药，不过三四个小时又醒了。试着换过日本的药物，有效了几天后又失效，还是换回思诺思。

不知道我的身体能承受多久药物带来的副作用，不知道我会失眠到哪一日，也许会不药而愈。也许有一天我能接受，就算服药后只睡三四个小时，可是对有些人而言，睡三四个小时就够了，我不需要强迫自己每天睡上五六个小时，我可以忍受头痛和乏力，以及睡不醒睡不熟的那种烦躁顿郁。

或许看到越来越多关于失眠的文章，知道这个世界至少有一亿人都在面对睡眠的困扰，会安慰一点，至少有人也在理解你的痛苦。

或许，把无眠的长夜变成另一种工作时间，看书、听音乐、写字、无所事事地坐着。可是，白天有白天的事，我还未能享有日夜颠倒随心所欲的自由。

我羡慕那种就算天大的事掉下来也照睡不误的人，而我，一个爱睡之人，却失去了可以凭自己入眠的能力。

何尝不是一种悲哀。

## 岁　寒

这几天的温暖是回光返照，哪怕天气阴沉沉的，但是没有风，所有人都等着天气预报上周二开始的零下六七度的天气，等待着预言里最冷冬天的到来。

最近也确实没什么好消息，新冠病毒变异，传播速度更快，各地三不五时地冒出几个病例，或是有"封城"的传言，或是严进严出，都让人不可避免地想起去年冬天疫情来临前那种恐慌。

人们减少了出门的次数，除却平安夜，圣诞节和 Boxing Day 在外游荡的人都不多，只有中心公园里的老年男女，放着乐曲在蒙蒙细雨的夜晚翩翩起舞，才略微有点让心情宽松的气氛。

我不大出门，可也觉得如果沦落到去年那种过年连花都买不到的境况实在有点凄凉。我囤了点食物，在网上下单买了些鲜花。

感觉物流并没有受影响，但是去取快递的时候习惯性地戴上了手套。

进口的东西不太让人放心，幸好我们还能自给自足。

说来疫情横行也有一年了，国内比国外安生许多。可是人是有记忆的动物，尤其是对恐怖的东西和事情，这一年，谁不是心有余悸地活着，总觉得能活下来，已经是至大的幸运。

也在光景好的时候出去了两次，都在成都，抓住了一点小快乐，那时候成都还没有疫情，吃吃辣味，看看熊猫，蜀中生活非常闲适。也不过回来才一个多月，成都又起了疫情，真让人觉得无常。

小孩子只惦记一件事：我们还能去看熊猫吗？

一定，很快就能去的。

小孩子又惦记：我什么时候可以看到圣诞老人呢？他今年又给我送礼物了，我给他写了贺卡放在窗边，他会拿走吗？妈妈你说要带我去芬兰圣诞老人的家乡，什么时候可以去呢？

是呢，早一年前就答应带他去圣诞老人的家乡，趁着他还读幼儿园的时候，可是一转眼，孩子都是小学生了，国外却更危险了。

我只能说：等疫情过去。

若早些时候，孩子还会跺脚生气，说：都怪新冠病毒。

但如今全球同此寒凉，他也学会了不生气，只是叹口气：好吧。

有许多想去的地方，这一年都去不了。

有许多想见的人，这一年都见不了。

有多少惦记与挂念，丝丝袅袅，成了沉沉的心头纱，裹丝缠绕，越缠越紧。

若不是还能写写字，真的无从打发了吧。

也是，这一年里，学会了喝酒。尤其在这冬令岁寒时分，温一盏米酒，格外甜香。

岁寒犹有梅花香。

喜欢的就是那股清冽之气，令人眉目一凛。

家里置了些年花，有蕙兰和蜡梅。我本不喜欢蜡梅，这世界上好看的梅花特别多，红梅、白梅、绿梅。蜡梅却是最平凡不过。今年倒是买了一盆放在玄关，看它枝干遒劲，花朵不多，近了却特别地香，有酒醉的甜气。我这一年酒喝得多，就慢慢喜欢上了蜡梅。

大约人的习惯，隔着长久的时空，会慢慢相近。

这倒也好，年岁渐长，说的话做的事，多半留下身边人停留过的印迹。总有一部分，我也活成了你。


## 玄宗王皇后


刚过七夕，七月七日长生殿，夜半无人私语时，在天愿作比翼鸟，在地愿为连理枝。

这样的句子，在七夕前后反复吟弄，特别会让人想起唐玄宗和杨玉环的爱情。

这个男人，活得太久，从高宗和武后时代，历经中宗、睿宗、韦后、太平之乱，从开元之治活到天宝之乱，再是蜀道夜雨霖霖，上阳思念成疾。他这一生，什么风浪没有见过。

一个男人活得太久，他身边的女人就只成了经过，短暂地耀目地点缀了他漫长的人生，像星星挂在深邃黑蓝的夜幕上。

最亮的一颗星大概是杨玉环，除了皇后之位他没给她，大约总不能和武惠妃这对婆媳一样都成为皇后，给皇室再一次难堪，他给了她倾尽天下的宠爱，让她从此成为千百年来人们又怨恨又羡慕的对象。同期的，有身姿清逸爱梅成性的梅妃，不爱一斛珠，咏出了那句"何必珍珠慰寂寥"，生生避开了杨玉环的锋芒。再早一些，有武惠妃，出身武氏在当时并不算优势，而是成了人人忌惮避而远之的姓氏，武家的女儿，也背负与祖先武后一般恶名，带着红颜祸水的嫌疑，唐玄宗却是毫不在意，喜欢她善体上意，乖巧能逢迎，照样宠爱恩深，多年不怠，直至武惠妃之死与害死太子李瑛及诸皇子有关，他还是不顾一切追封她为贞顺皇后，了却她一生的心愿。

再之前，有赵丽妃，倡优出身，貌美擅歌舞，宠极一时，生下太子李瑛。再有更不出名一些的皇甫德仪。

TVB的新剧《宫心计2深宫计》，难得的是浓墨重彩地写唐玄宗李隆基与发妻王皇后的故事。史书里对王氏着墨不多，知她王氏一家在李隆基落魄时对他有恩遇，知她性子温婉贤德，甚少与嫔妃争风吃醋，便是先后有赵丽妃、武惠妃擅宠，陆续生下皇子，也未见她有任何不豫，总是宽宏大度。这，大约也是与她自己一直膝下无子有关。

《旧唐书》里说她："颇预密谋，赞成大业。"

《新唐书》里则言："将清内难，预大计。抚下素有恩，终无肯谮短者。"

这样看来，也不是庸懦寻常的女子，从武后时代开始，能长处宫闱中的，都不是简单的女子，否则早如李隆基的生母，埋骨何处都不知。至少武后韦后太平那些年里，他们夫妻风雨相依，战战兢兢，但确也活得亲密无间如战友一般，出谋划策，互相庇护。

直到大计成，宝座登。他做了皇帝，她做了皇后，看似圆满到了极处。

人生若能到此就戛然而止，或许是真的圆满了。他们会成为历史上一对同心同德的夫妻，成为美谈。

可惜，后头的日子还那么长，帝业已成，有贤臣良将，无须再要后宫多一个辅佐霸业，为他抚下顾后的女人了。可是，不管日子有多长，帝后还得做下去，夫妻也得做下去。谁知道呢，做皇帝呢，励精图治振兴大唐的玄宗会亲手闯出天宝之祸，断送整个大唐基业，百十年间难以恢复旧业，终至王朝更替。做丈夫呢，他会因为莫须有的巫蛊之祸，轻易听信谗言，废黜了王氏的后位。

与唐玄宗整个烈火烹油的人生比，王皇后太安静了。尤其当玄宗大权在握，再无须与人相伴谨慎度日的时候，她与他那些温暖的回忆，就成了一个大业有成的男人不太愿意去回想的灰扑扑的过往。甚至当一个又一个多才多艺、能歌善舞、巧笑倩兮、温存贴心的女子在他身边摇曳，那个只会为他谋虑的女人，显得太危险了，带着他终身畏惧的那些掌握权势而聪明的女子的影子，譬如杀他生母的祖母武后，譬如杀了他伯父中宗的安乐与韦后母女，譬如与他争权不甘罢休的姑母太平公主。

王皇后曾经的聪颖善谋显得多余而不合时宜，越发显出武惠妃的温柔天真，当然，那些天真是不是真的，唯有唐玄宗自己相信就好。或许她的聪颖，用在鼓舞落魄的丈夫上有用，到了后宫，一个个都是杀伐里出来的，便是一个武惠妃，便从武氏一族所有女人身上学到了后宫谋生之道，她是天生丽质的，更能笼络身边人，放低了身段，无比亲和温柔。她是该在这唐宫里的，如果王皇后不在的话，她们彼此都能过得更顺心一点。武姓的女人，从未想过在这里离场。

武惠妃几乎是得到了玄宗全部的宠爱，若非生育连连不顺，恐怕也没有赵丽妃之子封太子之事。

王皇后不是没有预感到危机的来临。她只懂得做妻子，鼓励丈夫；做皇后，母仪天下；可如何挽住丈夫渐渐流逝的心，她毫无办法。她不擅歌舞，或许在她眼里，正经的皇后，一个妻，不需做这些宠妾媚上的事。她只会讲道理说说旧情。

可惜旧情，经得起说上几次。在即将被废的恐惧中，她哭着问玄宗："陛下难道不挂念当年阿忠（王皇后父亲王仁皎的小名）拿衣服换一斗面粉，给您做生日汤饼的事吗？"玄宗想起旧事，颇为感动，暂时放下废后之念。

可是感动过后，他还是不爱她，眼里只看得到她的错处——她不会生养，她不擅风情，她的端庄是木讷，寡言是笨拙。

我想到了后来，夫妻间早已经无话可说，只能一路沉默下去。

废后的话说得很难听，唐人分手和离，讲究的是一别两宽各生欢喜。可是到了皇家，只有玄宗一个人冷冰冰的声音：皇后天命不佑，华而不实，有无将之心，不可以承宗庙、母仪天下，其废为庶人。

天命不佑？他不就是天命，他不肯护佑她；有无将之心，无将乃为谋逆，他是昭告天下，这个曾经与他一起并肩讨伐韦后周旋太平的女人，如今也成了韦后太平一流，心怀谋逆。

他把她归于自己最厌恶的那种女人。

这场分离，她自始至终没有声音。比起现在男女分手，动不动就要上网络互撕，王氏连说话的机会也无。也没有人会听一个废后的声音，总之，她怎样说、怎样做，都是错。

王氏归于家中，郁郁不宁，几个月后就撒手人寰。听闻她死后，宫人思慕追念，玄宗也颇有悔意。他或许只是不想她做自己的妻子和皇后，并不想让她死。可是她死了，他后悔了一会儿，也一直未复她皇后之位，只以一品礼下葬，更不妨碍他继续热烈地爱其他人，终其一生做一个风流天子。这点举动，后来的乾隆待乌拉那拉后，颇有几分效颦玄宗的意思。

谁都没想过，时间长了，年少相随那点情分也被熬薄，生生从蜜意郎成了薄幸人。

还是，他根本一生都宛如做了深情人，哄了旁人，也哄了自己。

她之后，前有武惠妃终其一生不衰的宠爱，后有杨玉环的《霓裳羽衣曲》、金钗钿盒情。大唐风流，风卷云碎，都成了马嵬坡下残红一痕，蜀道夜雨霖霖哀情。

只不过，若真爱她们，他不会纳了武惠妃最心爱的儿子的妻子，他的儿媳玉环；也不会在马嵬兵变时，只是掩面沉默，让杨玉环一个人承担渔阳鼙鼓动地来的罪名，用一环白绫结束性命。

遥闻九天有仙子，上穷碧落下黄泉，他在孤寂独宿里念着"在天愿作比翼鸟，在地愿为连理枝"的长生密约，热切地追问玉环死后消息的时候，这个老迈的男人，一定忘记了他还曾有发妻王氏，年少恩深，共历风雨。

她唯一能道遗憾的，或许是她出现得太早，早到一个活到七十八岁的男人，足以忘记了她；还是感叹，他若不够爱她，那真是一点办法也没有的事。


# 羊绒命


今冬特别地冷，冷到整个人瑟缩成一团，深恨平日储存的脂肪丝毫不能在关键时刻拿来顶寒。

人的记忆大概是对小时候的事特别深刻。每每一到深秋，冬寒未至，我就会大量储备过冬的衣衫，像熊在冬眠前大量进食一样。大约小学的时候，普通人家尚未有空调和取暖器，唯一用来御寒的汤婆子，初到手滚烫，一夜之后就是冰冷，颇有班婕妤的《团扇歌》中意味，好的时候是"出入君怀袖，动摇微风发"；不好的时候则是"弃捐箧笥中，恩情中道绝"。

浙北的冬天尤为冰寒，每日从棉被、毛毯叠得四五层厚的被窝里钻出来早起上学最是痛苦不堪。棉毛裤、线裤、外裤，棉毛衫、薄毛衣、厚毛衣、滑雪服，层层叠叠，从最里一层穿上就冷冰冰地贴着身体，激起一身倒竖的寒毛。

那时候想，苦寒苦寒，原来寒冷是这么苦。

到了教室越发地冷，上课又不能抱着汤婆子，衣服穿得臃肿，写字也特别慢吞吞。手指从露指手套里露出来，冻得握笔都艰难。唯一能想的办法，是穿得厚实些，再厚实些。

那时的毛衣都是妈妈用棒针绕了毛线一针一针织的。用妈妈们的说法是，毛线是称分量买回来的，越重越暖和。有一年春节，为了别出心裁地好看，我妈费尽心思，织几针穿一颗珠子，织几针穿一颗珠子，织了一件粉粉红一看就适合女孩子穿的毛衣。

真是特别厚实，为了足分量，衣服织完还称一称，足有两斤多重。我妈心满意足地让我穿上，真是……累到骨头都酸痛，还不敢脱下来，生怕辜负娘亲一番心意劳作，又要惹一顿骂。

自此，我非常不喜欢冬天。一到天气凉下来，暖气片油汀空调轮番上，最后还是开了地暖，整天闭门不出，稍稍缓解苦寒。但到了不得不出门的时候，我又极不喜欢层层叠叠地穿厚实衣服，行动不便。冬天至多只肯穿一件贴身毛衣，外套一件羽绒服便算数。

到了前几年患了过敏症，普通毛衣便不能穿了，一穿皮肤就痕痒难耐不说，连着鼻子也受罪，不停打喷嚏。其实有两年我很喜欢

Acne 的毛衣，马海毛的质地，颜色五彩分明，粉色与紫色都不俗气，有时候买小码的男装毛衣，松绿烟蓝都好看。可一过敏，就不能穿了，只能割爱。最后试了试去，还是羊绒衫最适宜。

羊绒比羊毛珍贵许多，就是因为量少难得。以前不大穿，无非山羊绒多是白、青、紫三种颜色，其中又以白绒为最珍贵，一般好一些的都不大染色，所以颜色上选择并不如羊毛那样丰富。而且上好的羊绒虽然多产自我国内蒙古地区，但是一走进商场，往往被老气的式样过于明艳的染色吓得后退三丈。

总是想，好好的质地料子，怎么生生做不出好看的样子。须知所有衣服，要不出错，简单大方最好，永不过时。

等慢慢懂得羊绒的好了，就尽量选贴近原色的，高领或 V 领都好，越能贴着皮肤穿着柔软如第二层肌肤就越好。而这好感觉，非要贴身试过才知道。

反正到后来，常常去买 Loro Piana，Brunello Cucinelli 也不错，两个都是意大利的牌子。Brunello Cucinelli 从前少有人知，一路被女演员刘涛穿火，它家在米兰的门店足有三层楼，款式齐全，最经典是细密的珠链装饰做标志。但相较之下，Loro Piana 更年轻活泼些，价格也比 Brunello Cucinelli 稍稍亲和，门店也多，至少在香港和内地的大商场，都容易找到，方便购买。若说 Brunello Cucinelli 像职场熟女，Loro Piana 则是轻淑女，更偶尔有可爱的雪人卡通款，当居家服穿一套，随坐随躺，十分惬意，完全无拘束。

从前读亦舒的小说，女主最爱穿开司米，冬天穿着开司米盖着毯子倚在沙发上看书，最是惬意。若是开司米穿了许多年微微缩水，还是那样柔软舒适，便是穿着睡觉也无不妥。这样想想，一件衣服伴随你的时间，日日夜夜，或许比伴侣还牢靠。毕竟，情缘来了又去，或是数月，或是数年，倒是物比人长久。难怪古人要说：年年岁岁花相似，岁岁年年人不同。要惜物如惜人一般。

其实冬天穿羊绒真的非常舒服，在家开了地暖，薄薄一件，贴身又方便。出门时套上羽绒服，又十分暖和，根本不用重重叠叠穿得似个套娃。

羊绒里再挑好的，就是 Baby Cashmere。Loro Piana 还有更昂贵的骆马毛，据说原是取自秘鲁一种一度濒临绝种的骆马，用的是原色，手感更幼细顺滑，令人一摸就爱不释手。但价格呢，可堪比华贵的水貂，却比水貂环保许多。这种骆马毛有多贵呢，我翻看过标签，让人看一眼就肉痛，且肉痛之余，握在手里却轻软丝滑，根本舍不得放下。店员又敲边鼓说常常断货，大概有许多人，一咬牙，怎么也要对自己好。

想亦舒当年，一卖了版权就毫不犹豫去买辜青斯基的耳环戴上，忍痛花几万元买一件衫，可以舒舒服服穿上十几年，倒是也划算。

人就是这样，穿过好东西，便不再肯往下走，一路地花钱买舒适，哄自己高兴。渐渐，便养成了羊绒命，无其不欢。我倒是盼望着，永远永远，能享受这样的羊绒命，买值得的东西，快快乐乐地做一世人去。

# 杨 梅

难得有个静静的夜可以沉心写写东西，在期末复习忙乱紧张的日子。

天气一直不大好，高温下的闷热黏湿，江南的梅雨季节，墙壁上摸一把都像摸到女人眼底蓄着的一汪欲落未落的泪。

有时候走在地下车库，光线昏暗，更是阴湿，墙壁上滴着水，地上积着浅浅的水潭，一个错神，会以为自己走错在恐怖片的片场。

时节坏，好水果倒是一阵接一阵，枇杷过了有荔枝，荔枝太甜有酸酸甜甜的杨梅。何况江浙人热情，每到这个季节，亲朋好友来去都携一篮杨梅相送，尤其是宁波慈溪一带，杨梅最盛，每到这时候，家里便是用盐水浸洗杨梅最忙碌的时候。

这时候吃几颗杨梅，倒是很不坏。酸可解心火，消烦渴。尚未入口，便满舌生津。像我这样嗜甜的人，其实是怕杨梅的酸的，今年不知怎的，水果都好，枇杷甘，荔枝蜜，西瓜也甜熟，三甜并列下，杨梅甜里有些微儿酸，倒更爽口了些。

有句老话儿说得好，望梅止渴。从前习惯了周末和暑假出去旅行，今年因为疫情，范围缩小到只在杭州走走，近郊也不大去，反而空下了大把时间。

在小红书和一些旅行公众号上看看远方的美食与美景，权当是望梅止渴，再应景些，杨梅浸够了时间，洗了放在白瓷盘里，慢慢地吃，个中滋味，酸甜上有一丝的差别，都是点滴在心头。

吃杨梅不比旁的水果，吃西瓜讲求的是一个畅快淋漓，吃杨梅得专心致志，一个不小心，吃得满手红汁不说，还溅在衣服上，跟哪里落了伤口一般，血渍污糟的，怪可怕。

　　小时候觉得有趣，是特意赶去慈溪一带，穿着透明的塑料雨衣，将全身罩住，或者是穿黑色的衣服，提着竹篮子上山去摘杨梅，防的就是满身沾着红红的杨梅汁。

　　也是，本是乐趣的事，怀着戒防之心，倒是有了几分小心翼翼。

　　当然，快乐也是有的，边摘边吃，甜的落肚，酸的吃一口连连皱眉头，立刻扔了。杨梅是越黑越甜，就如枇杷，越丑越好吃。那些鲜红小小的，完全是吃不得。在这个自古以白为美，制七白汤敷施粉底的国度里，算是个异类。

　　但真要细算起来，有些追求个大如乒乓球的杨梅，也是个中看不中用。

　　摘杨梅辛苦，上山路是山里走多了走出来的羊肠小道，许多杨梅树长在山坡上，需得抓着树枝攀过去，压下树枝，寻找鸟雀未啄过的味道甜美的杨梅，有时在草丛里走来走去，草虫子多，蚊子多，还有蛇，偶然山野里还有几座孤坟冒出，也是有点在《聊斋》荒野里逡巡的感觉。

　　杨梅存放不久，经不得太多雨水，有时果实成熟了不及采摘，被雨水打落自行腐烂，或被鸟雀啄得不成形，都不能拿去贩卖，这一年就白辛劳了，也是农家人说不出的苦楚。

　　我们这些爱水果的人，能做的就是趁着时节及时吃、多多吃，别白费农家人的劳作。所得有所报，才是天道使然，年年岁岁如此，年年岁岁才有佳果为续。

　　天气还是照样闷热，要是有一场倾盆大雨，倒还爽气些。天气陡然冷下来，穿起长外套，再去寻杨梅，滋味反倒没那么好了，酸味入齿，更觉齿寒。

　　也许，苦夏苦夏，非得酸甜之物来解，才最相宜吧。

# 雨　天

　　今年的杭州雨水特别多，漫长的黄梅雨季比往年多了十几二十天，每日出门，烈烈的日头照在头上不过几分钟，就转成无穷无尽的雨水，有时是瓢泼大雨，有时是缠绵的小雨，哪一种都让人不快乐。出门一趟，鞋子和裙角裤脚都是湿的，黏腻腻地难受。就算是光脚，泥灰水混着脚在一起，也让人不悦感倍增。因为雨水不断，养了多年的月季纷纷得了黑斑病，绿色的叶子上长满黑色的斑点，慢慢黑色的面积越来越大，终于叶子落尽病死。

　　想要救也救不得，打治黑斑病的药非得在晴天，至少有半天的干晴，让叶子和枝干吸收药力，可惜这样的时候，今年并不太有。于是眼睁睁看着这些月季一壁努力开花，一壁患病死去，像是一颗想要挽救旧情而不得的心，只能看到静静逝去。

　　这样心烦气躁的时候，偏偏住在有近百年历史的老办公楼里，一下雨就像回到家乡的老屋，雨水打在铁皮棚檐像打鼓，落在老瓦片上也丁零当啷的，还要留心雨势太大会不会砸碎了瓦片。

　　这样的雨季是令人生厌的，湿气沾水，步履沉重，无尽的倦怠。

　　当然，也不喜欢杭州的暑天。暑假里每日晨起拉开窗帘，大概是七点钟的光景，太阳照在小区开阔的草坪上，连着四周茂密的花草，像个巨大的清晰的玻璃球，一点不漏地泛着金光，叹口气就知道是热得不能再热的一天。四季像是在杭州不甚分明，春日的繁花竞丽、柳翠桃红；秋日的桂香满城实在太短暂，短暂得像一个幸福的梦，都不大真切，恍惚是一刹那，有相爱的人并肩在静安附近的路上走过，抬头看见密密的梧桐叶里漏下的一点金子般的阳光，还没看真切，那并肩而行的人就不在了。

冬天不消说，反正是冷，住江边更冷，永远数不尽的寒风和雾霾，反正紧闭门窗打开暖风机和地暖就好。

好容易在梅雨结束后来到杭州，又是热又是每天必定的雷阵雨，就来三亚躲一躲。谁知也是逃不掉的雨水天气。

运气好的时候是小雨。窝院子的休息球椅里，在屋檐下听着雨水听听歌看看书，还是有点凉快惬意的，就算暴雨激烈，一阵儿也就过去了。

最不喜欢这个酒店的设计，迎宾大堂入来后天圆水圆的设计，原本是让人心生静谧的，可是一直在沿着高处的一圈圆檐放水，落在水池里哗哗地像大雨，嘈嘈杂杂错错切切。门口的小喷泉也是，我几次深夜静下来，听得外面雨声潺潺，忍不住打开门去看，原来却是喷泉水扰人，我不喜欢这样的扰人。

就像《小团圆》里的名句：雨声潺潺，像住在溪边，宁愿天天下雨，以为你是因为下雨不来。

多么悲怆的心境。人的心情是会被看过的文字打动并深刻记忆，影响彼时的行为的。

我想，今年此时，那些七夕不能相聚的人或许在想，见不着面，都是因为疫情未清，有什么办法呢？

很多时候，人从类人猿进化而来，习得那么多技能，出了那么多天才，却没有人告诉我们，想见的时候见不到，想爱的时候爱不了，是怎样悲凉的心绪。

也许就像这雨天，嘈杂烦恼，辗转难眠。

毕竟，雨中的故事里，两个人是可以丢开雨伞奋不顾身向对方跑去的。但是现实生活里，想想一身湿会毁了衣衫鞋袜，湿答答拥抱把雨水贴到对方脸上，实在不是什么愉快事。

我们现代人，大约更爱惜自己，不做这样的疯狂爱情梦了。

## 鸳鸯锦

琼瑶的《梅花三弄》，我最喜欢的是《鬼丈夫》。真奇怪，同样是女主角岳翎的演绎，《新月格格》的故事让人完全无法忍受，《鬼丈夫》却是异常地让人感动。

想起读小学高段的时候，我也看过了大部分琼瑶的小说，同一部《一帘幽梦》里，汪紫菱和楚濂让人厌烦不已，小费叔叔却是我永恒的心头好。真是，刘德凯这样的演技，演起小费叔叔可以酥倒一大片，至今是我心目中标杆式的叔级人物，到了《新月格格》里出演男主，就让人忘记他演过何等出色的皇太极和小费叔叔。

那时看琼瑶，只觉得女主角的名字个个好听，诗词动人，男女主角爱起来连父母兄妹皆可抛，世间只容得对方一人。默默坐在书店的一角翻完，是觉得热烘烘的，好像全世界都要跟着他们燃烧起来！发起誓来又狠又绝，山无棱，天地合，乃敢与君绝！卷帘人去也，天地化为零。

真真是要生要死。

偏那时张爱玲的小说一起罗列在旁，都属港台女作家系列。张爱玲的小说，是让人浑身发冷的，哪怕那时我不过五六年级，有些词生僻还不大懂，但那股冷意，却是从每个毛孔里渗出来的，夹着汗意，后脖子一阵阵凉。

幸好翻到了《鬼丈夫》，薄薄一本，转眼看完，却觉得这样的深情是可以让人相信的。

违背家仇自由恋爱，可以婚配了，却因为一场复仇的火将男主烧成面目全非。

这样的爱意，能不能坚持下去？

我只知看电视的时候是万分惊骇的，那一场婚礼，是红事夹白事，喜乐里带着丧音，喜服上拴着素腰带，送亲的人满面哀戚哭泣，手里撒着漫天白色的纸钱，新娘抱着灵位，拜堂成亲。

那时候我才真正相信，相爱的两个人，若总有一人先遭受命运的厄运，另一个人，也会把这份爱无限期地延迟下去。宁可抱着爱侣的牌位成亲，也要生是他的妇，死是他的妻。

这样的故事，《孔雀东南飞》里早读过，只不过那种夫妻情深，连父母过分的命令都不敢违抗，最后一个"举身赴清池"，一个"自挂东南枝"，彼此殉情，也无什么可赞美的。

真正的爱情，是让伤痛的人也能有勇气好好活下去。

我是真真切切地相信了这个故事，并且感受到了容颜外貌的残缺所不能摧毁的爱情。

许多真实的爱情，不用呼天抢地，只需坚持下去，默默坚守着延续曾经的幸福。

再看《鬼丈夫》，无比感慨，这世间真有不被外貌惊退的爱情，我们所求的是心灵的相通与默契，心有灵犀，这一点灵犀就足以百年厮守。

并没有什么不好，那时的人，对于爱情就是那样纯朴，爱了就是一生一世，生死不弃。

现代人的爱，选择太多，自由太多，纷纷扰扰，自乱其章。

不如回到淳朴的年代，相爱是长久的事，一辈子的事。

新娘子一针一线绣出鸳鸯锦，祈望着未来的婚姻美满，哪怕死讯传来，也坚持要守着那个心爱的男人，和属于他所有美好的回忆。

我是真心地相信，曾经有人，这样真心地爱过，纯粹而真挚。

因为疫情而封锁的年代，许多爱人们分隔两地，见面不易。

我只有一句祈愿：但愿同展鸳鸯锦，挽住情深永不谢。

# 校 庆

我读过的小学今年是百年校庆，早早地约了我补充校友资料，但心里觉着，入冬疫情有反复的苗头，校庆可能是"云校庆"了。及至邀请我回去作为校友代表发言，彼时我正在外地出差，时间上相撞，不能去参加，心里觉得很抱歉。

我的小学旧址在练市镇中心球场路，隔着工会满墙肆意的蔷薇花，再走几步过去就是我的外婆家。

小镇太小了，但凡去读书的孩子，一年级就能用脚迈着几步走进校园去。

班级也少，一共两个班。那时的孩子作业不多么？我印象里多，拼音读不好，就一直留下来读，站着读，读到会，已经是天黑。试卷老师手写的，然后送进一个小黑屋里用油墨印的，去捧出来的时候还热热的有油墨香，唯一不好的是写一写字，手指和袖子就全被油墨染黑了，卷子上也黑乎乎一团，永远不能保持卷面洁净，十分厌人。

学生间也是计较分数的，学业的竞争和压力无处不在。如今我儿子在读一年级，对于一分半分的差距尚且十分在意。我们那时候怎么能不在意呢？我从来都觉得，学习的压力是从小学就有的，每一代孩子都如是，只不过初中高中科目多了，作业分为会做和不会做，或者大部分不会做，压力越发明显了而已。

大家都是差不多的孩子，97.5 和 98 分可能就差了一档，一定要睁大了眼睛细细看错在了哪里。只是那时的父母好，一看分数是 100，立刻买娃哈哈和糖果，如果 9 开头，打个哈哈也就过去了，如果 7 和 8 开头，那就要找笤帚打了。小镇上的家长，还是看重分数的。

读小学苦吗？我的印象是苦，物质条件的苦。那时条件不好，一、二年级读书在两层楼的木结构房子，夏天特别热，冬天特别冷。遇到下雨天天色昏沉，全班的灯都开了，也不过是 30 瓦的亮度，每个灯泡由绳子吊着，晃晃悠悠的，我十分怕它掉下来。

冬天就是冷，那时没有羽绒服，总是穿大衣和滑雪服，里头穿棉袄，可还是冷。湖州在浙江的最北面，冬天最阴冷不过，寒风瑟瑟，坐在透风的教室里，手上都长了冻疮，又痒又疼，没办法，握个最小的热水袋，可是过不了多久就成了冷水袋，又无处去换热水，只能盼着中午回家换了热水暖手。

那时最怕是上厕所，在学校尽量不喝水。虽然是非露天的厕所，可是是那种老式的木条杠厕位。一、二年级的学生个子还小，要踮着脚甚至跳一跳才能危危险险地坐上去，底下是黑色的无底洞一样的坑，过了一会儿，你才能听到自己屎和尿落地的声音。这样的厕所当然是臭的，每次都用妈妈给的花手帕捂着鼻子仰头看，可仰头就更困惑了，显然是木结构加茅草堆的顶，那茅草是编织过的，看着挺牢，就是老旧，最角落破了一角，塞了某种带翅膀的动物的尸体。年纪大一点的女同学认得是猫头鹰或者蝙蝠。我想着蝙蝠并没有那样大，猫头鹰也不至于那么瘦。

为着这恐惧，我宁可少去上厕所。不像后来读了高中，亲密的女孩子上厕所都要结伴，那是有隔间的厕所，明亮许多。而小学的厕所在未经改造前，男女就隔了一堵墙，闻声可知，谁也不会在厕所说什么秘密。厕所外有棵高高的树，聊表遮阴之意，其实我们那地方都叫它"烂杨梅"树，它结橘红色的果，却容易掉下来，摔成软烂不成样子的一堆。

这样的旧记忆大约延续了很久，加之到了三年级，换了一个爱用教鞭打学生手心的沈老师，因为是某位官员的家属，脾气特别大。记得某次她让我们用蓝笔订正错题，我不小心用了红笔，狠狠挨了几下手心。我妈妈似乎去对她说过几次情，小心翼翼地请她好好教育我，别动辄用教鞭打手心。但结果是我挨打次数更多，她甚至在上课的时候拿出我妈妈找她说情的事当作笑话来讲，同学们都哄堂大笑起来，唯有我愈加沉默。逐渐几次后，喜欢数学的我开始不喜欢数学了，奥数也不愿意继续学下去，避免和她见面的机会，转而去读文学社了。文学社的老师似乎也姓沈，却是温柔多了，成日里鼓励学生，我就渐渐地喜欢起语文来，一到写作文，兴致极大。

幸好我的运气不错，到了四年级，又换了年轻有活力的数学老师和语文老师，我又开始对学习有点兴趣了，老师们也很喜欢鼓励学生，找到每个顽皮的小孩子身上的优点。校园也在教师宿舍楼的一场大火后开始了改造，成了蓝白色的校园。

唯一不变的是，校园中间那棵极粗的大树，需要两三个孩子环抱的那棵大树，一直陪了我们六年，是最忠诚的记忆守护者。

微　拂　凡　　　〇
尘　　世　　　三

# 2020 年的下半年

2020 年的开始，就是一场疫情席卷武汉，在毫无预兆和警示之下蔓延各地。很快地，这个新年是在各家各户紧闭门窗中度过的，杭州的防疫工作很是到位，严防死守，这样从冬到春，看着外头寂静无声的世界稍稍有了喧闹声，春花开时鸟鸣也嘀哩了起来，这世界好像多了几分活气。

春末夏初的时候，浙江省疫情清零，整个世界就活过来了，西湖边挤挤挨挨的人，游船行湖，踏青聚会，外卖小哥送餐忙得不亦乐乎，基本上想吃什么都吃得到，再没有疫情暴发期那种每日守在 APP 上抢菜而不得的惶惑与无助。

那个时节，每天把自己关在屋子里，出门买次菜小心翼翼，人与人之间自觉地保持着一米以上的距离，生怕每一次呼吸都染上病毒。而现在，一切又复苏了过来，人们开始复工上班，从没想过原来可以正常地上下班是一件奢侈而难得的幸福的事，终于，终于可以离开家门了。快递照样地收，蔬菜水果都丰富，只是不敢去远方旅游，但是杭州周边千岛湖、桐庐、临安，再到莫干山、绍兴安昌古镇，哪里都活泛起来。

旅游的成本降到了最低，酒店的房价低到不可思议，一场短途旅行是我们在疫情中对这个世界小心翼翼的试探。

终于到了四月底，学校开学了，虽然一切都还带着一丝紧张的气息，进出查健康码、验体温，但到底是如常地读书、上课，有时候听着孩子们在操场上欢笑的声音，几乎是有些恍惚。武汉的疫情也结束了，中国变得非常安全，所谓的疫情，只剩了支付宝上不断跳跃的数字，那是国外的事，仿佛离我们遥远得很。

偶尔看到美国和印度的疫情惨烈，会觉得那是另一个世界的事，我们照样忙忙碌碌，过着自己的日子。

2020年的上半年，像是做了一个惨烈的噩梦，我们在梦魇里不断挣扎、挣扎，终于满身冷汗地惊醒，仿若梦醒来，一切就过去了。

朋友还愉快地去云南游玩了一圈，一纾半年不能出游的苦痛。

直到那一天，新发地再度暴发疫情，传闻是在三文鱼上发现了病毒，传染了不少人。一时间人人自危。我想起前一晚刚和朋友聚餐，吃了几片三文鱼，惶恐得满脊背都流满了冷汗，恨不得立刻做个核酸检验才安心。

就在那一夕之间，风云再变，北京的情势变得越来越紧张，虽然杭州与北京隔了几千公里，可是对新冠病毒的恐惧深藏在每一个人心里，虽然日子寻常地流水般地过去，虽然一切又恢复了歌舞升平，可那种恐惧感经不得一点点触动，就会再度在内心爆炸。

我几乎是在第一时刻，开车冲回家里，门窗紧闭，任它暑热难熬。

原来以为已经过去的，并没有过去，寰球同此一家，想要独善其身，实在太难。

危险，总是在你不经意处，又以迅雷不及掩耳之势到来。

今天是 7 月 1 日，2020 年的下半年，我希望日子可以平顺一点。升斗小民，没有别的盼望，只希望国泰民安，健康平顺，更希望因疫情而分隔两地的人，不必再看着海上生明月，天涯共此时，而是团圆相聚，再不分离。

# 不说话

教初中的时候，有学生来问我，已经看过了几本张爱玲的小说，若想再多些了解她，可以看什么书？

我想了想，说："可以看胡兰成的《今生今世》。"

学生问："为什么推荐他的书？因为他是张爱玲的丈夫么？"

我不假思索："他文笔很好。"

学生看完了朝我来大吐苦水："文笔是真的好，可是人品是真的下作。"

"为什么？"我问。

学生说："一个大男人，收了一个女人三十万分手费，临老了还颠三倒四说这个女人多么爱自己，而自己却不爱她，又怎么与别人风流，这个女人还宽容地爱他。简直有神经病，说了还不算，还要出书，还拿着旧爱赚稿费，简直无耻至极。"

说得很对，文笔是真的好，人是真的无耻。十几岁的孩子已经有是非观，爱憎都有判断，他们有理有据，写了张爱玲还不算，写了一堆女人，卖弄自己的婚史和情史，自以为情圣，其实是情渣。

说得真是不错，一切爱读张爱玲的人，读到《民国女子》那一章，简直可以呕血。我们眼里清冷看世事的祖师奶奶，恋爱起来也是这样的甜酥，这样的颠倒，要不是胡兰成一笔笔写出来，细节到她穿什么颜色的衣裳，彼此起什么昵称，我们哪里想到祖师奶奶是这样的祖师奶奶，她看上的男人呢，比她笔下一切的男人都不如。阿小那个不举行婚礼装聋作哑的丈夫，霓喜一辈子遇见的那些甜言蜜语靠不住的男人，尤其那个反手出卖她一壁哄着她一壁另娶的店小二，花言巧语只想着弄钱的乔琪乔，加起来都不及一个胡兰成令人厌恶。

一言以蔽之，他最大的不堪就是话多，尤其是两人分手后还那样话多。

学生气鼓鼓的，他能不能闭上他的嘴巴，烧掉《民国女子》那一章？

不能，有些男人最爱卖弄情事，卖弄他曾得到过一个比他出名的女人，他却不爱她，任她伤心，任她委顿，以作践人来抬高自己。

要知道，分手最见气节，一个男人好不好，除了爱你时护着你，不爱你时也要莫开尊口。

如果可以不说话，对前任来说，是一种足以珍惜的美德。当然，彼此还有善言，那就更好。

但愿我的学生们看过《今生今世》会知道，分开后不说话，是多么难得的善良。

# 大 雪

这么快，已经是大雪节气。

2020 年，随着节气变换，仿佛昨日还是大暑，今日已经是大雪。

很遗憾，并没有落雪。

杭州的天气一直阴沉沉的，风肆意凛冽，我被肠胃型感冒折磨了一个多星期，吃什么都吐，却也没瘦下一两斤，实在是人生大痛。

哪像年轻时，饿上一两天，体重就啪啪往下掉，实在是新陈代谢已经宣告跟不上了。

我一直窝在被子里，止吐药有加重嗜睡的功能，我就昏昏沉沉的，几乎都在昏睡。

我妈妈对我这样的睡眠很不满意，那有什么办法，我上辈子应该是一只冬眠类动物，这辈子习性难改。

尤其这样的阴雨天，天色乌蒙蒙的，云朵随时像要坠下来，这样的天色下，金灿灿的银杏都显得萎靡而脆弱。

最是适合睡觉的天气。

病中为什么不好好睡呢？这世上并没有什么非要催我起来必须马上要完成的工作。

当一个写字的人不再为生活所困，又因疫情被困着不能出去，她会变得懒散起来。

这个时候去翻翻祖师奶奶后半生的日子，多半有为银钱奔波受苦的时候，想想自己，如果不写字了，安心做一个老师，大约也不会饿死。

讲真，这一年里又教书又写文，年末时节病痛不断，真的是有点疲乏了。

大雪节气，我该做个竹枝羊腩煲，放大量的西洋菜，暖身暖胃。

可惜了，我只有无限的疲倦，还得强撑着力气辅导孩子功课。

日复一日，更加凡常。

记得小时候，天气冷了，家里懒得烧菜，就烧一个暖锅子，荤菜素菜油豆腐和面筋一起放进去，再加一些粉丝。若是考究些，汤底用鸡汤，不考究，白水也行。

到底一家子围坐着吃得满头大汗，穷有穷开心。

现在要再去盒马上下单，或是海底捞上点菜，反而没有那个心情。微寒冷峭的天气，一道炒牛肉，一个茼蒿或青菜，再滚一个豆腐汤，简简单单也是一顿。

越冷，越想喝酒。可母亲是坚定的反对主义者，哪怕我只是喝一碗米酒，或者调一点鸡尾酒，她总是要拿出伤肾伤肝的大道理来说。

可冬天喝点酒多快活啊。

古人都说："晚来天欲雪，能饮一杯无？"

啊，可是为了健康，为了母命，我只能在她睡着后悄悄抿一口。

偷来的快乐啊！足以让我撑着写几千字。

这几天我习惯在凌晨四点醒来，起来煮一小碗青菜面，码上两个小时的字，正好六点半，还能陪孩子睡半小时，迷迷糊糊的，觉得任何热水袋都比不上这个小小男子汉天然的小暖炉。

他亦坚定地认为，他永远是妈妈的小暖炉。

每日睡前，他先钻到我的被窝，替我焐暖被子，然后问我："妈妈，这样就不冷了吧？"得到我肯定的回答，他就缩到自己的铺位，呼呼大睡。有时候他喜欢顶着床板睡，我睡得低一点，一不小心就靠在了他的肩膀或者背脊上。

这个冬天，我们母子俩彼此取暖，互相依靠。

我一直害怕的，他读了小学、初中、高中，会与我渐行渐远。但他始终惦记着妈妈怕冷，需要他来焐手焐脚，才能安心睡觉。

这样的暖意，是寒风瑟瑟里最让人心思绵软的牵挂。

# 冬日临

初冬的第一层寒气降临时，还想负隅顽抗一下，结果肉身不能与天比，重感冒绵延了久，就老实学了乖。立冬之后，更觉寒冷畏缩，最好不要出门，不许见人。

我很努力地去上课，接送孩子上学放学，这是我的极限。

写东西也没有心情。时常对着电脑，许久才敲落一个字。

往年这个时候，如同候鸟，我会南飞。立冬那日香港三十度，台北大抵也不冷。能在冬日里感受热意，不，暖意，那能让人从心底里愉快起来。而不用面对低温、雾霾。

然而出不去了。孩子读了小学，每日接送放学，回家管着他做作业，写完作业要一起运动、亲子阅读，时间被排得满满当当。伤春悲秋的情绪发泄不了，徒添了一层为我烦忧至少十二年的悲抑心情。

我倒是不大在意孩子的成绩，奔波如我，也不过就是一介最平凡不过的人，跟房贷拉扯几年，做手术住过六人间病房，根本无法休息。

我的孩子能超越我多少？带来根本上的阶级跃层？我不抱任何期望。

我希望他是个快快乐乐的人。比他的妈妈快乐、自由一些，一些些就好。

越到成人，应该越自由，然而责任亦越大，身上像绑着一重一重粗绳，挣脱不得。

我很期待，在香港街头喝碗蛇羹，在台北街头喝杯奶茶，在太阳落山时，感受到温暖的余光。

于是，被窝成了我最大的逃避场所。照顾完孩子，不想工作，喝酒也好吃药也好，想办法让自己睡着。棉被很柔软，蓬松松的，带着太阳晒过的味道。妈妈有洁癖，一定是把床整理得最干净的。我就窝在那儿，其实睡眠很浅，不停地做梦，因而很清醒地知道梦是假的，都是假的。可是比醒来的琐碎人生要有趣得多。

睡着了就没有烦恼。

我的斗志，我的勇气，好像随着冬天的来临都没有了。

我应当是一只冬眠动物，一入梦乡，万事不扰。

那该多好。

只可惜，我很难入梦乡，万事常来扰。

人生的苦，就在于此。

## 冬日月季

在江南的冬天养月季是颇痛苦的事，因为你永远把握不定这是个堪比北方的寒冬还是和南方一样气温十度左右的暖冬时节。

因为月季这种花的脾性，宜暖不宜寒，不是独立女性的脾性，微微要哄着。一到寒冷天气，自动进入休眠期，如果此时不理它，任由它翠叶在深寒枝头颤颤，那么明年春夏就会要给你脸色看——长不好也开不好花了。

所以去年冬天，我是包得严严实实的，穿着厚羽绒衣，戴着帽子手套，在零下的冷风里蹲着狠着心一刀一刀剪下去，除了一些壮枝，也为了来年花形好看，生生剪去了三分之二。

养月季，真的是虐心。亲手养大的花枝，细枝弱枝老枝都要剪，只留几枝健壮的，剪得只剩一点点，又冻又心疼，大约又被风吹了眼睛，直流眼泪。

唯一能稍稍安慰自己的，就是一边剪一边念念：是为了它来年更好。

可是谁又想得到来年的事，当下的心痛与不舍才是真的。一剪子一剪子下去，好像狠心要把一手生长起来的感情都剪断。

今年尤其是。

是暖冬。月季还很争气，趁着二十度那几日，又是发芽头，又是长花苞，一副把冬天当春天来待的模样，打算过个美艳滋润的冬天，彻底不休眠了。

奈何降温来得突然。

所谓大热之后多有大冷，古人诚不我欺。

怎么剪下去呢？开花发芽本来就是耗费花力的事，尤其是在不对的天气。我犹豫了好些日子，将它们挪到太阳底下，增加光照的时间，或是在风大的日子搬回阳台避风，可是那样深红娇艳的花苞始终只是花苞，一点要开的迹象也没有，甚至萎靡发黑了。

真是，多像人类的感情，以为有机缘，可是缘有了，机会却没有了，只能任由它在不该有的时节里蓬勃长出的情意萎靡掉。

也不是不能帮一把，或者加点肥料，或者学古人炭盆烘花，只是强扭的瓜都不甜，强开出来的花，耗费的无非是明年的花力。

真的是含着眼泪，一刀一刀剪下去，如去年一样。但更不舍更心痛，因为花苞累累，因为有一朵黄色的居然勉强开了两瓣，然而从花心里就腐烂干瘪了。那有花苞的枝条，一刀下去就剪了一半。

都说月季是很虐的花，花开后剪一半枝条，冬天剪得狠，来年就开得枝粗叶肥花壮。

就像有些很虐的词人和诗人，非要在东京街头徘徊等候一天，不见爱人来，才写下《再见二丁目》；非要呕心沥血，才得一字句；非要家世倾败，红颜散尽，才熬出那一句心血凝聚的"今宵剩把银釭照，犹恐相逢是梦中"。

养月季，就是要经历这一年年的心痛，冬日剪花枝，春夏闹红蚜虫和黑斑病，又得剪病了的花叶，又要喷药水，怎么麻烦怎么不舍就怎么来。

可是这样虐心的，是用足了感情的，才是爱啊。

否则，怎会年年岁岁常相伴，月月季季放不低呢？


# 粉　晶


连着几天的好天气，气温突破二十八度，我就算不下楼去打理月季花，坐在窗边看书，都觉着背心暖融融。

闭门不出的日子太静，闲来就是翻翻书写写字，再不然就要拿毛线针和线球织毛衣打发时间了。

反正天气一热，梅花匆匆就谢了。她是个受不得别人对她好的姑娘，一点点好都不习惯，独自冷骄惯了。桃花还没有要开的样子，西湖边人虽多，但都抱憾杨柳连绿芽也没有一点，实在配不上春风柔情，倒是彼岸的日本，今年天暖，樱花开得早，情人节那时候已经丛丛簇簇了，只是如今它们也在疫情里，恐怕也无多少往年里赏花的心情。

这么好的天气，谁家都打开了阳台的窗开始晒被子，这个时候你就能知道，一个再所谓中式风格美式风格欧式风格的房子，被子一晒出来，还是花花绿绿富丽饱满的颜色，人爱把春色种床上。

我妈妈就十分爱批评我，为什么又买灰色褐色深蓝色的四件套，一点绣边和花纹也没有，十分不喜气。

现在整个小区都喜气了，那喜气里不知何处伸出一株高大洁白来，我疑心是谁家被子里的羽绒散了一团团在树枝上，特特走到楼下去，竟是玉兰开了。

最顶上和下边的多是乳黄色的花苞，正中一段晒的阳光足，花气暖足，便开得饱满，一朵又一朵，白得如鸽子的翅膀。我心爱的白玉兰，就是开得这样早，花色又好，我是满心惋惜的。明日又要降温，眼看着要变天，玉兰花最经不得冻，一场风一夜雨，这花便凋残得不成样子。

这时候大概是最后一点温柔。天色微微带了点匀润的粉红，阳光凝在那里，水晶冻子一般，云层渐渐厚起来，是水晶里杂了棉、绺和石筋，午睡起来，就该碎了。

我趁着最后一点阳光，翻出一串粉晶来，不知哪年哪月收起来的，并不算很好，有几颗剔透晶莹的，更多的有碎绺和片棉。颜色也浓淡不一，淡的是偏奶白一些，也有果冻粉，还有浓艳一点的深粉，我挑了十几二十颗成色好一点的，牛筋线是现成的，用细铁丝引珠子，穿几颗，配一对赤金圆鸳鸯，一对粉红的金桃花在正中，鸳鸯隔两边，一圈粉晶珠子。

大概可以给这串珠子取很多喜气的名字，稍微相宜一点，不如留给明天。降温后玉兰该凋谢了，是一种花瓣落了满地的很萧索的黯黄。到时候再看这串珠子，只能叹"玉兰不知何处去，鸳鸯桃花笑春风"。

再去翻一翻，翻出来一颗很大的粉晶戒指，应该是早年买的，也不会很值钱，淡淡的粉红，但胜在质地油润，晶莹无杂质，像块小果冻，大太阳底下会有莹光。

可是我多半在雨雪阴天拿出来，捏在手心里，有小小的安慰，粉色总是让人愉快的。管它值不值钱呢。那一只红宝石粉的戒指，一定是不值多少钱的，但那时的快乐，曼桢可以念想一辈子，填补十八个春天里的凄风苦雨。

有时候，光风霁月彩云琉璃都难留，那就留一点虽然没那么有活气的，但是长久坚实的死物在身边，也是一点安慰。


# 封锁小记 1


忽然就有封锁解除的迹象，每日进门的查验越来越宽松，小区里满十四天隔离的人家越来越少，偶尔早晨不是被鸟叫声唤醒，而是小孩子的嬉戏声。

非常有趣，我带着孩子下楼，迎面过来另一幢楼他的好朋友，两人激动地遥遥招手、叫喊，我以为他们迫不及待要抱在一起打闹了，谁知两人滑着滑板车，在距离两米的时候同时停住了。

不能距离太近呢。这些日子孩子们听了看了许多的宣传，都已经牢记在心，于是一脸很发愁的样子。他的好朋友的爸爸也很忧愁，虽然小区已经解除"只能两人同行"的规定，但那爸爸带着一双孩子，再加上我和孩子，一数就有五个人，虽然个个戴着口罩，但明显有"聚众"的意思，于防疫无益。

那爸爸慢吞吞走在后面，抓着头发，似乎要顾自己的形象。我才想起这些天虽然商场开了些，但理发店洗车行都没开，每辆车开出去都积着泥灰，男人们也蓄了一个月的长发，手巧的可以自己理发，连孩子的也理了。手不巧的，任头发自行生长，小男孩也可以揪小辫儿。特殊时期，这些都是可以忍耐的。毕竟如果是女人坐月子，一个月不洗头的陋习都有人坚持，何况男人这一点毛事？

那爸爸灵机一动，老远就对我说："你们要回去吃午饭了吧？"

我立刻接灵子说"是是"，拉着孩子回去，顺道拐了另一条路走去取快递。

孩子很委屈："我才下来，我想去玩滑滑梯。"

公共区域的儿童区，有大型滑滑梯和玩乐设备，我每日看见有物业人员消毒，但没有一个孩子爬上去玩，不管有没有消毒，近段时间，公共场所和用具都被视为不安全。

环境宽松的另两则，一是快递可以进小区了，存放在丰巢柜子里。习惯了网上购物的我发现居然有一个月没有在淘宝下单，亲朋好友间本要寄送新年礼物，因为疫情都停止了。快一个月没有任何快递，没有拆下来的纸盒，我妈妈很寂寥，后来才说："收纸板的人也早不能进小区了。"快递一恢复，要买水果和糕点就方便多了，至少我买到了一个 Letao 的日本牌子蛋糕，支援了"聚划算"上的"爱心助农"水果，河北的鸭梨、陕西的苹果、海南的贵妃芒都一箱箱运来，水果不像之前那么紧缺了。

二是一些大的餐厅虽然不能堂食，但也和上海一样，开始外卖。中午点了江南驿的招牌椒麻鸡和醉青蟹，吃着熟悉的口味，感觉过去的日子有点回来了。虽然商家很辛苦，叫不到骑手都得开车自己送，但终于营业起来，总比每天关门亏损的好。

我虽然不懂得经济，也没轮到过凭票供应的时代，但切切实实的，这一个月是最捉襟见肘的日子，一切娱乐和外出全部停止，许多日常的零食水果都买不到，一度饮食保障到了最低，冰箱里尽是馒头、饺子、面条这样可塞饱肚子的东西，要算好米桶里还有多少米，蔬菜可以吃几顿，以便下次轮到可以出门的时候尽量买补一些。当然你有计划有钱，想好要买什么，但市面上并无供应。阿克苏的糖心苹果断市了几天，原因是各地疫情封路，水果运不出来，我们这里自然什么也买不到。蛋糕亦是，以前多的是好吃的私房蛋糕，随时可以送，现在馋了一个月，终于有店家说订的面粉和奶油、水果送到了，可以恢复做蛋糕了。

从未想过吃蛋糕水果也有紧张的一天，有点报复性的，这几天一切有点恢复，便叫外卖当支持喜欢的餐厅，拼命买了好些水果储存在北阳台上，蛋糕也订了，吃得很满足。但是又想，如果可以在SEVVA，望着中环林立的高楼，吹着维港的海风，太阳一定更暖一些，吃着招牌的芒果香蕉蛋糕，心情一定更惬意。

你看，人都是贪心，解除了自我隔离，便挤着春光的热闹去断桥去西湖，据说一日断桥边拥了五千人，实在不安全。连我从小在杭州长大从不游船的朋友，居然发了照片在游湖，实在是把平生不为之事都做了一遍。我又更贪心，希望早日消除灾疫，恢复通航，可以随时去想去的地方。

这是一个春天，二月初二，龙也已抬头，一切都有了一点希望。

# 封锁小记 2

其实已经算不上是封锁的日子了，虽然小区还是仅开一个门，出入查健康码和测量体温，但整个环境宽松了许多。

楼下走了一圈，便利店开始营业，就不用一定叫外送，方便许多。

禁足的日子久了，居然特别特别渴望吃冰淇淋，实在没有，棒冰也是好的。于是在便利店买了一根香草巧克力解馋，吃到一半又觉得太甜腻，喜茶的外卖容易点多了，报复性地连续喝了三天，终于表示腻得不行，又点了德克士的炸鸡，五块，吃得我和小孩撑着肚子面面相觑。心心念念了许久的蛋糕也订到了，吃了两次 Letao 和两次芒果草莓蛋糕。岁月催人老，奶茶炸鸡催人肥，应该自省。可是吃甜食，真是让人快乐啊，豆沙做了许多，在粽子里塞足，煮熟了只挖豆沙吃，奢侈又满足。

手机屏幕碎裂，因故出门了一趟，去了万象城，大型商场里店铺几乎都开了，除了一些饮食店，非常好笑，如果我想点一杯喜茶或者一个巧克力奶油甜筒，站在店门外都不能买，只能在手机下单外卖，然后跑去楼上某个楼层收货，多此一举到这地步。我倒是可以接受在店门口扫码下单后到指定十米外领，这样大家都方便，但不知为什么没人想到这样，或是想到了不能做到，也是非常时期的一种迷思。

出门忘记吃午饭，幸而看到鼎泰丰开了堂食，进门要登记姓名、身份证号码和手机号，记录测量温度。有温馨提醒隔一米落座和错位落座，但满大堂就我一个人和一对母女，那对母女面对面坐着，显然是不能错位了，我一个人坐靠窗位，冷冷清清。还好要点的东西都全，甜品莲子红豆沙也有，虽然是连锁店出品，但明显比我在疫情禁足期间自学用电饭煲做得好。

再离开时，人更少了，满商场就我一个人在下电梯，去找售后维修。

万幸，特殊时期，那么难修的手机居然有库存的屏幕，居然还能一个半小时修好，正好看了两遍《绣春刀2》，一遍结尾，然后重复播放开头。

就像之前的日子，一天是前一天的重复，没什么特别。

所有人都在等着修手机，这是我近期见到人口密度最高的区域，人人戴着口罩，目不斜视，生怕一个眼神交流也会传染。

回家的时候居然有点堵车，大部分地方都复工了，停工禁足的一个月，简直回到原始时期，现在物流和生活用品充足了，不用再抢，顺势囤积一些，杭州病例持续零增长，但现在华侨归国，输入性病例出现了，还是得居安思危。朋友间有了点来往和走动，都是戴着口罩，点对点的。这个时候，能坐下来一起喝杯咖啡，简直就是过命的交情。也有朋友赶着送来一些米酒、猪肉、大米和蔬菜，尽量在小区门口放下就走，进对方小区是很不方便的，或者说好一个碰头的地方交接，心意到就行，脱口罩谈话可以省略，此时最考验友情是否心照不宣。水果也充足了许多，想吃什么都有。物流一动，供应丰富，就没那么慌了。不似前段时间，打开冰箱都是速冻饺子、速冻馒头、充饥物品。

听说太子湾的郁金香开了，西湖边玉兰花正好，这个春天来得格外早。一切似乎开始进入了正轨，也听说有人大着胆子要聚集开会了，也有人去了浦东机场回来没有自我隔离，记吃不记打，或许是有些人的本性。但愿我们在春暖花开的时候，别忘了武汉人民还在吃紧，国外的形势也很坏。盲目自信与快乐，真不是什么好事。

# 封锁小记 3

从没想过有一天物资会匮乏到这个程度，最后一次大规模采买应该在春节前，订了一些盆菜和速冻食品，杭州人盛行吃风干的食物，咸鸡和酱鸭，都是偷懒的食物，再采买了一些蔬菜。想着盒马鲜生就在离家不远的地方，已经习惯了想买什么手机下单一小时内送到的便利。

于是这点腌物支撑到了现在，偶尔能买到一点霜打后回甘的青菜，简直宝贝得不得了，吃得一干二净。更多的时候，一天只吃两顿，早午饭连在一起，如果喝粥，就咸鸭蛋和自家腌制的紫姜、小包的榨菜。

年前各家亲戚送的鸡蛋还可以再撑一段时间，但我每日用红糖米酒烧滚，加三个土鸡蛋进去，已经成了奢侈的行为。

从前是妈妈叫我这样吃，说补，增强抵抗力。现在米酒早就告罄，红糖将就一下只放一勺，淡淡的甜水冲鸡蛋，只当喝汤。

也是，按这个速度，鸡蛋也撑不了多久，好在孩子不爱吃鸡蛋，变着法儿蒸鸡蛋荷包蛋都不爱吃，这才容我补到了今天。反正，这些吃完，若还是各处封锁，亲戚家的土鸡蛋别说送不进城来，根本到了小区门口都进不来。

幸好还有面条，以及不知何时买的泡面。我和妈妈多少都有点囤积癖，面条买了好多，随时煮个酱油捞面，或者味精过多的泡面，塞饱算数。

从来我家的冰箱都是塞满的，没有一点空隙过，只恨不够大，我妈永远在埋怨我之前搬家旧冰箱该搬过来，一个房子得有两个冰箱。现在呢，一个冰箱都张着饥饿的嘴，一眼望进去空空荡荡。

巧妇难为无米之炊。我倒是想包小笼包、饺子、馄饨和粽子，但一切原料都缺。现在才知道，几张箬叶都是好的，你总不能把粽子包在纱布里。

忍耐又忍耐，最难熬是没有新鲜水果和蔬菜。真的，可以食无肉，不可食无蔬。

我已经到了见着生菜都两眼发光的地步。

上一回物资缺乏到这种地步，是 2008 年，大雪。杭州的雪没到膝盖处，走一步都艰难无比，从那时的家走到后门的菜场，在雪地里两三次拔不出鞋子来，后来里面都湿透了，才知是雪比雨鞋高，倒灌了进去。这样跋涉去菜场，里头兵荒马乱的，每个摊位都乱糟糟，一切能吃的都被抢购一空，没奈何买到最后几包不知道生产期限的无名氏速冻饺子。就着阳台上挂着一条巨大的腌青鱼，每次剪一点下来和米饭一起蒸熟，等吃到只剩下了鱼头，雪渐渐化了，道路交通开始恢复，终于又吃到了新鲜的食物。

也有类似的闭门不出过，是在香港。许多事是梦也梦不到的，我曾吃心一起就订机票飞去的香港，我吃惯了的香港，居然成了一个入夜七点后就不能随便出门的地方。

可是到了晚饭点，住在中环都不敢下楼，被朋友们三令五申有多危险。楼下遍地食肆啊，却只能默默叫了房间餐吃。然后一边就着各处乱象的新闻一边吃饭，暗恨同样牌子的酒店，房间的送餐竟比新加坡水准低那么多。

真是，大有在美食之都吃泡面的恨意。

这两天是没办法了，反正盒马鲜生一直处于抢不到货的状态，原因是送货小哥约满了。本来可以走到大门口，小哥们会把你下单的东西放在指定点，所谓无接触送货。

总要出门一次。

我全副武装，一次性手套，口罩，不近视的人也戴上了墨镜，听说眼睛暴露在外也会感染，墨镜多少起点遮挡作用，还有帽子，哪怕天并不算冷，但能遮掩多少就算多少。

出门要经过几道关卡。电梯和大厅里充满了消毒水的气味，物业很严谨，一小时消毒一次。外面的花草长得很杂乱，也没人管了，随你肆意生长。活着才是最重要的，大家都一样。现在物业的工作人员都守住了小区的一个出口，其余通道都封闭了。外人莫进，治安从没有这样好过，路不拾遗，夜不闭户，比 G20 时更令人安心。如果你愿意在门口贴一张封条试试，那么任何人都会绕着你家走，对面的邻居心里暗骂着又惴惴，恨你祸及全楼。

每一户两张汽车的通行证，每一户每两天允许出门一次的进出证，出门量体温。经过门口，有个四五十岁的男人没戴口罩在打篮球，物业的工作人员劝说不停，兀自打得一身热汗。我一个没留神，几家出门买菜或取快递的戴口罩的人都悄无声息地围上来，什么话也不说，死死盯着那男人。

场面略微有些诡异，最终那男人在众人口罩上方露出的死死的目光中悻悻走了。有人在口罩后悄悄说了一声几幢几单元几号房，于是大家都记住了，一个高度危险者，一个重大嫌疑犯，敢不戴口罩任意挥洒汗水体液，如果本区有人感染，他就得重点注意。

人群散去了，一个隔着一个，老长的空间，警惕地从小小的门出去。

路上的店铺都关了门，平日的热闹都成了回忆，仿佛不曾存在过。行人隔着几米才有一个，一个个瑟缩着脖子，尽可能地遮住脸，生怕一点点飞沫带着病菌朝自己炸弹似的扔过来。

盒马鲜生是不去的，大超市也是不去的，因为工作人员多，也是一种危险。便利店呢，连便利店都关了门，比起生命，便利是不重要的。

菜场好，生肉铺蔬菜铺调味铺点心铺水果铺，每样只开了一家，卖货的人远远躲在里面，想买什么自己选好，用手指头比一斤还是两斤，切记不要说话，以免飞沫飞出口罩，也不要对视，一切危险动作都禁止。选完退后两米，卖货的人替你包好，退回原位坐着，我用手机扫码付款，全程少接触，再默默地回家去。

当然，我没有开车，加油太远了，洗车行一直没开，车脏得不行。我情愿走一走，在这寂静无人的大街上，荒凉的悲哀中，寻觅一点该属于正月的活气。

空气算是很好了，江风徐徐地吹，没有工厂开工，应该没有雾霾。如果忽略空气中的病菌，该是一个美好的日子。只是，我不能走太久，哪怕武装到底，这时刻游荡在外，也是危险的异端。

真的，现在，时间都变得不珍贵了。反正有大把大把的时间，去回忆，去畅想。平日里那些微不足道的小事，去江边散步，去楼下看花，去便利店买个冰淇淋，带着孩子嬉戏，都成了奢侈不可得——当时只道是寻常。若想去见想见的人，更是山也无路，水也无路，大有夜雨霖铃蜀道路，明皇含泪忆霓裳的意味。

封锁中的杭州，一点小记。

# 海螺珠

年轻的时候我喜欢珍珠，不是因为别的，只是穷。穷学生哪里买得起钻石，就算它再熠熠生辉，总觉得俗气。但撕破了那点伪装的傲气看，喜宝手上麻将牌一般大的钻戒，《色戒》里易先生要送给王佳芝的那只六克拉的粉红钻，心总是忍不住怦怦跳的。

但是珍珠多平易近人啊，且不说我老家湖州有珍珠。我读大学的金华，过去一个多小时的车程就是诸暨。那里的荷塘，池面上荷花迎风招展，塘里养着育着珍珠的珠蚌，和同学一起去看新奇，珍珠市场里珍珠满坑满谷，跟不要钱似的，一串串挂了满墙的有，地上筐里堆满的也有。偶尔有特别出色的，老板才施施然从抽屉里取出来，装在一个简陋的绒盒里，圆，雪白，饱满，珠光是温婉的，并不像钻石的光芒那么夺目刺眼。唯一就是镶工差，不知用什么金属，顶多是 K 银潦潦草草镶个花饰，十分俗气。

女孩子嘛，戴成串的珍珠老气，雪雪白地围在脖子里，人都显得老气了。于是顶多买一粒珠子的耳钉戴着，美其名曰还有药用。

那时节没什么好面膜，学生也用不起贵价牌子，就跟着诸暨的女同学买了一包包珍珠粉，相信它真是珍珠细细研磨而成的，调一点牛奶、蜂蜜和清水敷脸做面膜。

毕竟《本草纲目》里也说了"珍珠味咸，甘寒无毒，镇心点目；珍珠涂面，令人润泽好颜色，解痘疗毒，令光泽洁白"等。

依稀记得我妈那个岁月很流行吃上药牌珍珠粉，大拇指盖那么大小一个小瓷瓶，每天吃一点，说是安神养颜明目祛斑。只看那宫廷复古的包装，每个妈妈的妆台上都珍藏了一盒。

所以工作后见的珍珠多了，也的确是慨叹，那些当年献于朝廷的珍珠，历时百年，依旧珠光润亮，丝毫不见黯淡。要知道珍珠是有机宝石，就像珊瑚一样，保养要细心，最怕夏天常戴着被汗水腐蚀，真是美丽又脆弱的宝石。

幸而如今人工养殖淡水珍珠的技术已经无比发达，不必似古代一般，潜入深水采珠，九死一生才换来这浑圆一颗。

珍珠是那么惹人喜爱，无论中西。

在希腊神话里，爱与美之神维纳斯就是诞生于海中，浮立于巨贝之上，身上沾染的水滴倾落，都化作粒粒珍珠。

西方人也爱珍珠，许多流传下来的画作中，贵妇人们无不颈上戴一串珍珠，才衬得住华服高髻。

渐渐识得的珍珠多了，有淡水珠也有海水珠，颜色也不止雪白一样。也是，世上哪有那么多纯白的东西，有带了粉红珠光的，有淡紫色的，有金皮珍珠、大溪地黑珍珠，说是黑珍珠，其实是带着幽幽的绿孔雀羽毛的颜色。

我始终压不住珍珠的颜色，还是老办法，一颗白珠做成小小一枚耳钉，十分百搭。

直到近两年，开始慢慢懂得欣赏海螺珠。

这种海螺珠只产于美国和墨西哥的某些海域，新奇的是并不在蚌的体内生长，而是在海螺的体内慢慢形成的。完全是大自然造化之功，不是人力可以培育的。因为太过稀少，色泽美丽的更难见，所以矜贵难得。

最早见到的是某家的藏品，那海螺珠有我四分之一个手掌大，有火焰般跳跃的流光闪动，颜色是鲜嫩娇艳的粉，像清晨初开的粉玫瑰沾了露水的那种娇粉，上面有淡淡精细柔软的浅白纹路。

大概是因为看过太好的东西，从此再见到海螺珠，不过是兴致尔尔。

有时候第一次就撞上最爱的颜色或是人或是物，从此其他再没有能入你眼的东西了。

不过有趣的是，那么矜贵稀有的海螺珠，和价格最平的白色珍珠倒是很搭，想来也只有素净和娇艳可以相映成趣，黑珍珠和金珠再美，也只能独自美丽。

如果当年唐玄宗送给梅妃的一斛珠是海螺珠和珍珠，大约她蕙心兰质，可以搭配出各色新鲜花样，再也不会叹一句"何必珍珠慰寂寥"了。

# 寒衾

罗衾不耐五更寒。放在这个季节的杭州，是最适合不过的。

要说很凉么？倒也不是。中午走在外头，总有二十七八度，短袖长裙勉强可以穿穿。但几场雨一落，夜半的寒意就无声无息地侵来了。

已经到了九月末，我妈还在我床上置着一床桑罗的蚕丝被，滑是滑，薄也是薄，就是架不住半夜要冻醒。倒也不是我找不到厚一点的被子在哪里。我妈素来有一个习惯，被子非要在大太阳底下晒透，有股蓬松的棉花香，才可以睡。

因为连续的阴雨天，我必须忍耐着，忍耐着。在半夜冻醒时，体会"罗衾不耐五更寒"的苦楚。趁着我妈不注意，掏出一条羊绒毯加在被子上，结果第二天被我妈发现，还要念叨着我体质差畏寒怕冷，应该去外面跑步锻炼身体。

幸好我想了个主意，说下雨天跑步回来还要洗鞋子，着实麻烦，总算免了这一遭，但被子的事情还是没有解决。因为在老人家眼里，羊绒毯不好清洗，盖过几天还得干洗，又是一层麻烦，所以最好的办法是我忍耐几天。

真是一把辛酸泪，吃饱很容易，睡暖太难了。

一边又百思不得其解，如果是在没有阳台的大城市的房子，或是雾霾天，或是像香港一般永远湿热，被子晒了又有什么益处。就像在泰国时，被子永远潮乎乎的，得用空调阴干，怎么睡都不舒服。

这样挨了几天，我有点感冒的征兆，全家大为惊恐。在这个疫情还未完全退散的时候，几声咳嗽一把鼻涕都是危险的征兆。

趁着难得的一两日秋光晴好，终于得以晒上了厚被子。

那感觉着实太好。想起小时候，最喜欢窝在软绵喷香的被子里，紧紧地用被子裹着身体，棉花里带着阳光灿烂甘芳的气味，好像能驱赶走一整个秋凉。

真是的，最适合睡觉的日子，是秋意刚下来的时候啊，最好是下着雨的午后，百无聊赖，没有必须要做的事，就躺倒昏睡，睡个天昏地暗，反正一睁眼，外面雨沉沉阴昏昏，还是继续睡。

这样无事大睡，最容易就是半夜便醒了。近来半夜起身，尤觉得寒意入骨。江边住着，总是临风，老人家又喜欢开着窗透气，冷不丁一阵风吹来，望望外头凄寒的夜，只得又缩回被窝里去。

世界也许永远有不明亮的阴暗地，但有一个温暖的被窝，不用耐着寒衾，大约也是一种幸福了。

# 忽而春天

这个冬天一直不大冷，印象里厚羽绒服都没怎么拿出来穿过。便是在巴黎的日子，觉得冷得不行，特意买了羊绒面料的羽绒服，也只在去北京和东京的日子穿了两天，回到杭州就被闲置。

暖冬容易生疫情，古人的经验真是没有错。前几天说是大降温，每日拉开窗帘阴沉沉的，反正也不出去，顶多开窗伸手探一探，哦，真冷。

也不过这样而已，路上并没有行人，大家都自觉地自我隔离，不出去，也无所谓冷暖的感知，反正是躲进小楼成一统。

今日是突然的晴好天气，太阳好得不得了，隔着窗玻璃，房间里都被烤得暖烘烘的。朋友圈里游春，有去西湖看鸳鸯的，嗯，该是沙暖睡鸳鸯了。有去孤山看梅花的，据说梅花都被阳光蒸得香气腾腾。连苏小小坟边，都有成双偕对的猫儿在漫步。苏小小若有知，大概就不会听李贺替她叹"油壁车，夕相待"的孤清。

大概谁也不能拒绝那样温暖的阳光，连因疫情带来的禁闭的气氛也缓和了许多。

我胆子小，依旧不大敢出门去逛西湖，遥遥望见江边隔着几米就有一两人晒太阳吹江风，春意总是催人胆大的。我戴着口罩到楼下走了一圈，并没有什么人，看了看梅花和月季，一个渐渐老了，花瓣萎蜷，一个发了新芽，嫩红的一点点，等着抽绿。

有个老太太坐在长椅上，一样地戴着口罩，伸开五指对着太阳，眯了眼睛。我以为她是在晒太阳。我小时候并没有什么暖气和空调，冬末初春天气好的时候，奶奶便会带我坐在墙根下，竹椅子上缚了棉靠背和棉垫子，人蜷成一团，叫作孵太阳，孵到最后，便睡着了，头一点一点，一天比一天孵得久，突然有一天就脱去了棉鞋棉袄，蹦蹦跳跳和邻居家的孩子放风筝了。

只是她这样的姿势有点怪，经过她身边，才瞧见她是伸开了五指在晒手上的戒指。仿佛是蓝宝石，也可能是坦桑石，听说著名的"海洋之心"，其实也是坦桑石。很大的一颗幽蓝色，我一向不太喜欢深蓝色宝石，觉得颜色太过幽沉，相形之下，价格便宜一大截的海蓝宝倒是深得我心，因为明亮，是太阳照耀下浅海的颜色，也是最晴朗的春日天空，让人一见，心都生了浩瀚与宁静。

可是那个老太太的手指，实在太吸引人的目光，那么蓝的深色，火彩跳跃。我实在是才知道，晒珠宝，原来珠宝真要在太阳底下晒，才光彩出众。或许因为宝石是冷物，出在矿底，不见天日千百年，一朝出来到了人身上，得了暖意，更要补久不见天日的阳气。

再逛了一圈回来，老太太已经换了另一只手，不知是什么宝石，碧玺或者摩根石，淡淡粉红粉绿，也瞧不清，左右光芒四射。

我看得出她的年纪，即便戴着口罩，发根全白了，眼睛旁全是皱纹。可是珠宝，珠宝是没有年纪的，任何时候，一点点光芒，足以让它灿烂。

即便不是珠宝呢，我的小时候，那些围坐在一起孵太阳的老奶奶，无不是手上耳上戴着点首饰的。我便是那时候识得一些，最朴素的是银圈戒指，14k金的圈戒指，也有些表面的金色浮磨掉了，露出暗沉沉的底色，才知是镏金，也有翡翠和红宝石的。旧里的翡翠不比现在所见的那些，绿得阳色，水头一汪，不过是薄薄的翠片，带着草绿色就算，也有好一些的，只是翠，并无什么水色。旧时的讲究，翡翠翡翠，先翠就好。红宝石也不像现在所见的那种鸽血红，都是江南的普通人家，就是富庶些，也是从那个年代里漏下来的首饰。那种红宝石，很像后来那些清代首饰，是红色的石头，少了些珠光宝气，更别说剔透。但是无论怎样，总是闪闪的，一个耳朵看到另一个耳朵，一根手指看到另一个手指，怎么也看不厌。

那是我对珠宝和首饰最早的认识，以致很多年后，我买了一颗粉晶，实在是很不值钱的半宝石，只不过因为实在粉红，又是高冰色，没什么瑕疵，觉得有趣。可即便是那样的半宝石，放在阳光底下看看，也隐约地有华彩流动。

每一个首饰都会说话，会牵着人的眼睛，挪也挪不开，我还是个小女孩，都懂得无论多老的女人，长得好不好看，首饰戴上身，都会点亮一个女人的神采。让她愿意在某个午后，戴着它们一起晒在最好的阳光里。那些孵着太阳聊天的老太太，未必是多么要好的朋友，不过不要紧，首饰和珠宝就是女人最好的朋友，不离身的，贴心贴肺的，只在最好的日子陪着出来。

那些女人的珍宝爱物，或许一代又一代传下来，不知到了哪个女孩子的手里，兴许不当作珍奇，丢了；兴许还在，在某个晴光灿烂的午后，拿出来对着太阳晒一晒。

## 解锁记

忽而盛春。

日日都是晴朗明媚的日子，好像光在小区里走走已经不够享受这好春光了。纵然小区的庭院里绿植盎然，白玉兰和紫玉兰一茬接着一茬开，我一点惜春的心情还不够伤感一阵子，第二茬花又焰火般燃烧起来。樱花一开始是屠弱的，像个戴孝的悲切的小妇人，垂丝海棠也柔柔弱弱的，都不大尽兴的样子，倒是我种的月季鼓着劲儿地抽枝，两日不见就长高一截，再隔两日已经密密地探出花苞来了。

终于憋不住出了趟远门。于我一个长期宅在家中，隔离和不隔离都大门不出二门不迈，顶多走到小区丰巢柜的人而言，去虎跑路的动物园，真的是很遥远了。

一路沿着江边开过去，江水清澈了不少，樱花大道上的白樱花，起初一段都还没萌花苞，待开到四桥过去，已经密密匝匝，积霜堆雪，千朵万朵压枝低了。

原本前几天出去，只是见在路上横斜里一株白樱花出来，惊艳也不过一刻，不像这一路开着，满心都是欢悦。

不知为什么，杭州的樱花多是白色的品种，有时糊涂，会和梨花、李花辨不清楚。不似在东京，遍野压河都是粉色的樱花，芳菲娇艳，倒让人想起北宋末年艮岳的樱花，粉妍凝了道道血痕，成了靖康惨痛。北宋南迁定都杭州，太子湾也多樱花，可是满杭州城的樱花，是湖心亭的雪，格外清冷一些，不与诸芳同艳。

樱花之美，在于花瓣薄如绢绡，层层叠叠，偏偏花开繁盛锦簇，染了水色。轻丽是它，繁丽也是它。车行到了虎跑路上就特别慢，两边都是山，树木格外绿且直，行车人都爱看花，一树木兰，一束杏花，还有一枝上开红白二色的海棠，探出头来，像个热闹的喜兴姑娘，让人忍不住惊叹。

孩子是想去动物园的。现在的杭州大部分景点都免费，动物园（非野生动物园，那个也才连车带二大一小一百九十九元，比平日二百多一张的门票便宜许多）、植物园、飞来峰、郭庄六和塔、云栖、玉皇山、西溪湿地、潮汕、良渚古城遗址，都是探花寻芳的好去处。淳安、桐庐、建德、临安、富阳也各都有好去处，凭支付宝绿色健康码，提早预约，赏春正当时。真的，人快乐，花快乐，鸳鸯并头行，也是快乐。

我坐在车上，忽然想起毕业时为什么那么坚定地要留在杭州，实在是那个实习的春天，景致太美，留人不去。

杭州人，有两个季节是关不住的，一个是百花盛开的春天，一个是丹桂飘香的秋天，夏天太热冬天冷，请人出门都不去。但我们听话，一声令下，居家隔离就居家隔离，能不出门就能不出门，上下一心。

杭州的经济已经大部分恢复了，常吃的大姨娘面馆开起来了，照样生意好，我们都憋太久了。一点小快乐，一点小满足，曾经忧国忧民的痛就这样轻描淡写过了，那些医护人员夜以继日地付出，也不值得念叨许久了。

我们一代代人，也许就是这样活下来的，见喜忘忧，才不致自灭于忧郁症中。

我是杞人忧天的，人出门了，消费就有了，经济也带动了。毕竟杭州是个学霸生，维持住了长期清零，但愿，但愿，春天来了，疫情过去。

那盛世平安，就是我们期盼的上下清明，通透无瞒的平安。

# 买花记

庚子年，戊子日，午时，宜买红花。

这是我瞎编的理由。

因着年前封锁至今没有买过鲜花入门，今日用支付宝获取了绿色健康码，有随时可以出门的便利，便立刻赶出去。

昨日是情人节，朋友圈一溜地推送玫瑰花，我想，今日花店应该有花可买。

开车出去，一路的萧条，小区的门被木板封住，只留了一条进出的车道，对面的便利店和药店也没开着，一路的落地玻璃后都没有灯光，唯有"新年快乐"四个字，突兀地红着，显得凄怆。

逢着阴天，我家楼层低，江风又大，我便特别地喜欢买红掌。深绿的叶子是心形的，特别的浓绿，红色的花朵亦是心形的，特别的郁红，都是"须作一生拚，尽君今日欢"的那种浓艳，格外地惹人爱怜。再配上那淡黄色的花心，没有一点花粉的困扰，我这个鼻炎困扰者大可放心地养。我妈妈爱干净，土培的植物难免会被风吹落散下泥土来，水培红掌她便没意见。清水养在透明玻璃圆瓶里，若瓶子够大，还可养几条小鱼，活泼泼地在白色的根须间穿梭游弋，孩子也喜欢。

难得的一家人都欢喜的花。

封锁的日子久了，年前买的两盆红掌虽然开得好，但也颇有孤寂之感，想再去添两盆。常去的花店开在超市里，我想总不应关门，谁知一路过去，"翻墙入内，拘留"之类的横幅看了许多，哪里都是冷冷清清地关着门，说不出的萧索。店家对我说，我前脚开门你后脚就来了。她知道我喜欢红掌，极力想推荐剩下的两盆给我，可是花瓣都有些蔫了，买回家也养不好。她很不好意思，说不许开门，这花还是年前你挑过剩下的。

花铺里大半的桶都空着，没有什么花补上，一律张着大圆嘴，看着十分怪异。她无奈地寻出几把白色的剑兰插进花筒里，跟我说，想去进花，可也补不到什么。

正月里谁买白色的剑兰花，便是平日里也少，这花萎谢得快，一蔫就泛着铁锈一样的黄气。顶多只能做探人时的配花，如今无花，她倒也成了主人了。

我很奇怪，昨日是情人节，玫瑰最好卖，其次是百合和勿忘我，难道都卖空了。

店家苦着脸，一束也没卖出去。情人节的花需要提前预订，没有人订，就不会去进货，所以一枝也没有。更听闻，今年云南最大的花市受疫情影响，玫瑰花都烂在了地里，十分可怜。

虽然我拒绝情人节从俗收玫瑰花，但是看人晒花，心情却不错。今年呢，真是最惨淡的一个情人节。情人不能约会，连玫瑰也跟着遭殃。

早十年前我去过云南那个最大的花市，真是满目都是鲜花，一束束，一桶桶，各种颜色的玫瑰都有，单卖一元一朵，批发一毛五一朵。那回在云南，我也没买什么纪念品，倒是临上飞机前，用纸盒打包买了所有颜色的玫瑰花，开心得不得了。最后，仿佛也只花了几十元。

回到家里并没有那么多的花瓶，于是水桶和酒瓶都用上，最后连浴缸里都堆满了玫瑰，出出入入都是花的甜香。

从未那么开心满足过。

当然也从未想过盛则极盛，繁花天地，衰则一败如此，难堪涂地。

自然地，花没有买成，外头落雨了，要降温了，更是阴沉一片。家里越发静寂，没有花气袭人，没有喜气暖意。

买花而不成，人生一味也。

# 梅花自顾自老去

庭院里从未这样寂静过。

几百户住宅的小区，共有一个比操场还大的绿草坪和儿童游乐区，还有若干个自己楼底下的独立绿庭。

从天蒙蒙亮听到鸟鸣声声，她就醒了。再躺着一两个小时，其实也睡不着，就爬起身来，不敢惊动外头人似的，悄悄从窗帘里翕一条缝，看看是晴天还是雨天。

多数是灰蒙蒙阴沉沉的天气，看上去雾霾很重，其实到处都停工停业，根本没人上班进厂，应该不是雾霾。嗓子很难受，又肿又痒，吃两颗龙角散，戴上口罩保护自己。

也许是病毒肆扰，也许是人心上的忧虑阴霾，总之天光总是照不亮的样子。

到处都是消毒水的气味，这个季节，月季该抽芽了，梅花一挺又一挺地都是花，水仙和蝴蝶兰在屋子里暖烘烘地开得很好。可惜，不是被消毒水冲淡了气味，就是被口罩隔绝了花香。

难得是阳光灿烂的日子，忍不住想往外头走走。不能走远，仅止于自己小区。即使哪怕出了小区，到处也没有人，难得一两辆车子开过，都逃命似的。所有以往热闹的店铺都关着门，像紧闭的嘴，要倾诉也倾诉不得什么，反正大家一样苦。

戴上口罩、眼镜、一次性手套，在庭院里走走。小草已经发了新芽，绿茸茸的，但是没人敢摸。现在一切都有细菌，一切都有可能潜伏着敌人，最好的办法，藏住脸，捂住手，连看世界都要躲在护目镜后。

入夜之后，每幢楼的灯都亮起来。想起在香港的时候，很喜欢在星光大道走走，离商业区越远，越近住宅区，可以看到楼幢里每家每户的灯都亮起来。主妇在做汤，每个窗口都有香气，每个窗口都亮着灯，他们的住宅密，楼层高，小区特别大，真有万家灯火的豪情。每一个窗口里有一个故事，悲欢离合，点滴涓成香江不灭的传说。而此刻我们的楼亮起，都是寂静的，无声的，谁家的楼道里住着隔离户，上上下下都特别警觉，自动远离。孩子不笑了，电视里也没有欢乐，谁家也高兴不起来。

我从未见过这样的杭州，这样的万户参差，钱塘人家。

不是不凄惶的。

唯有两树梅花开得半老，深红浅红，浓香淡蕊，有些花瓣凋零了一二，有些花蕊焦曲了，但还是颇有徐娘风韵。想起去年看梅，还是在夜里，暴雪之后，上了孤山行宫，旧台阁，曲山径，夹道梅花，暗香幽幽，渐叫人迷了路。

恍惚间是在另一个时空里，夜深人悄悄，梅香引路晓。不知道迷蒙间走进哪个阁院，会有故人依稀来相照。

梅花，是适合夜的，她的花朵类桃类杏甚至类樱，只有她的香气，越是少人惊扰，越是香清肺腑。

可惜今年的梅花无人欣赏，人人自我禁足在家中隔离，灰霾下隐隐透着一团湿答答的惨红，谁又愿意为此下楼瞧一瞧。

梅花，是自顾自老去了。这样也好，无人打扰，花开静悄，花落静悄，无人需见她美，自留清气长存。

亦唯有她，经得起冬雪，耐得住霜寒，与我们一同静默无声地，等待春来烟霾散。

# 母与子

疫情尚未开始时，才刚刚寒假，日子一直过得规律而平静，孩子每日玩玩具看电视，我写写东西翻翻书，互不相扰，偶尔买一个蛋糕或是一份炸鸡，大家一起分食。我的无为而治是，反正是幼儿园最后一个寒假了，尽情地玩吧，以后也无这样多的时间了。于是母慈子孝，其乐融融，并无什么不好。

等疫情来临时，又是一团地忙乱，每日只顾着刷疫情抢菜抢口罩，也顾不上别的，孩子也知晓了疫情的厉害，并不闹着出门，安静躲在家里，这个时候不增事就是好事，日子过得心慌意乱，只求不被感染就好。

漫长地等待疫情过去的日子里，开学变得遥遥无期，孩子在家，不能总是无所事事，玩玩积木下下飞行棋就了事。看着朋友圈里别的孩子每日有规律地学习，再看看自家依然幼稚贪玩的孩子，不是不着急的。

从前没有疫情的日子里，有培训班，大多父母选择了送去培训班练字、数学、语言表达、画画和英语。而现在，一切停摆。

我做了许多年老师，大致地知道一年级开学的进度如何，随着开学的遥遥无期，也慢慢开始安排孩子认字、写字、背古诗、遣词造句、做数学和复习英语。

突然间，一天的时间就排得很满，上午起来背背古诗，下午认字写字后陪着午睡，晚上数学后给他洗澡再看会儿电视，等他的一天结束后，我才有时间坐下来，写一点自己想写的东西。

这样规律的日子没有多久，孩子渐渐厌烦起来。自己小时候怎么读书已经不大记得了，可是现在看孩子学习，才觉得那是多么辛苦。在学而思成风的日子里，家长们抢着名额去读学而思，我坚持着不送孩子读学而思，宁可买了相关的教材在家自己教，这样至少他学到什么程度，我心中是有数的。可是教着教着，才发现大班的数学思维题已经很难，甚至有些补习班的课表里已经出现了鸡兔同笼这样的题目，何谓揠苗助长，正如是。

我只好一边教着思维题，一边又回到原始的加减法，至少让他在二十以内的进退位熟稔如流，明白如何用凑十法，做好五十以内的十位数加减个位数，以及一百以内不进位不退位的数学题。这样，才能应付以后学校要求的每分钟正确完成几十题的要求。至于其他更多，我实在也是觉得太早学，对他是苛刻了。

再论语文，写田字格，横是横，竖是竖，按着笔顺来，而之前的学笔画和偏旁已经是有点枯燥了，横折钩，竖弯钩，耳朵旁，立刀旁，再跟着一笔一画地描红，渐渐孩子就有些腻了，哪怕每天只练五个字，每个字写一列，他都要发出天问：我为什么要学写字？

我去听过一年级的课，字词量已经很大，抄写默写生字词是语文课的必需，我们还没开始学拼音，我一直想晚一点，等暑假再开始。更是在某个学校二年级的课堂上，听到全班的孩子背诵《岳阳楼记》，当时的心情震惊到无以复加，那可是初高中的课文啊，可是对于小学二年级的孩子，每个字都认识，熟读成诵，那需要多少时间的累积。不是没有听朋友抱怨过，一年级的孩子，抄写和默写慢，算术题做得慢，往往到十一点多才能睡觉。如果长期缺觉，那对一个孩子生长发育有多大的影响。

孩子父亲的意见和我相左，他认为现在不学到了小学自然会学会，如果写字慢又写不对，数学慢又做错，熬夜写功课吃过苦，又挨了老师的批评，受到挫折，自然会学起来。而我是知道的，一个刚进入学校的孩子，如果一开学就处在班级末端，对他而言艰难的新知识是其他同学都觉得轻而易举的，他会怎样定义自己。而小小孩子的评价是最天真而伤人的，他们会自然地归类——这个小朋友笨，作业写得慢又都做错，那将是多大的伤害。

可是在这些问题产生前，我们母子的关系已经开始变得恶劣。不提作业亲亲热热，一到写作业的时间，他就各种闹情绪。我也意识到自己的安排或许满了一点，于是下午允许他玩耍，晚饭后写写字做一些数学题。然而并没有起色，高兴的时候他会做，不高兴的时候他会和我争吵，告诉我："我再也不和你好了。"

我说话的时候，他捂上耳朵，假装听不见。学习成了我们母子间的利刃，换来的是他说："妈妈不好，我不和妈妈好了。"

对于一个母亲，最伤心的事莫过于此。我以为的一切为他考虑，操心在前，他是拒绝的。可如果真正到了入学后跟不上的那一天，他会不会又怪我："当时你为什么不教我呢？你就是老师呀。"

在我自己做老师的十数年生涯里，我当然是知道的，课堂是要尽力创造有趣味的氛围，吸引孩子的注意力。可是在真正的教学里，又有多少是不枯燥的呢？写字也好做题也好，都建立在反复练习巩固的基础上，这世上一点即通的天才有几个，我不过是希望我的孩子能做到班级中游，不会落于人后太多，而从此产生厌学和定位为自己是差生的概念。

在我写下这篇文章的时候，楼上的孩子在练习钢琴，不间断地，艰苦地，坚持着。耳边不断地有她母亲的呵斥声传来："弹错了，指法不对，再来一遍。"我走下楼透透气，隔壁楼的男孩哭泣着拉着小提琴，那声音还和锯木头一样，日复一日地响着。我想起了我的朋友，在她孩子整个小学阶段让她学习小提琴，每日两小时，无一日不呵斥。我那时想，我和我的孩子不会有这样的日子吧，最多，我们不学习乐器了。可是躲过了乐器，没有躲过学习。

我们都没有恶意，我们都心怀最好的出发点，可这到底是谁的错呢？

我们这样血脉相连的人，被我视为唯一的孩子，终于说出了互相伤害的话。

没有一句话，一件事，比来自自己孩子的否定更让人伤心。

我那时看张爱玲的生平，总不太懂得，亲母女之间，怎会说出这样冰冷的言语，为何不能平静快乐地相处。现在我懂得了，那种言语的伤害，对母亲而言，对孩子而言，都不是戏言，每一句，都会刻在心上，暂不能忘，积久了，就是累累的伤痕。

我没有忘记过，怀胎十月的辛苦，难产的辛苦，将小小的孩子护在怀里不肯放下，他离不开我的时光，可是渐渐地，我们真的好像迷路了，走失了。也许，我还是该学习如何和自己的孩子好好相处。

龙应台说，这一辈子，我们不过是目送自己的孩子渐渐离开。

可是在目送之前，我们难道就要早早疏离了么？为了不相干的却必不可少的外来的事。

孩子又去做他的事了，我拿出安眠药，吞服下两颗，静静地睡一觉，或许明天醒来，我们会和好，或许依旧不会。而未来的日子，不知道还有多少这样的争执和言语的伤害。

我，并不乐观。

# 平安夜

恍然记起今天是平安夜，是因为遥见江边路道一辆车跟着一辆车缓缓而行，再看看三桥，已经有塞满了车的迹象。

我当机立断，今天去"雀吉"是来不及了，哪怕只坐上一刻，一定也影响接儿子。

幸好办了卡有老板娘的微信，要了一切草莓蛋糕，一个巧克力挞，有一杯专供我喝的咖啡含量极少的多奶多糖的"咖啡"，直接闪送过来。其实海盐焦糖拿铁和枫糖肉桂燕麦拿铁也是我的爱。

尤其是枫糖肉桂燕麦拿铁，材料听着丰富，就想到《金瓶梅》第七十二回里，潘金莲说要给西门庆上盏"芝麻盐笋栗丝瓜仁核桃仁夹春不老海青拿天鹅木樨玫瑰泼卤六安雀舌芽茶"，一口气都读不完，笑得打跌。

适可而止，搭配得宜才是最好。枫糖肉桂燕麦拿铁最适合这个季节。枫糖清甜，肉桂有种肉欲腾腾的香，弥补清冷寡淡的冬天，燕麦略略垫肚，都是最温情的配方。

我是爱喝咖啡的人，偏偏喝不了咖啡，一喝就失眠，半夜在家四处游荡，没那个福气。

太阳非常好，算着时间，我不想那么早挤到路上去接孩子。

拉开窗帘写写东西，等着甜美的食物来，心情很不错。

孩子喜欢吃草莓蛋糕，一切正好是他的食量。草莓无限多，芯子是微黄的白，果冻一样诱人，果肉粉红，密密实实地一层又一层铺在蛋糕与奶油之间，这才是真正的好草莓。做在蛋糕里，松软轻甜里有牙齿咬下去迸开的果汁香，百吃不腻。

见惯了市场上有各种剂料膨大出来的草莓，红是血红，大也够大，硬邦邦的，咬上去肉质疏松，竟跟木节似的，也无甜味也无酸味，像咬了一口泡沫。

同为人哉，何苦拿些倒胃败兴的东西来，而不老老实实选取好食材以飨食客呢？

食客的舌头是有记忆的呀，吃过好东西，就馋着提醒你，吃好吃的呀，别浪费人生的每一顿哪。

孩子就催我：妈妈我要吃草莓蛋糕，全是甜草莓的草莓蛋糕。

你看：由奢入俭难。他从此对路边面包不屑一顾。

我是不爱吃巧克力的人，过于甜腻，且从小到大，吃的巧克力也够够的了。

但是"雀吉"家的巧克力作品非常好。一个是巧克力挞，另一个是饮品法芙娜纯巧克力。我这样不太爱吃的人也经不住老板娘怂恿，在店里喝过一杯极其浓郁法芙娜纯巧克力，小小一樽杯子，里头是双倍超浓巧克力，喝一口都要惊起来："怎么那么浓那么浓。"

老板娘很吃惊："当然要货真价实啊。说好双倍就是双倍啊。"

我在心里嘟囔：那说好白头到老的都白头啦，永浴爱河的就不变心啦。

算了算了，要一起白头么一同染个白头发，要不变心么也难。我就是杠一下，知道世事多变，好吃的东西么只要越来越好吃就行了。

有过纯巧克力饮料打底，我对巧克力挞就有信心多了。拿到手切开吃，有点点硬度，用叉子切一点下来，咬一口，每一层口感都不一样，软滑甜绵的巧克力，松软的巧克力蛋糕，里面还有底下的巧克力饼干，更妙的是里头有大颗大颗湿润的葡萄干，微微的酸，正好中和了巧克力的甜与苦。

毕竟，女人都是爱甜食的，当年上海的"凯司令"人多到不行，祖师奶奶也要和梦貘小姐一同去快乐地坐一下午，闲聊也好，晒太阳也好，虚度光阴也得是甜的。

这个平安夜，杭城照例地堵。

疫情稍稍退降，人们反弹式地要去狂欢，拥抱快乐。

对于我这样足不出户的人而言，一切假日里也唯独年三十还要正经过一过，一想到平安夜的人山人海，圣诞树再美我也不要去看。

还不如那时，在法国的平安夜，巴黎人不顾冷都一排排坐在小店门口喝酒吃比萨当过节，照样开心得不得了。天空是一种极致的深蓝。广场很空旷，两边都是圣诞树，我穿着厚实的羽绒服下去走了一圈，真好，这样不是围着圣诞树傻乐的各有所乐的圣诞节，才是最有滋味的。

# 平凡记

到楼下去拿喜茶的外卖，照例还是无接触配送，送递员放在小区指定的置放点，再通知我去拿。

下午三点半，阳光特别好，风也有点大。小区里人车分流，石子小径上有人在遛狗，狗便便落在路上，主人来不及收拾，有小孩子追逐打闹，不小心踩到了，急得哇哇哭，其他的孩子叫唤大人来清洗，小狗的主人急着道歉帮忙擦拭，乱闹作一团。

忙乱是忙乱了一些，但很久没有这样热闹的声音了。从除夕前到现在，小区里都寂静无声。这个冬天，好像所有生命都变无声了，建筑物都在，树木都在，小区游乐区的滑滑梯也在，可是无人出现。夜里小区里几乎家家户户的灯都亮着，表示有人居住，但有时我在窗前坐一个下午，都甚少看见人出门，除非是必要地去领送餐和买菜，那些人也是行色匆匆，全副武装。我家的另一边临着江，早晚高峰的时候可以看见桥上川流不息的车辆，有时会堵成长龙，一动不动，可是这个冬天和初春，偶尔有车过桥，孩子都会惊喜地说："妈妈，你看，有车！"

汽车、公交车、公共自行车的喇叭声、按铃声都消失了，有时候你会怀疑，自己是不是住在一座奇怪的空城里。明明有人，却也闻不得人。

这大概是几十成百年来杭州最寂寞的一个春天，西湖边少人行，鸳鸯自在游，花开无人赏。我喜欢赏花，去太子湾公园，却最怕人多，熙熙攘攘，拱肩抵足。可是今年的太子湾公园清静了不少，浅粉娇白的樱花开得茂盛，郁金香朵朵摇曳饱满，人们却还是不大敢出门。包裹在口罩上露出的一双眼，赏花也会折了心情。

今日是清明，原本该是回乡祭祖的日子，因着疫情还未完全结束，所以不提倡返乡，在墓地人流攒动。于是这个假期，大家都从紧闭了许久的屋子里出来，在家门口走走。离复学还有一点时间，日程已经有了，网课也没那么紧张，大些的孩子出来打篮球踢足球，大草坪上笑语不断，小一些的孩子轮流玩着滑滑梯、滑板车，戴着口罩照样嬉戏吵闹。老人们则坐在一边，看着他们玩耍，偶尔聊天，还有抱着婴孩的，举着奶瓶哦哦地哄着，婴孩照样响亮地啼哭着，受着大人的撮哄。

小区里的垂丝海棠已经半凋，晚樱正当时，开得一重重的，密密匝匝，那浓淡相宜的粉色因为花朵簇拥盛开，密密的一团一团，压得花枝都低了，绿叶带了嫩红色，不甚显眼，一时间春色倒比之前白玉兰和白樱花盛开的时候更灿烂浓烈，团团的喜气。我是很喜欢白玉兰的圣洁独立之美的，白樱花呢，我不太明白，日本人喜欢粉色的樱花，花品又是开得特别密那种，千朵万朵压枝低，沿着河岸种遍，或是夜里举灯相照，那种粉色一点也不俗气，反而有种震世之美。杭州为何种白樱花呢？往年看着还好，今年白樱花开遍，却特别地有点凄凄惨惨戚戚的意味，格外感伤。或许是因为樱花本来就是产于喜马拉雅山脉，颜色近似于雪，也是一点念祖之情吧。

我看了一会儿花，喝上了日常可以喝到的喜茶。日子有点回到以前，又和以前不大一样了。

也是，那时候一切都太寻常太轻易可得了，热闹和嬉戏时时都有，孩啼声欢笑声无时无刻不从窗外传来，少有安静的时候。

追思纪念离开的人的时候，那些平常相处的点滴，如今无一不是再难追得的幸福与团圆。

我们其实受不得一点点动荡和灾乱，受不得分离和死亡。

一切平凡的日子都是最可贵的。

只愿平凡，只愿平安。


## 清心丸


清心丸这种甜品，如果不是在古法一点的广东糖水铺，几乎是很难找到它的踪影了。

有段时间特别流行各种奶茶、糖水，台式的，广式的。我是一个嗜吃糖水的人，可几回下来，奶茶煮得潦草无茶味，烧仙草是被混合的芋圆塞饱的。杭州人做广式台式糖水总不大对味，不如老老实实一碗家常银耳莲子羹就算了。我要求不高，双皮奶、姜汁撞奶、红豆沙、杏仁茶能做好就很好，绿豆马蹄沙百合和芒果豆花、冰花腐竹蛋、桑寄生茶煮蛋就不指望了。

可是杭州的梅雨季节难熬，也自己煮过酸梅汤解腻，淘宝上买些竹蔗茅根水的汤包回来煮，可总不是那种地道的滋味。

天气一日赛过一日地闷热，朋友推荐我吃清心丸，那是潮汕的一种特色食物，算是"粿"，潮汕的粿内容形制丰富，无所不可粿。我确是怕吃太饱，不像点心，倒成了主食。清心丸是用城鹅粉制作的，城鹅是潮州所产的植物，有些地区亦称江西薯，其块根可磨成粉，称为城鹅粉，用其制作点心，色泽洁白透明，煮熟了咬起来有韧劲。

这样清淡的粿，最适合和绿豆爽同煮，颜色清白好看，也会加银耳、燕麦、薏米，口感更丰富些，也是同一个目的，清新解暑。

成年人的夏天，可不能靠冰淇淋来解决。

到手后简单，绿豆爽泡一夜软和了，和清心丸同煮，关火后焖几分钟，清心丸转成透明，即可食用。

这些日子，太过心烦意乱了。杭州人习惯了疫情似乎已经远离了我们，歌舞升平，到处穿梭的马达和闪送快递让这个城市又流动起来，黄梅时节家家雨，日子是不好过，可是平安就好，谁知平地一声雷，北京又出现疫情了。

除了祈祷平安，烦乱的心境只能靠淘宝买来的形似的清心丸先清定心灵。

至于真正的九龙合成糖水的老牌清心丸，只能等疫情退去，一切安定，再去品尝了。

但愿苦夏快尽，可以清心也。

# 秋月梨

　　天气一冷一暖的，变化无常，身边感冒咳嗽的人就多起来了。咳嗽是最难忍的，就像掩饰不住的爱情，非要倾尽了才能停。一咳起来就跟要了命一样，自己喘得胸腔里都疼，真是好像要把肺都咳出来，旁人听着也难受。

　　这个时候最烦吃药，按照小时候的法子，摘新鲜枇杷叶炖冰糖，味道还算过得去。最好的法子是炖个雪梨。但梨子吃的就是个脆甜多汁，一炖上就软绵绵的，颜色也从雪雪白成了半透明的暗黄，只能当吃个不苦的药食，算不得美味了。

　　等到咳嗽好些，还是想着梨子的好处。今年最满意的是吃到了秋月梨，说是原产日本，我想多半是引进的杂交品种。那秋月梨个头极大，一个个滚圆，堪比小孩儿的脸面那样大小。我时常拿一个就犯愁，因为自己一顿肯定吃不完，必得一切两半，每次吃上半个就撑饱了。

　　中国人其实是有很多忌讳的。就像吃梨，最好是完整地吃一个，绝不要分食。因为"分梨"音同"分离"，而我们是最喜欢团圆的。所以小小个头的香梨得人喜欢，因为一次可以吃两个，反正小，也吃不饱，只尝个甜汁。

　　偏偏秋月梨的个头是最圆满的，肉质也特别细腻，一口咬上去全是甜汁，就是用小刀一片一片片下来，也容易沾一手的汁水。

　　我对苹果和梨子本来都是无可无不可的。一到秋季，石榴才是我的最爱，虽然剥起来麻烦，吃起来吐籽更麻烦。但今年水果的风头，确是实实被秋月梨抢去了。

　　至于忌讳，全球疫情的情况下，多少人分隔两边，不能聚首。

朋友不得见面喝酒聊天，爱人不能相见相拥倾吐衷肠，原本分离难挨的日子，已经过成了淡然自处的平常心。

也会在午夜醒来时焦灼不已，拿着手机追问："什么时候可以回到正常的日子？"

没有答案。巴山夜雨涨秋池，不知归期是何期。

人与人各自被分开。一开始，是隔着一个小区，慢慢地，变成隔着一个城市，再后来，境内境外两条线，中国的疫情已经暂时平息，可是海外愈演愈烈。

始终有许多人，相见而不能见。

我已经习惯了，没有那么抓狂和焦虑，慢慢切半个秋月梨，一片一片吃掉。

只盼疫情不要卷土重来，盼疫情快点平息，想见的人早早可以见上，便是这个秋月，最大的祈愿。

# 雀　言

自从"枫也绿"关门之后，我几乎不太找得到一家可以出门坐坐，吃吃点心，喝喝咖啡，发呆，写东西的店了。

以前愿意去"枫也绿"，是因为蛋糕的出品好，非常有保证，又不那么甜，一下午吃上两三客也不腻；二是地段好，玉皇山那里的独栋小楼房，店家是非常文艺的人，所以陈设布置也很惬意，尤其夏天，从窗口望出去是满眼的绿，环境舒适自然非常重要；第三当然要方便停车。杭州是一个出门不靠车就不大方便的城市，我住在江这边，一般过个江，非开车不行，我的车技又烂，店家附近有空阔的停车场才好。

然而这种店是这样的，常常无声无息就关门了。因为实在不适合客人坐得满满当当，跟茶楼似的，宜单人独坐，一张小桌子，靠墙，写写东西最佳。若是一群人坐满了喧哗，我是要逃掉的。小块小块的蛋糕也不适合外卖，毕竟六七年前，闪送和外卖也还没有那么时兴。我记得有一阵"枫也绿"还做过西餐，只卖给相熟的客人，用料非常好，加一种奇特的沙漠里的花，喝的汤非常浓郁，牛排也是老老实实地用好材料。

在那个不大能出去吃和牛的时代，算是相当真材实料了。

但那样做一餐，十分烦琐，我一共也只吃过几次，有两回特意让店家开车送来，她很不好意思地连锅子一起给我，说非得用这样的锅焖着才好吃。

这样每吃一次，隔段日子又要去还锅子，搞得我也老是不好意思。

东西是好吃，但地方偏僻了些。实在不是做好生意的地方。

于是我很委屈地，再没有吃上她家招牌的红丝绒蛋糕、抹茶千层蛋糕、舒芙蕾。很是遗憾，我找遍了杭州许多甜品店，不是用料不够好，就是太流水线生产，实在无法将就。

这一寂寞，就寂寞了两年。

好容易发现一家认认真真做咖啡的"资董窝玺"，咖啡是非常好，知道我喝了浓咖啡就失眠，就拼命多加奶和糖。让一个天生不适应咖啡的失眠患者也好歹尝了几口。每当这个时候，就更想念"枫也绿"的蛋糕。

好在做事踏实的老板娘遇到了不惜工本的合伙人，开业第一天我就去试吃。要知道，比起蛋糕，我对面包更挑剔。不论任何吃食，不惜工本，总能找出好材料，配上认真做面包的人，一个个美味从此诞生。

这次的面包店环境更好，在凤凰山一带，南宋皇城园林附近，以面包为主，用的都是顶好的材料。

我出门那一天，已经过了杭州最冷而无雪的日子，阳光特别地晴好，虽然空气还是冷冰冰的，躲进店里的角落，想让客人先挑，结果再过去时，已经可怜巴巴没剩了多少。可见面包不比蛋糕，买了就可以走，时间成本省下许多。剩下的面包里，我选了抹茶红豆包，毕竟日本进口的抹茶粉，五十铃的小红豆细磨成酱，吃一口就是满足，还有我喜欢的核桃司康，黄油三明治，唯一的缺点就是不吃午饭只吃面包也饱得受不了了。我还喝了一杯热巧克力，非常浓郁，在这个号称最冷的冬天，晒在温暖的阳光下，十分有治愈力。离开时顺手带了个豆豆包，我家娃很没有要求，只希望面包里有火腿肠，老板娘特意塞给我一个面包，土豆泥的馅儿，吃到底下有火腿肠，我家娃惊喜得不得了。

这是我整个十二月第一次出远门，是的，虽然在杭州生活了十几年，凤凰山园区，却是我从来没去过的地方。

我就是这么宅，对杭州许多地方不熟悉。

不过大概有了"雀吉"，很长时间我不用担心自己没粮可续了。

想起张爱玲和梦蘼一起下午茶，吃一客蛋糕，忽然觉得我也找到了一个好地方，面包啃啃，小文写写，是所有文艺青年的梦。

# 寿山堂

学校在教学楼附近拨了一间房间专给孩子们上文学社的兴趣课，名为"小作家工作室"，特意叫我去看看。我所在的学校在老城区，面积虽小，却是五脏俱全的麻雀，且近南宋皇城，临西湖清波，地气是很好的。只是我们学校被周围的老旧居民区包围，用地紧张，我实在想不出有什么地方还可以拨给我做一间小作家工作室。

去看了才知道，校门口左转即从阶梯下行，走十米路极小的巷子过去，只可人行，电瓶车也不方便。因为老城区改造，一座公用厕所对着老宅，老宅现在是"妇女儿童"活动中心。这座老宅，便是杭州有名的何氏女科所捐赠。杭州古来富庶，百姓求得起医问得起药。《白蛇传》的演绎里，许仙和白素贞都是在杭州开过药堂问诊出方的。

杭州人重读书，也重实用。一家子医术钻研，总须代代传承下去，不好苦了周遭百姓连个看医问病的地方都没有。这就是积善积德，医者仁心了。杭州有许多这样的医家，比如盛氏儿科，盛丽先老奶奶一把年纪了还在辛辛苦苦坐诊，不厌其烦跟病者交流，安抚那些焦灼的父母的心，还有宣氏儿科。在那样女性不受重视，生育也是跨鬼门关的路上，有何氏这样仁心的医者伸出援手，实在难能可贵。

杭州何氏女科始于晚清，迄今已传四代，历经一百五十多年，源远流长，为我省近、当代最负盛名的妇科之一，同时也是国内颇有名气的妇科。最早何氏医术还是从绍兴钱氏女科传承下来的。钱氏女科起源于北宋末年，特别擅长治疗妇科胎、产相关疾病，秘方只传子不传女，更不要说外传了。直到清代，钱氏十九世医钱宝灿，破除陈规，收授外姓徒弟两人：一位是绍兴的徐绍忠；一位就是杭州的何九香，将济世之壶发扬光大。

何氏的曾祖学成后即悬壶杭州石牌楼（今建国中路一带），设何九香女科诊所，并附设药店寿山堂。

这就是我今时给孩子们上兴趣课的所在。有活动中心的人来帮我开门，里头青石砌就的小院让人一进来就心生凉惬之意。明显看得出是古建筑，也保存得很好，为了尽量不动原来的陈设布置，楼道虽然狭小，却没有扩建。灯光有些暗，一人扶着楼梯上去正好。贴心处是在转角包了软包，免得个子高的人撞了头。毕竟么，现在的孩子都个子高，蹦蹦跳跳一个撞了可不好。

一来就先往三楼去，因为三楼一角有个方方正正的小阳台，望下去是市井人家，目及远方，天色总是美的，若种几盆凌霄花，会开得生机盎然。

为了妇女儿童的发展，也为了楼尽其用，一楼有学音乐的，二楼有心理咨询师，还有各种手工器具，供孩子们动手发展兴趣。隔壁朝东的大间打通了做活动实验剧小舞台，放着各种有趣的小摆设，因为疫情期间不能聚集，所以一直荒废在那儿，好好保养着。

到了我要上兴趣课的二楼小屋，两边都是民居，彼此站在阳台上是遥遥可望。楼下一片草地是野猫的欢聚地，大概吃得不差，个个不瘦，皮毛水滑。我第一个念头就要买了猫粮，定点分发，也算做件好事。

至于这样好的环境要添些什么，十几张椅子和一张大桌，给孩子们上兴趣课即可。

能在寿山堂有我和孩子们共乐之地，实在颇为欢喜。

台湾高雄有一寿山，上多佛寺，登顶可远眺高雄港及欣赏西子湾落日及高雄市的夜景。

福建福州也有一寿山，是寿山石产地。一水相隔，皆是"寿山"之缘。

但愿我们将这缘分代代传承下去，歌以咏志，遐不眉寿。

# 摔

自从暑假在校门口的窨井盖上跌翻摔伤，已经快要半个月。跌得很重，下午两点多的烈日底下，被凹凸不平的窨井盖绊倒，整个右边身体都侧在地上，挣扎了半天，居然爬不起来。没有头昏眼花，意识也很清醒，但就是手脚全身都使不上力气。

太阳明晃晃地照在脸上，热得发痛。旁边就是居民楼，但这个时间几乎大家都在午睡，还是路过的一个老太太叫了一个快递小哥，两人使劲拉才把我拉起来。

摔得不是地方，被窨井盖绊倒，摔倒在另一个窨井盖上，谁知道离校门不到五十米的地方，会有那么多老旧的窨井盖，古式的，有深凹的花纹。幸而学校有值班的校医在，我因为见自己还能走动，只是手和腿擦破了皮，里头掺了许多泥沙灰土，便请校医使劲用碘伏清洗。校医怕我痛，小心翼翼下手，我反正是右边身体都痛，无所谓了，便自己拿了棉棒和碘伏大力清洗。

我真是能对自己下狠手的人，其实是怕，怕那些泥灰留在血肉里不能擦干净，最后感染吃苦的还是自己。

等清洗完伤口，看看是皮肉伤，而且又是穿着真丝长裤摔的。

裤子没摔破，膝盖的皮肉倒是血肉模糊，倒是奇怪了，还好没伤筋动骨，于是自己走出去开了车回家。

第二天医生不放心，让我去医院看了看，也觉得不是很要紧，叮嘱我自己涂碘伏，伤口不要碰水流汗，尽量不要走动和抬手臂——因为都伤在关节上。

不碰水还好办，洗澡的时候用敷贴膜隔开，再裹上保鲜膜，不出汗却是不行，伤口必须透气才能结痂，否则连着几天都流出透明的黏液，而伤口一暴露在外，这样热的天气里不出汗是不可能的。况且毕竟不是骨折，不会一动不动，就是在家待着，也少不得有走几步的时候。

于是情况便不大好，结痂的地方因为在膝盖关节处，一走路结好的痂就裂开，一裂开就流血流脓，可见底下并没有好起来。

我是很注意忌口了，因为惦记着马上要开学，抗生素也开始吃起来，因为碘伏用完了，又去医院配了一次药水，还有各种消炎促愈合的软膏。又吃又抹，正经当回大事了，果然好得快了许多。只是有一晚孩子和我睡，我想想快中元节了，他和我睡也好，于是大意了，两人都一睡熟，孩子在睡梦里一蹬脚，好蹬不蹬蹬在膝盖下面一块结好的痂上，把整块痂都蹬了下来。我从睡梦里疼得"啊"一声叫起来，连隔壁我妈都惊动了，孩子也吓醒了，他看着我那块新鲜的血淋淋的伤口，大概意识到了是自己干的，灰溜溜就逃去了外婆房间。

自己孩子蹬的，除了忍着，也不能干吗。

我只是一边含泪上药，一边想着我是有多想不通非要生个娃出来，我和来小姐过不好么？我们愉快地一起住了那么多年。我和丁小姐成日聚会不好么？结果来小姐有子万事足，从此时时刻刻都跟儿子毫不分离，永远地轻声细语温柔呵哄；丁小姐彻底放飞了自己，投身在教育界不亦乐乎，由于她的学校离我们太远，几乎也不见面了，只有她想起要关心林小姐的故事了才会来问我，听到林小姐和那位先生分手，我俩开了视频隔空喝了一杯，远离渣男，分手万岁！

好吧，到了第二天，还是亲儿子过来，把一条大被子隔在我俩中间，小声说："妈妈，我还是想跟你睡，不过我不会再踢到你了。"

他倒是说到做到，这孩子生下来就是我自己带，有点儿黏我，睡觉前和半梦半醒的时候一定要摸我的手臂，才能安稳地睡下去。现在他半睡半醒的时候来摸我的手臂，自己也警觉一下：妈妈，我摸的不是你受伤那只手臂吧。

我换了左手臂给他，他终于安稳了。被他踢掉痂的地方索性也没再结痂，就是一层皮，收缩得紧绷绷的，倒是好了。最厉害的膝盖骨上，走走裂裂，有天上课，因为疫情尚未结束，上课也是要开窗通风的，所以空调根本不顶用，一堂课下来汗流浃背，手臂和膝盖也全是汗水，我尚未觉得很痛，只拿碘伏处理，谁知才轻轻一碰，整块酥碎的表痂像粉末一样落下来，里头是一个空空的蓄满了脓液的洞，我几乎是目瞪口呆，看着那一汪脓液积蓄在我身体里，肆无忌惮地生长，侵吞我的好皮好肉。我用棉花棒吸了很久，终于吸出一个很深的洞，泛白的肉红色，深得吓人。

我居然那么钝感，那么麻木，忽视了这一点轻微的痛，每天还跑来跑去爬楼梯，开会，上课，真是要命了。一切有望好转的表象之下，原来溃烂至此。

也大约是一个真正被伤过心，写过无数伤心断情、剜心切肤之痛的人，并不会再把一点皮肉伤放在眼里。过于轻视敌人，就是害了自己。

如今我该懂了，表面的向好与和谐都是假的，都是骗子，那些个无数的夜里，蚀心的痛被忙碌的工作和歌舞升平掩盖了。

许多事，你跟自己说不要紧，不要紧，会好的，其实哪里能那么快痊愈，只是暗暗烂到了血肉深处，你痛惯了而不自知罢了。

那一跤摔下去，我该知道，许多事没那么快能便宜了你。人一上岁数，抵抗力差，好得慢。加之记性好，又是写字的人，都记下来反反复复提醒自己。几年才见好转。

其实，又怎样，不过是吃了痛还是会痛。皮肉伤尚且如此，心伤又要夜深忽梦少年事，都会感伤半日。

这点伤，由着它慢慢好吧。


# 小 雪


小雪那一天，杭州骤然降温。因为有马拉松赛事，许多地方封了道路，加上周末景区限行，要出门的人都往主路上挤。

我的书房在北面，往日里还好，今天坐着，窗户缝隙里都在冒着寒气啦啦地溜进来，冻得想让人开暖风机。

不过便是开了暖风，也跟那年在琉森差不多，临湖的大房子，望得见湖景山景，山顶犹有积雪，房间里号称开足了暖气——不要相信欧洲人，我照样裹着羽绒服进进出出。

同行的女伴们都去邻近的瑞士买护肤品，我实在吃不消，又兼肠胃感冒——大约前一天中午吃了酸辣的泰国菜，晚上大家又挨不过乡愁，七拐八绕找到一家中国餐厅，做得是真地道，立刻抚平了一个中国胃的哀愁。当然，龙虾和青菜是一个价格，大家久不见碧绿青葱的蔬菜，又被每天早餐冰凉的蔬菜沙拉逼得无法，豪气干云天地点了两盘，一扫而光。

吃撑了，恨不得走回去。

可是琉森这种地方的郊外和欧洲小城市差不多，隔老远才看见一点人家的灯光，还暗沉沉的，才八点，主人家大概预备睡了。除此之外，到处是黑漆漆的，绕到热闹点的街市，想停下来走一走，也统统关门。

吃得过于油腻，又受了寒，第二天就没力气去瑞士了。

这样也好，一个人清清静静留在旷大的房间里，自由地走来走去，吃点胃药，喝点保温杯里的温水，饿了撕点面包，好消化。

也是一样阴沉沉的天色，细雨绵绵，远山被云雾遮挡尽了，只有湖水灰蒙蒙地荡着余波，那是一种铁灰色。不像昨日傍晚起，钱塘江水就成了浑浊的黄。

小孩还说："江水不是很脏啊！夏天的时候河床都晒出来了，还很臭呢。"

我无言了，小孩总能找到更差的情况来安慰自己，比如自己考98分，会告诉我，班里还有好多80多分。

他不大去想自己为什么会错那两分。

不过这样也好，换到他在幼儿园时，我也懒得去想。

一个人在大屋里也不寂寞，女伴们去买护肤品也不羡慕，吃了药，就盖一条毛毯窝在沙发上看书。远行出来，只带了冯先生赏析的张爱玲的书，繁体字，竖版，看起来有点吃力，我照旧拿一支铅笔，看到疑惑处就备注一笔，有点枯燥，但也有发现秘密的乐趣。这本书就陪着我行千山过千水。

我喜欢琉森，人少清静，对着湖水心意平和。

何况它还出一个睡衣牌子，依稀记得叫 Blue Moon，被当地人买断货。女朋友熟门熟路带我拐进店铺，可见是吃惯穿惯的人。可惜它的尺码适合欧洲人，中国人通常穿 XS，我朋友一米七八的个子，在女装部也只能买 S。料子不知是什么成分，绵软得不得了，穿着它我可以在床上赖一天。

然而挑挑拣拣大半天，适合我的尺码也没有几件。于是很心心念念。现在欧洲疫情暴发，就更加心心念念，去一趟欧洲已经不容易，辗转去琉森更不容易，在网上搜寻了很久这个睡衣牌子，无迹可寻，只好心生叹息。

从前一张机票就能抵达的地方，现在要买合心意的东西，却是千难万难，一步都迈不出去。

于是这个冬天过的是减法，穿的是旧衫，尽可能地物尽其用。年初疫情刚暴发的时候，还担心护肤品不够怎么办，偶然打开柜子，发现还有存货，心里就安定了许多。

女人啊，有吃有穿，心就安了一半。如果有自由，可以安全往来，那真是世界最妙物语。

## 新年穿什么

人过三十之后，新年就显得特别隆重起来。大概成为家里的顶梁柱，上有老下有小，在年节上边格外重要起来，不似小时候，吃糖吃点心放鞭炮拿红包，吃喝玩乐就混过了新年。

心情也不一样起来。小时候最盼寒假，盼过年，名正言顺地不事劳动，不写作业，每日看电视睡到日上三竿。而现在，最不喜欢过年，因为收红包的人成了发红包的，十分肉痛。小时候快乐的玩伴也不见了，起初见面不过是问恋爱否结婚否生孩子否？到后来有人离婚了有人忙着教育小孩有人忙着努力搵钱，过年也成了应酬交际的敷衍。

唯有准备新衣衫的心情，倒是变得和从前一样。以前新衣难得，大有马夫人存钱许久才得一件花衣裳的苦候心情，那是一年一次的大日子，男女幼童都要穿红，打扮得和金童玉女一般。大人呢，也极力光鲜，赶在年前大家都要烫好头发，喜气洋洋。现在新衣多，日日在买衫，无日不新衣，十多二十岁的时候拿平日衣服在大年初一厮混，还要被长辈批评不恭敬，也浑然无所谓。

现在呢，吃过了生活的苦，也为求来年顺利的好兆头，也乖乖穿起吉利衣服来。头一份可选的是中式衣装。冬日寒冷，总不见得穿旗袍大衣，绣花太过也太隆重，好似不是过年，是要去结婚一般。看来看去，料子别致些，又有些厚度，还是穿夏姿•陈。

那是个台湾的牌子，香港的置地广场和利园也有门店。因为地处偏南，比内地的门店款式更轻薄丰富些，从无袖的裙装到厚厚的大毛羽绒衣服，应有尽有，也合了香港的天气，一时穿遍四季。

最早推广的也是台湾明星，吴佩慈穿过一身明黄色大秀长腿，林心如更是它的实力拥趸，常常穿着礼服在正式场合。不过刘嘉玲就大概是真喜欢，逢年过节穿，日常也穿，大约她是苏式女子，穿起真丝香云纱满身刺绣来，格外妥帖。便是董洁参加活动那一身乳白绣一枝红艳的纱衫，因为太过好看，居然处处卖断了货，成为温婉的代名词。

有时也嫌它太过中式，刺绣太精致繁复，日常不够休闲。近年也出了迪士尼合作款，年轻活泼些，或是夏日的短裙，简简单单在领口袖口点缀一二刺绣，很适合配单粒的珍珠耳钉或晶莹剔透的翡翠镯子。

到了过年，亦有很多红色的薄袄，适合欢欢喜喜的庆祝。若是红色太明丽，乳黄湖蓝浅绿也好看。当然最舒服的，是冬日里在家写东西，开了暖气穿着羊绒衫犹嫌冷，就拥一块夏姿·陈的披肩，纯白色欧根纱和真丝双面，绣同色的花纹，不仔细看都不会留意到，里头充软软的鹅绒，轻薄暖和。最重要的是，只这几块，卖完算数，出去都不怕撞衫。毕竟，女人最不喜欢的除了喜欢同一个男人，就是撞衫。那不会显得你喜欢的人人喜欢，而是品位太过与人雷同。

有一次去和第一次见面的朋友吃饭，约在气息深沉的中餐厅，对方穿的是郑重妥帖的西装三件套，我一时未察穿了毛衣仔裤去，深深失悔，大觉不敬。还是女朋友说，为何不穿夏姿·陈去呢，哪里都不失礼。

当然，女朋友是夏姿·陈的忠实拥趸，极力催促我买买买，谁叫她正好姓夏，做了陈太太呢。

# 一个人过年

没想到今年会是一个人过年，孩子随父亲去了老家，妈妈在庙里过年，一群老太太诵经念佛一夜。热闹哄哄的，倒也不错。我小时候仿佛跟我妈妈去过一次，万家灯火都亮着，天冷，人都在家里吃年夜饭。我们是天擦黑前吃了点素食然后出发，路上静寂寂的，所以到了庙里格外热闹。四十岁以上的妇女们多在了，跟着六十岁以上的女人们，有条不紊地行礼、敬香，把自家带来的供品（多半是水果和烧好的菜）一一摆上，然后取过一个不知谁跪过很久的蒲团，上头草绳都磨断了，也有会打算的女人从自己家里带来厚棉絮的蒲团，跪着盘腿坐着都不累，还沾点佛气回家。

然后整夜地诵经、祝祷。那种香烛燃烧混着菜渐渐凉掉的气味和烛火橘红的光影，在齐声低低的嗡嗡声中，让人特别地想要昏昏欲睡。可是不能睡，为着虔诚，我一犯困，妈妈就要摇醒我，继续跟着念，又困，就要被掐大腿。到了第二天，大和尚来念念有词过了，大家收拾起来，上供过的菜和水果带回去，那是沾了福气的，年初一就要吃这个。

我后来再也没去过。那闹哄哄的橘黄的夜。

今年我吹了冷风，犯了头痛病，大家都不想带一个要吃止疼药的人同去，麻烦。

孩子一走，我先空了下来，不用管作业和游戏，一下子回到没有孩子的时代，时间多得用不完似的，愿意睡多久都可以，不会被孩子叫起来。吃饭也不按着三餐来了。想吃就吃，想不吃就不吃。我妈也懒得做饭，心思都在叠金元宝上。

我任何时候从书房出来，她都在念念有词地叠金元宝——理由是买现成的太粗糙，这边又流行银元宝和地府钞票，我妈妈喜欢金灿灿的，天上的神佛和地下的祖先们收了这么多年香烛元宝，自然知道黄金不倒，永远值钱。

时间太多了，可以慢慢地去做每一件事。去选年花，蝴蝶兰的颜色有深紫、梅红和淡粉，还有特别一点的嫩黄和乳白。我可以一盆盆挑拣，最后选了一种淡粉色外镶一圈梅子色花瓣，花心又是紫红的蝴蝶兰。叶子又绿又浓，结上一对橘红小柿子，补上红玉珠和冬青，挂上小巧的福字。放在家里喜气洋洋。

我从前并没买过年花，觉得去市场挑选累人得很，有时候买一盆水仙，清水圆石，蒜头似的拱着，养到过年正好盛开，一朵朵黄白娇嫩，满室都是香气。现在年纪略大，喜欢红的粉的颜色，黄蕊白花是不中意了，年节嘛，总要喜庆。何况水仙有微毒，小朋友鼻子敏感，闻不得那么香的气味，便很久没养了。

年花买回来，妈妈看了一眼就觉得好，于是我又去选红掌。平时懒懒的商家，对红掌这种不值钱的花朵不甚在意，过年价格哄抬起来，竟也进了许多又高又红的红掌，花朵特别地大而红，叶片格外地浓绿，我几度疑心是假花，一摸花朵，是真的，赶紧买下来。

于是屋里花气袭人，特别地热闹。可人声却格外静。妈妈已经常去庙里走动了，我一个人在家，几乎没有声音。偶尔敲字无聊了，想起该准备红衣裳。

我还是小孩子的时候，每年过年必穿新衣。那时候一年才买两季的新衣裳，过年买新衣是最大不过的事情。遗憾的是并没有其他颜色可以选择，唯有深红和大红，连小女孩喜欢的娇俏的粉红也很勉强地不在其列。

于是初一穿上新衣，我并不太开心。因为年年都是红，太无新意。

等到了财务自由，像是拼命要把过去没得到的都补足回来一样，尽着一切心意买黑白灰，再不就是浅蓝和墨绿。终于买到厌倦，今年自动自觉地去买了大红外套，还给小朋友也买了，活脱脱成了我妈妈当年的样子，固执地选取红色在正月初一穿，没有别的选择余地。

人到了年岁，就会遵从习俗，成为前一代的人。我无形中，自觉地沿袭了妈妈那一套。

家里人虽不在，过年的气氛还是要有。大门口的春联和福字贴好，房间的门上都贴一个小小的福字，玻璃移门上贴窗花，免得撞到头。

　　然后，再然后，竟然无事可做了……

　　年夜饭呢，根本不用准备了。预先订的盆菜在年三十之夜无用武之地。这几日不是煮青菜面条，就是用红糖米酒煮蛋汤，最简单不过了。到了三十，盒马鲜生可以叫个八宝饭，再拿一个小份的阿一鲍鱼加热，配个花菇，一人食正好。

　　杭州是多年禁止烟花爆竹了，邻居们亦多回老家，楼道里格外静。不像小时候一大家子三房人坐在一起边吃年夜饭边看春晚，一直吃到《难忘今宵》响起，中间十二点整的时候，爸爸领着叔叔们放长长的一串鞭炮，越长来年越好，讨个彩头。放完鞭炮还要再吃拳头那么大的细沙圆子和八宝饭。都是细沙，过年前几天我要做的就是赤豆磨成细沙，做圆子，包春卷。年三十一下午在院子里守着油锅炸春卷，都是我的事。弟弟呢，蹲在一旁看着火，免得油滚得太厉害。看我炸完一盘，就送进厨房给奶奶验收。爷爷呢，在做他最拿手的八宝鸭，把各种好料都塞到鸭肚子里，再细细缝上。弟弟一刻不停地和我聊天，无非就是磨着我晚上早点带他和邻居家的孩子们一起放烟花，因为下午的时候，男孩子们都已经在玩摔炮了——在我看来是很没劲的，就摔在地上啪一声听个响儿，连个花影儿都没有。哪里及得上我早几天去烟花仓库里一个个挑选出来的烟花，每年都是最新式的，金彩花幻，谁家的孩子都比不上。

　　弟弟为此很服气，虽然只比我小两岁，但听我的话，很少顶嘴，更不敢和我打架。长姐的威严积存了很多年，哪怕他是唯一的男孙，都不敢违背，底下的几个堂妹更不用说。直到现在那么大了，有什么事总是要问"姐姐姐姐"，只是上一回我们一起过年，已是几年前的事了。

　　不为别的，只为两家人聚在一起，做饭的人太劳累。现在要吃顿好的太容易，没必要非在那一天吃一顿长长的饭。再说，也无人看春晚了。一堆人聚在一起，并无多余的话好说，等不到守岁，便开始犯困。我倒是还愿意做细沙炸春卷，弟弟却不愿意了，指着几个老人说，高油高糖，不吃了。

好吧，可是今晚，我一个人坐在餐桌边吃完饭，静静地无电视想看，就找出一瓶糖桂花和半袋吃剩下的豆沙汤圆，煮几颗尝一尝，回味从前的滋味，那便是一个人的年了。

## 颐和金桂

杭州四季的特点就是没有四季，冷热是骤然变化的，暖与凉是在冷热的反复中偶尔出现一下。

幸好杭州是个花香萦绕的宜居城市，我们判断着衣，基本是靠闻花香来的。九月中旬还极热，我已经耐不住思念桂花的甜香，毕竟中秋将近，这个城市会短暂地浸润在桂子的香气里。

是什么时候呢？明明半个月前课堂上讲琦君的《桂花雨》，还是没有半点儿花香，突然间从一楼的窗外涌进一股子冷香，学生叫起来："桂花香，是桂花香。"

少有花香如桂花这般个性明了，单刀直入，香起来也是吓煞人的香，不似别的花香，桃啊杏啊，玫瑰啊蔷薇啊，容易串了味道，或是婉转隐约，如梅花那般，要细探才有幽香。它的形貌不艳丽，却是个极有个性的佳人。

杭州乃"东南第一名州，西湖自古多佳丽。临堤台榭，画船楼阁，游人歌吹。十里荷花，三秋桂子，四山晴翠"。杭州的桂花那种满城四溢的甜香，是怎样也遮挡不住的。

我小时候想，怎样能留住杭州难得的桂花香呢？悄悄折一枝桂花藏在铁皮铅笔盒里，或是用清水供在瓶里，等着它慢慢枯萎成铁锈红色，枯槁蜷缩，总还是带着一点不散的余香。便是摇桂花、晒桂花，做成桂花糕或是泡茶用，总不如那种清新甜润带着生命力的香气，能永恒地陪伴在身边，让忙碌一天的身边都松软下来。

到了杭州之后，最会享受的是在秋季教研活动的时候，挑个晴光明媚的下午，大家在一株老桂花树下围坐，聊聊文本，说说闲话，一盏清茶，就足以享受杭州秋日最好的阳光与最甜的桂花香。

临走时，有被风吹落的桂花掉在发丝间、衣襟上，却也舍不得掸，花香染身，离开亦是满足的。

我是多么渴望，留住那一季的桂花，别让杭州的冬天来得过于仓促，一夜之间，桂花香被冻得瑟瑟无味。

只可惜杭州的秋天太短太短了，这话落在北京的朋友耳朵里，不觉笑话我："杭州的秋天有比北京短么？"我讪讪，倒也是，古都的秋，是更金贵的一段时光。听闻宫里爱种桂花，颐和园一带也多，为的是增添皇家贵气。

我从未在天朗气清的秋天到古都的宫苑走走，闻一闻那带着庭院深深深几许的颐和园桂子香。遥想从前的深宫寂寂，衾枕孤寒，桂花是怎样为她们增添了一点闲趣。

那颐和园的桂花香是不能轻易闻到了。我也不是那样刻意追求的性子，非要隔山隔水去追来，才觉得是最好。

唯一能竭力满足自己的是在每周四晚上的八点，蹲点守着"观夏"上新。一年前抢到过玫瑰灵药、仲夏夜雨和雪融白茶的晶石香薰，那些晶石按着名字来，主调是粉色、紫色和白色，尽量保留着晶石最原始的形态，少有雕琢，任精油肆意滑落渗润进晶石里，幽香四溢。我在床边放了安神助眠的紫色仲夏夜雨，书房放了安抚情绪的雪融白茶。梳妆台上放着玫瑰灵药，那种粉红色并不全然晶莹剔透，颜色也不俗气，是淡淡的雾蒙蒙的浅粉色，令人内心愉悦如花开。

颐和金桂是"观夏"四季系列里的一种，是暖秋桂华的香气，用法也比晶石简单，一大瓶香薰打开，香气便攀缘着藤条渗上来，过上半小时调转藤条，那股子暖暖的桂花香就立刻涌了上来。我在入门的电梯口放了一瓶，邻居经过总是要问："怎么这么早就有桂花香，还是夏天呢。"

我只是微笑，那完全是我千辛万苦蹲点抢来的，虽然是夏日买的，当然也还是要及时用上。

学校的办公室是老房子里的一小间，极狭窄窒闷，办公室门口还有几只硕大的分类垃圾箱。我实在受不得，开了一瓶福开森路放在办公室窗下，是旧时规矩人家家家都种的玉兰花的香气，我因小时自己种过，年年开花，那花香是熟悉不得了，也为办公室增添一点情趣。

最近学校在寿山堂给我新置了一间小屋子，可以写作。一推门出了阳台，正对着一株巨大的桂花树，香气扑鼻。我愿等它开到尽，再带着我的颐和金桂过来，插上一瓶，桂香下写书，别有一番乐意。

## 种月季

今天，决定什么事也不理，专心侍弄我的月季花。

天气渐渐暖和，三月也快到了尾巴上，冬日里重剪过的月季几乎是一天一个模样，枝条不停地往上蹿，新芽横逸斜出，花苞一个接一个地抿出来。有些养得精细的人家，月季已有开了花的，我今年特别地懒，加之几十盆月季挪到了小区的公共植物区养，走过去颇有一点路，不像种在自家阳台上时照顾方便。

趁着天气好，我是立定主意，只对着我的月季。

其实养月季是一个辛苦活儿，因为没有院子地栽的条件，随着它根须发达，枝干壮大，须得一年一次地换盆，用了一年的土容易板结，积水不透气，不适合月季生根成长，得换月季的专用土，或是松磷土和细土混合，盆底最好事先垫上透气的粗石，铺一层长期肥料。就算不换盆，也得用小铁锹松松土，拔去杂草。

月季宜光照，喜通风，现在新芽枝叶长得太密，其实并不好，一则营养都供给了枝叶生长，不容易出花苞，另一个最重要的是，红蚜虫和斑叶病都最喜欢密密的枝叶，接下来的梅雨季节一旦发作，就感染一大片。红蚜虫还好治，斑叶病特别麻烦，定期就要喷药，否则一盆感染一盆，叶子发黄起黑斑，逐渐枝干也发黑，就那么死了。

一边剪新叶，一边是心疼的，谁不爱郁郁葱葱呢？非要选些无用的长得位置不太正确的枝叶剪掉，好让它集中力量开花，而不是长成一盆绿植。修剪完毕，藤本类的月季枝条已经抽得很快，如果有攀缘墙，说不定可以爬满整个墙壁，花开惊人，现在只能用细杆子支撑住，让它慢慢向上。

修剪枝叶最需要专心，心无旁骛，眼光要准，否则乱叶里容易误剪好枝苗，甚至连花苞也伤到。

这样最好，我需要一件事，让我全神贯注，什么也不多想。

只做体力劳动，比反复用脑费心思量，要轻松太多。

海子说:

> 从明天起，做一个幸福的人
> 喂马，劈柴，周游世界
> 从明天起，关心粮食和蔬菜
> 我有一所房子，面朝大海，春暖花开

今天，我只做一个专心的花匠，什么也不想，听不到任何不快乐的消息，比如国外的疫情蔓延，比如韩国的 N 号房事件。

从明天起，做一个幸福的人。对于杭州人、浙江人而言，疫情似乎已经远去，连续多日的数据清零，春暖花开，人们忙着赏花游春，开工复工。除了孩子们还未开学，除了街上照样谨慎戴口罩的人们，一切又和从前没什么两样。日子，当然是一天比一天幸福的，也许再过一段时间，回头看看这个隔离的一个半月，或许就像做了一场大梦。

但愿，我们不会以为真的只是做梦，就忘却了一切。

最后是浇水，先用加了快速肥的水每盆浇一杯的量，再用清水浇透盆土，将它们一盆盆移到阳光下。这个活儿，大概一周要做两次，并不算轻松。但有一件事能一直坚持下去，也算是对自己的一种鼓励，鼓励自己动一动，莫要总是困在房里，在太阳下劳作，也是一种幸福。

想到春天已经来了，努力总是有回报，哪怕是月季这样被称作"药罐子"的植物都会在期待里一朵朵开出花来。

我想，我们都愿意一起努力，做一个幸福的人。

〇四

行
路

看

浮
云

# 暴雨将至

过了五一，杭州就骤然入夏，没有一点过渡地，春花匆匆谢了残红，已经是小荷满池的景象。天气更热一些，催逼得荷花都早开了，花形并不硕大，只手掌大小，红得格外娇艳，大概是艳阳高照的缘故，都不是寻常的淡粉色，而是带了微微的紫红。

毕竟西湖六月中，哪里到农历六月，风荷初举，摇曳生姿。

金橘结了小小的青果，文旦露了淡淡的乳黄，枇杷的金色一日甚于一日，广玉兰迅疾半残，一半雪白，一半锈色，不忍卒睹。好西瓜已经上市，是解渴上品。若再热下去，可以吃塘栖甜如蜜的白沙枇杷了。

一年一度的枇杷精，一壁舍不得满嘴蜜甜，一壁感叹《项脊轩志》，忍不住一读再读。

我亦手种过枇杷，也亭亭如盖，长到二楼那么高，可惜从不结果，想想也罢了。

教室里讲课的时候已经热得受不住，办公室纵使阴凉无晒，亦觉气闷。一节课下来，汗如雨下，湿透衣背，必须换一个口罩。学生也受不住，偷偷想摘口罩，但疫情尚未完全解除，犹豫着摘了又戴。读书郎也是辛苦。

这几天天气尤其地坏，一时烈日暴晒，一时阴云密布，乌沉盖顶。可惜迟迟不下雨，风里带着闷热的气息，让人想起香港的天气。

台北有微雨夜凉的时候，香港却好似随时会来一场暴雨。

那时候在台北，每日下午骤雨一场，寻个咖啡馆点个蛋糕，慢慢啜饮咖啡，心情闲散，一点也不着急。因为知道雨后亦有清凉。台北的夏夜，都有凉风习习的。

香港呢，暴雨一来就无休无止，葛薇龙浑身都是水，想要离开却离不开，姑母家的新旧交杂的屋子是另一个世界，像盘丝洞一样，进去了就缠一身裹丝，黏住了就丢不下。

她索性病一场，也要留在这个屋子里。

此时此刻，多希望痛痛快快来一场大雨，冲散室闷的天气，冲刷尽疫情病毒。

人生啊，不过是想从心所欲，只可惜，杭州的疫情虽然稳定了，但人心还是得保持着小心翼翼，严防死守，不敢逾矩。毕竟，杭州之外，中国之外，许多国家，正是新冠盛行的时候。天下同心，希望一切都快快痊愈起来。

地球已是个小小的村，这里到那里，至多十几二十个小时的航班，近如台湾香港，只需一二小时，多么盼望着，通航如旧，来去自如。随时可以看看台北的细雨微凉夜，香港的暴风卷海浪。

# 成　都

　　真没想到，会连着两年去访成都。

　　去年纯粹是陪老的小的去青城山，老人喜欢青城山的新鲜空气，自然天道。小孩子喜欢在熊猫基地当小小饲养员，除此之外，去看看都江堰，就成日在酒店不大出来，偶尔漫步十一月中午的秋阳下，觉得十分惬意。那时因在山里，总觉得比别处湿冷，夜来出去，得披件薄棉袄。

　　国宝啊真是萌宠，让人见了就忍不住笑，是治愈抑郁症的一剂良方。

　　今年连着去了成都两趟，实在是疫情里的冒险之行。

　　无他，是确实待腻了在杭州两点一线的枯燥生活。仿佛孩子一读小学，我的日子也跟着耗进去了。那种耗力，是无穷无尽的。他坐书桌前，我坐小板凳，陪着写作业。他写完作业，我坐书桌前，开始写字，无穷匮也。

　　终于忍不住去了成都，趁着周末。说不出它有什么好，也没有什么特别的不好，除了太古里和新城区，许多地方还是破破旧旧的老房子，比杭州落后十年不止。可这落后里隐隐是藏着十几二十年前记忆的地方，任由故事的影子，影影绰绰在成都的旧楼缝隙里蔓延生长。

　　我和同住的姑娘一直望着对面一幢普通的楼惊奇，长长的走廊通道，到了末端都是栏杆，防着掉落出事。每一层都正常，唯独到了十楼左右，那铁锈栏杆莫名不见了，正对着我们的房门，夜里老式的吸顶路灯散着幽幽的蓝光，如果在上面走着，一个不小心就会在走廊尽头掉落。一瞬间，便有无数可怖可怨的故事滋生蔓荡。

成都，古来为都城，自然是有无数的故事的，痴男怨女，红颜白骨。

巴山楚水凄凉地，可蜀地也是富裕了许久，乃天府之国。群山起伏环绕，进出不便。

可这也是西南第一都市了。

美食多，物价低，人的生活可以慢慢的，放下节奏，十分惬意。这里的人，可以过着安逸的小日子，周末闲暇，是去探探熊猫，和国宝做伴。

我就是飞过来贪恋这种惬意的。

太古里照样地繁华，品牌多，衣衫都赶着潮流，比杭州还齐全，满街的姑娘又飒又美，露着小细腰，完全不怕凉。我要是露那么一会儿腰，估计就得前后左右贴满艾灸贴，免得老腰受了风，第二天起不来身。

天气也好。

九月的杭州阴雨绵绵，成都是天朗气清，温风幽荡；十月的杭州还热烘烘地带着燥意，成都却先一步凉快下来，早晚都要加一层外衣。

想起这一年里的物是人非，站在深夜电影散场人群散去的太古里广场上，一片空旷，四寂无声。

先一步的秋意浓啊，也是好的。

# 东　京

　　在东京感觉待不下去，这一趟的出行并不算顺利，可以说是有史以来最周折的一次。吃着米其林二星的关东煮时得知回程的机票突然被取消，一行人都变得心情很莫名。要知道一旦再订座位，几个人比一个人更难订。美食也变得索然无味，一盅甲鱼汤里加了很多黄酒，连味觉迟钝期的我都尝得出来。

　　再查之后的机票，都提醒有取消预警。

　　那种心情，像婚礼上新娘等来的是落跑的新郎，那么下一次哪怕再另嫁他人，都有一种生怕新郎再逃跑的心。更何况，这取消预警，是明明白白地告诉新娘，再举行婚礼也是吉期无定。

　　接下来的时间几个人坐困愁城一般对着饮茶，用的是酒店的煎茶茶包，应付一下，去去嘴里的苦味而已。葡萄和柿饼一概吃不出甜味，只在那里唉声叹气，不知归期何期。

　　剩下的几天，逛街没有心情，吃东西也趣味寥寥，宁可窝在酒店里刷刷手机。

　　半岛的酒店是住惯的，离银座很近，下楼即可解决饮食逛街等一切问题。也为着旧情怀，香港的半岛酒店，总有那样多的传奇故事。东京与杭州的距离很近，我们想过很多办法，若不能飞回杭州，上海也是个落地处，但听闻上海回杭州的高速检查重重，堵车堵到了江苏，又或者到了上海再坐高铁回杭州。但也不知东京飞上海的航班是否也一样取消。在国内的朋友给出的建议是，不若直接东京飞北京，北京飞回杭州，总之首都和首都之间的航班总不会取消的。

　　这听起来是一个办法，但飞行时间足足多了四五个小时，感觉是在无谓地折腾自己。又有许多朋友劝说，不如索性在东京多停留一段日子，反正签证有九十天停留期，还可以追完樱花才回去。

我是第一回体会漂泊在外游子的心情，遥想当年萧红旅日，称这不就是我的黄金时代么？

自由和舒适，平静和安闲，经济一点儿也不压迫，这真是黄金时代，但又多么寂寞的黄金时代呀！

黄金固然人人爱，但若成了枷锁，将你锁在这儿，那又算什么黄金时代呢？此刻的我，有自由，经济上也一点儿不压迫，但无法如期归国的心如何能舒适、平静和安闲？就算是病势汹汹，总也要和亲爱的人在一起为好。

倒是张爱玲很贴我的心意，她独在香港，工作又不顺利的时候，那么急切地想回赖雅身边去。一起在美国，一起待着，便是贫穷也能挨些。

到了最后，我们问起了迷信，不知谁起的头。大概是看我在翻张爱玲的紫微斗数打发时间，便也要找人去问归期，末了问到的日子，果然和暂时订到机票的日子相同，又要我们画马写咒文，以保证那日能顺利回国。老天爷，我哪里会画马，你叫我背《马说》还差不多。但人到极不安的时候，势必只能跟着简笔画画马，简直一团乱糟，什么都试试。

真的，人在迷茫时会什么也相信。聪明如张爱玲，会研究紫微斗数和签文，凭抽取签文的内容来推断自己这一年的福祸。我在无聊至极里去了神社，右手抽一张，左手抽一张，居然是同样的第八签，明明白白写着，一切都好，就是旅程会延误。

好了，是命中如此，我接受了。

人就是这样，一旦接受，也就好过多了，最难的是不想接受却不得不接受的时候，用全身之力抵着命运的强塞，却怎么也抵不过。

总之此行，东京当然不是我的黄金时代，悠游喝咖啡逛街的心情都无，安慰好自己，开解好自己，才好与命运祸福与共。

# 富士山

我并没有那么爱富士山，不似朋友每回去日本，必定要订对着富士山的温泉酒店，日日闲着无事，泡在温泉里对着富士山发呆，一家老小，甚是欢愉。

有时候就是开车经过，同行的朋友们激动地遥遥指着富士山喊起来抢着拍照，我也不过是看一眼而已。

谁能凭爱意将富士山私有，不过看一眼，记住了就好。

也许是十几年前第一次去日本，虽然是燠热的夏天，但是行到半山已经冻得嘴唇发白。天开始下雨，导游说不好再上山去，同事们都忙着拍照纪念，我在一家邮局默默地写了一张明信片，寄给一个大概永远都不大会再联系的朋友。那种心情，就像来过富士山，应该不会再上山一次。

想了半天，并没有可以写的话语，干脆就什么也不写。另外写了一张，寄到自己家中，说来也快，日本之行结束后没多久，便收到了自己在富士山上写给自己的明信片。只是如今随手存起，几经搬家，也不知丢到了哪里。

丢了也不要紧，就像朴树唱的：我们就这样，各自奔天涯。

日本人对富士山有一种执着的热爱，是心中的圣山，便是冰雪覆顶，也热情不减。就如藤原忠行的诗句："与君相见面，能否不分明。富士山头火，常燃是我情。"

可是世上的事总是这样的，你所钟爱的，未必是我爱的。

任你怎样对富士山讴歌赞美，念念不忘，它还是岿然不动，不会对你有一点点回应。

这样的山，适合我这样对它无多少眷恋的人，行过就算，看过就完，心里记得那一刻山上的冻意，回到山下，又是暑热沧沧，回过魂来，照旧前行去，不再挂念。

# 红　磡

杭州突然就入了秋。

一场风雨过后，早起就凉意侵人。仿佛一夜之间，那蒸腾燠热的暑气就被一扫而空。

淅淅沥沥的，雨水就没有停过。天气热有天气热的烦恼，中暑，流汗，湿透衣衫，还有热伤风。天气凉了也不好，尤其是雨天，鞋子和裤腿总是湿的。

天朗气清的好时候，一年里能有多少？

孩子不知道凉与热，闹着要吃冰淇淋，一个哈根达斯就满足了。我默默看着他吃，想起每次去海港城，都要在一家冰淇淋店，吃他家最招牌的哈密瓜金箔冰淇淋。香港本地少农田，水果多半价格金贵，跟日本有的一拼。那哈密瓜是北海道产的，与在北海道本地吃是一个口味。冰淇淋太过浓郁味甜，唯独哈密瓜软熟甜香，入口绵绵的，吃完再走些路转去红磡，可以听夜场的演唱会。

真的，每一个听着港台音乐长大的人，都少不得有一个关于红馆的梦。

地铁从红磡出来，一壁指向各家殡仪馆，一壁指向红馆，死别与轰动的星梦，差不了多少距离。从前我的学生在红磡读大学，总是对我说："现下我不怕听鬼故事了，因为从学校出来，转弯就对着三座殡仪馆。"

香港人最讲究风水，也最讲究不起风水，地少人多，这么点点地方，簇居着七百万人，住宅都拥挤。有时坐机场快线一路过去，许多冲天的住宅楼直对着满山的公墓，想想都觉得害怕。

红磡已经不算交通不便，可是为了看一场演唱会，总是要辗转地铁，再走上好些路。还需不断地对自己进行心理建设：不怕不怕，生死一场，相信科学。

谁说不是呢，活着与死去，都是一场梦。

在红馆听演唱会，与台上的歌者齐声高歌，挥动着荧光棒泪流满面，台上的人与台下的人一同陶醉在灯光旖旎掌声四起的梦里，梦里不知身是客，辉煌与荣耀都是一瞬，谁知你能红多久，记住你的名多久？盛大与隆重，都只停留在舞台上不曾谢幕的那几个钟头。

末了化作一捧骨灰，又有多少人为你痛哭，记得你人生里所有闪耀过的涓滴。

我们一次次在红馆做梦，又一次次醒来。

我已经走不动，在演唱会结束后的人流里挤上地铁，辗转回到中环。有好几回，开了房门，立刻趴倒在床上睡得不省人事。

在香港，登高爬坡，走路都是累人的。

索性有一次就住在了红磡。演唱会结束，信步走回酒店。因为相对偏僻，近夜半已经无人，有种繁华散尽后的冷清，格外醒神。

我不大熟悉那里的生活区，反而觉得离群索居，也是一种安宁。一觉醒来，拉开窗帘，房间正对着码头，金色的阳光落在碧蓝的海面上，真是一天里就开始了愉快的时光。

学生来探我，笑吟吟说起已经在红磡定居，又说起这个酒店甚新，适合摆酒结婚，再不嫌风水不佳。

我心知肚明，握着她的手笑，应承会做她的证婚人。

人生如梦，谁都愿意是个好梦。

你呢？你怎知相爱的人不在红磡？碧海蓝天，等你归来。


## 栗子蛋糕


近两次去东京，都在秋冬，是吃栗子的好时节。日本人吃东西讲究时令之美，当时当季的美味，做什么都要放它。

秋冬栗子当道，做甜点也好主食也好，都离不开栗子。

这次去的时候其实是草莓的时节，就算是普通的酒店，都推出了草莓的甜点，敬请客人品尝。论卖相，草莓比栗子那憨憨的黄色可爱，红润一颗，我见犹怜，承惠一千零八十日币一颗，独立包装好，用带晶莹感的透明塑料纸，有种凛然不可犯的感觉。日本人又特别培植出淡粉和玉白两种颜色的草莓，淡粉果肉底红色的籽，比雪白果肉底配深红色的籽看着要亲近许多，当然价格更让人深吸一口冷气。

日本的水果从来就贵，草莓这样好卖相的新鲜食物十分昂贵，他们又追求水果本来的自然之味，不像葡萄和蜜瓜一样极力强调甜度，追求蜜味，才有晴王那样甜的品种。草莓再怎么贵，都是偏酸的清甜，果肉亦硬硬的。做成蛋糕和奶油杯，也是酸味中和了那种甜。

至于栗子，我从未在日本街头见过我国的糖炒栗子，这样大锅炒大把抓的丰足美食感，是他们所不推崇的。非得这样一小粒一小粒，以极其珍惜的态度相待，一切收获都是天赐地予的恩物，绝不可稍稍浪费。

这样的美是精致而略带紧张感的。我买到的栗子蛋糕，唯有上头缀着四分之一颗栗子，浇过蜂蜜，带着天然的香气——完整的一颗是没有见过的。反正，所谓栗子蛋糕，栗子都已经粉身碎骨，打成了细腻的粉，一层纯栗子粉的蛋糕皮，一层轻云似的奶油，一层实塌塌又湿润的蛋糕。我多半只撕蛋糕皮吃，可是奶油不能没有，虽然它雪白丰盈的样子一看就不健康，是丰乳肥臀引你犯罪的活色生香。可那有着实实在在的栗子香的皮子，非得蘸着奶油才有股老实人的气息，一点儿不掺假的厚实的口感和轻柔的奶油一起在舌尖跳荡，才足够香甜。所以哪怕草莓上市，这般高贵可爱，也没有抢去栗子尾巴上的风潮，实在因为草莓的水果感太强烈，做在蛋糕里都有冰凉醒世的感觉，酸酸冷冷，叫你醒目清神，忘记奶油和绵软蛋糕制造的甜蜜环境。不似栗子蛋糕，大有一起沉沦的缠绵堕世。

"凯司令"也有著名的栗子蛋糕，常年供应，不论季节。自老上海起就十分出名，名流都要享用的下午茶，张爱玲与女友一起吃过，王佳芝和易先生一起吃过。我在很多年后的一个夏天，在"凯司令"的门店买过一块，可能是季节不对，一丁点栗子味也尝不出，也不知若是季节对了，又肯坐下来静静吃，会不会有那么点子老底子旧上海的气息。

若是没有，那便只能在寒风里去日本寻味，那股实在不敷衍的栗子香。恰如女人所贪恋的爱意,即便欺骗我,亦要欺骗得真一点。那么王佳芝才肯真正坠入唏嘘的情网里,一时以为真,一时才快乐。

# 落泪地

在飞机上睡得昏昏沉沉,超过四小时以上的飞行旅程,灯光调到昏暗,大部分人都在熟睡,戴着眼罩和耳塞,确保在嗡嗡的飞行上有好睡眠。

因为无聊,邻座的女孩子随手开了一部电影,谁知十分入戏,不禁泪流。

到底是在别人的故事里流自己的眼泪,只是微微哽咽,好歹算是沉默,不敢扰人。

我一直睡得不大好,索性开了音乐,打开手机整理里头数千张旧照片。这年头,大约也只能在没有信号的机上几个小时,才能静心整理那些随手拍下的风景和美食。

并不是什么特别伤感的歌曲,只是歌手低吟浅唱:谁来赔这一生好光景?

看到手机里,大雪纷飞的照片,在旧日的宫殿里,红墙半被雪积埋。

忽然想起那些曾经写过的故事,谁的一生里,没有过赔不尽的伤心,赎不清的过往?

好似有很多话想说,又无从说起。

一直和做医生的朋友在聊天，有一句没一句，琐琐碎碎，拼凑起来模糊的不愉快的事，又无法完整地表达。

如何表达清晰呢？所以情绪里的前因后果，都很难讲，或者，到最末，都只是一时的情绪。

所有人都说，情绪是可以克服的。是的，伟大的人都是先克服自己，可我们终究是普通人，一点也不伟大。否则那么大的事件，为何不见有人先控制住情绪？道理都是先说给旁人听，就算说与自己明白，也难做到。

我承认自己是情绪的失败者，那一刻崩溃，热泪长流。

眼泪流下的前一瞬，几乎是本能，看到洗手间亮着绿灯，冲过去拧开门反锁上，将自己关在里头。

真好，飞机上至少有那么一个方寸之地，供我可以在无人处流下眼泪。

然而不过几分钟，空姐已然来敲门，关切地询问有无问题。

没有问题，我只想哭一哭：在三万英尺的高空，想不明白，这一生最好的光景，都已过去，该如何赔付？

可是公共地方，不可占用太久。赶紧洗手抹泪出来，同行的人已经醒来，看我眼红红，问我有何事情。

啊，那一刻深恨自己不能在烈日下大海边，可以借口汗水或是海水落入眼睛，惹得眼红落泪。

只好解释飞机上有干眼症，幸好她们很快睡去，再无追问。

成年人，连放肆哭泣也不容易。无心病可言，都只能说，怪天气，怪环境。怪雪落下为何绵绵有声，击中心境。

因为不是独居，回到家中，亦有家人关心。哭泣是一种负累，若是看电影或电视剧到最伤心的片段，借此流泪，亦有人追问：为何哭泣？反倒要从头一一细诉情节，哪里还有心情自伤怀中从头分说。甚至乎，渐渐会发现，她们不再让你看此片，真心以为是情节触动心神。

真是无处可躲。

我亦不想成日好似金刚铁甲，无所不能，没有软肋，关闭泪腺。

朋友跟我讲，装修房子时，花最多的钱在洗手间，因为最后会成为你在家中待最久的地方，哪怕是做做面膜发发呆，总比坐在客厅餐厅好。当中最贵的东西，要买花洒。

当时不明白，现在才知，成年人若想好好哭一场。最后，唯有关上洗手间的门，拧开花洒。

好的花洒，出水轻柔绵密，不会太痛，只愿意淋很久。夏日突如其来的暴雨或许淋透身体，但那种痛会让人躲避，屋檐下躲雨，避免痛楚。可是大花洒底下，便是水落进眼睛里，亦不会太痛，落泪有地，哗哗有声，尽可放心大哭，亦不怕声音传出。

反正，已经赔不出自己一生好光景，只能付出金钱，买一只最好的花洒，哭到昏天黑地，最后双眼通红，也只是水迷了眼睛。保留住最后一点点尊严。

这是最好的落泪地。

## 轻井泽

突如其来的航班取消，使漂泊在外归心似箭的我们顿生一种飘如蒲公英的无定感，没有心情再留在喧闹热情的东京。米其林再好味，山形牛和天妇罗再诱人，经不住夜半五级以上的地震，把本就晃悠的游子心震荡得更厉害，担心着若怎样也回不去，岂非一不小心就成了流亡作家。同行的夫人们当然没有我这样焦虑的想法，只是过一天算一天，在东京接收到各路真真假假的消息太多，余出来的两天，我们转至宁静的轻井泽，避世的乡下。能订到虹夕诺雅的水波房是很难的事，往年不提早两个月根本订不到，结果刷了下携程，顺手看到两间，就订了下来。

该去东京的后花园放松一下，或许能舒缓一下焦虑不安的心情。

一路上大家都很沉默，司机见我们没有聊天的心情，也很沉默，晃晃悠悠了近三个小时到了虹夕诺雅，感慨一下它的布置精心别致，就各自在房间安顿一下，想着出去走走。

冬日的下午容易饿，喝了杯大名鼎鼎的丸山的咖啡，怎么说呢，和张爱玲在美国吃到一个葱油大饼是差不多的心情，差得太多，聊胜于无。这里有小集市，有整条的商业街，可以滑雪，可以泡温泉，一切井井有条，若是在旺季，应该一片欣欣向荣。

也许是疫情，也许这个冬季算淡季，山上的雪不厚，等到下一次积雪厚重可以滑雪起码还得一周。商业街许多店铺拦着铁链子，挂着"冬日歇业"的牌子。这一带的屋子特意装饰成旧日和式的黑白色屋子，白中带着黯黄的墙，漆黑的梁柱瓦檐，在黄昏里格外显得阴郁和丧肃。

几乎没有餐饮店开门，偶尔几家灯火通明的，是卖着当地特色的甜食和酒，并不吸引人。最后，在角落一个卖蔬菜的铺子买了一串葡萄、四个橘子和一盒小番茄，老板和老板娘很高兴，无论蔬菜店能不能卖水果，只要卖出去了，他们都欢喜。最后我们决定去便利店采购，补充一些物资。

司机开了半天，都找不到一家罗森、711或者全家，不禁连连摇头。这在日本是很罕见的，毕竟偏僻如京都的岚山，都可以找到很大的罗森，加热了滚烫的麻婆豆腐饭吃，可以一慰乡愁。好容易找到一家罗森，乳白色的灯光下，人人都急着往提篮里塞吃的，仿佛是世界末日快来临，赶紧储备吃食。真是没想到买东西也会买出一种末世感。因为不知道何时再出来，今日出来了明日是否还有机会出来，每个人都恶形恶状地买着，牛乳和酸奶是每日必不可少的，连泡面和关东煮、杏仁豆腐和蛋糕都买足了。生怕一个地震过来，把我们的房子震塌了，就只能坐在溪流边听着哗哗的水声吃泡面。

储足了粮食，就安心了许多。

人也真是神奇，只要有食物傍身，就觉得天塌下来还能撑一撑。

乡下安静是安静，只是地广人稀，交通不便，除了车就是靠两条腿走。我将重重的购物袋放下，趴在阳台边的栏杆上听着水声密密潺潺，心里还是很不安静。

星子昭昭，月弯如钩，倒映在泉水里又是一种应和之美。良辰美景付与眼前，可是并无欣赏的心情。每个人都很忧郁，盘算着归期。我喝了两口牛乳，有些惘然地忆起张爱玲在美国的日子，隔段时间出去囤一些吃食，买大量牛奶或是炼乳，还有一种奶粉，可以冲调成糊糊，说是补充营养，后来有人去尝试过，说十分难喝。

好好的旅行，突然带了漂泊的流亡感。天灾，人祸，倒有点羡慕张爱玲那时有赖雅可以商量，而我们只是一群不时刷着机票信息，盼望不要再出现"取消预警"的焦虑的女人。

女人，总是要有人依靠和商量的，真正能独立面对世界变化的模样的，大约是张爱玲的母亲黄女士。爱玲是做不到的，离开了多病的赖雅独自去香港工作，工作又不顺利，迟迟不能拿到钱，她便无比地焦灼，君问归期未有期，她只想有期，盼着回家，盼着到需要她的人身边去。

# 三亚 1

爱旅行爱享受的朋友推荐三亚嘉佩乐酒店。新酒店，按理说设施一切放心，动不动住三付二，住四付三，还是划算的，尤其在疫情期间，能出去的都是不容易，孩子们在口罩的保护下太向往蓝天白云了。说白了，对于我，旅行只是背着电脑换地儿工作，孩子们不一样，大泳池，水上乐园，每个都是曼妙的儿童乐趣梦，向往至极。

我什么也不想做，带了泳衣，却连下水都没什么兴趣，浪费了房间私有的巨大泳池，自始至终，我的泳衣都是干的，终究没有下水。那也没什么，一个人从前下水太多了，总有厌倦的时候。且这次有我弟弟，小孩儿都喜欢跟着他撒丫子疯玩，他的爹瘾和舅舅瘾都过得非常足，我就懒得偷闲。

这次我喜欢缩在室外有遮挡的休息椅里看看书，尤其是上午太阳刚出来，气温稍微暖一点，又晒不着，风吹来还有凉意的时候，觉得十分享受。院子里种满了鸡蛋花树，最普通的那种，开黄心白瓣的花，俏皮可爱。还有深粉色的，颜色也不错，但白白占了鸡蛋花的名，不当不正，但是细论起来，乡下人家结婚生孩子，都是要染红鸡蛋的，也勉为其难地接近算是朵鸡蛋花。

傍晚的时候去海边，也许是惯常的退潮，也许是受台风尾的影响，浪潮特别巨大。嘉佩乐私有的沙滩沙子还算细腻，但不是白沙，总归少了点麦兜所说的"水清沙幼"的感觉，当然，海浪滚滚，水也是不清澈的，有人冲进海里，迎着浪头，被一人高的灰色海水打翻，忽然想起一首歌：今天的海是什么颜色？

所以我更喜欢在房间的院子里待着，看看晚霞也好，乌云也好，泳池的涂色是蓝色的，看着总是特别宁静。

从逼促的生活里逃出来，无非是想多一点平静，否则每天看着钱塘江，等着八月潮水越来越急，也是一样的。

有时候换个地方，无非是想换种心情。

只是我已经不是小女孩时代了，有冲进海里的冲动，有兴趣在免税店人群里挤来挤去买东西，去每个景点打卡拍照，很多时候甚至连自拍的心情也没有。出行和穿衣一样，只需要舒服自在。

所以选择好酒店很重要，首先要够大，不出酒店足以走一走，消消食，又不至于太累。我这个年纪，葛优躺最舒服，早上睡到自然醒，下午补个午觉。小朋友们有儿童区水上乐园和游乐设备齐全的公共泳池，有一个大人在岸上喝喝椰子吹吹海风就可以看顾到，足不出酒店就可以小孩、大人和老人都满意。

想起十一年前来三亚，毕竟是跟团，就算一天去一个景点，燠热的天气总是难受。三亚的天气有点类似香港，早晚凉快一些，中午是烈日逼人，那种炎气里带着潮湿，难受不已，根本不敢在太阳下走。加之最讨厌出门前涂闷闷的防晒霜，不涂又晒伤，那种不得不出门的心情总归是难受。我室友最是忍得住，就是不去，成天闷头大睡，虽然每天都有不同的人分批来关心：是不舒服吗？但到底坚持做自己，每天都这样睡，大家也习惯了，不再问了。

吃完海鲜餐，捧着手掌大的毛壳椰子，小小一个，比椰青甜太多，我慢悠悠慢悠悠喝足了四个，才觉得生活有这样一刻的清凉甜蜜真好。

# 三亚 2

因为疫情，大半年没有出门，最近一次从日本回来，是在疫情暴发前，大有一种能回家真好，再难也要回到家里待着的归属和急迫感。

只是人在家里待久了，会觉得时间涓涓地过去，每一嘀嗒都非常煎熬人。有时候走到大街上，所有商店都关着门，像缄紧沉默的嘴，谁也不知道什么时候里面会有欢声笑语出来。

回到家里，也不过是四方的房间，保洁不敢上门来。只好自己每天打扫卫生，看孩子学习。趁楼下人少的时候，孩子会下去跑跑跳跳锻炼体能，我就得一点机会自己关在房间里，偶尔劳作，偶尔工作，偶尔检查孩子的学习成果。

太久了，太久没出门。以前孩子的爸爸和我商量过，要趁着孩子上小学前每月带他去旅行一次，睡在帐篷里看星星。我说好的好的你们去吧，别算上我。

我年纪大了，睡眠也不好，床不好能折腾死我半条命，第二天跟个废人一样。我宁愿关在家里安安心心写作。

要不然，我也可以找公众假期带上我弟弟的孩子和自己的孩子，带上要旅行跟着我才觉得最省心的妈妈和小姨，老老少少出国游一次。对于老人们来说，出国的机会越来越少，应该多带他们去看看走走。

可是这一切，被疫情切割成两半，连每个月因为工作至少要飞两次的我都学会了沉默地在家打字，不发一言。

以静默来对抗时间巨大而不可逃避的侵袭。

到了暑假，孩子终于憋不住了，他开始怀念自己曾经去过的地方。暂时来看，国内三条线人最多，这个季节西藏含氧量高、风景壮美，云南是菌子最美味的时候，带着孩子，可以去更远一点的边陲小镇腾冲，泡泡温泉，听听古老的故事。但是带着小孩老人，那么颠簸转机就不适宜了，最直接一点，看海玩沙吃椰子，就是三亚了。

距离上一次来三亚，已经十一年了。那是学校给带完初三毕业班老师的福利，我一直在飞机上昏昏欲睡，这是一班经停航班，年轻贪睡的我都觉得睡得很不舒服。六月中旬三亚的天气又湿又热，衣服始终就没晒干过。

那时候三亚的治安好像也不大好，不断有同事互相提醒，晚上七点后就不要单独出门，男人们不怕，照样结伴去吃夜宵，宰一刀是正常的，就像白天女人去买水果，缺斤少两是常事。这个地方，买个椰子解馋就算了，完整一个，按个算钱，缺斤少两不得。

学校把行程安排得很好，一天只去一个景点，怕我们太累，一百零八米高的观音菩萨我是在飞机上就看见了，又拉着室友诚心诚意去拜了一通，真是虔诚啊，这点我像我妈妈，相信有神佛有地狱，善与恶的人都在死后各有去处。

除此之外，我的室友一直在睡觉，哪里也没去，我渐渐和她一样，看到湿热的天气就厌烦，想去海里游一圈，结果上岸后白色的泳衣变得浑黄，再也洗不白净，那种恶劣的心情简直难以描述。

我后来回想起来，还是有同事提醒我，那次你深潜潜得很开心啊。哦，那是我第一次深潜，海水不算清澈，鱼儿也不多，大概习惯了身边总是有那么多潜水的人吧，鱼都麻木了，总之，都是不大活泼的样子。

要不是同事提醒，我大概是忘记了这回事。后来潜水的机会很多，浮潜深潜都有，长滩、希腊、马代的海里，早忘记了最早是在三亚潜水，因为真正自由的海下世界，除去五色鲜艳的彩色鱼儿不说，有海龟，有鳗鱼，还有小鲨鱼，游着游着会海水突然变深变蓝变冷，像削过的山壁陡然下降，我就像趴在山崖边，看着越发深蓝寒冷的海水里，突然一条鱼也没有了，只觉得危险，赶紧逃走。

你若看过了世上的好东西，还会想起那一次探索性的第一次潜水么？反正我没有。

好吧，三亚，我又来了。希望海水比以前干净，一切比以往更美好。

一百零八米的观音我就不去拜了，见过虔诚的信徒奉献各色珠宝为里头的小观音装饰点缀，我觉得了无意趣。当时许过的愿，实现了百分之二十，没有实现百分之八十，其实就是没有实现。那么我就不会再去了，也真没有了年轻时烈日底下爬山拜佛的劲头了。

我只有躺在酒店里，看弟弟带着两个小孩子玩玩沙玩玩水，跑进跑出喝饮料，孩子们开心就好。

## 三月的最后一天

三月的最后一天。

去年的今天，我在香港，穿着短袖，傍晚的中环落着倾盆大雨，正是放工的时刻，所有人在地铁站的过道里避雨，湿淋淋带着汗水气。

香港的三月末，已经是快入夏的天气。白天照例地暑气重重，陪着朋友坐了天星小轮，吹着海风，已然是一身汗。

住在尖沙咀，过海为的就是去吃一顿陆羽茶室。

酿猪润烧麦和蛋黄麻蓉包是必点的，有时会加糯米鸡和粉果。平时去就是杏仁白肺汤，有时和香港的朋友一起，约的是午饭，就等十二点后的例汤。

那时陆羽的生意照样地好，因我每来都要吃，没有遇到传说中的服务了几十年的老侍应生对说普通话的内地客人不太礼貌的时候，有时简单说几句粤语的应答，会被引到一楼专留给老客人的位子上。

我是不大喜欢一楼的位子，因为发生过著名的枪杀案。二楼好一些，大堂更明亮。

三月去的时候人还是不少，再之前是正月里，本想带妈妈去尝一尝，结果一看排队从三楼排到一楼，算了算了，还是去蛇王芬吃一点。

那时的香港，依旧那么热闹，中环稍稍好一些，晚上回尖沙咀，夜里十一点也是人挤人，买不完的东西，逛不完的游客。

这十年里我每来香港，游人一次比一次多，我住过北角、炮台山、湾仔、铜锣湾，亦住过红磡、佐敦、尖沙咀和中环，香港永远是这样热闹的，行色匆匆的，适合在心境不好，笔头懒散的时候，来加油促自己奋进。

谁知道呢？几个月后，香港就开始不大安静，一开始听香港的朋友说，总以为不是大事，很快就有了结，照常还是订机票预备去，可一次台风，一次是香港的朋友提醒我实在事情闹太大，赶紧取消机票，连着两回去不成香港，我心中是有点担忧了。

香港也好，台北也好，向来是我散心的两个好去处。看看维港夜色，逛逛台北故宫博物院，七月回来那天习惯性地立刻去刷了下次去的签注，送去做入台证，我喜欢凡事早预备。结果在拿到入台证的第二天，就听到新闻说暂时停止了内地游客入台旅游签注。我看着那张入台证，简直哭笑不得，要不是我手脚快，几乎失去最后一次去台湾的机会。

九月去香港，感觉还好，去上环和西营盘就医，并没有觉得很动乱，至少商场都很萧条了，几乎没什么游客。我本想夜里去逛逛佐敦，喝我喜欢的弥敦粥铺的及第粥，但无数朋友再四提点，入夜后不要出门，一定不要出门。只好叫了房间送餐，边吃边看新闻里哪里又有暴乱，身在香港，听着却像是另一个世界的事。第二天返杭，因是周五，大家都提醒我不如早去机场，因为机场快线有被破坏过，我还未当一回事，在香港地铁站看小朋友的音乐表演，发觉机场快线久久停着不开，才发觉不对。原来新闻里实时在报道某两个地铁站发生破坏。这才觉得慌乱，急急忙忙上了车，等了很久终于开车，一路平顺到了机场，才松了口气。

原来事情已经这样危急。

生日那天，本与慈山寺说好要去参观参拜，结果生日的前一天提醒我形势很坏，一定不能来香港，我只好退票，看看入台证，还在去台湾的时间范围内，打算从台北到台南，好好地逛一逛，街边特色小食要尝遍，奶茶是毫无顾忌地喝，鸭肉扁这种发物也是一点一大盘，喜欢的白切鸡连着去吃两日，遇到从小到大听他填词的词人，去他家喝茶聊天不亦乐乎，夏姿·陈和温庆珠都买了新衫，结果还没逛够，孩子高烧，赶紧急急改机票回杭州。这一回去，再去台湾，已不知要何年何月了。

再接着十月中还是去了慈山寺，为了安全住在红磡，逛街都省了，只出门一次打流感疫苗。次日在慈山寺是很快乐的，雪白观音像宝瓶低垂，大概是要救泽世间更多的人，见了寺内无数藏品，尤其是贵霜王朝时期的珍品，依依不舍才走，相约新年后再聚，谈佛像演变史。

然后，就没有然后了。

中国固然以全国之力压住了疫情，可全球范围内，已然是惨不忍睹，"封城"也罢，"封国"也罢。连去香港和台北，都早已停了航班，禁止入境。

疫情之下萧条如此，难怪熬过了抗战时期的陆羽茶室都会有暂时歇业的忧况。

我到今日都很后悔，听了友人的话没在入夜后去弥敦粥铺喝我喜欢的粥，如今，它已经关门歇业，有生之年，不知道还能不能吃上一碗同心同喜的粥。

不过一年而已，繁华散尽，世事翻转如儿戏，百业萧条，疫病横生，人最低的要求是保命而已。

"封国"，"封城"，封路，封小区，断绝一切尽可能的接触，防止感染，人人自危。

时局剧变，太多恐惧太多悲剧要袭来，每一呼吸都有危险。想难得拥紧时别再放开，可连聚首都难，哪里来重逢相拥的一刻。

杭州"封城"时，恰逢情人节，不是也生生把同住一城却非同一小区的人生生逼成异地恋。

那种经济荒凉，动荡不安的时刻，我活到人生第三个本命年才清清楚楚感受到，时代的滔天洪浪已经滚滚而来，所有人都裹挟其中，不能幸免。

当初柔和日照的一刻，暴风雨已经要铺天盖地袭来。

我们都已经被暴风卷入这个大时代。

　　时代要一天天分薄你我未来
　　难得一起时别要放开

> 谁愿意跻身于复杂里精彩
> 只想与你简单相爱

此时在听薛凯琪这首《此时此刻》，只想时间安宁无灾，见想见的人，做想做的事。

# 晚 秋

感冒了很久很久，在寂寥养病的时光里，才想起来去年这个时候，前年这个时候，我几乎都是在感冒中度过。

十月是杭州难得的好景好天气，可是我并没有一副好身体受用。

因为病了太久，出门总是怕着风，过了霜降过了重阳，出门自觉在卫衣底下穿一件打底衫，然后戴上帽子。

隔着玻璃看，外头艳阳正盛，明灿灿的似乎一捧金黄泼洒，可是走出去才知道，冷风还是袭人无声。

有时坐在寿山堂的小作家工作室里备课写文，堂前的一棵桂花树迅疾地凋零了，今年的桂花香实在太过短暂。

冷风起来的时候，都是孩子先睡，躺在被子里帮我暖被窝，然后十分贴心地说："妈妈，我是你的小暖炉。"

这大概是晚秋凉意里最暖的一星。

往年这个时候，因为畏寒，入了十一月，我大半会在台北与香港度过，就像一只候鸟，寻觅温暖的地方。

也无须太久，行至那边，便觉得还是夏日炎炎，照样地吃冰，喝冻奶茶，毫无忌讳，就觉得夏日是无边无际的，有种肆无忌惮挥洒汗水的快乐。

孩子幼儿园的时候，尽可能地带他去旅行，去完了台北，又去香港的慈山寺拜佛，爬完了青城山吸氧，又在芽庄吃着怎么也吃不腻的河粉，然后缩在寒冷的巴黎街头，喝着咖啡，悠悠地逛着博物馆。

所有的游荡快乐都挥霍完了，在日本急匆匆赶着买机票归国的时候，疫情开始蔓延开来。

那是最后一次出国行。

接着的春夏秋，几乎闭门不出，只能在晚秋萧瑟的梧桐声声中，踩着枯落的叶子，沙沙地打发一点寂寞。

真的，对于一个习惯出游寻找灵感来写作的人而言，这一年真是孤寂。

从没有那样盼望过可以远行一次，可以消除疫情，自由往来。

算是晚秋将去，初冬将至的一点小心愿吧。

## 我有一个朋友之凉扇

朋友的抑郁症已经很厉害，到了几乎避世不见人的地步。他也用 ins，但更多像是自言自语，可惜我已经关闭了对外的联络窗口，也不知他说了什么。他与外界几乎不联络，连特意到台湾登门拜访的老友也不见。

知交满天下的一个人，就这样独自生活起来。

他抑郁，他失眠，但未必没有快乐的时候。他所住的平层大宅是我最喜欢的那一种，门都是隐形的，只有主人才知道怎么走，房间足够多足够大，藏得下所有喜欢的东西。他这样的年纪，什么好的也见过，将能够拥有的全数拥有，享受物质带来的舒适，慰藉平生所有情感里的曲折与空白。

进门的柜子有无数小小方正的格子，大部分是他每次去日本时收来整理的香粉、香膏、香料。他和我盘腿坐着，我拆盲盒似的一个个闻，觉得喜欢的放一边，他来说来历讲究。同去的朋友让我们别堵在门口，我们只好往里挪。啊！地上随意摊着王府版《红楼梦》以及其他各个少见的版本，我如入宝库，激动得手也抖。抬头见书架上满满当当各个版本齐全的亦舒小说，简直要叹息。

正好他案头堆积着许多散碎布料，大约是清朝的料子，我随口说出花样的名字，他愈加高兴了。我们对布料、首饰和小说的爱好颇为相同，想起上次见面他对刺绣的研究，想起他常日自闭的孤清，想了想在他生日前，托人绣了一把绣扇，上头的花热热闹闹，鲜艳的宝蓝底，错落绣着金丝爪菊、簇簇艳润饱满的桃子，海棠开着，樱桃已经结了殷红的子，串串硕硕的紫色葡萄也熟了。有种普世的热闹。

中国人不大喜欢送扇子，大约是班婕妤的《团扇歌》太有名：

> 出入君怀袖，动摇微风发。
> 常恐秋节至，凉意夺炎热。
> 弃捐箧笥中，恩情中道绝。

台北的天气多是炎热和温暖，就算冬天，也有十几度，很适合这样的花果，更适合人到中年后孤凉的心情，总不至于冻到冰底。并且，为了总有蚊子，这样的凉扇是不会断了恩情的，反而因为这座城市，显得可爱而长久些。

生而在这世上，的确有很多的哭闹与不快乐，但我们总得寻些东西安慰自己。

让自己孤闭家中时，也可寻出些赏心乐事来。

想起在台北的日子，大家吃路边开了几十年的菜馆子，过得也是俗世的日子。台北比香港好，有人情味，生活的成本也低些，比较适宜躲起来安心住一段时间。从711买烟出来，我实在不是一个会抽烟的人，就在711门口等。他们买了零食和烟，我估摸着零食是凑数，懒得下楼时充饥用的。烟却是离不开的。

他站在711门口抽完烟，就背着手往前走，全然不管我们其他人，一边走一边抬头唱着歌："但愿我们永远走在光里，这一生如此，多云；这一生从此，无云……"

我默默走在后头，听他品评这两句有多好。其实我的心里，对《如懿传》的这首《双影》，是无可无不可。它当然是不错的，林忆莲和张惠妹两大唱将，是从小仰慕和喜欢的。我也有喜欢的唱句："宠爱和被忘　在心中交谈""你做证我的冷暖悲欢"，独这两句，听了眼中会含泪，因为写了那么久，实在有无数曲折的心事倾注在《如懿传》这个故事里，最后悟到的只有那一些：宠爱过后，多半就是被遗忘。我们真正铭心刻骨的爱人，能有几个呢？只她们一个个，做证了彼此一段又一段人生——我是那样爱过你，只在那时候。

其余的歌词，则过于直白了，少了婉约之味，更少了让人浅浅回味的味道。

我知道，他是不肯写了，他若肯写，应该比女人还懂女人。

我们能做朋友，多半也是所喜好的，都是女人那一半的精致、婉转的巧思。且都是一样的倔强，因为倔强，宁可孤寂，关起门来过好自己的日子。这样倔，也是要有倔的本钱。

现在去不得台湾已快一年了，往来不便，要见一面更难。那时不知会有疫情来，早早托人带去台湾放着，待他有兴致有勇气出门了，自会去拿。

后来知道那把扇子的结果是被他拿走的惊喜，他还执扇对镜拍了一张照片，照片里他笑得好甜好得意，应当是很喜欢这把扇子，于是我也很甜很得意，虽是一把凉扇，多少给了他一点忧郁里的慰藉。

世上许多事，其实多是随缘。

你永远也想不到，会和深深仰慕过才华的人成为朋友；也没有想过，有些传奇里的爱会转移，落在一个再平凡不过的女人身上。

这大约就是人生。

## 我有一个朋友之真丝

我有一个朋友，大隐隐于市，避居众人很久，就算熟识许久的人和他发信息，几乎也是不回复。我也已经是不大出门的人，在杭州，生活只围绕着家的附近，最远去一次杭州大厦，简直像是远行一趟，十分乏味。

很偶然我们在台北遇见，在他家里聊天。因为抑郁，我们都不大快乐。因为见过的好东西太多，享过世间的热闹和欢愉也太多，浮华里滚浪了许久，也不大有什么物质的东西能让我们骤然兴奋起来。

他的家在台北中心的好地段，在阳台上吹吹风，可以看见最热闹的街市。这样的台北，是他歌词里的台北，梦境虚华，环境迷离。偏他又住得高，远远隔着红尘，越发孤冷。

他的屋子大如迷宫，门都做成隐形，一不小心就会迷路。

他说这样也好，失眠的时候走来走去，不觉得困顿窄小。

失眠好像是写字的人的常态，反正睡不着无事可做，时间变得比别人更漫长更需要打发。我坐着翻他的书，聊起拍戏时戏服用的真丝和缎子的面料，如数家珍，他一块块拿出珍藏的布料给我欣赏，兴致一来，拉我去卧室看他的至爱。

全真丝的床品，十分柔软，色调是最温柔的米色，隐隐有大篇书法的暗纹。他捧起被面一角抱在怀里，跟我说："快摸，快摸。这个真丝手感好不好？"

真是细软轻薄，如爱人的手抚在面上。他兴奋地抱着枕头在被子上滚了一圈，爬起来跟我说："失眠不要紧，至重要的是失眠的时候要躺在最舒服的真丝床品上，失眠也不至于太难受。"

我羡慕得不得了，自然追问他从哪里买，他甚是得意，是粉丝告诉他，台北故宫的限定品，再也难买到。

真是，世上的好东西，不是人人都可以拥有，我只有羡慕。

同行的另一个朋友拉住我，生怕我兴奋起来，也去那真丝被面上滚起来。我当然识数，这样视若珍宝，一则当然是好真丝难得，二则谁知是不是曾与心爱的人共枕同被。

他又拉我去看他的衣帽间，一一给我翻看真丝面料的衫子。除了最上等的羊绒衫，小羊皮的鞋子，最多的就是真丝衫和纯棉T恤。台北的天气，便是冬天也只是微凉，真丝的衣服和床品用到的日子多，舒适最紧要。

唯独有一样不好，台北的下午往往有暴雨，潮湿起来，并不亚于江南的梅雨季节。

他倒是不在意：有什么要紧，真丝就是这样，用旧了就不要，但是再换，还得是真丝。爱是真爱，扔也要舍得扔。

我晓得的，他这样的话不过是警醒自己的一种态度，如果没有难以割舍的心情，怎会在长夜里辗转无眠，风露中宵，便是伏在被窝里落泪，也要落在真丝的枕套上，泪干了还有浅浅的痕迹在，好像湘妃竹上点点斑痕。

爱是一种执念，要是能说放低就放低，那样洒脱干脆，怎么写得出无尽缠绵的歌词心事。就好像我们怎么也想不明白，真丝为什么那样脆弱，发干发脆发白，难以打理，必须得轻柔手洗，万般呵护，即便是这样，往往过上几个夏天就不能入目上身，可是终究放不下那种温柔与贴身，一而再再而三，买个不停，收存屋中，穿着上身。

或许真丝，就如古人所言，是一种真挚的思念。

台北的夜风很温柔，不知他真正思念的人是谁，也许不会再联络，也许不会再见面，爱情并不是让所有人都能圆满，能遇见相爱本就是人世间难得的奇迹。而失去，才是世间常情，有太多缘由，也其实并无缘由，有一个人不爱了，那么散就散了。

或许明年今日，我们的失眠都会好一点，只是床褥不要改变。

我们留不住最爱的人，只能保存最爱的真丝，在长夜睁着眼时，至少身体被世间最温柔的事物包裹，孤身亦有暖意。

## 许留山

惊闻香港许留山倒闭，还以为是假新闻。恍惚从记忆里寻觅踪迹，也不是无细节可寻。几个月前最后一次去香港，还是圣诞前的一个月，那时香港逐渐安定一些，西洋节日的气氛愈浓，尖沙咀和中环的大商场里虽然人还不多，偶有几个顾客入门，态度都十分殷勤，打扫从前冷淡之风。等去逛K11，人已经不少，尖沙咀的小食肆颇多，要排队的也多，只是经过闹市区的许留山，发现在装修，当时也以为不过是装修，隔壁道的金英和龙城开得那么热闹，行街累了，许留山是最好的歇脚喝饮料处，怎会有关闭的一天？

次日再去铜锣湾，地铁口出来有家很大的许留山，依稀记得七八年前我去香港，它已经在了。那时候每次来香港，许留山是必吃的。六十年代从元朗开业的老铺子，从凉茶和龟苓膏起家，慢慢做到甜品类的翘楚，当然不会差。那时所谓扫单，是单子上的每一样都点过吃过，不知为什么，那时许留山的芒果特别好，芒果捞嘢、多芒小丸子、芒果布甸都用料出色，芒果熟得正正好，又甜又软。我总以为是南国的缘故，热带水果做甜品是不差的，可是相形之下，蜜瓜和西瓜就没那么甜。椰皇炖燕窝雪蛤奢侈一点，糖不甩容易撑肚子。如果逛街累了，坐下来吃一份咖喱什锦，那是甜品铺里的异类，咸味的，又比鸡翼之类好许多，鱼蛋有嚼劲，牛百叶也香，吃饱了满血复活，可以在铜锣湾逛到夜半。

再后来，许留山开到了内地，我在深圳吃过一回，很疑惑怎么过了海，芒果的味道就变了很多。再跟着一夜春风，许留山在杭州也开了好几家，吃变得容易得很，但味道却全然走样了。小丸子煮得不够软糯，西米露略硬，咬下去黏牙，一碗杨枝金捞，芒果不是芒果味，柚子肉粒粒酸苦，浇下的芒果汁更像某些罐头里的芒果酱，只可哄哄未去过香港的食客。但"许留山"三个字是金字招牌，是这边人对那边海名家连锁甜品店的向往，照样客似云来。我很疑惑地问过店员为什么芒果味道不一样，店员很理直气壮地说：香港多热啊，芒果是热带水果，杭州冷，芒果味道能一样吗？

哦，我立刻明了，原来同一个招牌，货源是不一样的。

去的香港多了，本土的许留山也大有一日不如一日的势头，芒果的甜度和熟度大为下降，居然又酸又生也赶着拿来做甜品，生意太好了，分店一家接一家开，水准未必都能保持，但因是旧爱，若是路过，总会看一眼，生意好不好，到香港的游客那么多，总有慕名而来的人，招牌算不得金字了，也是不会倒。

但香港的好处就是这样的，旧爱放心底，新欢层出不穷，这个热乎乎的城市，总不缺好吃的甜品店，走到西营盘有源记的莲子杏仁茶，行到天后有甜姨姨私房甜品，TVB 监制戚其义的铺子，榴莲豆腐花是招牌，芒果大合奏老老实实地满满新鲜芒果果肉，配酸一点解腻的芒果雪球糕。西营盘和天后都没什么游客，比之尖沙咀和铜锣湾，都是好吃不怕远的食客，或是本地街坊才到的地方，必须常年保持水准，守着一家铺子到老，才能保持食物的水准不变。

人是有记忆的动物，早年时吃到的好东西，到了往后也总是念念不忘的。譬如许留山往后一条街的荣记粉面，从我至香港起，就要赶最早开门的那拨，可以点到最紧俏的猪红、冬菇、萝卜、大肠和牛筋，一定要配油面打底，再加一个青菜。可是印象里，仿佛最早到也要排队，每日都粉红的纸上写着"猪红售罄"，直到去年秋天那几次去，竟不用排队，猪红也供应充足，除了本地人，几乎已无游客在那样动荡的时候去香港吃小食。那是唯一的一次，可以尽兴地点猪红一份、冬菇双份、萝卜一份，配油面，青菜上了满满一大碗，可是味道大不如前，和几个本地老妇人挤一桌，虽然不说话，彼此微微笑，客气地让着用红醋和辣油，平凡的市井生活，老百姓不过是向往三餐一宿吃得满意睡得安稳。那日的青菜质量大不如前，很没有滋味，不大翠绿的样子，油面照旧是好吃的。

出来有点渴，对面的老虎堂奶茶铺门面缩小了一半不止，再无之前排队数十人等候的壮观，令得一杯奶茶也滋生出渴望。现下店員很无聊地擦着桌子，没什么劲头做奶茶，我想想也就算了。

十一月的香港还热，还可以喝冰饮，因着旧情，总想许留山或许会追求味道的进步，可以再去试试，那种心情，有点像失恋的人挽回旧爱，总抱有期望，于是想拐去许留山喝杯即可带走的粒粒芒果爽，或是坐下来吃一碗杨枝金捞。

可是走到附近，朋友听说我在铜锣湾，劝我还是急急返转安全一些。香港的天气湿热，容易上火，最后还是去春回堂买了杯降火凉茶算数。

那回去香港已经颇遗憾了，湾仔的翠华，在华美酒店的对面，夹街两边都是酒吧，它显得特别清流，就是吃饭。在香港会议中心附近，是解决一餐的便利处。但行经时，很遗憾地写着十月三十一日关门，连锁餐饮的缩水，因为时局不安旅客骤减，是不得不行之道。但是湾仔的翠华关门，中环和尖沙咀的翠华还在，机场地也没有很失水准，所以没有很经心。我最中意的一家粥铺也在那日关门大吉了，虽然要去佐敦站出来拐去西贡街，比较偏僻，可是住在中环的时候，有时夜里饿了，也会为了美味特特去走一遭。

可是如今，连大型连锁的许留山都一夜关闭了大部分，从此踪影渺渺，空有想挽回的心，人也不在了。

听闻高租金一向是香港店铺最头痛的问题，无非赖着旅游是香港经济的一大支柱，知名店铺人气旺盛，永远地排队，永远地应接不暇，所以还能勉力持续，否则早被一家家连续不断开张的金店化妆品店吞下。如今自身水准下跌，外在客源断绝，走到绝路，总是内外都有败因。疫情逼紧，经济形势大跌，寰球同此炎凉，人人自危，固守家中，种种原因夹击，那些心爱的食肆，一家接一家关门，那些记忆里的老味道，何处去寻觅呢？

失去了念念不忘的味道的香港，还是我念念不忘的香港么？

# 一年又一年

在 2020 年的尾巴上，因为严寒，因为陪娃写作业的孤寂，还有时不时来一波的疫情，把我死死困在了杭州。

此时此刻，才顿觉从前的浪都是英明的。

陪小孩写作业太容易诱发脑溢血，我在这个本命年，差点气昏过去。

哦，可爱的小孩，一旦带上成绩和学习，就再也不可爱了。你会像照镜子一样发现他有你身上的懒、馋、拖延症，还有爱玩。

当然，他和我的爱玩不同，我爱旅行，他只爱躲猫猫，搭积木。

此刻，他无奈地写着作业，我翻着旧照片。

嗯，前年在意大利和瑞士，临行前还有闺蜜嘀嘀咕咕打退堂鼓，我们一致鼓励她：今年不去，谁知道明年发生什么烂事儿就没空出去了。

所以到了去年，圣诞节去法国，我已经很淡然了，决心已定：明年娃要上小学了，现在是我最后长途浪的时间，那是非去不可的。

果然，浪花朵朵开在了前头，紧接着一道霹雳，因为新冠疫情，每天只能在家踱步数步数。

一年又一年，人生就是这样快，变数无常。

难怪李白要说："人生得意须尽欢，莫使金樽空对月。"

我也是疫情这一年，染上了酒瘾，起初只喝龙门的米酒，后来去了三亚嘉佩乐，学会了调鸡尾酒，一发而不可收，每日睡前不喝一杯，简直难以入睡。

当然，我的难以入睡，实在是失眠良久的缘故。

但借着微薄的酒劲，面红红的，微微的温，在这个冬日里，别样的温馨。

谁能想到呢，一个不喝酒不抽烟的人，会在疫情期间，迷上了鸡尾酒。

人到中年，总是多了一些嗜好，比如喝酒，比如猪油拌酱油面，明知那是不健康的。可是蔡澜都说过，没有猪油，美食还有什么味道。

近来也贪吃些，主要在巴黎吃得苦，好几顿都是在越南粉店解决的，偶然平安夜那一晚，看到深巷里开着一家中餐馆，未免动了思乡之情，打开菜单一看，写的是上海菜，分明川菜更多，只点了一份肉丝和青菜，想来不会出错，结果呢，还是异国味的中国菜，十分难以下咽。回到酒店，叫了一份生菜沙拉和面包，才算填饱肚子。

巴黎的生蚝好，可是不能吃一辈子。

巴黎的名画展览数不胜数，看上三天三夜也不够，可到了最后，拖着疲惫的腿，实在是走不动。

巴黎早已不是时尚之都，所有款式几乎落后意大利一年。

在意大利逛街多么惬意，在瑞士买当地的护肤品不便宜，瑞士人都到意大利买，可以退税。全球经济衰退下，意大利商场头一个引进支付宝，吸引中国游客，买得十分尽兴。

尤其还有瑞士的雪山，琉森宁静的湖面，虽然吃得不够好，但足可以让人平静许久。

这大概就是旅行的意义，和合得来的伙伴，跳开凡俗生活，过一段惬意人生。哪怕未来的几年里，再没有这样的好时光，也足以回味良久。

须知道一个写文的人，没有回忆，何来回味，何来念念，何来不忘。

# 珍 珠

十月份至中环的时候，香港站地铁左右都是 MIKIMOTO 的大幅广告。新任的代言人有一张异域风情的面孔，配上老老实实的珍珠，倒也有种出其不意的好看。最新主推的款式是四叶草，大概是极其沉闷的一年，很多行业沉寂萧条了下来，难免让人迷信，四叶草会带来好运气，和珍珠一样，蚌母历经苦痛，终于将一切过往化作圆满光华。

其实珠宝里头，珍珠是最老实安静的一个。钻石光芒夺目，红宝蓝宝祖母绿欧泊珊瑚都天生地自带浓彩。只有珍珠，就算有颜色，也淡淡的，不十分夺人眼球。

年轻的时候，是不大喜欢珍珠的，因为难保养，夏日出汗便容易黯淡，而且珠皮易磨损。就像交往女友，谁要娇滴滴心事难猜不易服侍的那一个。而且旧日的记忆里，长辈戴珍珠都是极大极圆的一串，务求粒粒饱满，压在脖子上沉甸甸，务必要配旗袍和中式的服装才能衬场，否则总是好似过于郑重。譬如，大人物的太太出场，或是正房，总是这样梳髻旗袍大串珍珠，轻俏的少女，多不会这样端庄压阵的打扮。

何况，那种美是有点寂寥的，那张出名的陆小曼的照片上，美丽忧郁的她扶着额头，似有无限心事，黑白照片上，比拇指还粗的一串珍珠最吸引人眼球。让人忍不住替她着急：喂，有那么大一串珍珠，足以把玩终日，看珠光就高兴，为什么要这样发愁？

美丽的名女人的世界我们不大懂，大概物质过于富足，精神的缺憾就显得尤为突出。就像千年前的梅妃收到唐明皇聊作安慰的一斛珠，依旧自尊而矜持地退回，附以一句"何必珍珠慰寂寥"。

所以那么多年了，同样是珠宝，钻石成了女人最好的朋友，而珍珠却与寂寥再脱不开干系。

我是俗气的人，兼以数学不好，便去查了查，才知"旧时十升等于一斗，十斗即一百升，等于一斛"。幸好"一斛珠"是虚指，若是实指，只怕后人又要指责安史之乱不只有霓裳羽衣之过，连梅妃任意赏赐便得一斛珠的豪奢也难逃其咎。

是呢，梅妃那样得宠，也有寂寥落寞的失宠时候，桂叶双眉久不描的日子里，难道真要数着男人偶尔打发来的一斛珍珠一粒粒打发时光？她是聪慧女子，自然知道长门一步地，想来的终究会来，不肯暂回车的终究也不会回车。况男人有了新欢陪伴后偶尔蜻蜓点水地敷衍，她是不稀罕的。

因着这样，后来看亦舒的《珍珠》，开篇即知是伤感故事。那样就破碎记忆的女主角，有一个总念叨着"何必珍珠慰寂寥"的母亲。

可是亦舒，是十分喜欢珍珠的，尤其是 MIKIMOTO。标准亦舒女郎的出场，是全套香奈儿套装，一条 MIKIMOTO 的珍珠。现在的人都说一身名牌最俗气浮夸不过，当然那是因为并不是谁都有亦舒女郎那样的美貌，白衣胜雪，有幽暗的珍珠光芒闪烁，明艳之余叫人揣测：为谁风露立中宵？

后来年纪渐长，经历一点世事，欲说还休，觉得最恰如其分的配饰，竟然还是珍珠。其实明媚少女戴也好看，轻轻巧巧一颗，雪白圆润，粉色是和气色，若是金珠或大溪地黑珍珠，还真要肤光雪华才好看，否则一不小心，就露出过于富贵、庭院深深的气息。

偶然的时候再翻翻民国时代的旧照，感觉时出新意。李香兰和张爱玲那张并存的旧照，张爱玲固然是凤凰似的锦衣，神色清冷自如。李香兰一袭黑裙，硕大的一挂珍珠做配饰，居然有双辉无分其彩的一时之美。论起来黑白照片是最压艳色，钻石的光芒被全部吃掉，还是珍珠，粒粒分明，难以移目。不管多少年过去，就如李香兰的歌，不会被时间吞没华艳。

逛到东京街头，银座硕大一座 MIKIMOTO 的门店，玻璃晶透的门脸里，一颗颗珍珠俏丽圆润。现时珍珠也适合少女明丽的面孔了，简简单单一粒大珠，配以钻饰。或是一粒红宝一粒祖母绿，故意依在雪色珍珠旁，用珍珠中和撞色的明艳，或非得配以黄金的爪牙，再或细细粒一串，都分外好看。

毕竟，戴珍珠的女人们，也是早早有故事的人啊。


番外：

那么，Lai Eve 问闺蜜 Miss Ng："既然那样喜欢珍珠，又收藏许多，为何平时都不戴呢？"

"因为……" Miss Ng 略微沉吟，"前男友是诸暨人。"

"诸暨？"

"是。西施故里，现时盛产物美价廉的珍珠，平日当地女子用珍珠粉敷脸，个个雪白粉嫩。"

"因为一直放不下，故连珍珠也不戴？"

"不，只是觉得珍珠一颗颗太像人鱼的眼泪。所有美好的瞬间，就如小人鱼，天亮就会幻为泡沫。而且就是因为放下，才觉得那段时间为他流的眼泪不少，替自己不值。"

Lai Eve 只是微笑。她太过懂得，女人的爱与不爱，都有诸多理由。幸好，珍珠比不快乐的感情，更值得收藏。

# 煮奶茶

这些日子非常想喝奶茶。非常。

疫情禁足时期，一切回到原始时代，以一家几口吃饱饭为主，隔天出门一次，能有蔬菜有肉和主食就算不错。

等最近事态稍稍平稳，出门方便了些，走到街上一看，还是一切店铺都关门，偶然看见喜茶的店铺亮着灯，喜出望外跑过去，却发现只能网上下单代购，不可堂食。

怎么下单代购呢？得有骑手接你的单，当然除了买奶茶的费用，骑手的辛苦费十八元起步，还可加钱，加五元起步，至五十元也有。馋得不行，为了两杯奶茶，一狠心加到三十元，居然都无人接单。不知道是人力不足，还是奶茶力不足。

非但奶茶店这样，一切稍稍恢复经营的餐厅，譬如西贝，譬如德克士，譬如星巴克，都是如此。幽魂似的开着店，平常人却不可进店购买，一切都依赖骑手。一时人力之贵，叹为观止。

接连三天如此，我实在是没了心气。

这几年是物资发达的时代，要什么都方便，手机上下单，到处都是代购的骑手，半小时送到。就算有好吃的离得远，开车也能到。富足的日子过久了，怎么能想到，忽然商户闭门，百业凋敝，连最常见的肯德基和麦当劳都统统歇业，想去喜士多买个最简单的关东煮，也成了奢望。

物资匮乏，想起来的好吃的，都是平常最不经意的，我开始馋德克士的鸡腿，炸得特别香，脆皮酥脆松香，一点都不黏身，还有嚼劲。鸡腿骨咬开食髓，都是有滋味的，可见炸得好。

越是缺乏，越是想喝奶茶，非常非常想喝。明明平时，凑凑的奶茶很一般，阿姨奶茶的血糯米奶茶偏甜，不可自选甜度，喜茶呢，因为家附近的不是黑金店，做的水准要比别处差很多，波波也没什么嚼头。还有一时间开满的鹿角巷，尝了一口，难喝至极，查了查才知其实并非正宗的鹿角巷，不过是借个名头，完全不能喝。最好喝的奶茶还属港式的丝袜奶茶和台北街头的奶茶，只可惜，当年驰名的兰芳园的奶茶早已败了味道，沦为庸物，要找好喝的茶餐厅奶茶，还得靠本地人带路；台湾做奶茶做出了精到，无论台南台北，随便买也不会差到哪里去的。

当然，这些在现在都是绮念，出门都要有几道关卡，别说上飞机去别处，航班都已停航。

无可奈何，只能自己在家将就。

一开始是用川宁的红茶包，滚水一泡，加牛奶，救急用的，解个馋而已，并不算多美味。

朋友们都在想办法，这些日子里，什么都得靠自己，一时间做凉皮发包子做手抓饼，无一不自学成才。

好容易等快递恢复一些，朋友指点买了武夷山的金骏眉，一开始用小锅煮，后来觉得配不上那么好的茶叶，翻箱倒柜找出一个不知何时在东京一家专门店买的煮茶壶，因为太美，银光闪闪的，一直舍不得用，白白搁置了。

我是亲眼见过两回煮奶茶的，一回是在云南松赞林寺附近的藏民家，一回是在内蒙古。依稀记得是很多年前了，从松赞林寺下来，导游带着去藏民家吃些东西填肚子。藏民家客气，教我们做糌粑吃，我学着团了一口，实在难以下咽，眼巴巴盼着奶茶来。导游很神秘地指指另一个屋子，示意我可以去看看。黑乎乎的屋子里，一个驼背的老妇人在长长的铜壶里煮着茶，是茶的味道没错，不时添些东西，光线不好，实在看不清添了什么。另一个更年轻些的妇人，大约是她儿媳，在一个桶里抽打搅拌着什么，忙得挺不起身来。周遭酥油的味道越来越浓，左右从松赞林寺出来，就满是酥油花的味道，也是寻常。我见老妇人向我比画说着什么，仿佛是叫我到她儿媳旁边帮忙试着做做看，我听不懂，也怕做得不好失礼，便讪讪出来了。

导游是极力夸赞这里的奶茶好喝，营养足，尤其对高原反应好。我本来就有些高反，头晕晕的，很盼着立刻来一碗。等老妇人出来，爱惜地一碗碗分好，送到跟前，我等不及地喝了一口——居然是咸的，还有浓浓的酥油味。这才知道，藏民所谓的奶茶，就是酥油茶。

这一口含在嘴里，怎么也咽不下去。导游一口气喝了，喝得是又香又甜，仿佛是了不得的恩物。同行的人出于礼貌，要么一口闷了，要么慢慢啜饮着，只有另一个女孩子，和我一样面面相觑，喝也不是，不喝也不是。导游拼命对我们俩使眼色，刚才不吃完糌粑，已经是不礼貌，如果再不喝奶茶，那简直是大大不敬。最后无法，捏着鼻子闭着眼睛一口喝了，周身倒是暖了，头也没那么晕。

好容易从热情的藏民家出来，我一天没吃下饭，大约糌粑和酥油茶都是很实在饱肚的东西，更大约的是，我实在喝不惯加了珍贵的盐巴和酥油的咸味奶茶。

嗯，虽然那是很好很好的，高原人民每日都离不开的恩物，然而我的肠胃实在是不习惯。

再后来去内蒙古，呼和浩特的羊肉实在鲜嫩好吃，一点膻味也没有。我老家湖州出湖羊，也是极佳的美味。可北方的羊肉和南方的比实在别有风味，配上奶糕、奶酥，都很不错。送上的奶茶是煮好的红茶加鲜奶，我倒是喝得合胃口。

那时以为内蒙古的奶茶只有这一种，可随剧组去草原的时候，每日安排在当地蒙古族饭店吃早饭，先上来一大锅奶茶，咸味的，有点类似咸豆浆，浮着点点油花，里头加了磨碎的炒米。锅子一直用小火煮着，在桌上嘟嘟地冒热气。第一天是吃不惯的，只不过九月的草原已经冷得要穿羽绒服，为了取暖，也因为实在没什么汉式的早餐，一勺勺舀着喝完了，喝到第三天临走，已经喝得非常习惯，早上非来一大锅不可。可见人在何地，为了适应当地的气候环境，肠胃也不得不做出调整。再后来，我再没喝到过那样好喝的咸奶茶。

当然，想起酥油茶我还是有些畏惧，可是若真生于高原长于高原，那也许也会成为我念念不忘的念想。

此时此刻，我是满足了，金骏眉煮的茶汤暗红，配上鲜奶，不必加糖，茶香奶香四溢，苦中作乐，自给自足。

据说早年的英国贵族，都擅煮红茶，配银器，或是中国来的珍贵的瓷器，以此为享乐。真正的藏人或蒙古人，都煮得一手好茶，以此待客，方见尊重。最老式的港式茶餐厅，老老实实守着传统，煮茶加奶，做得一手好丝袜奶茶，绝不会拿冲泡的来敷衍客人。若不会煮奶茶，都不好意思自称是那儿的人。而我们，贪图便利，早已习惯了流水线上的产物，一切方便就好，伸手可得就好。

不知道这样的日子何时会结束，虽然还是会挑剔店铺里流水做的奶茶有这样那样的不足，可还是希望，繁华依旧，热闹似往，回到最平常的那些不知足的好日子里。

当时，只道是寻常。

若在寻常里，还能有闲情逸致自己煮上一壶奶茶，再想起这段不可思议的时光，或许，也会别有一番滋味在心头吧。

小说篇

# 小
# 姨
# 太

○

　　天刚黑的时候，翡丽佩公寓顶楼的灯就一盏盏亮起来，小姨太素性地不喜欢黑，一点点黑暗都受不了，所以满屋子地装着灯，吊灯、射灯、灯带、壁灯、落地灯，一盏也不少，通通地亮起来。她住的屋子是跃层，楼上楼下都亮了，她心里才舒畅。

　　这样一屋子的亮堂，在远远近近的楼宇里，不过是亮起了一点星子。

　　这样的暗夜世界里，小姨太这样的人家太多了，星斗满天，也能簇聚成光，却是没有热意的。一个女人，一个男人，是个屋企，却算不得一个热气腾腾的家。

　　吃过了晚饭，小姨太坐在贝母拼的桌子前折元宝，雪白的银鱼一样的手指几翻几叠，再轻巧地吹一口气，黄色的元宝就竖起来了。这是那种老法的折元宝的方法，现在不大有人会了。如今的人都偷懒，元宝是象征性地对折一折，充作是个元宝就算了了，或是买现成的金银元宝，反正送到庙里是一样的。

小姨太折得很认真，折一句就念一句"阿弥陀佛"。小姨太面孔年轻，学的却是五六十岁女人的做派，对待这些事上很用心的。她手上戴着颗戒指，硕大的一粒，滚着一圈又一圈的钻石，那镶边的钻石足有五十分一粒，密密地紧着，主石是极浓郁的梅子红，足有十克拉那么大，晶莹无瑕，若一粒大颗的糖果。这种颜色最挑人的，搁在珠宝架子上灯光照着，梅子红得发紫，流光四溢，美得无法正视，可是戴在手指上，却显肤色黄，旁边滚镶的钻石粒粒雪白，连手指上细细的毛孔和汗毛都显得分毫不藏。戒指和项链一样最显人老，项链呢怕颈纹，但是穿高领子的裙子就能遮，手又不能一直戴手套，手背上的青筋和斑点最显老。

所以市面上很少有人戴这样颜色的戒指的。

小姨太有很多的戒指，都是这样大颗的，她不怕，她的手白白嫩嫩，看不出年纪的。

"戴着怪沉的。摘了叠元宝吧。"男人站起身，停了工作，替她摘下戒指，用热毛巾拧了替她焐手，"还要折多少，当心手指酸。"

"你不是会替我按摩么。"小姨太笑吟吟，"再叠两沓就好了。"

男人转身进去，又拧了一把热毛巾出来，一根一根给她按摩揉捏手指，手势熟练，轻重到位。小姨太觉得松快了些，男人才仔细看摘下来搁在桌上那枚戒指："这是红宝石么？以前没看你戴过。"

"是粉红宝。浅色的多，这样浓郁的颜色很少了。"

"粉红宝？粉红色的宝石。"

"其实是蓝宝，不过很奇怪，明明是蓝宝，却是这样粉的颜色。"

"从前没看你戴过。"男人低低地说。

"很久以前的东西了。再不翻出来戴戴，自己都要忘记了。"

男人"哦"了一声。很久以前，小姨太的很久很久以前，他见过；小姨太的现在，他也隐隐约约知道。可是中间那部分很久以前，男人是不知道的，小姨太也不大说起。

小姨太见他有些沉默，也叹了口气："以前年轻压得住这样艳的粉色，现在压不住了。等下我去换个翡翠好了。"

"翡翠那么老气的东西……"男人正要回嘴，想想她有一大盒子翡翠，各种深绿的好水头的都有，就摸摸她头发，"到了你身上也嫩相了，你戴什么都好看。"

小姨太的发根里，有几丝白头发了。平时看着不显，现在这样灯火通明，男人靠近了她的头顶心，就很清楚地藏不住了。

小姨太看他眼神就知道是什么事了，就说："明天我去染头发，现在啊我老了，不染头发都不行了。"

男人摸了摸自己的鬓角："那么我的白头发少说一百根了，拔不干净了。"男人温存地替她拔下了两根白头发："你才那么几根而已，拔了就好了，染头发总归对身体不好的。你放心好了，我总比你大三岁的，终归是我年纪大，你是小妹妹。"

小姨太甜丝丝地笑着："晚饭吃的红糖年糕，个么你嘴巴上的蜜糖没擦干净呀。"

他作势要吻她的额头："明天买点芝麻和核桃，打成粉我们泡着吃。你不老，我也不敢老的。"

小姨太稍一侧脸，顺势避开了他，白鱼似的手在灯火下粼粼地跳了跳："你好回去做事了，明天我要去庙里，个么是要身心清宁的。"

男人的脾气是很好的，替她收拾干净了厨房，把炖好的燕窝放在她手边："挑燕窝毛伤眼睛的，你自己不要弄了，娘姨的手脚也粗，弄不干净，不如交给我来做，我这点细心是有的。"

小姨太瞥了一眼，果然燕窝洁白晶莹，一点杂毛星子也没有。

少有男人的手是这样巧的。

他说："快换季了，要防着变天的时候咳嗽。吃燕窝滋补平润是最好不过的了。"

小姨太笑了笑："这样麻烦你，我就不吃了，吃银耳或是雪耳也是一样的。"

"那怎么一样的。"男人一本正经地说，"长在树上木肤肤的东西，怎么好和燕子的精血比。尤其是那雪耳，几颗就发涨成一盆子那么多，能有多少营养。不过是骗骗那些没有钱的人，心里安慰，拿着一点点钱的东西当贵价货，吃个心理安慰。"

小姨太甜丝丝地笑着，嘴上不说话，手上却是飞快，一点工夫都不耽搁的。男人叹了口气："你好好滋补身体，我就放心了。人啊，该进补的时候就得进补，像我，十几岁发育的时候没吃上海参花胶，到底身体底子比从小吃补品吃大的人差一些的了。"

小姨太没有接话，只是一味含着一抹笑影儿。男人没话可说了，望了望墙上嘀嗒嘀嗒的挂钟，碎碎地叮嘱了小姨太早些睡，便拎着公文包和外套悄悄掩上门出去了。

小姨太睡觉怕黑，惯常地各个房间连着过道和楼梯都亮着灯，一点也不嫌电费花销大。这样独亮的一家，是翡丽佩公寓的独树一帜。

小姨太睡到天亮就醒了，早早吃了点素粽子，就小心地收好了元宝香烛，赶去庙里。

这是个很有名的古刹，香火最鼎盛、最灵验的是里头那间月老姻缘庙。传说这里的月老会牵红线，将两人的姓名写在花牌上，用红线紧紧缠住，红线两端握在月老手里，这样无论邪花怎样入门，婚姻都可不离不散，永保稳固。

当然了，也有年轻的小女孩虔诚之至地叩首："请保佑××这辈子一心一意只爱我一个人。"

小姨太闻言，但笑不语。这样的天真诚挚，是值得人爱怜的。只是这样的愿望，太难了。月老就算有通天的本事，固住了对方不变心，你能不变心么？

更或者，当你觉得不合适，希望离开时，对方还痴心不悔，苦苦哀求直至心性大变，那就不只是八点档烂渣狗血剧，更是恐怖片了。

她走到月老跟前，那里竖着花牌"程立雪、郦芸夫妇，恩爱百年，白首不离"。

她虔诚地跪下，念念有词："愿程立雪、郦芸夫妇夫妻恩爱，白头到老，不离不弃。"

她拜完，顺手在香油簿上写了个"毋"字，放下香油钱。每个月都来，老和尚认得了她："毋小姐，您又来替程先生和程太太祝祷婚姻稳固啊。您可真有心，这是您自己亲姐妹的婚姻吧，那么上心。"

她笑笑："香油钱添足了，您要给他们夫妇的红线缠牢啊，可不能让这婚姻断了。"

"是是，现在的婚姻，外头风流多，桃花也多，我会好好上心，每日祝祷上香，稳固他们夫妻的红线的。月老看着呢，绝不会轻易断了夫妻缘分的。"

"那就好。劳您费心。"

小姨太拜完了，从庙里吃了素斋出来，又转到后山。天热，草长得茂盛，都快有半人高了。这个城市呢，长久地就是天热，寒凉的时候少，什么草木在这里都格外茂盛，蛇虫鼠蚁多，奇花异草也多。这个城市，什么古怪都有，都不稀奇。她走得艰难。好容易走到一株参天古树下。那是一个很有名的作家的墓，他的骨灰长安在这里，常常有他的读者来祭拜，所有周边的杂草都被清除得十分干净，墓碑也擦得铮亮。

小姨太不放心，还是从随身的篮子里取出干净的布仔仔细细擦了一遍，连墓碑的石头缝隙里也不放过。待擦抹干净了，她放下两本书："这是你的遗作，市面上卖得很好，大家都很喜欢读，反响也很热烈。你还是大家最喜欢的作家，人人都记得你、爱戴你、怀念你。"

她敬上香，鞠了躬，献上一束白玫瑰在名作家的坟前，然后找了个空旷的地儿，把坟地专给烧纸的铁皮桶拉过来，把金元宝都放里头烧了，那两本书也扔进去烧了。

她看着最后一点火光熄灭，不会再起一点火星子了，才又鞠了个躬走了。


作家是 1954 年生人，1971 年这个城市废妾制的时候，他正好十七岁。十七岁，正头太太都未娶，他一直觉得借着这个理由，他还是可以娶妾。当然，妾在哪里，根本不得而知。

天然地，在这个年份前成年的男人，都觉得自己可以学自己的前辈们，娶妻纳妾。而在这个年份之后的男人，虽然也照样在娶了妻子之后拈花惹草，养着外室嫖着女人，可明目张胆地纳妾的事，终归是没有了。毕竟，是要自诩是一夫一妻的文明人的。当然了，这个一夫一妻的文明背后，藏着多少相好污糟的事，大家就睁一眼闭一眼不提了。

这毕竟是一种进步。于男人而言，名正言顺地少养几房家人，搞什么嫡庶东西；于女人而言，无论男人在外头怎样，这个家里当家的女人只有一个，哪怕外头搞上一天世界，只要不进这个家门，某太太就永远只有一个。

做人太太那么辛苦，除了得到礼教的尊重，也有法律的保障，安宁总归是安宁了些。

下了山走到停车场，小姨太有些累了。她坐在停车场树下的石凳上乘凉，山风呼呼的，很快收干了她一身的汗气，山路上络绎不绝有人上庙里参拜，年轻的笑声听起来真是无忧无虑，让人消暑解乏。

有男孩子追上来围着女孩子急得满头汗："你就这样不愿意嫁给我？"

年轻的女孩子嘟着嘴撒娇："做你太太有什么好，要给你洗衣做饭生儿育女，我情愿现在这样。"

"那算什么？你既然爱我，我们总归要结婚的。"

"爱归爱，婚归婚。难道不结婚你就不爱我了？"女孩子跺脚，"你总归把爱情和婚姻胡乱扯在一起。"

"那当然不是了。"男孩子急急地分辩着。

小姨太看着少男少女，忍不住微笑。她算是早想明白了，或许吃亏的就是自己这样妾身未明的人，有人站在光明里，她就是得站在阴暗头。可是呢，那得看是谁的选择，如果男人有主动权，女人如藤蔓攀缘，自然委屈无措；可若女人自己愿意不要名分情愿自由自在了，男人也是无可奈何的。

山风一吹，身上的汗水收了许多，也凉快了。小姨太准备着回去。她算了算日子，今天男人应该不会过来，娘姨到了点自己会走。时间还有一大把，她左右无事，想起昨天海味铺的老板打电话过来，"毋小姐，你要的好货到了"。

她隔几日就要出街买东西，要吃什么做什么，多半是自己去挑食材。买回来了放着，小姨太的男人会下厨做饭。做饭是男人的事，买食材是小姨太的事。小姨太从来买食材不手软，尽挑贵的好的。店铺的老板都已经认识她了，每次都预先给她留最好的，然后打电话来说一声，小姨太得空了就去取，实在没空，才支娘姨去。

她每次去海味铺都很准时，付钱也大方。她这样一个人来的登样女性，海味铺的人是很愿意应酬的。老板是头一个上来殷勤的，老板娘跟着就抢身过来，笑眯眯说："毋小姐呀，你要的燕窝给你留好了。"

老板娘和她相熟了，倚着玻璃柜台喊她"毋小姐"，口口声声都亲热。其实一开始，他们也不知道怎么称呼她，男人陪了她到附近买了一次中药，自称免贵姓程，中药铺子里的人便传开了，连着旁边两条路的海味铺都称呼她"程太太"，她端正了脸色解释："哎呀，我不是程太太的呀。"

有程先生，不称呼程太太，她说："叫我毋小姐好了。"

男人们不留心，女人们却上路，一看她纤纤十个指头，食指上常戴着老大的宝石戒指，无名指上却空空的，就猜到了路数，悄悄和男人们议论：

"个么是个老小姐么？家里富贵，留来留去留成愁了？"

"不像呀！未出嫁的小姐哪里会这么抛头露面自己来挑东西，又不好意思讲价钱挑好次，她是都懂得的，一看就是买惯了。"

"要么是暗门子？"有人悄悄地问，揣测里带了一丝鄙夷。

"从头到尾就中药铺见过一次程先生来拿中药，还是寻常的伤风感冒药，根本连点妇科都不沾？要是暗门子，难道没有相熟的药铺拿那种药吃？而且哪有客人替暗门子拿药的？不作兴的，晦气。"老板说得头头是道。

"也是的。"有女人啧啧地羡慕，"暗门子哪里戴得起那样的行头，衣裳料子金贵还是其次，统共不过费那一些钱。那手指头上耳朵上的宝石戒指，一天一个花样，好多名堂我都叫不出。人家就是有本事！"

男人横了一眼，声音沉了沉："不要话里有话，叫我买东买西。"

"要死呀！"女人被说中了心事，脸上红红的，喉咙也粗起来，"花的是我自己的钱呀，买什么宝石，我不好买人参吃了补身多活几年呀。要是掉转头被你偷拿出去贴姨太太，我不是要活活气死。"女人心思活络起来："好了，我知道了，定是个姨太太。"

"不像呀！听说那个程先生，一脸老实相，穿戴还蛮朴素，手腕子上伸出来金表也没有，养什么姨太太啦。"

男人和女人议论了好久，还是猜不出来。到底另外有客人来，也住在翡丽佩公寓，便笑说："她好像是有先生的，隔天见到一次，好像是姓程的人家。男人斯斯文文的，定是坐办公室的。"

男人和女人对视一眼，女人机警，看着小姨太手指上的戒指镶工别致，偷偷拿着自己的戒指号称要改样式，就说"要程太太那一只的款式"。

女人嘛，描述起珠宝来就像画画一样精确，老师傅便笑眯眯："什么程太太呀，是毋小姐的款式。"女人不信，索要了签名的账单来看，真是"毋"字开头，后面龙飞凤舞的字看不清，但真真是写的自己的姓名。

楼下邻居的太太们也不是吃素的，楼顶住着这样一位有钱又有姿色的小姐，先生又不是天天在家，总归是要谨慎一点。

翡丽佩公寓的人情比别处薄一些，到底是一等一的高级公寓，没有邻里往来送吃食串门的作风，各家的娘姨也是谨言慎行，很少透露主人家的事情——毕竟，这么高的薪水，不是家家都出得起的，为一点口舌八卦被开除，那是不值当的。

但是楼下保安那里，做得长久了的人也知道一些。公寓的顶楼跃层，楼上楼下三百多平，都在毋小姐一个人名下，不是用的夫家的名字，可见身家丰厚，少不得家里是财政自由，父母纵着她用钱的。哦，这些年没见过她父母，那么多半是留下的遗产。

啧啧啧，有男人跟了这样的女人，真是赚足。

翡丽佩公寓虽然偏远些，但胜在靠近名山古刹，价钱非常地不便宜。这里的房子，从前可以长租，后来住户们嫌租客的水准不稳定，齐齐要求只卖不租了。因着住客不多，大家一条心，所以很快租户们都搬走了。毋小姐的公寓，就是那时候订下来的，由租转买，一笔子付清了款项，从此独占靠山面海的顶楼风光，无事便可啜一杯咖啡，望向蔚蓝平静的海面。

唯一不好的是这里离城里有点路，公交要悠悠地晃上半小时才到闹市区，每家或者专门地养着司机，或者有长久服务的车，一个电话随叫随到。娘姨出门买菜购吃食，可以另叫车用，是每月固定的一笔支项，也算不得什么。小姨太自己开着一部车，老款的甲壳虫，开得飞快。那部车也是在自己名下的。这里女主人家，是坐车比开车多，因为穿裙子比裤子多。小姨太开车的时候，就脱了洋装裙子，换上衬衫裤子，戴大宝石戒指的手搭在方向盘上，反着太阳光，格外闪耀。偶尔她有时候兴致上来，也不怕辛苦，去坐坐电车，别有一番心情。

女人便有数了，接连着隔壁的隔壁街上的裁缝铺子也晓得了，毋小姐钱多，腰杆子比柏油桶还粗，房子车子都是自己名下的，当然不要用男方的姓氏冠以称呼的。

店铺里虽然通风，但各路海货的腥气太重，小姨太拿手帕掩了掩鼻子，转头去看身后墙上累累的花胶，金黄，干硬，真是好货色，像堆叠了一墙的黄金。

老板娘识趣地拿了几片出来："花胶好呀，最补女人的子宫。

要知道哦，我们每个月那点子气血精华消耗，还要在子宫里存孩子，不吃花胶把子宫养得厚一点怎么行？我啊生了三个孩子，从有身子前就吃着花胶预备，又从大肚子吃到坐月子，养得多么好。"

"是好，白白嫩嫩，气色也红润。你是生招牌。"小姨太嘴头子很甜。

老板娘更来了兴致："补女人是花胶，补男人是海参。毋小姐，今天的海参不错哦，对先生身体最好的。我们这里都知道，男人呀，吃什么补什么，讲究的是以形补形。"她咪咪地低笑着，带着海味铺里特有的暧昧的腥气。老板娘还在摆弄海参，拿出手指头一比："你看，比我的中指还粗。"

海味铺富贵，老板娘的中指伸出来，故意闪到了她眼前，小指甲盖一样的一片红宝石，血滴一般的红郁。

"是鸽血红，缅甸的矿才出这样正的颜色。"小姨太淡淡笑着说，并不十分当回事。

老板娘的眉毛都飞了起来，跟着嘴角的笑一齐上上下下地跳，嚷嚷着说："我就说，我就说，别人一看只会夸颜色好不好看，毋小姐张口说说得出哪里的矿什么品种。这正正是缅甸的鸽血红，好东西就得给识货的人看。而且现如今局势不好，一颗鸽血红运进城里得费老大功夫。"

小姨太微微地笑着："您手上这颗鸽血红宝石不大，但胜在颜色好，也是难得的好货。"

老板娘眼风往左右一兜，伸出手指摆了摆，嘴上却是十分艳慕的口吻："三克拉的小东西，不好和您手上的比。这种梅子红，是什么蓝宝石新种么？"她用无比惊叹的口吻："这么大个戒指，总有十克拉吧。"

小姨太接过老板娘递过来的一大包燕窝，分量对头，又干又白，没有掺水分和染白，是上好的东西，她便说："大虽大，却是不值钱的东西，戴个颜色罢了。"

她伸手付了账，零头不要了。老板娘越发地抿嘴欢喜："也是，您年轻漂亮，戴颜色宝石衬什么衣裳都好看，不像我们，只能戴正色东西了。不过……"她转了神秘的脸色，靠近了小姨太的耳朵："太鲜艳的颜色有点偏邪，您是该戴正红色的人儿。"她的声音越发低了下去："昨天下午，中药铺子的林太太说，有个女人去买药，妇科千金丸，出门有个男人来接，眉眼看着像程先生，还有个十来岁的小孩子跟在程先生后面……别是邪花入室了，您还不知道。"

"哦。"小姨太一点声色也不露，目光只在新到的海参上逡巡，"包一包辽参吧，要最好的，价钱不论。"

老板娘忙伸出没戴红宝石戒指的右手仔仔细细挑了二十根出来，殷勤道："您吃吃看，比上回的好……十几岁的小孩子一礼拜吃一根，都能比别人蹿得高一头呢。您倒是还没有孩子，赶紧得要一个。您要是天天吃一根，滋阴补肾，很快就能有了……"

小姨太听了笑容便敛了，转口道："是顶好的辽参吗？不知道隔壁家有没有？我也去看看，货比三家嘛。"小姨太说着转过了身。

老板娘多识趣，立刻心中有数了，当机立断道："这样好的货色别家没有了，走遍整个海味街，没有能比我家更好的。"

老板娘不敢再多嘴了，小姨太也不再作色。老板娘是烦琐了些，爱打听爱比较，可是满城里二十四家海味铺都有他们家的股份，名下的铺子连着小半条街，的确是没有货色比得上他们家的。小姨太这才放下一点笑脸，施施然付了钱，拎了包好的海参就走，懒得再多言语。

回到家里的时候，太阳还没完全下山。这个地方白日长夜里短，太阳要照着很久很久，余晖也特别地长，像块艳色的碎绸子。那种日暮的明彩斑斓的绸子很快腐在夜风里，转成陈旧黯淡，一寸一寸，消逝得格外残忍。

小姨太从电梯出来，拎着东西浑身的汗，可是她觉得满足，屋子里太空了，手里大包小包地拎着是一种难言的满足。她站定了一会儿，借着回廊里一点凉风吹着，不知是累了，还是贪看夕阳美景，一时倒不愿再走动。

小姨太打开家门的时候，男人已经在了，满头大汗地坐在沙发上，摇着扇子扇风。她看见他，愣了愣，显然有些意外，猛地想起海味铺老板娘的话，心里一个念头旋上来：邪花入室，到底谁才是邪花？她想想觉得好笑，很快又不动声色，如常一样。

小姨太侧首看看墙上的黄历本子："哎？怎么来了？今日不该来的。"

男人上来替她接过东西，笑着说："我来家里，有什么该不该的？想着你今天去了庙里，也该累了。我也是刚进门，早知道下楼替你拎东西去。"

看看钟表的时间，打勤工的娘姨做好了白粥熬在锅里，人已经回去了。小姨太把东西都放在了门边的架子上："别收了，明天让娘姨拾掇好了。"

男人看了看，无非些鲍参翅肚，一例都是上等货。他蹲下身把她脱下的平底鞋摆整齐，嘴里关切地说："你脸色不大好，是不是中暑了？我去给你拿十滴水来喝一瓶，还想吃点什么？"

小姨太累了一天，并没什么胃口，走到卧室换了一身住家的衣裳出来，真丝的短袖短裤，薄薄的，透着风，凉快了许多。她嫌那戒指累赘，换小了一号，一枚指甲盖大的深红色碧玺，幽幽地流转着暗光，也不那样显眼了。男人见她出来，递过十滴水给她喝了，又贴心地把空调的电风扇的风头转了转，又给她拿十滴水喝，细细叮嘱说："出了汗不能对着风扇吹，骤热骤冷夜里要咳嗽的。"他把风对着盛出来的白粥吹着，剥了一个皮蛋，咸鸭蛋四分切，油润流黄，又加了一碟子鲜香的咸菜和腌制好的紫姜尖子。

小姨太坐在他对面慢慢舀着白粥，柔声说："大热的天，何必跑来跑去。"

男人笑："你不是说娘姨做的咸菜不香，紫姜也不拣尖子来腌，老舍不得，留着半个姜，咬着又辣又老，一嘴渣子。那还是我来做，合你口味些。"说着又抱怨："吃笋的季节过去了，我刚才看冰箱，油腌笋丝都吃完了，等明年再给你做吧。"

小姨太尝了一筷子，果然那咸菜和紫姜都是只用最上头的尖子，嫩得不得了，不觉睨他一眼，娇声道："知道你辛苦，还不去把衬衫裤子换了，有换洗的衣服在上头。"

男人的确是汗流浃背，白衬衫后头和裤腰都湿了一大片。他顺势立到风扇前头，笑着说："换洗了我就不走了，洗个澡住下，多么舒服，否则一身汗赶回去，不是白洗澡了。"

"那么随你，我可不做先破坏规矩的人。"小姨太似笑非笑地只顾舀粥，那白粥熬得正好，绵绵的，放凉了喝，入口正舒服。她每一抬手，那红碧玺戒指就贴在面边，人面碧玺相映红，煞是好看。嗯，像一颗红浆糖，随时要落进白粥里去。

小姨太难得的温和与婉柔，对他说话绵绵的。素日里，她的话并不多，总是淡淡的，虽然跟他相处了这几年，但并不是寻常人家姨太太的娇态。

他想起小时候，小姨太也还小，十一二岁小姑娘，跟着爸爸从黄包车上跳下来，手里抱着糖果。到了家，她就趴在二楼窗沿上，把这些精贵的水果糖一颗一颗坠进硕大的玻璃瓶里。他是男孩子，有少年气的男孩子，原不爱看这个。可是她这样爱惜的神情，像是一个不解世事的小公主，收藏着她的宝贝首饰。

他的母亲知道了还笑话他："胡想什么呢，首饰不多是金的银的，哪有糖果那么大的宝石，小孩子就是爱瞎想。"

如今，她可不就是有了一盒子又一盒子的玻璃纸糖果——都是宝石的，都是那么大。

他瞧她虽然疲累，神色却难得的温柔，一颗心不觉旖旎起来，看呆了一歇，说："哪里来的规矩，都是随你定的。"

小姨太顿了顿，搁下勺子，语气玎玎的："向例如此，我何苦坏了规矩惹事情呢。"

男人听她这样说，不觉胆气就低了一点，絮絮地说："下了班我掐着点就过来了，谁知道那边打电话来要我去接孩子。我想孩子那么大了，接什么呢，自己坐车回来就好了。送了孩子过去，再想等电车，可是左等右等不来，我心里着急走了两站路才叫了一部车过来。真是，没想到天儿这么热，这么走走就是一身汗。司机都还说我汗味重，真是，现在的世道，司机都可以挑剔乘客了。到底是临时叫的车——自己的司机，吃你的长粮，哪里敢这么说话。"

"说来，你去学了开车也是好的。"她用筷子尖戳着咸鸭蛋的黄，丢开了蛋白不吃——她总是嫌蛋白太咸，木肤肤的没有味道。也真是奇怪，同样是白煮蛋，蛋黄就是木肤肤的，能噎死个人，蛋白就嫩白娇滑。做了咸鸭蛋，就掉了个个儿。

那咸鸭蛋是高邮的品种，万里迢迢运到这城里，价钱不知道翻了多少倍。能干的妇人家，都是自己买了鸭蛋来糊泥自己做。她做不来这些事，只是会品评，幸好娘姨是内地来的，什么都会一些，听着她的指点也做得一手好咸鸭蛋了。另有酱菜什么的，男人的手更巧，也肯为她花苦功。

　　她本是感动的，才耐着性子听男人倾诉："已经学了一半了。可是左算右算，学会了又怎样？自己买车养一部车是什么价钱，不如请一个司机划算。也就是这几年，小孩子读个贵族学校，离开市区远了点。有时候下学晚了不耐烦等公交，来来去去都要叫车，太不方便。"

　　他看她一直在戳那流油的咸蛋黄，蛋白却不吃，顺手又去开了一个皮蛋，晶莹透滑，道："你看我，总要备四色小菜的，怎么只给了你三样，不够吃吧。"他拿了一双干净筷子替她夹了一点皮蛋放在碗里，关心地问："手指头没力气？是不是烧元宝烫了手？"

　　她却不吃，只说："受了热没胃口，等下吃吧。"

　　男人说："你也是，天气这么热，每个月都要去庙里，这样赶来赶去的何苦？受了暑气还不是自己遭罪，你身子又弱……"

　　她微眯眯地笑着，把筷子一搁，虎睛石包银的筷子落在水晶玻璃桌面上，叮的一声响，听着叫人心惊。

　　男人不说话了。他有点后悔，好好地说这个做什么，没必要犯了她的忌——虽然他也不知道到底犯了她什么忌。

　　"不过是叫个司机的事。"她定定神，尽量让语气里透出体贴，"那边身体不好要看医生，还要接送孩子，伯父伯母年纪大了，有个三病两痛的也要人送药送东西，就用一个司机吧。"

　　他沉吟了须臾，还是推却："也不好。我不过就是个坐办公室的文员。自己开车呢，倒像是比上司还派头；用司机也很张扬。"他苦笑："我的薪水，也仅够请个自带车子的司机罢了。请完他，我一家子就喝西北风了，全替司机打工就是了。"

　　小姨太累了一天，原有些没精神了，就说："你自管自上办公室，该怎样就怎样。司机只照顾你家里。你找个嘴严的人就是了，只要给钱，还怕挑不到好的。至于钱呢，先支着，我会再打到你账上。"

男人面上微微一红，很不好意思："你看你又这样，我不想你破费的，这原也不是为我，我不舍得你这样破费的。"

"当然是为你。"她淡淡地笑，"你家里舒服一点，你就舒服一点，不要这样赶来赶去，一颗心悬在两边。"

他喃喃："我的心都在你这里……要不是和她有了孩子。"他见小姨太并不十分动心的样子，愈加极力急急剖白："为了见你，我怎样也是心甘情愿的。我不需要这些……"

"你家里需要。"她斩钉截铁，替他做了主，"好了，明日就找司机吧。这事一拖就没个底了。"

"那好吧。"他搓了搓手，眼里亮晶晶的，不知是泪还是激动，但总归是有点真心的。他稳笃了这件事，便坐下来，跟个主人一样精打细算："司机只顾那边也太闲散了，你以后不要自己开车，随时用司机好了。反正出了一样的钱，叫他跑两边就行了。我会关照他两边都嘴严的。"

"不用。"她蹙眉，很是郑重地说，"我自己会开车。记着，无论如何不要叫司机知道有这个地方。你若要来，宁可叫车，也不许用那边叫的司机。"

"我知道。你是照顾那边的面子，照顾她的情绪。"他低下了头，有些哽咽，"你受委屈了。"

"不要这样子，我不委屈，你替我委屈什么。"她不喜欢看他这个样子。一哽咽，就是为难的腔调。她自顾自吃粥，就着咸菜、嫩姜和咸蛋黄，始终没去碰那个颜色暧昧的皮蛋。

"总是为难你了。"男人的宽大的手覆住了她的手背，满目恳切地说，"你放心，以后，以后我一定会补偿你的。"

她两眼弯弯，似乎是笑："好了，不用说这样的话。"她瞥了眼桌上的海参："你快拿回去吧，孩子长身体的时候，一礼拜两根总还是吃得起的。还有伯父伯母也需要补补身体，吃着好，我下礼拜再去买。"

他"哎"了一声，搓着手说："总这样要你买东西，我爸妈心里都是明白的，念着你的好儿。至于孩子……孩子渐渐大了，也会知道你的好处。"

"我能有什么好处？无非是多几个钱罢了。"她自嘲地笑笑，吊了吊眼梢，"你婆婆妈妈地让孩子知道这些做什么，你也知道他大了，许多事懂了。你更该避讳，不该叫他知道。"

"你人好。那边都是知道的，这么多年，那边都不能对你有一句怨言。就连我爸妈，他们看着你长大的，都晓得你的心性……要不是那年你爸爸做生意败了，你搬走，我们做不成邻居了，否则已经结婚的就是我们了。我的心里，我爸爸妈妈的心里，总是当你才是程太太的。"

她拨了拨筷子，却什么菜也没夹，冰霜一样的脸上浮起一点盈盈的笑："你不要这样说，这些回转头想从前的话是没有意思的。还有，不要那边那边地叫，结发夫妻，何苦来着，她又不是名字，你若不愿叫太太，连名带姓叫郦芸就是了。我又不是不知道她的名字。"

她脸上笑着，口气还是冰霜似的，没有一点消融的迹象。说着又去扳手指上红碧玺戒指："红碧玺不大值钱，可是重金下去用钻石做豪华镶嵌，用一颗颗一克拉的马眼钻去配，身价也抬上去了，也正好衬出红碧玺的光泽。"

她说的是红碧玺，焉知说的不是自己。男人知道，自己原本不是什么出类拔萃的男人，她为什么拣着了自己，不过是因为一点旧谊，勾起前情来，用衣衫用车，用居移体养移气镶嵌着他，才有了今日被称作程先生和程太太的机会——哦，是程先生去配程太太，总是高攀了些。男人想了想，再坐下去就无趣得很，今夜势必是不能留下了。

不知怎么地，男人心里对小姨太是有些怕的。虽然他们在一起几年了，感情也算稳固，小姨太是深居简出的人，只对衣食住行考究，对自己的珠宝考究，旁的应酬交际全无兴趣，平日除了去拜佛买东西，偶然去浅水湾饮个下午茶，几乎不大出门。这是很对男人胃口的，太活络招展的女人，他是招架不住的。他的怕，恐怕是因为有些不稳当，旁的女人争到了外室的地位，就千方百计闹着哭着要做正房，逼着男人离婚。而小姨太，压根不走这些套路，总是自得其乐地活着。

以前，男人是从未做过离婚的打算的，恰好小姨太也从无这样的要求。她很守矩，只消可能有程太太郦芸出现的地方，她都尽量地退避三舍，从不叫他有为难的机会。那段时间，他简直是这个世界上最春风得意的男人，太太分明心中有数，但是吃人嘴软拿人手短，最好是不闻不问；情人呢又细心妥帖，高贵大方。许多人说有钱人小气，她是最不小气的一个人，所以两人过得很舒坦自然。

可渐渐地他察觉不对了，有时候为了礼数，一家人整整齐齐要和太太在一起出去外埠做客，小姨太也不甚想念他，甚至都不吃醋，连他去几天，去多少日子，都不过问的。

他再不懂女人，也知道这个样子是不对的。于是无论去哪里前，他都要仔仔细细地交代清楚，哪一日会在哪里，见什么人。到了当地，无论怎样偏远的地方，他都会想办法打电话给小姨太，又细细交代一遍行程。

小姨太总是笑吟吟地听着。他说，她就听，左右不多过问。

她当然知道他所说的那些地方和人里都有他太太的身影，可他特意地略去了不提，她也就装不知道。他说的次数多了，小姨太就笑："你有你的自由，不必事事说与我知道呀。我又不查你的岗，你是自由的。"

他心中有数，所谓自由，那是相对的。小姨太不过问他的行踪，相对地，他也就不能过问小姨太的行踪。这样一想，他心里总觉得是空落落的，有一处地方总是滑不溜秋难以把握似的。

他有一日，跟着亲戚去一处特产培育金鱼的地方观赏，那种金花色的鱼儿，养在透明水晶玻璃缸子里，尾巴像云霞一样四散摇逸，美不胜收。亲戚摇着扇子得意扬扬地说，这种金鱼特别难培育，百年前的品种，是要千里迢迢送去日本，给那时的幕府将军欣赏的。亲戚比了比手指，问他，你说运去日本多么难，就那么一两条，一路运过去，满城轰动的。

他有些心不在焉，不知怎的，他总觉得那金鱼像小姨太，美丽的，隔膜的，隔着水晶玻璃，有一棱棱五彩的倒影，水光是不真实的，那金鱼也是不真实的。他知道它游不出去，永生永世在那玻璃缸子里兀自美丽着，就像小姨太，她永远在那华丽的翡丽佩公寓里，静静地坐着，静静地做着自己的事。她走不出去，出去了也很快回来。那华丽的屋子里的宝石，那些美丽的衣裳，牵着她回来，走不远的。可是他总也握不住她。

他敷衍着亲戚，问起金鱼的品种来历，亲戚却也是语焉不详，只说珍贵，不是凡品，培育过程中又要保持鱼身上的花色均匀鲜艳，又要血统健康，不能动辄翻肚皮死了，得经得住一路颠簸风雨。总之是神秘。

他和小姨太的中间，也失去了十几年。那十几年里，她去了哪里，做了哪些事，怎样成了这样一个富有而沉静的美丽的女人。他似乎总记得，她随着家人搬离隔壁时的那个正午。是正午，他记得很清楚，阳光本该是暖洋洋的，可不是因为冬天，落在身上总显得白惨惨的。她还穿着春秋时节的蓝布衫子，薄薄的一件夹袄裹在身上。她长个子了，手脚杆子细细地露了两寸在衣裤外——分明是衣服短小了，还不够换。

少女总是在长个子，衣服赶不上了身量。因为冷，她缩着肩膀，手腕露着的地方和阳光一样是惨白的，她的面孔也白霜霜的，嘴唇紧紧抿着，没有血色。可她是好看的，侧过脸，守着半车行装，面颊上有细细的水蜜桃似的绒毛。

她是那样窘迫地，在贫穷的仓皇里离开的。他想清楚了，冬天里并没有夏日的水蜜桃。

再见时，已经是十几年后。

她成了彩色玻璃纸里裹着的糖，甜当然是甜，可是不打开细品到最后，不知道里头有没有夹着酒心或巧克力浆，到底是什么滋味，或许，也会夹杂着古怪的香草叶子的苦味。

可他看到了，就像小时候他在门背后，看到她和她父亲从黄包车上跳下来，手里拎着一大袋子糖果。他很想尝一尝，尝一尝。

他家中从没与他买过那样华丽的糖果，男孩子贪嘴，顶多是给一片云片糕，母亲还要叮嘱："吃糖烂牙齿的，我们不做那样的惯宝宝。"他含着云片糕，在嘴里麸麸的，没什么甜味，吞下去也干涩喉咙，他一口口吞着白水，越发冲淡了嘴里仅有的甜味。他其实心里很清楚，什么糖果烂牙齿，就是没余钱买罢了。

如今这时候重遇上，她这样的身份，原是和他没什么交集的。

那天，他是替上司的太太去一家洋货料子店取两匹订的料子，说是东洋来的，那种织花里编着金丝银线，做成仙鹤直上云间的花样，富贵又古典。

他摸了一两下，觉得不好，织金线的料子直棱棱地戳着皮肤。

可是那时他被太太催促着上进，不得不敷衍着做这些积极的小事。他心不在焉地看店员小心翼翼地取出那两匹料子包好，细细地和他说着价钱。

天晓得，这两匹料子要那么贵，顶得上他家三四个月的伙食费。他带的钱不够，有些窘迫地在身上摸索着所有现钱，却还是差了三分之一。他再四地保证眼下的三分之二是定钱，自己放工后会再送钱来补上，但现得赶时间先拿走布料了。

店员十分地紧张，大肆说着料子难得，必须得全款付清才能拿走，说着又悄悄地挪过了几寸，意思是不要他多碰了。这是看出了他自己买不起，存心鄙夷。他心里很不痛快，万分瞧不上店员的势利，十分气苦。

她是那时候从试衣间里走出来的，身上比着一块黑底暗金色的临水照花水仙料子，清凌凌地叫出了他的名字——程立雪。

店员立刻赔笑了，连赔笑都赶不上，因是老板娘亲自陪着的，可见是豪客。他迟疑地望过去，从店铺的镜子里，她越发显得远，和身上的料子花样融在了一起，是一把肥硕的水仙，在金光暗影里，姿态横逸。

他想了半天，隐约记得她的姓很特别，毋。他不知道她嫁人没有，只得吞吞吐吐地试探着叫了一句"毋小姐"。

她已经别过头对老板娘笑："程先生是我的老朋友，这点账先记在我那里，回头程先生补过来。"

老板娘便对店员翻白眼，很怪那人没眼色，又笑着说："小伙计不懂事，两匹料子也值得那样啰唆。和你身上这匹比，算得什么呢。没见过世面，上不得台盘，尽得罪人。"

男人不知怎么地生了勇气，脱口说："你穿这料子不好看。"

彼时这位毋小姐已经很喜欢这块暗金水仙料子了，看来老板娘也满意这笔大生意，听他突然这样说，是存心坏了生意了，当下脸色就有点变。

男人对着毋小姐的脸就有了滔滔的力气："你年轻，这料子都是泥金，好看是好看，就是太富贵了，你看着皮肤也娇嫩，不必穿这样沉甸甸的衣料。越是云霞一样轻薄的，越衬得出你好肤色。"

老板娘半是讥笑一般："这位程先生真会说话。"

毋小姐抱着手臂，那匹贵价的水仙花料子从她肩膀上滑下来，老板娘伸出双臂去接。她毫不爱惜似的，只是笑吟吟问："我穿什么好看？"

他望着满目绫罗彩绸，不知怎么心耳意神都贯注聪灵起来，指着一匹浅蓝纱绣竹叶的料子说："你十几岁时穿蓝色最好看，现在一定也是。"

她似笑非笑的："我早不是十几岁了。"

他用心想，始终想不起她几岁。当年两人的年龄恍惚差不多，现下呢，好像时光特别地爱惜她，她保持住了少女的体态和容颜，只是沉静蕴凉了不少。他情不自禁地说："再做一件丝绵袄子，宽大一点，袖子要长，出风毛领子，你要暖暖和和的。"

她最后一点笑意退却了，像夕阳落入了西山后。她的眼神此时此刻才真真对上他的眼神。

"你记得我搬家的时候？"

"记得。你别再冻着了。"

她气色沉定："我不会再冻着了。"

她说话间，手指缓缓划过，那水仙料子自然是要了，他说的也都要了。另多要了两件做好的成衣，都是天空般宁静的蓝色，是她少女时的颜色。

他们自此才又有了接触。他去还钱，她请他喝咖啡，一来二去，总能提起少年时代的往事，渐渐勾动了旧情。

可即便是如此，他还是没有把握。太太从人群里走上来，看着金鱼很稀奇，却又说："养着费粮食，煮了还不够塞牙缝，养它做什么。"

他很嫌弃太太这样说话，真是伧俗，让人不知该怎么接才好。可那又是实话，引起了好些个人点头称是。太太这个人，是只知鱼米价，不知落雁沉鱼，风花雪月的。就像桌子上一道做好的黄花鱼，是个肉味，能饱肚子，也知道就在自己的餐桌上盘子里归自己吃。可是吃着是什么味儿呢。

他看着水晶玻璃缸里的金鱼出神了。

后来渐渐熟络了，才知道小姨太那次是专为那匹水仙料子去的，讲定了的，就算他说了意见，也不会不买。不过想想，她若听了男人的话不要了那料子，以后好料子就难送到自己跟前了，顺着男人喜好的再买几匹，男人觉得她知心意，老板娘多些生意，更是何乐而不为。

到了有几次，小姨太不大肯出去了，都是老板娘亲自送料子上门，供她先挑选。

那时他们在一起不过七八个月，有一回小姨太对着满床堆花堆锦的料子，意兴阑珊的样子，他记得她做衣服，往往穿不了一两回就白搁在架子上，十分浪费，便劝说："何必买那么多料子，价钱又这样贵。"

她淡淡地笑："贵么？"

他伸手抚了把衣料，轻薄软绵，到手就溜溜地滑着，东西真是好东西。可就算是仙女，也不必日日穿这样的好东西。

他在床头的躺椅上坐下，拿出读报时的口吻说："现在外头米价油价都成什么样了。我们虽不必节省，但也无须这样花销。"

　　小姨太倚在床栏上，微微笑地瞧着他。

　　他见她笑意不褪，越发拿出一家之主的样子，温和地说："再说你柜子里，多少四季衣裳连穿都没穿过一次呢，怪可惜的。"

　　她的笑意淡下去了，成了雨季里的一片云翳："你翻过我的柜子了？"

　　这话里多少带了点质问的意味。自和他一起，她从来没这样肃然过。他立时有些局促了，躺椅太硬，硌得他浑身不舒服。他连忙说："没有。我怎会翻你的柜子，只是你有时开柜子找衣服，我不慎瞧见了。"

　　"哦——"她的余音长长的，听着刺人。

　　他说自己"不慎"，真是脸红，这本是自己的女人，自己女人的屋子，他有什么可不理直气壮的。可他偏偏就理直气壮不起来。

　　他讪讪地说："你说过，要留一个柜子给我放替换衣裳的，所以我留意着选一个卧室里的，不必进进出出拿。"

　　"你家里的衣裳不必拿来，若洗了再穿回去，我们两边用的洗衣皂不一样，闻得出气味不同，反而露马脚。就算你太太不戳穿，心里明白憋着不说也是难受的。"

　　他笑了笑："难为你这样肯为她考量。"

　　"你这个人我都沾了，还到台面上去戳你太太，我又何必。"她一时没察觉出他话里的酸意，只顾着说，"你平时自穿那边的上班，到了这里，我置下新衣裳给你。"

　　男人"哦"一声，有些丧气："我那边的家常衣服，是过于粗陋了，不适宜穿来这样华苑兰庭似的高级公寓里，只怕碰着了你的手背，还擦破你娇嫩的皮肤。"

　　话说得这样露，她再怎么愚钝，也听出他这话是置气。她敛了笑，只是说："我是为你周全，你若不在意家中知道，就当久别重逢，我是很愿意和你一起上门拜访一下你家里人的，顺便也去你办公室坐坐，和你的上司太太们聊聊天。"

他哪里敢，心虚得很，只好说："我是与你说笑哪。"

她也笑了，那笑影儿里的意思很分明：她并未花着男人一分钱，都是用自己的；连着他那份穿戴，都是她自己的。这就是好处，有什么话尽管说，不必委屈自己做出忍辱负重的贤良样子。

这算是闹了第一次不愉快，之后小姨太就去了法兰西，事先也没跟他说，是他上门去时不见人影，娘姨才告诉他的。

娘姨见他人都待了半天，喃喃地重复着："她怎么不告诉我一声，不告诉我一声呢？"

娘姨也很诧异："小姐在这里很少亲戚故友，她自己也是每次性子一来，拎着包出门旅行，没个十天半个月不回来。"

果然到了第二天，大概飞机到了巴黎，她也睡醒倒好了时差，才从酒店房间打个电话到他办公室，告诉他要出去半个月，旅游散心。

还肯告诉自己行踪，那应该没有要分开的意思，男人有公职，不好离开，眼巴巴看着她去了自由天地，回来带着一箱一箱的油画和皮草，那是什么价钿，男人再也不敢多置喙她的事了。若她不在，除非那些共用的箱笼抽屉柜子，其他的他根本看也不敢多看一眼。生怕这房间里长了眼睛，那些衣衫罗裙会说话，咿咿地背着他向她告密。再之后，小姨太当着他的面戴出来的珠宝就贵重多了，大颗的蓝宝石、红宝石、金刚钻、粉红钻、莲花刚玉、翡翠珍珠，看得他心惊肉跳。每一颗他都买不起，每一颗都是她自己的。他能管束她什么？纵然是她天天老老实实坐在屋子里，那也是她的屋子。他知道她起码有三个大保险箱，可是男人根本管不得她。

那就难受了。向例男人可以不爱一个女人，但不能管束不了一个女人。如果爱她又管束不得她，那就更难受了。

程先生就是这样地难受着，坠在云头，不上不下的。

有时候也想狠狠心，撇开了小姨太不要了。这世界上什么女人没有，总能找到一个有趣的听话的。可是他寻由头离开了小姨太几日，就不免会想，办公室窗台上的盆景是她；家里厨房的油瓶罐子是她，餐桌上的吊灯明晃晃的也是她；连送孩子上学时，学校门口那些蓝布衫子白袜子的女学生也是她，挤挤挨挨的，一个笑脸贴着一个笑脸，身后有白翅膀的鸽子扑棱棱飞，像是扑在他的心头上。

他不能不想起小姨太。那个孩提时的，抓着一大袋糖果一颗颗储进玻璃瓶里的嘴角含笑的女童；少女时的，微微窘迫的，有着水蜜桃绒毛一样的脸孔的小姑娘；如今这样微笑的，静静的，双眸沉沉似水却望也望不透的蜜桃核一样的妇人。

他觉得揪心。他也隐隐约约去探听过那中间消逝的十几年，她到底经历了什么。反正她是绝口不提的。可她的财富、她的阅历、她的沉静，分明是从那些年里来的。那是一个黑洞，一头站着从前的她，一头站着如今的她。黑洞里旋着云涡，星子色彩怪异斑斓，总不会是什么好经历，转啊转，玻璃瓶里便储满了水晶般的糖果粒。

可是他没办法，几日不去，他便想得她紧，她那里的茶叶都格外香。说不出名字，只知是从一株长了四百年的树上摘下来的，吓煞人香，追魂夺命的香。可无论他怎么狠狠心，强迫着自己不去翡丽佩公寓，她总沉得住气不找他。

那他更没办法了。他对着太太开始没话找话："这个季节大学里的影树都开了红花，盛得很，美术馆又引了几幅名画来展览，很可以去看一看。"

太太蹲在门口杀鱼，两手抓起鱼，啪一下狠狠摔落去，鱼就翻着白眼张着嘴死了，身上和嘴角还沁出血。太太的毛线背心上沾了鱼鳞，她嫌弃地用手臂挡了挡鼻子，嘴上说："那个大学刚闹了食物中毒，一堆人在医院呢，又吐又拉的。还是家里吃饭好，安生，不闹胃。"

他不知道该怎么接口了，他和太太说的全不是一回事。可太太仿佛是意有所指的，他也只好装听不懂。

隔不上半个月，他还是告诉了小姨太大学里画展的事。小姨太根本不问这半个月他不来是什么事，不哭不闹也不急，总是安之若素的样子。再见到她时，是在大学美术馆的门口，南国的树叶特别地深绿汪翠，开的花颜色也热烈。甚少如日本春寒时淡淡的樱花的粉色，都是苍红浓酽。小姨太穿着一件蓝色的洋装，盈盈然站在影树下，淡如云岚。

他蓦地心软了，不自觉地向她奔去，替她接过手里搭配颜色的米白色线衫，挽了一个珠光白皮的包。

她陪着他看了一下午的画。她很少说话，偶尔评点几句，都很在点子上，可见这些年，她在书画上的造诣也不浅。

"你是哪里学来这些的？"他好奇。

"无所事事，看书看报看画集看展览，总会懂得一些。"

他微微打量她，看着她耳垂上一对拇指大的珍珠耳环，耳针上镶了足粒的钻石，迟疑着说："你哪来这么多……当年你家搬家，分明是困窘……"

"你当我误入山中，遇得仙人，收获聚宝盆。"她淡淡地笑着，不怕戳穿，"你若要打听我的私生活，大可去找小报记者，看他们认不认识我这个人？有没有料给你？你若怀疑我金钱的来处，也可以报警。这么多年警察不查我，说明我的钱正大光明，更不是什么给人包养、出卖皮肉的辛苦钱。"

他被她说得脸都红了，简直无地自容。这些念头他都转过，只是不敢深想，只是忌惮。一旦被她知晓背后这样查她，那就是连面皮都撕破了，还怎么走下去。他怔怔地望着她，知道她是妥协了，她才会穿着和当年的蓝布衫子相近的衣裙来见面。

他说："我永远记得你搬家那一天，身上的蓝布衫子。"

她叹了口气："我原也不必和你解释那么多，只是这么多年，谢谢你记挂我。我若不说，你难免胡乱猜疑。若多说，这些年里谁无些秘密呢，就算有旧情，也不能把每一天每一分钱都掰开和你说吧。"

他连忙挥手："不是不是，我不是这个意思。我只是记挂当年你走得急，家中又窘迫，总是担心你。"

她微微地笑着，仿佛是不相信的，可也不驳回去。

真是的。男人自悔话多了。去哪里找一个可以和他一起看画展的人呢？总不能一生一世对着一个闷闷的太太，牛头不对马嘴地过日子，那简直憋闷死个人。还好他在被闷死于婚姻里的前一刻，遇见了她。

那一回生疏之后，他探到了她隐约的底线，于是相安无事地过了好些年头。彼此嘘寒问暖，他更是放下一颗心对着她悉心周到，奉献他对着太太无可奉献的爱。可小姨太对他依旧是不甚上心的态度，他就一步接一步地更紧张起来。如果失去小姨太，那就意味着现在拥有的一切都是不稳固的，最好的办法还是娶了小姨太，拿捏紧了这个女人。何况躺在两边床上的时候，难免有个比较，无论怎么样，太太是输给小姨太多了。

或许，真该有个选择了。总归，两个女人若走在一起，小姨太才是走得出门面的端庄大方的太太样子的。

过了两天，等小姨太稍稍消气了，男人才买了时鲜水果上来，尽都是小姨太喜欢的。娘姨去清洗完水果，就到了下班的时间走了。小姨太这里平日里有娘姨打扫做事，但她不喜欢生人睡在家里，娘姨住家也不喜欢，所以每天九点到五点走，夜来小姨太就得个清静省心。

男人呢，偶尔是留在这里过夜的，今天他铁了心不能回去，要哄小姨太开心。

小姨太的男人很会做饭，主要是他耐心，什么都肯学，也肯练。每天准时下了班就在这里待着，日子久了，一般家常菜都会得。小姨太爱吃川菜就可以做川菜，爱吃粤菜就可以做一桌粤菜，就算是东北菜、江浙菜，他都能来一点拿手的，从不在嘴上亏待小姨太。是谁说的，要抓住男人的心，就要抓住男人的胃。事情掉过头来，也是一样的。

小姨太很喜欢男人做的饭菜，有时候做了一大桌子菜两个人吃不完，小姨太就说：“没动过的，你都带回去。”

今天的菜过于丰盛，她也是这样说。吃完，她就进了书房，这个时候，男人是不能打扰她的，万万不能进去书房，那是禁地，娘姨也不敢打扫，都是小姨太自己料理的。男人就在厨房洗碗、炖甜汤，在客厅抹桌子，到楼下花店买鲜花来插瓶。

等时候差不多了，小姨太从书房出来就上楼洗澡，这个时候男人端甜汤上去，小姨太要是不拒绝，就是可以留下来的意思了。

果然小姨太觉着冷了他两天，旧情也是要顾一顾的，男人偷偷吃了两颗药，正焦躁不安，胸口似火烧一般，缠住了小姨太就不放了。

这一番亲热，和结婚头夜一样，劲儿使大了，两人就醒得晚。小姨太正要穿衣服，男人说：“今天星期六，多睡一会儿。”

小姨太想想也确实无事，便又躺下来，男人伸出手臂揽住她：

“我多想夜夜都这样，揽着你睡。”

小姨太不以为意：“说这没用的话，那边家里你就不顾了么。这么些年，你在我这里过夜，就和那边说是单位值班，你以为那边不知道？揣着明白装糊涂罢了。”

他慢慢地一个字一个字吐出来，仿佛是要试探她的态度，又十足地于心不忍：“你要可怜他们母子，离了婚娶了你，我也会照顾他们，无非赡养费多给一点。终归我是已经对不起他们了，可是我不能再对不起你，拖着你的青春下去，不给你一个堂堂正正程太太的名分。”

小姨太宛转睇了他一眼，微微地笑着说：“瞧你慷慨激昂的满腔热情。我们之间，不好说这样的话的。”

她笑得很甜，口气也婉转，可是男人听出来了，那话梢里是带着冷意的，像冬天北方檐下垂着的冰坠子。这么多年男人执拗地求婚了，表示要离婚娶她，小姨太都不允许。

一开始，男人以为小姨太是拿乔，后来渐渐发觉，她是真的不肯。

为什么不肯呢？男人不明白，女人要的不就是个名分么？小姨太不年轻了，二十几岁的时候还可以说是骑驴看马，一山望着一山高，可如今三十五了，还拿什么乔呢。而且他也留心过，自己来得那么密，小姨太肯定是没有别的男人了。要不就是看他有没有诚意，肯不肯先离婚。

可那又不保准，如果自己先离婚了，小姨太还是不肯，那自己不是亏到家了。这蚀本买卖做不得，务必小姨太得先答应了，他才好行离婚之事。

男人连忙说：“好了好了，我们只要开开心心在一起就好了。”

男人起来煲粥。他的手艺比娘姨好太多，又特别愿意对着小姨太倾诉。

男人的话是多的，说起来总有无尽的事、无尽的道理。这算是缺点，也是优点。这么大的屋子里，娘姨总是无声无息的，不敢惊动她。男人一说话就有回声，很热闹的。

她很多年没遇到这种热闹了。有几年住在杂间里，一层层纸张糊的墙壁，隔壁咳嗽一声听得清清楚楚，穿衣说话都是窸窣可闻，白天黑夜没个安静，人声不断的。

现在有人愿意滔滔不绝地说话，倒成了一种难能可贵。

男人爱说话，脾气很耐，不一定要她应和，她偶尔"嗯"一句，他又能絮絮地说上半个钟头。

是她自己性子不耐烦，一时爱热闹一时怕烦吵。男人来呢，她听久了头昏；不来呢，又太安静地怕人。少不得，她还是会打个电话过去，无论是到家里还是办公室，响三声，那边不接，就晓得了是她，立刻拍马赶来。

男人从不叫她落空，真是难得。

又这样安静了两个礼拜，男人买好车了。

男人很实惠的，很快买好了一辆日本车，又实用又省油。听说是银灰色，一点也不招摇。男人很懂门路地说："她不懂，说白色最好看，殊不知白色最容易脏，黑色呢看着低调，其实下雨沾灰，痕迹最明显。就这两个颜色，每周送两次车房去洗都不够，还是银灰色耐脏，两个礼拜不洗都看不出。洗车也是一笔费用。"

小姨太根本没用心听，她在看新出的一本小说，翻了几页就对着落地玻璃窗发呆。

男人走过来说："你倒是喜欢看这个作家的书，一书架都是。我还以为他去世了就没作品了，没想到两三年家里人就放出一部遗作出来，部部卖得好。"

小姨太回过神笑了笑："你整天坐办公室里，也看这些书？"

"我是不看，可隔壁办公室的女同事看得如痴如醉。孩子回来也说，班里女同学都争着买回来看。"

"那就好。"小姨太温婉地笑。

"好什么？"男人问。

"没什么，写出来的书有人看当然好，否则浪费了纸。"小姨太淡淡地说。

男人走过来，握住她的肩："早知道你那么爱看小说，当年我就去写小说，写到现在也该有好多本了，你喜欢看我写的小说，就越发爱我了。"

"胡说了！"小姨太嘴角噙了一抹笑，"世上哪有这样的好事。写作这个事，真是老天爷赏饭吃，写得出来的时候呢恨不得不吃饭不睡觉天天写，等写不出来了，就是熬干心血日夜不睡也写不出来，成了江郎才尽。而且写东西没日没夜的，那是拿命换钱，又有什么好。"

男人取笑说："你看你说的，好像当过作家似的，知道内情。"

小姨太掩饰地盖上书，绾了绾鬓角的鬈发："我只是说个放之四海皆准的道理罢了，什么事都是外人看着简单，自己才知道里头的冷暖艰难。你不也常说人家羡慕你坐办公室不知多舒服，不用淋雨晒太阳，一直有空调吹，你却告诉我里头人事关系多复杂，上级下级一个都难得罪，夹心似的做人。"

男人感动得很："究竟是你最懂我，我和她说那些，她完全听不懂，只怪我要抱怨，却赚不来多一点薪水。"

小姨太笑了笑："别尽在我面前抱怨那边不好，说不定哪天掉转头来，和她议论我的不好呢。"

男人绵绵地说："怎么会？你怎样也是好的。等我开车技术好了，我带你兜风去好不好？"

她一贯地避嫌，敬而远之的态度："我再说一次，不必了，这部车说好是给你家里用的，我就不沾了。"

男人怔了怔，知道她要楚河汉界划分得清楚，酸酸地笑道："你好车子开惯了，坐车反而不习惯。"

小姨太最厌烦男人酸里酸气，前面勉强听着，末了听他又发酸，心里一阵发烦，终于耐不住问了出来："最近她身体不大好么？需要看医生。"

男人脸色登时变了，嗫嚅了半天，才惴惴地说："你知道了？我陪她去看了医生，你是不是不高兴了？"

小姨太正在摘耳垂上戴的一对海蓝宝的耳环，清水琉璃一样的透，阳光下海水那种蓝，衬得脸色也亮光光的。她头也不回地说："身体不好就该去看医生。她是你太太，你陪她也是天经地义，我做什么要不高兴？"

男人仔仔细细觑着她的神色，生怕她露出一丝不悦来："是我不好，经不得她再四说身子难受，就陪着她去了。"

小姨太很平静地转过脸："我说了，你尽丈夫的责任是应该的，天经地义。我要连她有病也不许你陪，我成什么人了。"

"是，是。我知道你从来不和她争，她也不配你去和她争，是你宽宏忍让。"男人放软了身段，说尽了好话。

这样的场合不够愉快，小姨太就不大喜欢那对清澈明蓝的海蓝宝耳环，又换了一对深蓝宝石的比了比。到底深蓝压得住颜色，郁郁的，人的气势也跟着凛冽了不少。

小姨太从镜子里看着他："城里哪处没有好医生，为什么我看的就一定是好的。你实在也该避讳些，若真不方便，尽管和我说，我另荐一个好的医生上门问诊也行。为什么要去我常去看的那家诊所?"她颇懊悔："也是我不好，有次要你替我去拿药，你就被人记住了。这样的事，下次我断不该叫你去了。"

男人不知怎的，愈加心慌了。小姨太要他做的事越少，那便是越不需要他。

陪太太去看医生的时候他就心慌，生怕被人看见了让小姨太知道，如今果然是知道了。可是太太闹身上不舒服的时候，嫌弃他们那片的医生不好的时候，他又忍不住不炫耀，他有那样的人脉，认识那样的好医生，定要带她上诊所去看看，叫太太知道好诊所好医生是怎样的。环境清幽，护士温声细语，医生也专业。太太越发地服气他了。这样的好处，叫他怎么忍得住藏起来。看眼下这个情形，小姨太定是早知道了，还一直隐忍不发，是看他要不要自己先说。他一直没提，小姨太也不提，多半是在考验他老不老实，显然地，他考验没过关，落了个小姨太眼里不老实的人。

"是我疏忽了，她说身上难受，我们那片区，向来没什么好医生，我也是被她说得急了，想着你看过这家医生，一直说不错，那一定是不错的。我才让司机把车开到了那边。"他直捶脑袋，"我真是疏忽了。"他急切地怪自己，希望能挽回一点在她心里的分数。

小姨太还是面色不变的样子："这些年来，我和那边向来井水不犯河水，如今大家看同一个医生，以后撞上了怎么办？总归不大好。"

"那怎么办？她已经看了一回，回来直说好，药吃着也有效，现在要她换医生，不是耽误了病情嘛。不过……"他沉吟，"总不好叫你难做，我回去跟她说吧，定能说服她的。"

"哎！这就是要我做恶人了，好像我存心要耽误她的病。"小姨太摆了摆手，"不必了。我早说过大家不要有交集的好，各有各的生活圈子，两不相犯。你这回破例了，这个医生我便不看了。我另换好了。"

男人知道是真犯了小姨太的忌讳了，急得喉咙里发干："我……你何必如此，有一个常用的好医生不容易。她能看得起几回这样的医生，这次好了也不会再来了。你真不用换。"

"医生是铁定要换的。你最好记清楚了我的规矩。"小姨太抿紧了嘴不说话了。

过了两天小姨太照样去海味铺，老板娘的笑就多了几分意味深长："先生这个人看着蛮老实的哦。"

她故意地不提姓，但是小姨太是懂得的，事情是传开去了。

这个地方就是这样地小，人就是这样地爱打听别人的秘密，看人的笑话，好来熬自己无聊的日子。

小姨太微微笑："真是的呢，您天上海里都见过，您说老实那就是真老实。"

"那么……是他前头的那个？是离了婚的吧？知道了你们，特意赶来看看？"

小姨太笑而不答，特意多要了两斤燕窝。老板娘知趣地不问了："您看您，懂得吃，懂得保养，前头的人怎么和你比。"

怎么？以为那头是秦香莲了，自己倒成了公主，男人是陈世美？那便好笑了，陈世美长得俊美，还是个状元呢。

男人呢？男人最便宜的就是一副老实面孔。

太太回到家，也是整夜整夜地辗转反侧。男人回家了，神气不是很好。太太心里有数，多半是那边又因为什么事不高兴了。

虽然太太也有心，一直想去看看外面那个的真人是什么模样。可是这念头太强了，她又不愿意去看了。有什么意思？不过是一只狐狸精。

太太心里想过千遍万遍了，男人嘛，最喜欢风骚不过的女人，要不就是为了钱，那是什么老女人呀，珠光宝气的有钱老女人。

可等真见着了，却和心里描摹了千万遍的样子不一样——那女人珠光宝气，却是长了一张清水面孔，看着是个正房太太的样子，还是哪家显贵门第里出来的，颇有架势。和她一比，自己身上那种天然自带的太太劲儿就少了那么一角。

少了就少了吧。反正她已经做了那么多年人家的太太了。

最近她冷眼瞧着，男人在那边受了不少蹉磨，也真够他难受的。也是丢人，那么多年了，也降伏不了一个年岁日渐增长的女人，

太太心里嗤了一声，偷偷拿眼看着窗台书桌边心事重重的男人。自家的男人，总是看不出什么优点的。

太太嫁人前也是少女，少女对未来的丈夫心里总有杆秤——门当户对的基础上，比自家高一阶最好，这样才不算低嫁。自己娘家不算有钱，找的男人也只能经济好一阶。太有钱了一定不老实，太没钱了要娘家贴补也不行。挑来挑去挑中了男人，第一印象是老实，第二印象是脾气好，样子也端正，家境互相差不多，谁也别嫌弃谁。男人胜在工作稳定，稳定就不会失业，不会没饭吃。唯一美中不足的是，男人不够高。她心里想，男人什么也可以差点，但条杆儿必须好。男人只比她高半头，那总不够，男人是要叫女人仰望的，起码得高一个半头。太太因为自己不够高，心里对丈夫总也存了点幻想。后来想想也算了，不高有不高的好处，夫妻打起架来，不至于叫他老鹰捉小鸡一样追着打。再不然真要一巴掌打过去，那是正正好打在脸上的，不是挥在了胸口，十分不能出气。

但真结了婚，太太就知道了，要打巴掌是不可能的。她不是那种脾气，男人也不是那种脾气。他们是一对温暾暾的夫妻，锅里烧不热的水。

那么这样的男人，外头的女人看中了他什么呢？难不成轧姘头也要寻模样老实的？床上功夫也不要太好的？否则累着人，色上头的事是刮骨刀销魂毒？太太想不出来，反正起先看男人的不顺眼处，如今是顺眼了——因为有另一个女人也看出了他的好，他定有自己特别的好，她半世眼拙没看出来，须得再看看，不能就这样囫囵个归了旁人。

太太最近越发地百思不得其解，不管他走到哪里，目光总是逡巡在他身上。真的，一开始知道的时候当然气恨过，但自己占据着正室太太的名位，只要对方不逼宫，就是什么也不用做，无须自乱阵脚。这些年她也见得多了，多少正室打上去砸房子骂人羞辱。真是，打上门去才叫蠢，也让人看笑话呢。再说了，她住哪里自己也不知道，手无寸铁的凭什么打上门去？若叫上娘家兄弟，那更是威风没逞足，脸都丢回娘家了。她沉得住气，情愿不吭声。什么天崩地裂的感情，过上几年也就倦了，她不怕。她只守紧了钱袋子，怎么也不放松。特特问了叫他无钱开房，连喝咖啡的钱也没有。可是冷眼看下来，这几年他和外头那位倒好得很，半点要散的意思也没有。最主要家计也跟着好起来，她越发不能吭声了——世道艰难，断不能少了这笔进项。

男人也察觉太太总在看她，不觉瞪了眼太太，口气却温和得很："老看着我做什么？"

"不出去？"太太没话找话。

男人摊开报纸笑了："出去嘛嫌我要出去，在家嘛又嫌我在家。"

"我几时嫌过你出去？我几时说过什么？"太太心里不痛快，有些赤眉白眼了。

"不和你废话，中午吃什么？"

"蛋饺，你喜欢吃的蛋饺。"太太提着脚出去了，"这些钟点工，一刻不看牢就要偷懒，我去看着点，别把蛋饺煎煳了。"

男人笑了笑，这就是没请惯娘姨的小家子气。小姨太从来不看着娘姨做事，总是各归各，娘姨做完回家，若是做得不好，立刻打发走，尽管再换，也不是什么难事。

小姨太有小姨太的爽利处。可是这回，男人心里有点没底。小姨太的脾气日渐大了，不似从前温柔。不过小时候，十几岁的时候，小姨太还是个小姑娘，扎着两条辫子坐在窗台边，夕阳落下来，真是温柔相。谁知道那温柔相底下是刚硬脾气来着。不过呢，男人又松了口气。年纪大有年纪大的好处，小姨太年岁越大，越不大会换人了，这样将就下去，怎样她应该也是离不开他的了。

男人稳笃笃地笑了，想，只要锲而不舍地求婚下去，没有不成的。

这日是星期六，男人不用上班，照例陪着小姨太去看电影，出来喝咖啡。天气暖融融的。这种地方，虽说到了秋天，太阳还跟夏天一样热。到了过了北回归线，四季的界限是不分明了。夏天是热，春秋是腻答答，冬天是潮温。一年里，皮草只是点缀，用不上两天的。

小姨太和他走路过去，顺便看看街边橱窗里的新摆设。模特细瘦高长，衣服怎样穿在身上都跟戳着似的。不像小姨太穿着，有个温糯糯的好肉身，衣服也有了温活跳脱的气息。

街上走过几个白种的洋男人，看着像最北方那边的人，身条又高又长，浑身的肌肉，肩膀又宽，偏腰又那么细。那张脸孔，特别特别像白色的雕塑，细摸着有石灰粉的粗糙。他们调笑着，忽然静静望住了小姨太，眼珠子含了水一般上上下下瞭着，这是要做生意的打算了。

近两年女人们也流行起来玩这个了，但凡丈夫常年在外不回家的，手里又有几个闲钱，不想长期包着男朋友的，就玩几次大白脸，开开洋荤。男人的新上司，听闻太太就好这口，把他气个半死，又不好拿到台面上来说，日日拿下属出气。

男人警觉了，抢上前来拉住了小姨太的手，挽在自己胳肢窝里，牢牢地捏住。

小姨太觉得好笑，她原也不好这个，哪怕是没有男人的时候，宁可没有。她不沾这种东西。可是男人满眼的鄙夷怪好笑的，他还昂着头，昂着头也只到人家胸口那么高。他昂首阔步，小姨太柳腰轻移，两人亦步亦趋着走开了。

走了好远，男人还不肯放手，啐了一口："好好的七尺男儿，什么不好做，来做这个。"

小姨太看他义正词严，有些好笑地想，男人和那些洋男人有什么两样，无非一个是阶段性地被买下了；一个还在不断零卖。

说起实话来，有些人能卖，是仗着年轻身段好，热门抢手；有些人呢，不过是因为旧情，因为温存妥帖，硬生生把情人做成了丈夫的样子。

小姨太似笑非笑的样子是很好看的，她人长得冷，甜笑虽能中和一下，但这样微微的笑意，最像冰淇淋蛋糕，不甜腻，清凉凉的那种。

可是男人不大喜欢，他觉得她这个样子，最像一碗龟苓膏，又冰又黑沉沉，喝到嘴里一股苦药味，再大的心火也被软软的几口浇灭了。

他心里泛出苦意来，一直忍到了回到房子里，才说："你这么笑，是不是觉得他们是要给钱的，我也是要给钱的？我和他们并没有两样。"

248

小姨太微微地打量他几眼，没想到他还是有自知之明的。

"你这样每个月给我打一笔款子，跟月薪出粮一样，比月薪还准时，从来不差一点时间。"

"你总不能白白照顾我，这样跑来跑去，花的力气时间都不能是白费的。而且你照顾了我这里，就顾不上自己家里，对那边而言总是有损失，我是当补偿他们。"她顿一顿，"如果你觉得这样按月给不好，那就每年年尾我注一笔款子给你，足够一年的家用，若有别的开支，就另说。"

"我知道你是为我。"男人的胸脯起伏着，"我是跟你讲心，你不要总跟我讲金。这样拿着你的钱照顾你，我总觉得我是个外人。让我一生一世照顾你好不好？"

小姨太微笑着，那笑意是三月的桃花开："你愿意一生一世照顾我，那好的呀。我倒也接受这种稳定的。"

男人的头摇得跟拨浪鼓一样："有一回我和你出去，人家叫我程先生，称呼你程太太，你不知我心里多么高兴。我和你就像夫妻一样，我照顾你，你陪着我，多好。不如，我们就是夫妻了，我名正言顺和你在一起，好不好？"

小姨太听明白了，这人总是纠结结婚这件事，自己嘛又不先处置好自己的婚姻，搭前不搭后地不着调。小姨太面不改色："不好。我没想到要嫁人。我说过的。"

他蹲下身，靠在她身边，满怀诚挚："你是说过，但人的心思会变，说过的话也会变。你已经三十多岁了，我不知道小时候你搬家后经历了什么，但是现在我们重新遇上了，又相处得这么好，我们结婚好不好？一个女人，总是要有丈夫的呀。"

小姨太觉得匪夷所思："你觉得女人一定要有一个丈夫？你太太也这么觉得，我不觉得，所以你们俩十分合适，而我不是。"

这话勾起了男人的气性："那你这么个人儿，难道就这样一直做我的外室，像个姨太太一样？我从大学毕业就坐办公室，虽然不是粮草丰足，可养家还是勉强可以的。我们俩不结婚，于你，太委屈了；于我，太心疼了。"

"我是你的姨太太么？"她嘴角的似笑非笑愈加浓了，眼角也含着薄薄的春意。可那春意不是三春暖阳，是料峭春寒，足以冻得人眼睛发疼的。"还是，我是你的外室？"

他不敢答了，他夸下的海口，养家勉强可以，结果大学毕业就坐办公室，十几年来还是坐办公室，只升了半级，其他同年进来的，但凡有点门路关系的，早高升了。他没有门路，只是苦熬，这么多年依旧住在父亲母亲留下来的房子里，虽然宽敞，但到底是老屋了。那时节他还看似有光明的前途，娶了一个也在做事的太太，虽然不那么美，但朴素，能吃苦，再后来生下了孩子，太太生孩子的时候很受了点罪，为了到底是坚持要顺还是剖的问题，最后动用了产钳，孩子吃苦，太太的身子也不那么好了，就以这个为理由，从此在家照顾孩子，再不去上班了。添丁进口，少了一半收入，仅靠他的薪粮就紧巴了。儿子渐渐大了，一家人挤在一起住也不方便。

幸好遇到了她，勾起了年少时邻里邻居的乡情，便走到了一起。要说起来，他是以为自己一辈子都不会有其他女人的，一无高职，二无丰薪，一辈子都只能信奉一夫一妻制，以此自傲是新派人。可居然好运气砸中了他，叫他有了一个带得出去又不爱生事的女人，甚至愿意贴补他。她不嫌他有家庭，也愿意缓解他的困难。他也俭省，慢慢地搬了一所像样子的房子，夫妻孩子三人住，父母仍住老屋。太太念叨了多少年要儿子读贵族学校的心愿也成了，不知道多么高兴。

现下为了方便照顾家里，钟点工是能做饭的，当着厨子使，虽然不似专门的厨子手艺那么高明，也还能入口。出有司机和车，入有鲍参翅肚滋补身体的东西，只要她吃，就没断过他那边，他一家子上下这辈子都没这么享受过。

人家是花钱养姨太太养外室，都是要给置房子买车子买珠宝，真金白银地掏出钱来的。他也自信地傲气满满过，谁叫她爱他离不开他呢。如今几回求婚被拒，竟是慢慢回过味儿来，这一段缘分是倒转过来的，分明是她养姨丈夫、养外室。

他瞬间没了底气，神色凄惶，红了眼睛："你是知道我没钱，养不起你，要你过辛苦日子。我知道的，你这样的花销，你戴的耳环，就是我十年的薪水，我怎么养得起你。说到底，是我没用。"

"你看，说说就要伤心了，要说到钱上头去，多么俗气。"她站起身，有逐客的意思，"我跟你在一起，原不是为你的钱，也无须你养，不过是大家都流落到这里碰上了，念一份旧情。你伤心糊涂了，自怨自艾起来，还是在家多待待，多查问孩子功课的好，无须在我这里触景伤情。"

男人的情绪立刻紧张起来："你这是不让我来了？"

她露出疲倦之色："来了也是说糊涂话，还要我费唇舌解释，我觉着累。你让我也好好歇歇，过段日子再说。"

男人又悔又急，又不敢出什么声响要她更加不愉快，只得拿上外套走了。

关门的声音"咯噔"一下，楼梯上有轻轻的脚步声响。小姨太别过头去，才看见是姨妈来了。

她叫了一声"姨妈"，说："怎么来了也不出声，尽躲在上头。"

姨妈叹了口气："以为你一个人回来的，谁想到程先生跟着，你们说话闹不愉快，我怎么走下来，彼此尴尬。"

小姨太想起来，昨日姨妈是挂过电话来，说做了点茶果送来给她吃的。她想着姨妈有钥匙，自己来就行了。没想到竟是早来了，听到了她和男人的一番说话。

姨妈手脚已经有些慢了，和儿女住在一起，并没有很享福。就算是小姨太给了她请娘娘帮忙的钱，姨妈总舍不得，留着贴补儿女，宁可自己辛苦。小姨太是不喜欢那些表兄妹上门来的。来过一趟就有第二趟，拖儿带女的，她清静惯了，应酬不来。

姨妈是唯一还上门的亲戚。姨妈慢慢地打开红包纸，一样样拿出茶果来给她吃："这个是豆沙花生馅的，豆沙磨得很细很细，一点红豆皮都不掺的，你小时候啊最喜欢吃豆沙的；另一个是马蹄馅儿的，素的。你要祭拜用也用得着，拜完了自己吃也清爽。就是皮子是糯米做的，你肠胃弱，别贪吃了不消化。"

小姨太再三谢了说："做这个多少费事，买买也就算了。您又起早贪黑自己做。"

姨妈又叹了口气。她年纪大了，生活不顺意，老受儿子媳妇的气，就养成了动不动就叹气的习惯。"我做这个你还爱吃，肯谢我一声，我做给儿子媳妇吃，还要被他们嫌弃数落。你就当我做给你吃，是替你妈疼你。"

"姨妈已经很疼我了。那时候那么艰难，我没钱读书，您还给过我一学期的书本费，为了这个，还被姨父骂你贴娘家的无底洞，打了一顿。姨妈对我的好，我都记得。"

"姨妈没用，一辈子做人家太太，洗洗涮涮，自己不挣钱抬不起头来，老了连儿女都看不起自己。"姨妈说着又伤心了。

"好了。莫说伤心话。"她开门见山，"姨妈，你上来一趟不方便，有什么不妨直说。"

屋子里真静，又静又空旷。姨妈年纪大了，说话嗡嗡地有回声。开口求人难，说出来了也就顺口了：无非是媳妇又要生了，缺營養費，最好再請個娘姨伺候月子照顧孩子；兒子呢工作不挣錢，總要貼補一些，否則整日和媳婦為錢拌嘴，日子也過不好；大女兒呢要再嫁，沒有一點陪嫁跟著，再嫁的女人去了婆家更抬不起頭來。

小姨太聽明白了，她叫姨媽等一等，先取了一筆現金交給姨媽，叮囑她不要一下子拿出來，慢慢地給，細水長流地貼補在家用上，別讓他們一口氣花完了。又取了些沒鑲嵌寶石的金器出來，都是些龍鳳金鐲、龍鳳鏈子和金豬掛墜，還有些小孩兒的長命金鎖。

姨媽邊看邊嘖嘖："這還是十年前手工的東西，到底比機工的好。沉甸甸的，金子分量也足。"

小姨太笑著，愛惜地摸了摸："以前也以為自己要嫁人的，攢下了好多要當嫁妝，不過現在看來是用不著了。恭喜表妹再婚吧。"

"我女兒這樣的，離了婚都再嫁了。你要結婚有什麼難的？"姨媽朝著門口努了努嘴，"程先生一心一意和你求婚，只要你肯答應……"

"姨媽。"她打斷了話頭。

姨媽知道她自小有主意，勸也沒用，但還是不死心："你和程先生是打小認識的，算是青梅竹馬。他呢人不錯，工作也穩定，他肯給你名分，你為什麼不要呢？女人將來死了，總不能一個人孤零零的，連個做伴的墳墓都沒有。"

小姨太對著自己家人才說掏心窩子話："姨媽，他的工作是穩定，但收入是有數的，常年撐起怎樣一個家庭來，你也猜得到。我不笨的，程先生離了婚和我結婚，成了我名正言順的丈夫，就可以佔我一半家產。要為離這個婚，要為他太太同意，大筆的離婚款子是要賠的，沒有兩三百萬不夠數，再有每個月贍養費，一定也不會低——畢竟兒子一定是跟著那邊，他不會帶來。可真結了婚，兒子开口叫了'后妈'，我多少就得担起做母亲的责任来了。真的是，肚子里没爬出过孩子来，就得为孩子读什么学校交多少学费烦心了，最好还要送出国镀镀金。再等孩子毕业，万一说他没门路孩子工作不好找，我又得帮忙。再不然孩子娶妻生子安家，种种费用都在我了。闹到头，我出钱出力，不过是个隔肚皮的娘，不用指望孩子贴心，连顺心都不能。那边呢，什么心事都省了，孩子照样是亲孩子，一家子亲亲热热。说不定老来程先生觉得这边冷清，那边热闹，又走回去了。我何必为了个虚名，付出一腔子心血钱财，老来还落了个空。"

姨妈若有所悟地点点头："现在女人再嫁难，程先生哪怕离婚了，随时都能走回去的。多少男人呢，打着离婚的旗号再娶了，其实前妻那里还是常来常往，倒是公开做了两头人家，还落了个顾恤前妻爱惜孩子的仁义名声。"

"所以什么离婚和不离婚、结婚和不结婚的区别，无非是我更亏了。原本是花钱买个安心，首尾还利落，愿意一起就一起，散就散，没有拖累；如果结婚呢，真是长期花钱还惹来一身骚。"

"可是……当年那一遭你没嫁成，是那男人心脏病发死了。如今能嫁，你也不愿意嫁一回吗？"

"没有可是的了。姨妈……"她眼底多了几分凄暗的笑意，"我如今想补贴你一些，谁都管不着，不过是尽我所能罢了。可要嫁了人，这就是贴补娘家了，这种话您当年又不是没受过。"

姨妈望着桌上那堆闪耀的金器，呵了气用衣角一点一点擦拭着："那倒也是，自己的钱成了夫妻共有的财产，花起来也不痛快。说到底，他也不是当年对你好、给你留下家当的那个人。他现在肯对你好脾气，一半是旧识的缘故，一半也是因为你有钱。如果是要他出钱，又是另一副嘴脸了。"

　　人都有趋利避害的本性，姨妈虽然心疼她忍不住要说嘴，但也不例外。她临走时将现钞和金器层层叠叠地裹好，等着小姨太替她叫的车到了，又千叮万嘱地说："自己的钱自己收好，别尽花在了别人身上。"

　　送走了姨妈，她独自回到楼上自己的房间里。门开了一重又一重，衣帽间里有一个大保险箱，做在墙里，除了她没人知道。

　　送给姨妈的金器放在外头一间的保险柜里，反正她当年储下的嫁妆是用不着了，尽数送了人添喜气也好。只有这里的，才是她日常所戴的体己，她一生的依傍。

　　她打开了保险柜里一个大箱子，深红色的丝绒包边，里头散着无数珠宝，尤以戒指为多。红宝石、蓝宝石、钻石不稀罕了，有价有市，好买好卖，就当储钱。红色的碧玺，水汪汪一颗，两个拇指那么大，深红浓郁，血溶在清水里那种透。那颗绿得最明艳的叫翠榴石，是五月枝头叶梢子上最嫩绿得叫人心动的颜色。那是俄罗斯的矿产的，一克拉以上就不多见了，二克拉以上是罕见。她这颗也不大，三克拉多一点的样子，戴在手上格外地亮。

　　还有帕拉伊巴和帕帕拉恰，两种颜色都是粉嫩娇滴的，像新生的婴儿一样，晶莹若果冻，吹一口就要化了。还有丹泉石，深蓝幽紫的颜色，六十克拉那么一大块，做戒指太不方便了，老是歪倒在一旁，最后只好改了链坠，用钻石链子连起来，戴久了脖子痛。不过听说，泰坦尼克号上沉落的"海洋之心"根本也不是蓝宝石，就是丹泉石。

　　这么一盒子，就像糖果，五彩琉璃纸包着，流光潋滟刺眼。小时候家境尚好的时候，经过糖果店，爸爸总乐意给她买一兜，什么颜色都有，用彩色玻璃纸包着，那是小女孩子最快乐的一刻，好像一个公主，拥抱着世界上最甜蜜闪耀的首饰和无限的父亲的疼爱宠溺。

那时候真高兴。现在……现在真有了一盒子首饰，却没那么高兴了。

她再翻下去，还有珍珠，海珠、淡水珠，金皮珠、粉珠、紫珠，还有大溪地的黑珍珠，那是一种带着浅灰或是墨绿的黑，亮亮的，就是不衬肤色。东方人皮肤黄、黑头发，黑珍珠是挂胸前也不好看，头发披着更是和隐身了一样，最后只能头发都扎起来戴。白珠就更多了，满盒子凌乱散着。唯有一种海螺珠最夺目，娇艳不俗气的淡粉色，闪着火焰一样的光泽，偶尔有流水样的白痕，拿来做什么都好看。她选过一颗很大的，鹅卵石那样一块，秋冬搭厚衣服做胸针，看着不沉闷不说，还有暖意。

她还有一些老首饰，老翡翠片和老珊瑚和着黑琉璃做的，镶嵌着密密的细碎的钻石，样子款式别致，用的东西也不贵，无非是名家出品，卖个热闹而已。

小姨太想，自己算什么呢，不过是半个杜十娘，攒下一个百宝箱，守着它过日子。哪怕，她从前只跟过一个男人，认真的，打算一生一世的那种郑重。可是落在别人眼里，她有那么多钱财，哪里来的？无非就是个杜十娘。

她心里凄楚起来，从书架子上摸出几本书来。这是市面上新出的书，一水儿的男女情爱，豪门恩怨，鸳鸯蝴蝶的路子。可就是卖得好，痴男怨女都爱看，包装也格外精美。她的下颌抵在书角上，坚硬的，有一种木浆纸张特别的凉。这几本书她都看得熟透了，倒背如流，只是摸着作家那烫金的名字，她含了泪，神色温柔而凄惶，像下弦月，虚虚的一弯脆薄，风吹的力道略大一点儿，就是彩云易散霁月难逢。

她是真的想他了，想那个人。想起这个世界上唯有他叫她

"小宁"。

起初毋宁动念头要在南边买房子，不过是他的故土之情。自己的母亲是南边出身的护工，如今那边战乱不断，那个城市里的华洋商人家略有些财力的，能去美国英国的都走了，再不济也去了加拿大，他想着母亲出身低微，一世在那里没个住处，都是寄人篱下，便动了念头。可是几回打听下来，没有合意的房子，华人要走，多半要求不跌价能保本地卖走。洋人呢则观望的多。还是毋宁出主意，华人原是去那边避难的，再要远走只能下南洋，那务必得有一大抿子钱，当然舍不得贱卖。洋人呢尤其是华洋混血的，离开南边更难立足，轻易不会卖屋。最好是美国人俄国人手里的房子，一旦回国就不要了的那种，才是贱卖低价最好入手的房子。

他听了毋宁的，好好收了几栋屋，都略略修缮过，都简单清爽，打算租的租、自住的自住，后来更机缘巧合在偏僻处买下地皮建了一幢公寓，又入手了不少。

写了半辈子书，能赚几何？薄有虚名罢了，实实在在的物业在手，才后方稳定了。可饶是如此，还是得写书。写书是安身立命之本。这世界上从没有有了点钱就挥霍人生的道理，他的许多同行，稍稍写出点名气，就沉醉于书迷的掌声和书商的追捧，酗酒成性，蓄妾无数，成天在麻将桌和酒桌上翻来覆去，早忘了如何提笔写字。最后不说是江郎才尽，而是真的已经笔头干涸，想写也写不出来了。所以写书这件事，可以每天只写一点点，但不能不写，唯有勤力勤力更勤力。

那时节他已经在咯血了，一边呕血一边写书，每天劳作不止十六个钟头。她哭着劝他要爱惜自己，他却说："我这般写还不知能写多少日子，换了稿费，留一些给你，还要给她。"

他口中的"她"是前妻，无论离婚时给了多少的赡养费，总是不够她在赌桌上挥霍。本质上前妻是个不爱吃穿花销的女人，所有的钱尽都给了赌场，为此屡屡被道上的人打耳光要挟砍手脚。夫妻一场，他终归是不忍心的。

再到后来，他已经写不动了，不过是毋宁按着他的口述的大概意思，写成文墨。也是在那时节，毋宁习惯了他所有的文风，越写越是超过他。

他很欣慰，看她伏案劳作，便笑："很好，我许多来不及写的都由你来写，我再也不怕一辈子不够长，不够我写的。"他看着她写的东西就笑："小宁，其实你早就超过我了。你年轻，脑子转得快，思路又阔，笔头子动动，比我写得好。"

毋宁鼻子就酸了："我只想一辈子和你一块儿聊天，我们一起想，一起写。"

"傻子。"他摸着毋宁一头乌黑的头发，抬着手都嫌吃力，手背上青筋都暴起了，"可怜你一个女孩子，要吃文字功夫。其实做什么不好，尽是累人。"

他的病就是没日没夜写东西起的，眼睛不大好，胃也坏了，肩膀和脖子都是病痛，右手也常常抬不起来，最后，油尽灯枯，人都虚耗尽了。

"我若走了，你只管用我的名义，只说是我的遗作，只消是我的，通通都是你的。或者我去和出版社谈，力推你出来，你用自己的名字写，也只会比我好，不会比我差。"

毋宁怎么也不肯，只是摇头。当着他的面，她不肯说出来，若是照旧用他的名字，总归好像他还活着，读者也总惦念着他，他的文字，他的故事。若是他身后没有这样绵绵不绝的作品出来，或是只用自己的名字写，人们总归会淡忘他的。

她不要忘记他，不管是自己，还是旁人。他的名字，应该是镌刻在心上的。

他最后给前妻汇了巨大一笔款子，多到前妻下半辈子都够用了。那是他所有财产的十分之七，另外的十分之三，都给了毋宁。

毋宁什么也不争。只消她还能写，能继续他的故事。他说："我给她多，不是心里还有她，实在是她四体不勤，不能养活自己，在赌桌上是只出不进的。你呢，后头的稿费源源不断，不要在意眼前的东西。"

毋宁哭得哽咽，只是摇头。她知道他待自己好，其实都为自己的以后做了打算。

她锥心地疼，哭着说："你别说这样的话。"

他每一说起身后事，她根本就不敢听。她完全不能想象，没有他的日子，她该怎么走下去。

他握住她的手，紧紧地握着："小宁，以后我不能时时在你身边，遇到什么事，你要镇定些，再镇定些。"他不放心，只看着她："现金虽然好，但物价飞涨起来，一麻袋钱都换不到一袋米。我们老时候有说法，换成黄金，砌在墙里，砌一面墙也行。其实那是笑话，房子都有不值钱的时候，被人抵债或是拆了。或者世道不太平起来，被人砸了烧了，金子那么重，带着走都不方便。不若多买些钻石宝石，既保值又轻便，你一个女人家，戴着也好看。"

她哭得几回噎住，伏在他膝上，整个人都在颤。

他说着说着也含泪了："你瞧我废话这样多。其实你才二十几岁，什么来不及开始。转去国外，又是一片天。跟着我，妻不妻妾不妾，名分没着落，平时遮遮掩掩，还怕落人闲话。"他转过头看着窗外碧蓝的天，喃喃地说："我是来不及娶你了，小宁，现下娶你也是害你，叫你落个寡妇的名声。将来我也不埋在这里，埋回南边老家去，那儿没有冬天，永远暖暖和和的。"

她流着泪说："那我也去南边。"

"也好，天一冷，尽管伤心。都说秋风秋叶催人泪。到暖和的地方，热烘烘的，一动就流汗，就不会想着流泪了。"他很歉然地说，"我妈妈就葬在南边的昭新坟场，与我爸爸和他太太们的坟场不在一块儿，她孤零零的。我将来埋去了南边，也好和她做伴。"

他的妈妈，是他父亲的贴身看护，及至生下他，也终身没有名分。他的父亲，死后的遗嘱里留下十万元给他妈妈，亦是说赠予近身看护，感谢她的付出和忠诚。他的父亲，自有两个妻子，是平妻，一对和睦的亲姐妹，生下的子女也是共享，联手护住了他父亲四周，不许他纳妾，也不许再有女人进门。

他的妈妈，最后只是沉默地笑了笑：与其做妾，死了也会被名分所累，不如自由自在。

他的父亲死后好些年，他妈妈再嫁，嫁得很好，只是到死，她再四叮嘱："我就埋在我妈妈身边，哪个男人也不跟。"

他总是说，我妈妈是个有气性的。但我希望的是，你能好好嫁人，不必在我死后为我守着。

她不说话，不应承，也不理会。他知道她性子倔，也不好再劝。

他后来，渐渐不再说了，也说不动了。两个人的时光那么短，总不能耗费在说这些伤心事上。

直到有一日，他在书房写字，半天没有动静。她是隔一个小时就要去看他的。他就那么静静地伏在桌上，好像是睡着了。

他永远地睡着了。

他的丧礼上，毋宁没名分跪在人前，只是随在大流里，日日夜夜地哭。幸好他的读者多，送行的人多，也无人觉得异常。他生前的好友们知道她的，也都替她掩盖着。前妻来哭过，行过礼，礼数都周全。到了丧礼结束，前妻特意把她叫过来，颇有几分嘲讽的意味："他口口声声说爱你，到头来竟然没有娶了你。弄到最后，人家提起他的太太来，只知道我，不知道你，那你算什么呢。便是钱，也没留多少给你吧？"

毋宁的口风很紧，什么也不说，只是红着眼眶。

前妻冷笑："你看你，白费了青春，连去他丧礼上主事磕头披麻戴孝回礼都不能，算什么呢。不如这样，我在他灵位旁坐着，你尽管和我磕头敬茶，说不定我还能给你妾的名分，让你有个着落。"

毋宁摇摇头："他都不想我做妾的。"

"哦，现在不作兴做妾了。那你是什么呢？外室？女朋友？还是和他妈妈一样，一辈子只算个看护，生了孩子也进不了门。"前妻口角犀利，"是了，你们连个孩子都没有，你什么也不是。就算他说爱你，就算你拥有过他的爱，到头来他一死，你的身份也跟着烟消云散了。"前妻亭亭地立起身，居高临下地，用怜悯的目光望着她："真是可怜哪。他这么说爱你，病了那么久还是不肯娶你。到底钱都汇给了我。那么一大笔钱，就没剩多少给你吧。这个打算好，省得娶了你，你成了遗孀，光明正大继承他的遗产，再去养小白脸，他不得气得在坟里夜夜捶棺材。"

毋宁起初满心惊愕，一个人，一个女人，怎么能说出那么难听的话来。后来她习惯了，若不叫前妻发泄发泄，她得多寂寞。她做了他多年的妻子，什么爱意也没得到，尊重也没有，寂寞得要日夜耗在牌桌上赌钱赌牌九赌大小，反正什么都赌。那些虚幻的热闹汹涌在她身旁，她才觉得好受些。

毋宁有些感同身受，从此之后，自己也是个寂寞的人了，和前妻一样。只不过毋宁多一点的，是他的万千叮咛，是他的遗愿遗作。

就这么活了下来。

毋宁遂了他的心意。他埋到了南边家乡，她也过来了，在他生前买下的公寓里择一处默默地生活着，默默地，好像无人记得他们的那段往事一般。

前程往事，像海边无穷无尽开着的影树的红花，一蓬一蓬热烈地烧着，没完没了，红光满天，最后凋谢了，也是红色闪着余温光辉的灰烬。

那是她的前半生。

后来的年岁里，也不是没有人追求过她。风华正当时的女子，背景神秘，手头宽裕。可是她不能够恋爱了。她忽然明白过来，他死得恰是时候，在彼此都还没有厌倦，都沉浸在对方是唯一懂得自己心意的慈悲良人的时候，他就死了。他来不及看她变成一个粗糙衰败、满口算计的女人，她也没看到他继续走红过着声色犬马的日子，最后总有人跟不上另一个人的脚步，成为感情的悲剧。

待到和程立雪重遇，两个人住到了一起。娘姨头一回见着小姨太买了许多的海参、花胶、鲍鱼，颇为惊愕，那是要连着天天做都吃不完的，她以为小姨太要给自己三餐进补了，忙去翻食谱，力求让小姨太吃不腻烦。

小姨太摆摆手，只划出一份给自己，说："那些等程先生来拿走。"娘姨"哦"一声，以为他们感情那么好，渐渐才知道，那些东西光程立雪一个人是吃不完的，尽都落到男人、老婆和他们的小孩子肚子里的。

娘姨是跟过来的，跟着小姨太很多年了，有时候心痛钞票，忍不住嘟囔："买那么多做什么呢，都到了别人肚子里，白养了他们娘儿俩，浪费钞票。小姐，你的钱也不是天上掉下来的那么便宜，弯腰捡捡还费力呢。"

小姨太笑了笑："一岁学说话，一世学闭嘴。你从前跟着我，话没有那么多的。"

娘姨脸红了，再也不敢多说一句，并且自觉地，错开与程立雪见面的时间，留他们二人世界。

可是好了那么些年，也不提要结婚。娘姨现在是不敢多嘴了，反正在她看来，男人要离婚是顶容易的事，否则戏文里哪里有那么多负心汉。至于自己服侍的人，长得好看，手头又宽松，男人就该死抓着不放。小姨太也是，以前好任性的，现在都过了三十五了，还不抓紧快点嫁人，再一晃眼，就该她配不上程先生了。

小姨太是没有这种顾虑的。

他死了之后，她就没再给自己过过生日，只推说忘了，身份资料上的日子是随便写的。

这样也好，不用一年一度的长寿面和蛋糕来提醒她又老了一岁。

这一日小姨太和男人约了吃牛排。她不大喜欢走远，而且楼下就有一家很好的牛排馆，打电话下来订好牛排和几分熟，差不多时间走下楼稍等片刻即可吃上美味，十分方便。

小姨太和男人对坐着，五分熟的进口和牛，肉流进嘴里就化了。脂肪与肉融在一起的感觉真好。

他说："这个和牛牛排，比美国牛排好吃多了。美国牛排黑黑硬硬的，我不大吃得惯。"

小姨太说："以前都说美国的牛壮，所以喜欢美国牛排。但日本人的精细脾气，养什么都按规矩来，一点都差不得，所以他们养的牛好。"

男人看她用着刀叉，说："你记不记得，小时候我和你一道去吃牛排，怎样用刀叉，都是我一样一样教你的。"

"那么谢谢你呀。"小姨太甜甜地笑着。

那次去吃牛排，是在家境最后的好时光里。双方父母眼里他们都还是孩子，没想到别处去。男人的学校要学西餐礼仪，学完了便和家里要钱想去吃牛排。她的父母也在一旁，大约要说什么事，正好希望她不在身边，便给了钱叫她也跟着去学一学。也便是那时了，她乖顺地跟着比自己年长一些的邻居，一顿饭都在学着他教的生疏的规矩。从那以后，也很少玩在一起了。

"如今我可教不了你什么了。什么都是你会，你懂的比我多。"小姨太笑了笑，她特意地没涂口红，清水一样的一张脸，看着底子有点干，全然不怕烧烤过的油脂气冲上脸来，正好润一润。

她也是三十多岁的女人了。小姑娘都是老坑玻璃翡翠，水汪汪的，渐渐年纪大了，都成了干青，再碧绿的好颜色，底子也干了。再末了，成了古代的翡翠片儿，颜色也浅，底子更是干得不能看。

有女人走进来，一个朴素大方的太太，身上裹了块披肩，似是害怕这里的冷气会过于冷，声音也低低的："我们预订了十二点半的位子。"

侍者是个外国人，一时不懂她说什么，太太也只能干瞪眼。还是她身后那个跟她差不多个子的男孩子走出来，流利地用英文叽里呱啦地说了一番。那是纯正的伦敦腔儿，侍者的表情明显热情了起来，引着他们到窗边的位子坐下。

就在小姨太和男人后面的后面的位子，隔了三张空桌子。男人背对着他们，还没看到，小姨太却面对着那张桌子，看了个清楚分明。

她拿着刀慢慢地切肉，嘴边带上了一抹微微的不分明的笑意。

那是程立雪的太太呢，就这么碰上了。

起初，当然是互相避讳的，也都不知情。后来男人隔天就不在家里住，太太一闻他内衣裤的气味，就猜到他置了外室。气当然是气的，哭闹也哭闹过，家里不过是普通人家，再养一房外室，钱越发不够用了。她是家庭妇女，自己不曾赚钱，就没有大闹的底气，可她有她的办法，尽管索要家用，扣住了男人的工资袋子，不住地花钱，再向他索要。外面的女人受不住穷，迟早也会走的。

她们那一辈妇女，一辈子和丈夫相依相骂，都有自己那一套智慧，便是所谓的太太经。

可是渐渐地，太太发觉男人从不拿钱出去，还源源不绝地有钱进来。

不用问也知道，外头那女人是倒贴的。

那就又不一样了。太太舒了口气。这种事情太多了，一条街巷里住着，都是不算宽裕的人家，也照样纳姨太太娶小老婆，花钱泡舞女养外室，钱都流到了那些女人的荷包里，做妻子的没办法，眼睁睁看着钱被拿走，自家受苦，和丈夫吵啊闹啊，打翻天的也有。太太眼里，女人倒贴，总是贱的；男人能赚回来，又不见天黏着，就是自己男人有本事。

这种心态一掉转过来，太太心气就顺了。她挟持住了男人心虚的念头，开口要衣裳要首饰，十次有五次都能要到，她越发乐得了。多少贫寒人家太太为了维持生计，都要做暗门子去卖养家的，如今男人也是一样地卖，又不用自己辛苦，就睁一眼闭一眼吧。

何况外面的女人也从不相逼，过年清明中秋生日祭祖，但凡年节大日子，男人照旧回家过，只是早一天和晚一天在外面过。譬如小姨太过年选二十九，自家过年三十；自家过八月十五，小姨太就过八月十六；男人生日，中午饭和下午茶跟小姨太吃，晚上回家吃。小姨太就是这点好，不争这些名头时间，不叫人难做，所以相安无事地过了那么些年。

时日一久，太太装聋作哑不查问，小姨太不争取，男人也就半过了明路，不那么掩饰了。他时常给小姨太看孩子的相片，颇为得意儿子像自己，不像太太那么没见过世面，尽是家庭那点见识。也和小姨太抱怨太太的不足，倒是小姨太不爱听他背地里数落太太，但一家人的相片，小姨太是都见过的。至于太太呢，男人鲜少对她提有小姨太这么个人，那也是小姨太的要求，要他嘴巴密实。而在儿子面前，总有一种同为天下男子的风流。他的得意无处显摆，就教儿子以后要寻何等样女子的好处，儿子十几岁的人了，也不傻，早跟母亲偷偷看过父亲兜里小姨太的照片，知道有这么个人，只好装傻充愣不作声。男人呢，要去小姨太那里了，只消对太太说一句"不回来"，太太也不过问缘由的，连邻居问起来，都为他寻好了借口。于是男人在那边是丈夫，在这里也占个先生的由头，两下里油滑自如。再没有比男人更得意的男人了，唯一美中不足的是，两边里，尤其是小姨太从不吃醋，也不逼迫自己争取地位，就显得有点浓情蜜意不足，淡而乏味了。

那男孩子明显是认出了小姨太，立刻愣住了，倒也机灵，马上醒神去看他妈妈。他妈妈还在研究菜单，菜单是英文的，反正是看不懂的，看看图片也好，做出来就知道真不真。男孩子忍不住几次探头来看小姨太，她也不躲，大大方方冲着他笑了笑。男孩子窘迫得很："妈，我和你换个位子。"

"好好的，换什么换。"女人嘴上这么说，人却和儿子换了一头，低着头没口价夸奖，"你的英文讲得真好，给妈妈争气了。也不枉你爸爸给你找的英文家庭教师，天天对着你教两个小时，果然有成绩。当然了，你也不许骄傲，要知道那英文老师多么贵，两小时的价格听得我心惊肉跳，还要车子管接送，到底你爸爸面子大……"

她没有再说下去，得意地顾盼间她认出了男人——自己面子大的丈夫和小姨太坐着，笑眯眯地吃牛排。

牛排馆很安静，来客也是楼上的住客多，向来很安静，男人忽然听到一把熟悉的声音发表这番大论，不觉吸引得掉转头来，面孔立刻雪雪白了。

男人、太太和孩子齐齐都愣住了。孩子坐立不安，恨不能找个地缝钻下去。太太涂了口红，抹了脂粉，气色看着很好。小姨太眼尖，她身上的裙子虽然朴素，但料子是好的，也是有牌子的。羊绒披肩却是没牌子的，披在身上矜贵大方。她耳垂上戴着一粒头的珍珠耳环，耳环够圆。她的面孔衬得起珠光。太太到底是太太，很有大房的样子。

太太慌乱的眼神只瞟向自己的丈夫，但是男人懊恼透了，根本不想看她。

太太吃过味来，勉强定了定神，觉得不对，自己到底是大房，是正室，在野草闲花跟前怯什么场啊，说出去要被其他太太笑的。

太太从来没想过要直接和小姨太照面，那种打上门去的，都是没捞到好处又坍了台子的。可是照了面，一股心气上涌，又觉得不能输。她也暗暗瞧着小姨太的装束，半新不旧的洋装，看不出牌子，大有可能是选料子定做的。手腕上的金刚钻镯子，颗颗黄豆那么大的钻石拼起来的，低调地闪着光。耳垂上也一对耳环，是拇指大的绿宝石，她没有见过这种绿，翡翠不似翡翠，祖母绿不似祖母绿，是一种三月新长的嫩叶子在阳光下的鹅黄翠绿，十分明亮。她心里好奇，要记着这种宝石的样子，回头看珠宝杂志时细看看介绍，或问问家境宽裕些的小姐妹是否识得。

她再看小姨太的模样，以前也有照片让她看到。可那照片有点模糊，看不大出年纪。真人一看呢，不是她心里吃定的四十多五十岁如狼似虎要榨干男人的年纪。看着三十出头，或许还要小一些。这样的年纪，总不会还没嫁人，可要有家室，哪敢这样光明正大走出来吃饭。太太心里有点吃不准路数。男人已经不耐烦她的眼睛跟雷达一样扫视着小姨太，只把手放在裤腰那里挥挥，意思要她走。

太太看清楚了小姨太的样子，心里就没底了。人一没底就容易心虚，也怕男人真发作起来，回去不好收场。

太太就跟孩子说："妈妈忘记了，妈妈吃着中药不能吃大荤，这个牛排我吃不得，我们回去吧。"

孩子估计是盼这顿牛排盼很久了，舍不得走："妈妈，你不能吃，我可以吃啊，我连你那份也吃。"

男人有点羞愧孩子的节约，平时该表扬的，此刻却觉得像足了太太的穷酸小家子气。太太也有些恼了，孩子当着人这么不争气，贪一口吃的，简直显不出自己的教养，平白丢脸。她恨恨地戳孩子的脑门："你是个馋鬼儿托世呀，少吃一口都不能。"

孩子急哭了："我考了好几回一百分你才答应给我吃的，现在为什么不吃了。"

孩子一哭，太太就懊悔了。身边一个男人看不牢，总不能再丢了这个下半辈子的靠山。她耐下心来，再四地解释："妈妈吃药忌荤，你体谅妈妈一回么好。"

"你撒谎，昨晚还吃梅菜炖肉了。"孩子无情地戳穿她。

太太简直尴尬极了，从手提包里取出一沓钱招手："打包，打包，我们带回去。"

"带回去凉了就不好吃了。"孩子哭着不肯走，"爸爸，爸爸，你劝劝妈妈，她为什么这样耍赖胡闹，不守信用。"

周遭还有几桌客人。大人们转过脸来，都一脸看热闹的样子。

程先生忍不住拿纸巾抹汗，嘴里嘀咕说："不要乱喊，公共场合要低声。"孩子委屈极了，拉住了太太的手拼命地摇，露出哀恳的神色。

老板、侍者和客人们的目光定在他们身上很久，牛排店的侍者和老板都是认识小姨太的，也认识程先生。一栋楼里上上下下，常来光顾，他们总以为小姨太和程先生才是一对。这样一看，倒是有点古怪了。就算不能议论客人，可来用餐的那几桌人掩饰不住的好奇，用不了多久，整个翡丽佩公寓都会知道，顶楼的毋小姐家的程先生，有个那么大的儿子。那么那女人是谁呢？是太太，是前妻？这就有的传了。

小姨太优雅地站起身来，抹了抹嘴："我也吃差不多了。得走了。"

侍者笑着迎过来："还有一份抹茶冰淇淋没上呢。"

她塞了一把小费给侍者——和平时一样多："最近胃寒，不吃了。"

她走过太太的身边，愈加留意了一下，待看仔细了，才发觉是 baby cashmere 的羊绒，一寸价值一金。那种羊绒只在小众的圈子里流行，价格比黄金还贵，轻薄柔软地一握，散开来披在身上却十分暖和。她记得自己买过好几个颜色，其中一条要不是她不小心剪破了一个洞，也不会叫娘娘捐出去。她顺势去看太太那对一粒珠的耳环，靠近脖子处的珠皮掉了极小的一块，不细看也看不出来。

她唇角带上了幽微的笑意，不动声色地看了男人一眼。

太太不知道她发觉了什么，只好挺起了胸膛，摆足了正房大太太的架势，居高临下地望住小姨太。这一望才发觉不对，今儿来的路远，她怕不好走，特意换了平底鞋，可小姨太呢，穿着高跟鞋，一站起来比她的男人还高半头。太太心里就犯忌讳：原来男人自己不高，却会找长颈鹿。

太太还憋着出不了声，就听她疏朗大方地笑了笑："您这披肩上绣了朵花儿，怪别致的。"

太太也尽力微笑着应酬:"挺好的披肩,破了个洞,他上司太太就不要了,拿回来补一补还能用。我这个人,最不喜欢浪费奢靡的,这样不会做人家。"

"您真是心灵手巧。"她夸许。

小姨太越是和颜悦色地夸奖,太太越是心虚,不知她是什么来头,登时不敢久留了,嘴上忍不住解释:"我原不爱吃牛排,孩子不懂事非要来。我这就走了。"她望一眼男人,颇为大方地哀怨:"你好好待客。"

小姨太听得懂,太太满腔的正室心怀,把她当客呢。她觉得好笑,双手搭在孩子肩上,按着孩子发僵的身体坐下,"孩子怎么会不懂事,都那么大了,您也太谦虚。来,快,这里的招牌是和牛,不是每天都有的。"又转头和老板说:"小先生那份和我们一样,五分熟;太太嘛,七分熟好了。怕带点血淋淋的吃不惯。"说着笑眉笑眼看孩子:"快坐下等着吃,别浪费了这么好的和牛。倒是我饱了,先走一步。"

男人跟上两步,不知道是要陪小姨太上去还是留在这里。他啜嚅着说:"我的牛排才吃了两口,怪可惜的。"

"你坐在这里慢慢吃,好好陪一陪。我该午睡了。"小姨太微笑着,转过头看老板,"一并记我的账上。"

过了半个小时,男人就匆匆忙忙上来了。

小姨太笃定他要上来的,就遣了娘姨先回去。免得说什么话,都被娘姨听了去。

按着他们的规矩,男人每周二四六来这里,一三五在那边,周日的家庭日也是跟那边陪孩子。也是的,小姨太和他没孩子,她要紧地避孕,不想要孩子,那边过什么家庭日,也无所谓。

这样的安排,那边从来无异议。男人隔天地就过来陪她,楼下邻居瞧见了，也当他们是正头夫妻，这些年下来，几乎已经不怀疑了。

可是今天这么一出，孩子当着小姨太的面叫了"爸爸"，又有妈妈，这叫什么事呢。这个人势必不能再要了。

男人蹑手蹑脚走进来，什么话也不说，尽是坐在她身边看着她，仿佛有无尽的为难处："我真不知道他们会来这里吃牛排。那么远，我真没想到。"

她已经换好了睡衣，真的打算睡一睡，所以她不想多费唇舌："我们该分开了。"

他惊呆了，千言万语都堵在了喉咙里，不知该说什么好。"你……你怎么好端端地说起这个话来了。"

"上回看医生的事我已经让了医生给她。今天楼下的牛排馆，你不说他们这么远怎么会来？定是你告诉的。你要拿这个炫耀，要妻儿吃好的，那不打紧。多少好馆子我都告诉你。可是我楼下这家，我常要去的，你就不必告诉了吧？像今日这样碰见了多么尴尬呢。"

"是我不好，是我让你们尴尬，这顿饭我吃得心神不宁，出了门狠狠骂了他们娘儿几句，赶紧叫司机送回去了。是我不好，我一时口快说起这个牛排馆好，想等你出国的时候带他们来尝尝，谁知道他们今日就来了。我的错，我给你负荆请罪。"

小姨太穿着真丝的睡衣，淡淡地望住她："你啊，太想着要把我和她融到一块儿去了。我看的医生你要她也看看，我吃的牛排馆你要她也来尝尝。连我破了的羊绒披肩，蹭掉了珠皮的耳环，你都不知怎么跟娘姨要了来，戴到了你太太身上去。但凡我的东西，破的不要的都是好的么？是不是你跟娘姨说你要下楼正好出去当旧衣捐掉，她也正好懒得走这一趟。"

连这都被猜到了，男人实在不好瞒下去。"你的所有东西确实都是好的，我舍不得丢，留在身边闻一闻气味也是好的。"男人满面孔诚恳，"她这辈子都买不起沾不着，就算她要求我买，我也不知该何处买去。她跟着我这些年尽是受苦，我拿个破了的羊绒围巾回家，原是为了睹物思人，看看你的旧东西就好。她看见了喜欢那羊绒的质地，自己拿过去就补好了自己披上了，我又不好夺下来，就推搪是上司太太不要了的。那珍珠耳环她也喜欢，出门必定戴上，全然不在乎掉了点珍珠皮，或许她压根儿没注意到。"

"睹物思人？你明目张胆拿着我的东西回家去睹物思人，结果让太太打扮上了。"她啼笑皆非，"看着她那样打扮就像我了，夫妻感情就好一点儿么。那你还喜欢我什么衣服首饰，尽管拿去给太太用上。"她静一静神气："只是我觉得你该尊重尊重你太太，好歹她为你生儿育女、操持家务，你买不起昂贵的衣服给她，买身新的她喜欢的总可以，为什么叫她穿我不要的旧衣裳，来日她要知道，心里不受用，也定要怪你。"

男人沮丧地挂着脸："是我猪八戒照镜子，两边不是人！原是因为我蠢，我太爱你，离开你我就十分难受。见不到你，有你一点儿东西在也是好的。"

小姨太抱着手臂，像在听滑稽戏一样："不用解释这样那样的话，我原不信。我再四地告诉过你，我过我的，她过她的，彼此不要有交集。当然，你是个唯一的不可避免的交集，那我就现在一起避免掉好了。"

男人着急起来，打了个嗝，一股子肉气从胃底泛了出来。半小时吃一份牛排，狼吞虎咽，当然是过了饱了。

他顺水推舟当机立断："你要不喜欢她的所作所为，我立刻就回去跟她离婚。你知道的，我一直想娶的是你。"

小姨太微微睁大了一双碧清妙目："可我不想嫁你呀。"

男人怔住了，简直不敢相信。这么久了，他替小姨太想了许多理由，却没想到的是这么直白的一个理由。他急得浑身冒汗："拖拖拉拉这么久，你一直不想嫁我，你是对我没感情么。"

"那倒也不是。"小姨太不假思索，"没感情，何必走到一处？"

男人急了："那就是了。我们从小就是邻居，长到十几岁，算得青梅竹马，就算中间分开了十年，这十年里我不知道你做什么，赚得了这样一副身家，可我们重新遇到，我爱你，你也爱我。"

小姨太示意他停住："你停一停，我是对你有感情，可我不爱你，若细究下去，喜欢倒是有的。但爱，的确不是。"

"你何必这样来激我！"男人十分激动，全然不信，"就算只是喜欢，那也是感情，我们在一起这样也三四年了。这三四年里，我是给不了你什么钱，但我至少该给你个名分，该给你我全心全意的这么一个完整的人。"

小姨太低头听了一会儿："我觉得，你应该明白一件事，你给不了我钱，给不了我车子房子，都不要紧，我不图这个，更不图名分。"

他的声音潮湿里带着暖融融的："就算你不图名分，可你是一个女人，身边总要男人照顾，有个属于自己的家庭，走出去名正言顺的，没有人揣测你，只有人保护你。我……我这个人没有别的，可以给你这些。"

小姨太神色平静无澜，淡悠悠地说："那么你真是误会了。我不图你这个人。"

男人大受打击，人都站不住了，跌坐在沙发里："你不图我的钱、我的房子、我的工作安稳这些都罢了，你怎么会连我这个人都不图！"

小姨太语气里多了几分安抚："我如果要图你这个人，这些年老早就逼着你结婚，而不是要你两边都顾好。我从不希望你离婚，更不希望你和我结婚。"

男人心底冰凉一片，满额头的冷汗，嗞嗞地冒："那这些年我们在一起，你到底图什么？"

"图开心啊，自己开心就好了啊。"小姨太十分坦然。

"就为了图开心……"男人匪夷所思，"这是我们……"

小姨太笑了："这是你们男人惯用的，家里一个，外面几个，就图个开心。不过现在世道变了，女人也是这样了，只要自己开心呢，偶尔付出点金钱或是别的代价都尚可。"

他忽然恨起了她："你这个人心真硬，我们十几岁就认识，后来重逢这些年，难道就没有一点感情吗？"

小姨太的神色黯然下来："到了我们这个年纪，感情都是要讲条件的。你让我舒坦，我让你舒服，这就是条件。现在你让我不舒服了，这感情自然就没有了。"

"你这是在说什么糊涂话？"

"什么糊涂话？是你在装糊涂吧。"小姨太索性挑破了说，"我若不是有今日这点傍身的钱，或许我们早早就散了。"

"你怎么说这样的话？"男人气得胸脯子不停地起伏，脸都变了，"我十几岁的时候，你就在我心里了。难道你都不知道？"

"知道又怎样？十几岁你心里有我又怎样？我家道中落被迫搬家，境遇越来越差，你并不能挽住我的人生不往下坠。我在大学里穷得交不了学费，明明成绩够好要申请奖学金却屡屡被驳回来，一度饿得一天只吃一顿稀粥的时候，也并不影响你一日三餐温饱有余。"

"那是我不知道呀！十几岁的时候我也不过是个孩子，依靠家里，你搬去了哪里，我全然不知，要帮忙也帮不上。"男人又急又委屈。

"幸好你也没帮忙。当时大家是邻居，我心里有数，你家温饱有余，可要帮衬别人是决计不能的。除非……我那时和你有了婚约。"

男人叹了口气："我情愿这样，早早地一生一世就定下了你，多好。现在你就不会和我说要分开的话。"

"是么？"小姨太冷静得很，"那我是高攀了你，娘家又没钱，还欠债，你们也不会供我读书，我一个无知无识的人嫁到你家无非是忍气吞声，能有什么好脸色看。贫贱夫妻百事哀，这话没错，可贫家女人嫁到小康人家，做夫妻那更是万事哀。就算你对我有什么心意，成日里居高临下的施舍心境，天长地久的，什么感情也都消磨完了。"

"你竟这样看我，难怪我们是不长久了。"男人脸色灰白，连连慨叹，大有愤慨之意。

"我们在一起这些年，你家里何等处事，你何种脾气，我也算摸熟了。一直能这么相处下去，无非彼此没什么不舒服的地方。你既然做我的男人，就要守我的规则，按着我的脾性来。女人有三纲五常，男人也一样，你做了让我不高兴的事，做了让我难堪的事，我不开心了，你便只好走人了。"

"什么走人？"男人气得浑身打战，"你当我是什么人？姨太太？下堂妾？要我走就走。"

"你我不是男女朋友谈恋爱，我也不算你摆酒纳的妾。大家不过是浮萍聚散，当然是合则来，不合就走掉。"小姨太也不生气，笑吟吟地说，"我按年按月给你安家费，现在大家不合适，分开走人，不是很好。怎么，你是不是还要一笔分手费？"

"我不至于那么没骨气！"男人面色铁青，嘴唇发颤，话都说不清了，挺直了腰杆出去，"我一心想娶你，你竟好心当作驴肝肺！你这人这样独，以后要做孤老的。"

小姨太浑然不当回事："做孤老也没什么不好。没碰到你之前，我也一个人过了几年，没什么不好的。到老了，我自然会安置我自己，孤老也是享受的孤老。"

"你嘴硬！你嘴硬！等过了四十岁，我瞧你还怎么办？"男人大恨，忍不住把她的年纪掀出来。

小姨太略微讶异，很快轻蔑地笑了，无可无不可地说："原来你和她们一样，都盯着我的年纪啊。那我可以说明白，四十岁、五十岁，就算成了老太婆，我也和现在一样，吃吃海参喝喝燕窝，无事做做衣裳买买珠宝，照样闲适呀。"

男人无话可说，抓起公文包，抓了几下，手指上都是冷汗，滑脱了下来。他弯腰捡了几次，终于死死抓住了，恨声道："嫁给我就这样不好，你便这样抬举你自己？"

"不是我抬举自己。话到这里，你别怪我撕破了脸，前头的太太你娶得不称心，想再得一个有利无名的太太。身家足够，又不出名，不会压倒先生的风头。这样的人，别说你想娶，我也想呢。好了。不必回去找你太太的晦气，是我不喜欢你的所作所为。你走吧，钥匙搁在桌上就行了。"她口气淡淡的，像在说着旁人的事，带了一股子看破一切的冷清意味，又有些讥笑的意头，连她自己都讥笑在了里头。

男人气得直哆嗦，雄心一起，掏出钥匙，又舍不得，犹豫了片刻，见小姨太眼里都是冰寒一样的神色，知道告饶也没用，还得找机会慢慢转圜，只得放下了钥匙。

小姨太想了想说了句："今儿够尴尬的了。你要再回去找太太孩子的晦气，要训斥他们坏你的好事，那就真不是个人了。"

他强忍着心头恶气，"哦"一声："我晓得分寸的，不用你事事教我。"

小姨太并不应他，十分谦和的样子，转首拨着手上那颗粉红宝的戒指。

他浑身都在发抖，这么多年了，他觉得自己完全不懂这个女人，就像不懂为什么明明是蓝宝石，偏要长成一副粉红色，叫作粉红宝，不伦不类，简直奇怪到了极处，不可理喻到了极处。

一个珠宝有人欣赏有人喜欢有人愿意买下，珠宝不该高兴么？他这么有血有肉的一个人居然连一颗冷冰冰的宝石都不如。

他忍着受辱的气，摔门而去。

砰一声响，小姨太心里好笑，几岁的人了，还学小孩子摔门，到底没经历过什么大风大雨。她回过头去，铜门被往死里拍上的嗡嗡声余韵不绝。他难道忘记了，这种铜门很经摔打的，小心夹到自己手就不好了，要骨折的。这么多年的职场沉浮与涵养功夫，竟一秒钟全都丢光了。

男人走了，偌大的房间都安静下来。仿佛刚才那一场话说绝、脸撕破的争执，完全没有发生过。

第二天娘姨上来，小姨太吩咐将男人留下的衣服都归到一处，拿皮箱打包好，叫娘姨叫了车亲自送去。

男人本想缓和一下，上门再来收拾一次，顺便转圜一下。不想小姨太这么手起刀落，直接将东西送回来了。他的脸轰轰地烧着，感觉火山里的热岩浆在身体里滚来滚去，还要克制着不在下人跟前动气丢了脸面。想想终究是好东西，不可白白丢了，将来连个回转的余地都没有，便胡乱扔进了卧室。

程先生的东西收拾完，柜子里便空了一小半，娘姨不在，屋子里越发静了。小姨太趿着一双真丝缎的拖鞋走出来，鞋头上打着不值钱的河珠流苏，做得过分长了，窸窸窣窣拖着地，越发觉得这屋子太阔大幽深，像个精怪的洞穴，可以躲在这里修炼百年千年。

从前这里有人气，小姨太和男人相对坐着，也并没有什么多余的话可以聊。偶尔看话剧看电影，看完也就看完了，男人会絮絮不绝地评论，可也只是寻常的评论，并无什么金石之言，过些日子就想不起了。他也读诗，读的时候声情并茂，读过也就算了，不太去了解深意。男人喜欢说工作上的事，办公室里的各种琐碎，她毫无兴趣，只是微笑着听着，心神飘逸到了过去。

过去的过去，少有人知的过去。她和先生在一起的时候，也总是这样坐着，咖啡一杯接一杯地喝。他们坐在那里，有讨论不完的话题，从书的构思到情节，哪怕是一句对白，随便拎起一句都能滔滔地说下去。每一句都是青霜剑对白玉刃，刀光剑影，你进我退，有变幻无尽的招数，贵在灵犀一点，心意相通。

他成名那么久了，什么女人没见过，太太就是出名的香江小姐，以美艳著称，36F的身材，挤衣欲裂，见之销魂。她这种刚毕业的小女孩跟在先生身边做校对，根本不入他太太的眼。可他最终是死在她的怀里，彼时他的太太全然不知，拿了大笔离婚赡养费，在赌桌上赌得昏天暗地。旁人告诉她前夫的死讯，她只"哎呀"一声，笑盈盈说，离婚了多好，守孝也不必了。来来来，继续来。

先生离婚后就一直和她厮守在一起。并不为别的，她脸孔不够美，身材亦不傲人，堪堪只能打个八十分，而先生身边都是一百分的女人。可是她们都没有她足够聪明反应快。这就是条件，两个人能在一起的条件，对彼此才华的欣赏，能在电光石火间领会他的心思并且给出更好的提议。那时他写书写了很多年，渐渐倦了，灵感枯竭，不过借着昔日的名气写写专栏赚取稿费。无数雄心都有点

278

灰了。她成日足不出户，与他一起想新的题材和构思。先生是有点大男子气的，起初并不喜欢她想的点子，她说什么，他就要特意地避开。可是这样一来二往，两个人都用心争先想着要别出心裁，反倒避开了俗套。到了他临终前那几年，反而到了创作的高潮。这才留下了最出名的几本"遗作"，叫出版社念念不舍。先生留下多少"遗作"，除了她没人弄得清，左右都握在她手里。她顶着先生"遗作"的名头，写下当年一起讨论过还未来得及写的故事，一本本卖出去维持着如今的生活。

可是如今，叫她到哪里去找这样情意相投、志趣合拍，能够像打羽毛球一样你来我往的人。

真是徒然伤感，这样的人，也许一辈子才能遇到这么一次吧。

所以他走后，她独身了好些年。也不是没有遇上才貌相当的人。可其他的一切人都只是偶尔投进冷室里的阳光，好像亮堂堂的，好像有暖意，却不过短暂地，又移走了，根本照不进她的心上。

娘姨送东西过来的时候，太太正好接了孩子回来。男人当着娘姨的面要面子不发作，可连小费都不肯给。娘姨心头有气，也看不上那点小费，甩手走了。娘姨一走，他背身到了卧室里，看那堆山似的一摞衬衫内衣，分门别类，整整齐齐，越发心头火起，气得把一摞皮箱都推到了地上。太太正替孩子拎着书包走进来，两人买了烧味添菜，正商量着用卤汁淘饭，一时没想到他在，都吓了一跳。

儿子脱口而出："爸爸你今天怎么在家？早知道多买一份烧味了。"

太太察言观色："你爸爸未必有胃口。"她看出了端倪，心里莫名一喜，又是一紧，嘴上却是不紧不慢，照常的节奏："你去厨房把菜交给厨子，再炒一个菜心，看汤煲得怎么样了，我们准备开饭。"

打发走了儿子，太太弯下腰身来。这皮箱质量很好，怎么推了摔下来锁扣都不开。太太研究了一下，"呀"的一声："路易威登的皮箱，贵得要死了。你若不喜欢也别砸坏了，拿去当铺能卖不少钱的。"

男人没好气："你眼里尽是钱。"

太太心眼灵通："怎么？不住那里，搬回来了？"箱子没有密码，很好打开，太太越看越吃惊："你一个小职员，竟穿这么好的衣服。这些华丝的羊绒的衣裤，还有西装，睡衣，做做要多少价钱，她对你这么肯下血本。"

男人撇着嘴笑："什么血本，指缝里漏出一点来而已。"

太太甩着两手冷笑道："那也是她本事，我叉开了十指也只是漏风。"

太太嘲讽归嘲讽，可也不敢太戳他的心。这情势很明白了，必不是男人甩脾气不要人家了，而是人家不要他了。太太心里痛快一阵担忧一阵，痛快的是自己到底还在程太太这个名位上，风吹不倒雨打不倒，雷劈也扛得住；担忧的是两人分开了，这烧味还能安安稳稳吃多久，厨房和司机是否都要收走？那厨房的活都归了自己不算，光接送孩子转电车等就要命了。

真是的，由俭入奢易，由奢入俭难。按做大妇正室的性子，这些东西统统都要丢出去的。可她是做惯人家的人，心里一盘账，估算着就算男人不喜欢，送去典当也值好些年的吃喝嚼用。这些年日子舒坦惯了，如今和那边断了干系，不能不精打细算起来。

太太心里惶惶的，烦心起来，身上一阵热，忍不住解开了两颗扣子。

男人正一股气没处发作，搁下手里的筷子训斥："孩子都十几岁了，当着他的面解扣子，你像什么做母亲的样子。"

太太也不反驳，只是笑了笑："我是没有做母亲的样子，可你要让别人做他的母亲也不能够，那才是凄凉。"

太太话里有话，男人怎么听不懂，又不好当着儿子吵，随便扒拉两口饭就下桌了。

他心口闷，抓着扇子扇了两把，见厨子独独端上一大碗笋片海参汤来给儿子，是专为他补身的。孩子大口大口地吃着，也不细嚼慢咽，一副吃惯了的样子。他心口就这一阵绞痛，这海参还吃得起几时。这样想着，这些年要什么有什么，连带他的孩子都山珍海味，可见小姨太是宽厚大方的人。

可这样一个人，说散开就散开了。他实在想不通，也不甘心。

这样心事重重地到了夜里，男人和太太都洗漱了躺下了。

夫妻到底是夫妻，哪怕丈夫外面一直有人，也从不避讳她，当她没斤两。可遇到什么事，睡到一个被窝里，有商有量的，还是两公婆。

男人是不大喜欢回家睡硬板床的，睡一夜就骨头痛，但太太以为对腰间盘好，坚持要睡。而翡丽佩公寓那里呢，高床软枕，整个城里最好的橡胶软垫。

他也小心地问过小姨太，一样的床垫，干吗非要买最贵的，都可以买颗钻石了。

小姨太不答，只是笑，要他自己躺上去试试。他果然是离不开了。

现在再睡回来，他发觉了不对，太太也换了床垫，虽然不是最贵的那种，但也花了一千多元，睡着比从前是好多了。

人一躺平，舒服了，心里话就忍不住经了嘴巴往外倒。

男人这一天的垂头丧气、无精打采都被太太看在眼里，一问一套，男人果然说出了小姨太说要分开的事。

太太露出不出所料的表情："那么就是外头有别的男人了？"

"我细查了，我不去的日子，她很少出门，更别说有男人上门了，那是绝对没有的。"

"你就那么肯定？不过，毕竟三十好几了，要找下家也没那么容易。这次跟你闹，多半是要逼婚。怎么？肚子里有货了？"

男人窘迫起来："没有，没有。是我说了句顽话，说要娶她，她便恼了。我也是一时玩笑，没想到这么收不了场。"

太太心里是猜过无数遍男人要娶那边的女人的，可是这么多年了，男人一直不作声，日子也风平浪静，她都不去想这件事了。如今突然听男人说了出来，动过要和自己离婚另娶的心思，心里宛如针扎一样。

幸好求婚都求不到，幸好那女人不要自己的丈夫！她心里痛快了一阵。

她冷笑一声，无限的委屈从心底涌上来，眼里就含了泪："果然呢，你心里只有她，一心一意还是要娶她！你这摆明是要和我离婚，要丢下我这个结发妻子正头太太。为了你要爱她，为了她还算懂事，我就算知晓，也处处忍让，从不为难你，也不揭破你，由得你风流快活。结果到最后还是纵坏了你，留不住你一点心，保不住这个家。"

男人最烦太太这样哭哭啼啼，厌烦糟心。小姨太就从不这样，她说话太利落，一是一，二是二，一点挽回的余地也没有。不过，小姨太要是太太这样就好了。太太还是要他这个人，要这头家的，小姨太根本就是无所谓。他真是恨得牙痒痒，这么多年，悉心照顾陪伴，竟然只落得个无所谓，要他走人。

太太还在嘴角烦琐，无比哀怨："我当年真是失心疯，你求了一次婚我就答应了。她呢，我看你不知是求婚了多少次了，一次次被拒绝吧？"

"没有的事。"男人驳嘴。

"没有的事？我用脚指头想也知道，若不是你回回求婚都失败，她嫌烦了，也必不会来和你做个了断。我告诉你，有些女人不是矫情，不肯嫁就是不肯嫁，一次两次好颜色你还蹬鼻子上脸了，她当然就不要你了。"

男人被太太说破心事，真是一点脸面也无了。他背身躺着，脸上一阵接一阵烫，只好寻块凉一点的墙贴着自己的脸。今番他又嫌太太怎的突然聪明了，宁愿从前那样钝钝的，倒是好。

太太拍了下掌，不知是在鼓掌还是在拍蚊子，他心里就不好受，还要听太太讲下去："你看，女人就是这样无情的，眼下不要你了，我看你还觍着脸要她么？我看如今最要紧的第一条，就是咱们这些东西都得被收走才算完。"

男人最担心的就是这个，两个人分开了，她凭什么还供养他一家。他浑身的肌肉都绷紧了，直挺挺坐起身来和太太说："终究你贤惠，事事都想到了。说句不好听的，我们家没什么祖产，今日有房有车有人照料，都是因为她。因你贤德，为了大局格外忍让，我们家才得兴旺些。"

太太哼了一声，不免委屈："我不闻不问，你倒存了离婚的心了。我真是……"她恨起来："还不如从前呢，你要纳妾，她进门就完了，总不至于要我人到中年还要做弃妇那么凄凉。"

"你胡说什么哪。现在什么年头，早没什么纳妾的事了。咱们说眼下，这些年家里日子好过了，多半也是她在支持，可就是为着没名分，谁知能支持多久，像这样说散就散了。孩子还小，日后读书娶亲不都要用钱嘛，这是活生生断了来源。"

太太听得疑惑起来："你就这样看中她的钱，不是贪她这个人？"

"她要是个小气的，我就是看中她的钱也没用，是不是？她十几岁家里遭难落魄了，现在就算有大笔的财产，总得有个放心人照管。总不能说是给男朋友或是给程太太的老公掌管吧。若是我和她结婚，必须和你离婚，给你高高的一笔赡养费、儿子的养育费。以后儿子读书、出国、游学、工作、婆亲、买房，都不用你花钱，是她这个后母应当应分的。我呢，也不会抛下你不管，儿子跟着你，切实的好处都到你手里，我们总还是一家人。"

太太听他满肚子盘算，原来也不算个痴人，又觉得心底某处凉凉的："我信你个鬼呢。她比我年轻，你们再生一个也是分分钟的事情，到时候把我们孤儿寡母往脑后一抛，关起门来过你们幸福的三口之家的生活，还有我们什么事？"

"那你便错了。她三十多岁了，不年轻了，再下去就是高龄产妇，哪里那么顺利就怀孕有孩子的。况她也不喜欢小孩，根本不打算生。"

"是了，你们在一起那么久她都没有过动静，多半是不能生养吧。"太太有些厌恶有些同情，"也不知道她年轻时做什么行当，身体都做坏了，孩子都没有。"

他故意省去了小姨太坚持避孕的事不提，只说："你这话就难听了。这样不好么？到最后她的钱都是在我们儿子手里。我们这一代受苦不要紧，儿子是不能受苦的。所以我和她提结婚，也是为着我们家长远，谁知她竟把钱盯得这样紧，要和我一刀两断了，那我们眼下的日子，只怕也艰难了。"

太太是从生活里苦熬过的人，知道能忍人所不能忍，才能得人所不能得。可眼下一点办法也没有，她翻了个身，照旧睡去了。

男人却是睡不着，翻来覆去地辗转，唉声叹气。他是深深地后悔了：早知道是该有个孩子的。有了孩子，一个女人无论如何也是走不脱了。现在倒好，小姨太一个光杆自由身，说要他走路，连东西都还回来了，他实在也留不下去了。

真当是，早有个孩子，就不会这样被动了。男人，总该是握着主动权的。

日子这样过下去，车子司机钟点工照样地还在用，日常的开销也没有变。但有一日孩子回来，坐在餐桌上就嘟囔："好些天没吃海参了，妈妈你去买一些。"

太太没好脸色："你是什么金贵命呢，就要吃海参。"

孩子有些奇怪，也委屈："不是你们要我吃的么，说对身体发育好。如今我吃不着了问一句，又这样给我脸色看。我在学校读书很累的，吃点海参补补脑子不应该吗？"

太太不作声了，等孩子吃完去做作业，就掉转身对男人说："海参以后都没有了么？"

男人很是气不过，觉得太太小家子气，不过是海参而已，自己去买不就得了。

太太说："你别看着我，我是不会挑海参的，好不好的我不知道。"

"买贵的总是不会错的。"男人说。

"哼。"太太冷笑了一声，不说话了。男人话一出口也沉默了下来，低头喝了口黄酒。好的黄酒，喝在口里是有甘甜的，可是男人像是长了满嘴的燎泡，含着一口酒就是疼。

他好容易咽了下去，才想起没有小姨太的时节，逢年过节才吃一回海参，那种便宜货，泡发好了吃在嘴里也是腐腐滑滑的，一点筋道也没有。他这辈子再也不想吃那样的海参了。

快一个月了，他坐在办公室里，电话丁零零地响一回，他就跟着提心一回，总以为是那边打来的。可是从来没有，小姨太像是从他的世界里彻底消失了一样。

有几回他实在熬不住，特意开车去了翡丽佩公寓楼下，夜里小姨太家的灯火照样通明，白日里娘娘进进出出，她还是好端端地在这个地方生活。

他是恨她狠心的。太太静了片刻，低低地说："你就没有再上去过？"

他放下了酒盅，看着窗外，钟点工正在翻晒衣服，嘴里说："没有。"

太太说："你们男人呀，面子这么重的，也都是被我们女人宠惯了。"

他看着那些衣服，实在有些眼熟，那是小姨太的旧衣衫，他无声无息地带回来了，太太无知无觉地穿着。这么看着，就像小姨太的影子立在那里，虚虚缈缈的。

太太的话已经很直白了："她撒娇，你就多迁就一下。人嘛，实惠要紧的。"她心里微微地痛快着："你们这回闹，无非是你傻乎乎求婚惹的，你收回这话不求婚不就好了么？"

他有些怔住了，不想太太是这样的太太，大方得过了头。他疑惑起来，难道在太太心里，自己也是这样地不紧要？

他一个忍不住，话出了口。太太面上发青，手握着心口说："我难道愿意这么大方？不过是看孩子可怜，从此该吃的吃不上。你我夫妻一场，我难道不明白你心里难受？我成全你，愿意叫你再去看她，你也多顾惜顾惜我，别再说什么和她结婚，分明是逼着要和我离婚的话。末了，还是两边都得罪光。"

男人落下泪来，感动地说："阿云，再没想到你是这样贤惠明理的太太，是我不好，是我糊涂，我再不去找她就是了。"

太太撇撇暗红色的肉嘟嘟的唇："别说这样的话，真要再来一回，也是你不要她在先，断不能让她这么得意了，当你什么呢。所以我劝你，这回服软，回头拿捏住了她，才算争回了这口气。"

男人被太太说得心动起来，一瓶黄酒落肚，趁着酒劲开车出去了。

他有串备用钥匙，当时小姨太要他放下钥匙，他放下了，可到底留了个心眼，这串备用钥匙一直留在办公室里，未曾还回去。可是到了门口，双手竟发抖，连开门的力气也没有。如果她在里头，问起他为什么有钥匙还能进来，他该怎么交代？他想一想，竟是怕她，怕她那双水汪汪的眼，眼里全是寒冰。

那串备用钥匙抓在手里，丁零当啷，好容易要塞进锁眼里，却是怎么也对不进。他以为是自己心怯，喝了酒壮胆也不中用，使劲塞了几回，忽然浑身汗出如浆，明白过来——她是换锁了。

她竟连锁都换了，她这样防着他，算到了他可能有备用钥匙，不希望他再进这个门。要与他一刀两断，彻底不来往了。

他满心懊悔起来，自己拖了那么久，若是早些来，只怕她还没那么快换锁。是了，定是了，她左等右等不见他来低头，才懊恼了，换掉了门锁。

太太骂得对，硬撑着脸面做什么，还不是自己吃苦。

他很想走的，可是腿一软，一屁股坐下了。小姨太的房子是独门独户，电梯上来，一块浅蓝色的地毯，是几枝盛开的白梅花。从前他总不满意，谁家用白梅花迎客的，加上那浅蓝色地毯，根本经不得脏。鞋底稍稍有土，就弄污了它。

"弄污了就换呗。"小姨太很漫不经心。

男人很有点气上心来，要和她说一说不可如此糟蹋东西。可才跟进房去要开口，看到桌上包好的一摞摞海味，他又不愿吭声了。

回到家里，海味交给太太，太太对着灯一根根翻查，生怕有一根不好的。

他满肚子不乐意："就算有不好，你又能拿去换吗？"

太太笑了笑："我不过是要看看她挑东西的水准，给我们的货色又到了哪种情分。你又是哪门子不乐意，受了气来发作给我。"

他想来想去，小姨太并没有给他任何气受，他也不知自己这气从何来，总之小姨太那样漫不经心的态度，他打心眼儿里不喜欢，就是不喜欢。

他憋了半天，说不出个所以然，又不想太太看笑话，便说："家里门口连个踩脚的地毯也没有，成什么样子。"

太太骇然笑起来："你是发哪门子风，家里的门口对着路上，用什么地毯，车水尘泥滚一上午，就成泥毯了。"

他想想也是，太太说得有理，可终究气不顺。末了，太太只得去买了一块宝蓝色的地毯搁在了屋子里，那是极浓郁的宝蓝色，蓝得眼睛疼，正中是深绿色的迎客松，长青不败，越发显得浓翠刺目。

他总算是气顺了。太太到底是太太，有办事不错的时候。

这时候他坐在那白梅花上，心底有些惴惴的，怕西装裤子落了颜色，把那白梅花染污了。越是惴惴，越是懊恼，总之那白梅花是不对的。他坐了良久，心里渐渐定了。才发觉那安定是因为太安静——门里一点动静也没有，小姨太是出去了。

男人悻悻的，只好往楼底下去。

牛排馆里灯火通明，坐满了客。他心里有点不忍，事情就是坏在这儿的，他多少不情愿去看。这个时候，他心里埋怨起太太来，想着是太太鼓励他来的，全然是鼓励他来出丑，验证了他被小姨太驱逐门外，就如那一日一般。那冰冷的锁匙，是不动声色地隔离了他。全是因为太太，她当日何必非来这里吃牛排呢？何必非要他领着去那家中医馆呢？

总之是女人坏的事。

他心里不耐烦，夜风一吹，酒劲烧上了脸。这个地方冷僻，店铺不多，比城里要冷上几度。他懊悔没穿那件开司米的黑色大衣出来，就算伤心，也有冷风吹动衣角，格外有律动些。

方才过来，他怕小姨太立在窗口看见，特意把车子停远了些，此刻走过去，抬起头遥遥望着，小姨太的屋子灯火通明，显然她也并未走远。他心底又慌乱起来，如果看见了她，她那样冷的性子，该怎么好呢？

思绪和酒意交缠着，他听见前头昏黄的路灯下，一个女人高亢的声音喊了两声，他立时醒了。定睛看去，却是那喊声的女人扯住了小姨太，正夹缠不清。

小姨太个子不算矮，那女人却是白人女子的身量，特别地高大健壮，一身花罗旗袍裹在身上，和披裹在门板上一样，硬扎扎的。小姨太的身量就显得单薄了。他是一下子生出怜爱之心和勇气，这样的小姨太，柔弱的，多么像十几年前那个被迫要搬家的少女。

这时候，他终于不是那个少年，只能远望的他了。他握紧了拳头，冲上前两步，忽然停住了脚，所有的勇气都凝在胸口冷却了下来。

男人是经历过世事的，这世上但凡有点身家的女人动手，不比穷苦人家的女人，为了一根葱一头蒜都能闹起来，一定都是为了男人。他的一颗心簇簇地紧缩——这些日子不见，她难道已经惹了男人，还被人家妻房发觉，打上门来。

真是太不小心了！男人大为恼恨，活该叫人给两巴掌，醒醒脑子。

　　他想，是该有人给小姨太一个教训。和自己不清不楚这些年，自己是君子，舍不得打她骂她，太太是百无一用的人，一点扯不出正室的台面，是扶不起的阿斗。当然，他也不是诸葛亮，从来没有扶过。他心里合格的太太，该退的时候就退，该进取的时候就进取，平时就痴痴聋聋，安心家务，需要的时候出来撑住台面即可。可恨的是，他并没有这样的太太，他只有一个推不到台前的小姨太。

　　他倒是暗暗里盼着太太可以和小姨太拉扯撕打一番，如果那天在牛排馆，孩子不在，两个女人干脆打得脸红脖子粗，互相大骂"贱人"，扯着他的手臂互相高叫这个男人是自己的，那他倒是乐见的。

　　毕竟这个世界上，多少男人连个老婆都没有，他却是有女人为他打破头的男人。他明确地思考过，政府明文规定的一夫一妻制，其实是不对的，凭什么一个男人就得有一个妻子，那难道天桥底下捡破烂的，路边讨饭的，不能人道的，都要配一个女人吗？就算这城里男人和女人是一比一的比例，那也该是出色的男人有两到三个女人，不够格的男人，怎配有女人呢？

　　这倒不是他一个人的想法，一个男人，多少有点底气的，都会这样想——某某这样出挑的人才，怎样证明他的出挑呢？自然是有不少的女人看上他，跟着他。

　　一直以来，小姨太这样的女人不计较名、不计较利跟着他，是他最大的底气和骄傲。那一定是为了爱他，不计较一切地爱他那种深刻的情分。

　　他想到这里，心头一暖，又是一冷，可如今这情分却被她一口断绝了。

　　他又是气恨，又是委屈，是他大意失了荆州，是他不该顾着太太的心情，想让她偶尔也体会一角小姨太生活的世界的边边落落。

哪怕太太是够不上的，可能看一回那样的医生，安静洁净的环境里，医生不急不躁，和颜悦色，一点都不赶你走的不耐烦的样子，姑娘也是细声细气，特别周到，也是太难得的一次享受。不叫太太体会一次，太太就不能揣想出一百倍的他在翡丽佩公寓的日子，然后安心守在家里，等着他偶尔地不间断地带回来种种的好处。

到底是他不好，忘记了小姨太的世界很窄小，很封闭，这些消息立刻她会知道的。真是大意失荆州，可眼下小姨太正和人拉扯不清的，无论为了什么，他都不能眼睁睁看她在高个子女人手里吃亏。

他安安心，这个好机会，正好上前护着小姨太，哪怕是挨几记打，也是博回荆州，怎样也是上算的。哪知等他上去，小姨太已经敏捷地退开一步，低声不知说了两句什么，那女人就朗声笑了："早这样清爽多好。"那女人整理了下衣襟，把裹着门板的花罗扯扯平，随手捡起一条紫貂皮披上，趿着一双夹棉的春秋都可穿的厚缎子鞋，稳笃笃地走了。

他心中暗暗喜悦，那样好，连矛盾争吵也不必有了，和平大吉。

小姨太转过身，见他一脸护卫的样子，也是吃了一惊："你在这里做什么？"

"我正经过这里，听得有人争执就过来瞧瞧，不想是你。"他急切地走近身去查看她的手臂，"你没有受伤吧？"

"没有。"小姨太裹着一件米色的开司米披肩，浑然未受一点侵犯的样子。她面目上浮着镇定的情绪，可眉梢眼角还是有点沉不住气的慌乱。男人暗暗明白，这个高个子女人对小姨太而言算是要紧的人。可他面上不说，只是焦心地皱眉："怎么样？她有没有伤着你。"

"没有。"小姨太裹紧了披肩，就要往公寓那边走。

"我送你回去，免得她再来杀个回马枪。"

"回马枪会杀，但不是现在。我没事，你放心回去吧。"

"叫我怎么能够放心。"男人激动起来，"我走开才多久，你就被人欺负上门来。"他又有点欢喜："你是为了防这个人才换的锁么？"

小姨太转过头来，定定地望住他，一双清水妙目，照得他跟个水晶玻璃人一般："你上去过了？"

"嗯。"男人心虚了。

"姨妈弄丢了我家的钥匙，索性换了锁，免得她家里几个不争气的捡到了，来这里厮混。"

"姨妈待你是好的，也疼我。只是儿女不大争气。这世上有几个自己争气的人呢，又不能人人都像你这般独立。"

小姨太与他并行了几步，倒也安宁。男人又说："既换了锁，钥匙给我一把，万一再有今天这样的事，我也能赶过来保护你。"

"如果你上次坦坦荡荡交出钥匙，没有偷偷留备用钥匙上来，那我换锁自然也留一把新钥匙给你。可是……"小姨太的口气冷下来，"你似乎叫我失望了。"

男人越发地窘了，大意啊大意，怎可一时气性重说了出来，明明可以一路陪她上去，佯装发觉她换了钥匙换了锁，为何这也憋不住就立时说出来了。

他在小姨太面前，连最后一点颜面都无存了，早知道还不如刚才冲上去不管三七二十一干一架，总算是舍身护花了。现在，他彻底在她眼里成了鬼鬼祟祟，一点也不磊落的人。

男人软下了口气："离了你这些日子，我每天浑浑噩噩的，魂也不知丢在了哪里。若以前还有些理智，想着失去了你，也都没有了。你救救我，别舍弃我。"

"你看你，说的这些孩子气的话。"小姨太的口气温和些，但并没有放松的意思，"好好回去，家里人等着你呢。回到太太和孩子身边，成了他们的主心骨，自然脑子就清楚了。"

男人一身酒气，红了眼眶："我糊里糊涂喝了酒还开车出来，要是再酒醉着开回去，你也不怕我出事，便让我留下吧。"

小姨太分明不受这样软硬兼施的话，笑笑说："那也好，你把车留下，我替你叫车回去。"

好似一盆冰水兜头泼下，男人立时浑身僵住了。他是来撒娇撒痴的，可没想小姨太会要留下车要他走。他已经吃了大亏，丢了小姨太，再连车都丢了，怕不是太太当场就能撕了他。

"你好狠的心！"他气得眼睛都血红了。

"狠心？咦，是说我对人呢，还是对车？"

他再也忍不住了，扑身上去紧紧地箍住她，按住了她的胸脯。"你是不是搅了什么桃色纠纷？方才那个女人，是不是就是傍的男人的老婆找上门来了！你就这么熬不住么？没有男人不成，你来找我啊，我才是你的男人。"

男人一向是文质彬彬、温文尔雅的，忽然这么胡蛮起来，小姨太也吓了一跳。不过那吓也只是夏日蛾子在灯下一闪的翅膀，很快安静了下来。她静静地在他耳畔说："你说我一喊警察，明日是不是你的同事上司都知道你作奸犯科了呢？再要查问我们俩的关系，财务出入，你说他们是以为你私德不端养外室呢，还是以为我养男人，连一家子都养了？嗯，你的前程还要不要了？"

她的轻声软语比法海收青白二蛇的金钵还管用，他立时软得委地了。

她盈盈地蹬着三分高的高跟鞋，徐徐离去，仿佛刚才那一番扭打完全算不得什么事。她走得很稳，鞋跟脆脆地落在石板上，每一步都几乎扎着他的心。她是踩着他的心离去了。

他觉得恐惧，又委屈，呜呜咽咽了很久，觉得丢脸，到底还是颓丧地回去了。

太太一看见他软皮蛇似的进来，心里便是一沉，当机立断转身把替他准备的八宝茶一口气喝了，悄悄换了普通茶水上来递了过去："劳动你辛苦，可惜家里没什么好茶叶犒劳你了。"

男人回到家里，才觉得冰冻的一颗心稍稍回温，伏在桌上呜呜咽咽、抽抽噎噎地哭了。他上次这样哭，还是刚工作的时候，明明努力做事，上司总是不满意，刚起头，就知道未来事业无望了。

太太心里好笑又解恨，可面上觉着无光，左右一望，关紧了窗："幸好孩子去学校了，否则你这父亲成什么样子了。"她坐下关切地问："好了，说说，到底怎么了？"

男人委屈到了极处，似小青从法海金钵下逃出来，惊魂未定，见了最最亲热的姐妹白娘娘，一头扎进了她怀里，事无巨细地抖搂了个干净。

这会子，他们做夫妻做成了最要好的姐妹淘、手帕交，无话不说地，一同埋汰起另一个女人，同心同德。

他从未觉得太太这样地熨帖过。从前娶她，不外乎门第相当，后来十来年未曾闹架，固然因为他脾气温温暾暾的好，又能拿捏得住她——婚姻里，总是要一个人能管着另一个人的。

"你们男人，惯是会坏事。"太太坐在他身边，与他双手交握，时不时抚他的背安慰着，听得脸色都变了，末了露出痛惜的神色，拍着他的大腿说，"你这样问上脸去她有没有男人，不是坐等着撕破脸么？你是去和事的，不是去坏事的。原本还有转圜的余地，这倒好，生生回不了头了。"

"枉我这些年一心一意待她，除了你这正头太太这儿，连舞厅也不下一趟，她居然背转身被别人太太打上了门，可见是多么明目张胆。"

太太厉声冷笑了一声:"她与你这些年不明目张胆么?除了差个名分,几乎就是平妻一般两头坐大。人家太太能干,一口气吞不下,立时打上门去拆了她的房子。不似我,这么多年装傻扮蠢不闻不问,偶尔撞上一两次,她就借机要和你分开,拿我做由头呢。"太太说着伤心起来,拈过了一条帕子呜咽。那帕子掩在脸上,他看得分明,蓝底白梅花,是小姨太用过的货色。这世界上大概也唯有小姨太,不介意帕子和门口地毯一个颜色。而太太,终究是不知情的。

他打心底里替太太抱屈起来,口中骂道:"真是个狐狸精!"可是怎么样呢,这世上不知情有不知情的好处,就像帕子握在手里是上好的丝罗帕子,谁会想到和地毯一个色。

太太浑然不觉,依旧说着:"她若真是狐狸精,怎么不拿出狐狸劲儿来尽着你。这些年我冷眼瞧着,她极少主动勾着你,要不是行了这不明不白的路,倒真像个大太太,不像那昏头昏脑行事的人,只是想不明白她,何必要走这下三路?"太太越想越是疑惑:"如果真是为了和别人好丢开了你……难不成是找了个小后生?"

她眼里疑惑的精光更盛了。"她是三十多的人了,你也快四十。所谓豺狼虎豹,女人都在这个年纪上,男人却要进补了。"太太故意把话说得淡淡的,可是话里透的意味却是再清楚不过,自家男人会不会是抵不足小姨太的胃口了?不过,这也只是寻思,自男人和小姨太好上,日复一日地少和她睡了,就是同床也不碰她。这也有些年数了,男人守着她一床睡着,却是守着清规戒律一般。男人行与不行,她是没有发言权的,这般问,无非是夫妻真成了姐妹。

男人红了面孔,他们是文明人,同性朋友之间虽然也说荤笑话,但也不会那么露骨。反倒是太太开得了口,可见女人到了一定年纪，那是什么文明礼教都可以做笑谈的。他现时真心疑虑起来，那些所谓的闺中女友相聚，是不是连对方丈夫那话儿的事都清清楚楚，一夜有不顺遂，便抱怨得小姐妹里都知道了。他口中说着："那不至于，我看那闹的女人，足有五十多岁，想必她的丈夫也不年轻。"

"不会为争小白脸？"太太越发讲得出来。

"争个小白脸，能闹上门来？我的好太太，谁不是要脸的？"他说着别了口气，又觉得太太蠢相了，那身睡衣怎么看怎么不服帖，紧绷绷地裹在身上似的。太太也不胖，只是肉松松的，被衣服挤着，没个好着落处。他索性不看太太了，转脸望着别处。真丝的睡衣滑溜溜的，贴在身上不大真实的感觉，好像随时都会溜走。那都是小姨太的手笔。从前刚在一起，他睡觉虚汗重，一觉到后半夜，被窝就被他身上的汗湿透了，不得不分开两床被子睡。他是着急这样分被窝睡是伤感情的，男女之间睡觉都得搂住一起才能感情深厚，小姨太是着急他身体哪里不好，后来请了世代宫廷中医细细瞧过，少年的时候嘴巴吃得亏损，现在体格就虚了，特调了十二味地黄丸，补了一两年才止了汗。所谓是药三分毒，停了药才改了吃海参食补。

太太脸上带着些隐秘的好奇："怎么？她是觉着你填不上那补天的窟窿啦？"

有当然是有，比起年轻时，总有些力不从心。所以留宿前，先偷偷吃点药壮底子，但从一开始小姨太总是淡淡的时候居多，热情的时候少，现在更甚。或许人年纪大了，也成了个冰雪冷淡丸子。

"你瞎说什么呢？"许就是因为两人没有房事太久了，说起这些来总像是在议论旁人的八卦。

"是不是哪次不好她不乐意了？"太太不依不饶地追问。

"谁能次次好？那就是兽，不是人了。"他一脸学究样。

"那可别禽兽都不如。"太太略带讥讽地微笑。

"如狼似虎嘛。你就想说这个，可是你得懂点科学，老虎交配才半分钟，国宝熊猫呢，十秒钟，拿人做兽比，寒碜不寒碜。"男人涨红了脸，越发觉得太太和自己不是一路人，便是讨论这么正经的知心话，太太也能扯到床上那些事去，白诉了他这些委屈。

这回轮到太太红了脸："科学科学，尽是让你们学流氓去了。那好，既然你推论出来不是小后生，那女人年纪不轻，想来她的新人也有些年纪了。她不缺钱，也不缺男人，找那老女人家的老货做什么。"

男人脸色难看极了："那便是真心要甩撇我了。"

太太霍地站起身来，一拳捶在另一手掌上，像临战的花旦一样，只差扯一对翎子招摇了："那我非要弄个明白。"

男人欲言又止，太太立刻有眼色起来："你放心，我一个女人去探消息，总比你方便。进可问消息，退可唱白脸，左右有什么错处，都归在我身上，比你莽莽撞撞地冲上去好转圜。"

他几乎是热泪盈眶了。老天没让他犯浑离婚，总是天可怜他。

"我怎么谢你才好？你对我一片真心。"

"晓得是真心就好了，莫薄待我，全副身家心思都要在儿子身上。"

在儿子的问题上，是统一战线，绝无分歧的。

太太微笑了，她也终于做了一回他的主。都说夫妻做久了成了陌路人，摸对方的手就像摸自己的手。这话不对，摸自己的手还是带着自怜与自恋的，摸对方的手就跟摸床板栏杆一样才对。太太不希望夫妻做成那样，那是坏路数，最好的路数是成了姐弟——断不会是兄妹，男人年龄再长，都是稚气的，大事都得女人引导着他们做主，哄着、安慰着，做着姐姐，带着牺牲的精神。

太太出门是看过黄历的。

大吉。诸事皆宜。

和上回去吃牛排不一样。那种战战兢兢的心理一扫而光，她头一回手持圣旨登门而去，是身有倚仗的。无论能否劝服小姨太回头，无论能否打听清楚那女人的来历恩仇，她迈出这步，就是迈出了正室的宽容大度和能做主。

太太出门前是特意打扮过的，先挑了过年时红料子的裙装，可那样显得太去摆正室夫人的款儿，特意要压人似的，就换过了颜色低调但料子是最好的那件裙装，戴上珍珠耳环和珍珠戒指，披肩搭在肩膀上做点缀，特特叫司机送到了楼下等着。

太太这么精心打扮，男人是很有意见的，太红当然不好，可太太精挑细选的也是小姨太穿剩下的旧衣服，这样上门好似失了面子——算了，最终他当作没看见，没有说话，这样显得太太姿态低一些，又蒙在鼓里些，好说话些。毕竟谁也不喜欢上门来一个咄咄逼人的悍妇。

太太气定神闲，腹稿打了无数场，自觉体面又妥当，拈着帕子出了电梯上了门，一眼就变了脸色。她似乎有些不相信，看看手里的帕子，看看门口的地毯，竟是一样的花色，淡蓝底子雪白梅花。

竟有人用这样颜色来铺地毯，一点不怕作践的。

她瞬间明白了自己这块九成新帕子的来历，心头大恨丈夫用外室用过的东西给她，那是存心折辱她。

一腔豪情尽被冷水泼了，这个门是没法进了。太太想了想，挂了电话进去，约了小姨太在楼下左面咖啡馆的包厢相见。小姨太原本不肯下楼的，奈何太太明言了就在门口等候着一起下去。太太的口气非常和气温婉，却又不容推却，大有小姨太不出门她就不离去的意思。小姨太想了想，不好这样驳人家太太的面子，随意捋了一把头发，顺便把贵重的首饰都摘下留在妆台上，衣裙也是朴素的，才出门下去。

太太有圣旨在身，也摸不清楚小姨太会不会连着对她下面子，连她说话的机会也不给，索性开门见山："你们的事呢我知道许久了，若是不知道呢也不算个人了，他心里有你，藏也不会藏，都露在脸上。"

小姨太柔柔地微笑："这是什么话呢，您这样为着丈夫，自然是你们夫妇一场恩爱。"

这一把太极打得圆又滑，太太一个接不住，全力挡了回去。她幽幽地叹了口气说："你是个明白人，做人妻子有什么好，辛辛苦苦生儿育女操持家务，最后还落个里外不是人。你不愿做，是你通透。我是没法子了，没学问也没本事，儿子又那么大了，走也走不脱，只好一路糊涂到底。不比你，可进可退。"

"我是外人，合该退在一旁。路进到哪儿，都是您二位一辈子携手走的。"

"我知道他有许多不是，没什么本事，也没有什么钱，叫你跟了他这几年，没有养着你，他呢到底是个男人，也是有自尊心的，心里总想补偿你。你呢若真不要名分，那也没的说，他只管拿下半辈子的时间做打算，多多陪着你照顾你。"

小姨太温然笑着，话里全是掷地的石子儿咯嘣响："不是我跟他，是他跟我。"

太太窘了："你何苦这点面子也不留给他。"她说着，也有些解恨，冷笑了一声："男人没钱，总是无用，话都叫人说去了，还能要什么面子。他舍不得你离不开你，你实在不愿意和他走明路，就留着他给你爬梯子修灯泡也是好，身上三病两痛的时候有人端药喂水也是好的。"

小姨太滴水不漏："这点事，公寓管理员和娘姨都可以做，不用劳烦程先生纡尊降贵。他能做这些功夫，自然是要为自己家里做，全心全意照顾家人。"

太太急得发根里出汗了："你这个人就这样要强么，还是另有了好人儿？他自是不如人的。"

"你们夫妻俩，原是一路人，想事情都是一个路数去的。这样完满的姻缘，难怪他之前一直没动离婚的心思，换作我也觉得志趣相投，分不开的。"小姨太全没有讽刺的意思，是打心眼儿里这么想。她见太太还是一脸不受用，也奇怪了："还给你完完整整一个丈夫，不好么？"

"算了。"太太心里雪亮，"他的心从来也不在我身上，留着这么一个囫囵人儿，不如实际一点。他和我说过你的事，你们年轻的时候是邻居。"

小姨太承认得爽快："是邻居，但不算熟。"

"熟不熟不打紧，他那时心里就有了你。"

"有没有我不打紧，打紧的是你最需要的时候他也不会在。"

太太不解："这些年里别说你随传随到，就是你不传他也满心扑在你这儿，怎么有你需要时他不在这种话。"

"那是我自己的际遇，没什么可说的。"

"我们都不知道这十几年里头你经历了些什么。连我也看不懂你，要一个男人在身边，总得争个名分吧。"太太上上下下打量着她，有些困惑，"这么些年里，我起初总担心你会要抢我的名分，恨不能和你大撕一场，可是后来我也渐渐看明白了，你不在意这个，是真的不在意。可我也不明白，一个女人，总是需要一个男人的呀，否则哪里来个终身的倚仗？"

"你是有丈夫，可他算你终身的倚仗么？若这个倚仗这么好，你怎的推他出来？不自己牢牢抓住了。"

太太被她问上脸来，有些赧然。

小姨太啜了口黑咖啡说："你想不明白的，他也想不明白。一定要我争抢这个程太太的名分，你们才都放心了么？好吧。"她笑了笑，"永没有那一天。我想着，女人一个人也可以，未必要倚仗男人。要结婚可以，不结婚也可以；要恋爱可以，不恋爱也可以；都自己说了算，拿定主意就行，谁也不用在乎，谁也不用理。"

太太听了这番惊人之语，诧异有，不懂也有。她默然了许久，细细端详着她，忍不住问："其实我一直想问，你何必要拣他？你要什么样的人没有，难道只是为了旧情么？"

"旧情，当然是有一点的。到底从小比邻，虽然不是很熟，到底知道家底，生不如熟。"

"也是。"太太叹了口气，"现在的男人走出来，一个个看着登样，人高马大，背后谁知是什么营生。最起码的，不是一个拆白党，不是捉你当猪猡去宰卖。"

"是。正经有个稳当工作，一来不是正宗小白脸……"

太太抢着说："其实和小白脸有什么两样，都是吃软饭的，还要一家子吃软饭。"她说着觉得丢脸，拿帕子捂住了腮。

小姨太笑了："他不够白。"

太太也忍不住笑起来："那是的，要天天坐车的人不被晒才白，他才开车几天。"

"再说了，有一妻一妾的齐人还去捡人家坟上的祭品回家得意扬扬地吃，他有的也是我情愿的。他付出关心爱护，应有所得。"

太太这些疑问在心里憋了许多年，如今一股脑儿问出来："你待他不薄，拣他入幕，只为这些。还有呢？"

"有稳当工作的人有体检，没有病。最好，和太太感情一般，不睡在一起也无妨。毕竟，谁喜欢那种沾着别的女人味的男人呢。"

太太捂住了面孔，想哭又哭不出来，惨惨地笑了："他原也不是让女人欲罢不能的男人。你拣着他……真是，可怜他这样的男人，一辈子不升官也不会丢职位，清粥小菜的日子过着也就算了，骤然富贵了几年，你叫他如何能舍得罢手。一个人，没有做过美梦是好的，醒来两手空空，岂不凄凉？我也不知你是帮了他还是害了他。"

"原是我不想结婚，他是个有婚姻的人，倒比单身的便利。我想着，一个男人无论外头怎样，第一要紧的应该是家庭与妻子，纵无爱情，也该有情义，照顾妥当，谁知他要闹结婚……"

"他要闹结婚就是要与我离婚，我这个人原没什么，可离婚是大计，我不能答应。"

"和一个不想结婚的人闹结婚，和一个不愿离婚的人闹离婚，都是不对。何况他私心也太重，在你面前什么离婚的意思也不露，倒要我先答应他结婚，算盘珠子也打得忒圆润，步步都要自己拿捏在手中的。"

小姨太颇为意味深长地看着太太："他一个男人，左右逢源惯了，以为自己都能拿捏，殊不知都被女人拿捏了。"

太太亦笑了："我是他太太，不得不拿捏他些。你呢，是不想也不屑拿捏他。"

"何苦来哉。"她们异口同声地说。

虽然口头上没争执起来，还有几分谈得入港的意味，可到底心头所求未成，这般铩羽而归，太太很是闷闷不乐了一阵。太太是性子坚韧的人，一件事越是不成，越是要它成。

小姨太回到家里，静静地坐了好久。这世界上每日都有许多笑话，可正室太太来求着一个外室不要离开自己丈夫的，倒也少有。大约这是个特别实际的城市，你的来历出身，谁也无暇顾及，只要你有银钱傍身，谁都得敬你三分。

这个地方，所有人眼里都只见钱，所以目光炯炯，精神蓬发，反而拉动一个城市的迅速发展。

比起先生的前妻，程太太郦芸实在太温懦了，她要得多，既要不离婚维持正室的体面，又要有钱继续进来供养家里。一个人目标多了，又不分轻重主次，难免挑肥拣瘦，左右不定。

她想起先生的前妻在的日子了，那女人目标最明确，钱。嫁给一个创作的丈夫，也是为着他的稿费能提供她锦衣玉食。离婚也没关系，全不拉扯哭闹，只要赡养费给足了数就好。

先生也懊悔，年轻时贪恋她貌美身材好，玩心足，又喜欢交际，写作的日子到底闭塞苦闷，有个活泼热闹的人儿来也好。头脑一热就娶进了门，十足十郎才女貌。

前妻是个混血儿，会很多门外语。她太闲了，做人太太的时候就整日无聊，先生只好拿了钱给她去学外语充实自己。为着打发时间，英语是基本，日语、德语、法语、葡萄牙语都学了，虽然是皮毛，但都派上了用场，在牌桌上和外国人也赌得酣畅淋漓，加之眉眼生风，那时是真春风得意。都说四国联兵，她起码有四个不同国家的情人。都是高鼻子白皮肤深眼睛，她有时也分不清谁是谁，可有什么关系，先生是只会伏案的先生，纵然有才华，纵然会赚钱，但对她而言也太无聊了，不如这些情人们。

说到底，是自己的快乐要紧。也是想得通的人，也就是因为这样，她来到先生身边工作时，前妻没当回事，尽顾着闹离婚要高额赡养费。等离完婚，谁都知道先生绿帽堆顶大伤了一场元气，还是她在旁悉心照顾着，才缓过心劲来埋头写书。

先生的身体就是那时候坏下去的，很多时候只是口述个大概，都由毋宁执笔。毋宁战战兢兢写了半本书，先生读了惊艳起来，觉得比自己写得还好，便鼓励她继续下去，一个说一个写。那批书的销量特别好，急急又催着来写新书。这么看来，无论要走多少赡养费都不怕，他们合作愉快，日进斗金。

那段时间最安稳，彼此心有灵犀，谈文论字，写书成册。她坚持依旧署名是他，不可坏了规矩，也反对双名并立，无端叫人揣测。

毋宁笔头子功夫很好，除了写小说，还去接触了改编电影剧本，借着先生的名义，先生做编剧，她做策划编审，居然也很成功地改编了几本先生的力作，叫好又叫座。

那时候，真是一段快意舒畅的好时候。

而现在，先生走了，只余她在寂寞里，茕茕孑行。

自从男人不上来了，这屋子里特别地静，那种安静像井底的水一样弥漫上来，带着青苔幽深的气息，冰凉彻骨。

有时候这种凉与静谧是叫人冷静的。她想起这些年的种种，男人对她着实不坏，呵护体贴。可她知道，若是花大价钱请个英式的娘姨，一样也是细微周到，更有一桩好处，不会逾矩。

男人是逾矩了。他要和她结婚，他以为她要结婚，却不知道世界上很多女人是不想要结婚的。对婚姻不是失去了期待，就是有期待的那个人已经不在了。

毋宁想起了先生，他已经离世很多年了。那张黑白的照片照得不太像他，他是冷峻的，少言寡语，可是对着她，笑容就特别多。

她一直记着他的笑，像肃冷的秋日里挂在枝丫上的夕阳，迢迢的，没有了温度，却还是那样浓郁的橙红。

他会这样挂在她的余生里，已经永远不能温热她了，可是想起来，就是一种慰藉，那种橙红，让她可以静下心来过着自己的日子，不断开和他的一切关联。她在寂寞里抬起头来，他就是耀着冷红的光芒让她继续生存下去的勇气。

听说太太被拒绝后，男人也不怪她，只是在好几个深夜里，拿被子捂着脸，呜咽地哭了半夜。

太太听得清清楚楚，也只好装听不见。起早来趁着太阳大晒那半床湿了的被子。她一边翻晒被子，一边心里有些快意：这辈子她是没让她的丈夫痛心难受过，有人这么折磨他，仿佛也替自己出了半口气。

她再不拿那方蓝底白梅花的帕子了，无端想起门口那块踏脚的地毯，虽然干净无尘，可她心里就是别扭。

太太狠下心来，面子不要了，再去找小姨太劝说。

而小姨太呢，一直住着的翡丽佩公寓被前妻和太太找上门来了，也是不胜烦扰。太太倒罢了，前妻上回是堵在了公寓楼下，下一回要摸到门牌上来也不难。

这些年的好日子，手头宽松，不外乎是跟了先生那几年，学会了写文章的本事。

小姨太手里有先生留下的许多残稿，都是不完整的，她一一补写了，文风从容，笔触流畅，不致让先生堕了声名，落个江郎才尽的是非。他是个名作家，打着他名号的书稿都卖得不坏，小姨太这些年除了把残稿补全了，又写了好多与原来书册相关的人物小说，读者们一腔余情，卖得也很好。

这年头，出版商都不老实，口口声声给的首印版税挺高，合同上加印也是五花八门地看着有钱，其实谁都知道，前后首印的钱拿得到，后面加印的钱是一分都难拿。印刷厂和出版社一条心，齐刷刷瞒着印刷数，尤其卖得好的书，偷偷连夜加印，还要苦着脸对你摊手，对不起，你的书卖得不好，根本没有加印。

写书的都是老实人，不能从印刷厂的源头查起，也不能深入各条销售渠道，无论再卖多少书，都是吃个死亏。

小姨太却是有个不成办法的办法。一手交钱一手交货，出版商如果哭穷不给加印，或是加印的钱给得不满意，后面留下的其余书稿，便捏住了不给。这实在是无奈底下的流氓办法。可是这世道就是这样，契约精神是没有用的。

就像夫妻缔结婚姻契约，都发过誓的，可是有多少人遵守契约精神到底了。

小姨太一个女人，终究是这样，一笔一笔逼出了钱来。

谁也不知道先生到底留了多少遗稿给小姨太，左右她隔一两年取出一本来卖，钱就稳稳到手了。

她很感激先生，留有余泽，除了教她买珠宝钻石，更教给她安身立命的本事。如果可以安安稳稳写下去，就算珠宝丢尽了，也是吃喝不愁。

可是这样的事，是断不能让前妻和程太太知晓的。便是程先生，在一起这些年，也是在他隔天不来的时候或是上班去时她才偷偷动笔写，硬是瞒得一丝不露。

可如今，只怕这里是住不得了，得避一避才好。

太太要来找小姨太时，正逢小姨太心思活络生了退意。头一回，小姨太上山拜神去了。小姨太是不信命不信轮回报应的，可是庙里的事，她都很认真，拜神也不疏忽的。心里有恭敬。拜过了又去了先生的坟上坐了半个下午，只握着脖子项链上一颗黯淡的钻石出神。

第二回呢，小姨太去了姨妈家，给要出嫁的喜事添喜气，特意送了一沓子现金上去，叮嘱婚宴别抠抠搜搜，新人要计较一辈子的。姨妈一家都感激她，殷勤留饭，客客气气送出来，已经是晚上了。因心中存了去意，她和姨妈特别温情，那些年里受过的冷眼也不要紧了，到底还是亲戚，再见不知是什么时候了。

太太哪里晓得这些，连着两回吃了闭门羹，又羞又气，环顾四壁，这才多少日子，家里就显得潦倒了许多。男人夜里哭归哭，还是要脸的，只好她来做这不要脸的。她趁着男人上班孩子上学的日子给娘姨放两小时假，特特地打电话过去。电话铃声丁零零地响着，太太心急，好容易人都不在好开口，若叫人听见可不羞死，只盼小姨太可别再野出去了。

小姨太接电话的时候还在睡，实在受不了电话铃响个没完，只好披了晨褛起来接电话。

她午睡被打断，正呵欠连天，那头程太太已经急切切地说："我跟你说实话吧，他伤心得快不成了，人也憔悴极了。他着实离不开你的。"

小姨太忍住困劲儿说："他有一大家子亲人，我一个外人，他有什么离不开的。"

太太十分急切地说："真的，我是说真的，你可千万不要和他分手，我误用了你的医生，误入了你们吃饭的牛排馆，是我好奇，想了解下你生活的环境是怎样的，是不是真与我们差别那么大，是我莽撞无礼了。另外，你要是觉得一三五七他在我这里时间太多了，他周日要过家庭日不能陪你，我都可以跟你换。我二四六，你一三五七好不好？或者他周一到周六都陪你，我周日……周日他回来陪孩子过个家庭日就够了。你知道的，孩子大了，不需要他天天陪着了，我能照顾的。再不济……司机和钟点工都在就够了，我们照顾自己也从容些。"

说到底是为着这个，小姨太微微地笑着："司机和钟点工你都可以照样用，我不会收回的。丈夫还给你，不好么？"

"不不，他……"太太急了，"他已经有过外面的女人了，心已经野了，收不回来了。他要是再换女朋友，哪有你那么好，让他顾家，不要他离婚呢。我身体不好，读书识字也不多，离了婚，我还能怎么样呢？我知道的，这些年他心心念念要离婚和你在一起，是你力劝他顾着我，顾着孩子的。"

"你可以劝阻他，约束他，让他一心一意对你的。这是你们夫妻的事。"小姨太睡意上来，没什么好气了，只想挂断电话。

"不行的。"太太干脆地下了判断，"他一个男人，但凡有点收入，有个安稳体面工作，就没有不往外的心思。别看他的薪水只够养家，可他那些同事，嫖的有，养暗门子的也有，找年轻女学生最后人家挺着肚子逼上门来的也有。你要一个男人没点花花肠子，比要切了他的肠子都难。真的，除非他不做男人了。"她伤心地啜泣起来："我们家的日子好歹安稳了点，我就想这样安安稳稳地过，逢年过节他都陪你都没事，我过得下去的。但你和他分开了，他哪儿再找你这样有模有样的人去了，他不变着法子和我闹，就得外头闹出事来。真的，你和他也有年头了，拿捏得住他。有你在，好歹他再不会也不敢有其他女人，他还是算干净的，不会有病。你呢，也总是需要一个捏得住的男人在家里，替你撑撑场面，否则你一个女人，孤苦伶仃的，有个头疼脑热都没人照顾，也着实孤清，对不对？"

太太竭尽全力了来劝说她。真的，什么妻妾尊卑、人伦大义，人只有实实在在握在手里的好处才是真的。

真分手了，就算她不停了他家的司机和钟点工，难道还真继续给他们请一辈子，万一他们要涨薪资，又是谁来付？如果真是她全担，那不成了个笃头？世上没有这样为无缘无故的人大撒把花钱的道理。

现在这样，只要不分开，就算她很少见男人，总要付着款项，就当长期的安家费，也算师出有名。

毋宁挂了电话就意识到自己的错，何苦贪恋这几年有人在身边嘘寒问暖，到头来什么年少相识青梅竹马，闹到最后，无论是爱还是婚姻，都是钱的纠葛。离开一个男人不难，但要交割首尾面对他们一针一针的计较，的确是很烦。

她觉得扫兴，不外如此，除了先生，这世间的人都不外如此。就是姨妈，给足了钱，才是亲姨妈。

她睡不着了，倚在沙发上发呆，眼看着日头一点点红惨惨起来，难以自举地滑落下去，就觉得后脑勺突突的像是被谁敲着钉子，疼得厉害。没有睡够，她没有睡够就会头疼。真是烦。成年男女分开，利索体面一点不好么？

门外有揿铃声，一定是娘姨出去买东西忘记了带新换的钥匙。娘姨这样丢三落四好几回了，她想着要换了住处，换得远些，娘姨是孤女，服侍她久了，她要给娘姨养老送终的。不换地方，娘姨每日这样出门买东西，难免露了行藏。再不然，搬去南洋，椰风和鸡蛋花香浓郁的地方，永远地热，心寒亦能治愈。再有不快乐的事，出着汗热昏昏地糊涂，一天也就过去了。对女人也好，那里的女人尽是瘦，热的地方不出胖子，不容易显老。

正胡思乱想着，她起身去开门。谁知才扭开一条缝，一阵热烘烘的隔夜的汗气就逼了进来，一团裹住了她。

小姨太一见来人就变了脸色。是先生的前妻！她找到了自己住的地方。

因着热，前妻解开了裙子的颈扣，露着黄黄的一截脖子，上头还留着项链戴过的细细一痕，项链不见了，多半输给了别人。她脸上的妆被汗水污化了，只留着鬓边的一点粉迹和口唇边缘融得剩下的一线的唇线，整个人都是糊软的，将融未融的。她头发上满是不知混了几天的烟味、酒味和汗臊气，让人畏惧。

小姨太掩住了鼻子："你又过海去赌钱了。"

前妻理直气壮："不赌活着还做什么？和你一样成日死守在房间里么？你是有钱守着，我是没有！"

小姨太尚算冷静，嘴上说："你是来要钱，何必这个样子？"她背过身倒退了两步，想要悄悄去按警铃喊保安。

前妻眼明手快，抓过台子上一只酒瓶就砸了过去，她这一下子极狠，警铃整个碎了。小姨太这才紧张起来，知道今天难过关了，只能拖延着盼着娘姨快回来。

她慢慢地说："你要多少，我有的现金全给你。"

"你有多少现金？当然全部拿出来，连银行的都要取出来！"前妻不管其他，厉声逼上前来，"你说，他留了多少书稿给你？你卖了多少钱？我是他前妻，他的东西，都该归我一半。"

她骇然吃了一惊："你怎么问起这个来？"

前妻愤恨难平："我离婚的时候糊涂，以为他身子坏了再写不动了，收了款子就走了，也不用我背个寡妇名头送终。竟想不到他留了一手，偷偷存了许多稿子给你，让你衣食无忧，逍遥到了今天。"

她尽量心平气和地说："那是你们离婚后写的东西，婚内的财产，他都给你一大半了。"

"胡说！那些书稿上哪里标明完成的时间了？他和我离婚的时候，明面上的财产留给了我一大半，可做些书稿，一个能卖几十上百万呢，如果出版商老实，你又有足够的办法，源源不断会有稿费来的，细水长流，够你过几辈子了。他专登偏心眼，偷偷写好了藏着，留给了你？"

她也恼了："你以前不说这个，人都走了那么多年了，你来逼这些钱。当年那么大笔款子给你的时候，说好了一拍两散，再不能来讨要的。"

"我到底是他唯一的太太，总以为他顾念夫妻情分，款子多留给了我也是应该的。谁知叫你一个没名没分的占了便宜！这些年我过得多苦，如今输完了钱，赌场的人要抓我去南洋卖肉！这倒好，我一个正头太太卖肉，你拿着钱享清福，岂有这样的道理？至于一拍两散，再不能讨要这句话，除了你和死鬼，谁知道？谁听见过？把该我的钱给我！"

"那不是你的，是我的！你要现金我拿给你，可要无穷无尽填赌债，杀了我也不够你还的。"

"不够么？你那么理直气壮说书稿是你的，嘿嘿，嘿嘿！"她一身蛮力，一团火焰似的在屋里乱翻乱抢。她原就个子高大，急红了眼睛，小姨太根本不是她的敌手。客厅的桌上零散放着些现金，她一股脑地抢了，又去扯她脖子上的钻石项链。

她尖叫起来："我什么都给你，都给你！这颗钻石不值钱的，你不要拿。"

前妻哪里肯听，一把就扯了下来。"那也归我！"

"真的！"她急疯了，"你看那钻石，颜色不够澄净，真的不值钱。"

前妻半信半疑的，对着光照了照，大为吃惊："这不是钻石！这是骨灰烧的，他的骨灰？"前妻烫了手似的丢开："你们俩真恶心。他不是烧了埋了吗？还有这个。"

她趴在地上拼命地捡起来，紧紧攥在手心里："这是我的，我的。"

　　"谁要这个！"前妻在她腰眼上踹了一脚，"我要钱！"

　　小姨太的晨褛被她撕开了大半，挣扎着起身时滑了一脚，摔得起不来身。前妻趁她手脚不利索，进村扫荡一般一间间屋子打开胡乱翻着。她推进了书房，遍寻了一遍没值钱的，尽是她前夫写的书，生前出版的，身后发表的，于她都是无用，只力证了小姨太是有钱的。

　　她越发气恼，才要抽身往楼上冲，谁知翻到桌上被书压着的写了一半的章节。她是认识一些些中文的，登时颜色变了，一把揪住了小姨太的头发拖了过来："你打着他的名号写书？你冒充他的名义卖钱哪！哈哈哈，这可好了，我要去揭穿你！是了，很好揭穿的，你写的东西，和他是不一样的。"

　　小姨太原本摸出了钥匙，心想打开了外头保险柜，把金器和现金给了她应付过去。反正里头的保险柜，前妻一时也是不知道的。可前妻提到这件事，骤然是踩了她的命根子，她写了这些年，将他身后的名声维护得极好——他是死了遗作也很红的作家，永远的美名，怎么可以毁在她手里。她心头发恨，顾不得身高之差，抓着手里的钥匙一索子甩过去。

　　前妻不曾提防她会还手，下巴上挨了一记，被钥匙的口子刮得血淋淋的。她呆了呆，伸手摸了一把全是红色，不觉暴怒。"你同他一起死了多好！这些都是我的！"前妻捉小鸡似的掐住了她细细的脖子，"男人被你占了便宜不要紧，可钱怎能归你这样的小娘皮。"她的晨褛被撕在了地上，身上青一块紫一块，越发显得皮肤白。前妻掐着她，憎恶得很："叫你这身皮相迷男人哄钞票！"前妻无处可发泄，一口咬在她肩头，几乎要撕下那片肉来。

　　她被前妻死死掐着，挣扎不得，肩膀的痛不那么痛了，只听得喉骨咯咯地响着，都要被捏碎了。

她被掐得快死过去了，她透不过气来，在濒死的迷蒙里，忽然看见了先生，他很高兴，他在笑，他说："我写出来了，我写出来了。这一本多么地好！读者一定欢迎！"她很高兴，眼泪都流出来了，可是喉咙痛得什么也说不出来。忽然轰一声，玻璃砸在硬物的闷响，又无声无息了。很久，她闷住的鼻子到喉咙到胸口都通气了，意识也慢慢找了回来。

哦，地上都铺着绒一样的地毯，她扫视着地下，地毯那么厚，碎玻璃落了满地都没声音。

鲜红的血流着也没声音。

电灯依旧开着，发着雪白刺眼的光，程太太郦芸呆呆地站着，盯着倒在地上的脏兮兮的高大的女人，恐惧到底被理智压制，双手捂住了嘴，将喉咙里呀呀的难以遏制的叫声压到最低。

太太的神情冻得像块冰。她是安稳人家出来的小女人，没见过穷凶极恶的人到了绝境是如何可怕。

小姨太竭力地伸出手，太太看明白了，她的晨褛被撕扯得不成样子，忙抓过一件外套披在她身上。她肩上的血汩汩地流着，浑身像被野狼撕过。太太见不得这种血样子，还是抓了块帕子按住她的肩膀上那块被咬得摇摇欲坠的肉，心惊胆战地说："这肉要掉了，掉了。得找医生，缝回去。"

"好。"小姨太挣扎着说，"多谢你。"

太太抓着她，那力气不比前妻小。她跪在血里，喃喃地对小姨太说着："你不可以出事，你要出事了，我儿子就不能出国，不能有好大学读了。男人嘛，有钱没钱都是要偷人的，偷人就要偷你这样的女人，不影响我做我的太太，不影响我一家团圆，还给我们养家。"她越说越镇定，眼泪也流了出来，糊了一脸："我才不管这书是谁写的，我只管有钱，我和我的儿子要过日子的。"

"好好。"小姨太尚有些惊魂未定，指着地上那个人说，"还有气儿么？"

太太俯过去探了探鼻息。"她昏过去了，那可怎么办？"她发起狠来，"打也打了，索性打死，一干二净。"

"那不能！报警！赶紧报警！"小姨太说。

太太有些不敢置信："报警？"

"对！"小姨太镇定了许多，按着自己肩膀的伤处。

"不行！报警会把我丈夫扯进来，你们的事保不住，他的名声也坏了！这绝对不成！"

"你听我的。"小姨太从未这么沉静过，"警察问起来，我们俩是多年闺蜜，今天约好了喝茶，你上来找我。"

"是，我上来找你……可我是来找你再说说那件事，我没想到有人要掐死你，我不能叫你死了，我们家的事还没着落。"

"对，你说得都对，就是改改。你一上来发现门开着，警铃被打坏了，我被人掐着脖子要断气。你见我危险，就推开她救我，谁知她转头攻击你，你情急之下打晕了她。这叫自卫，她入室行凶在先，你被迫救人在后。"

"是自卫，是自卫。正当防卫。否则我们都得死。"太太纵然慌乱，可要紧关头，还是心领神会，彼此灵光相照。"对，我们俩互为人证，就没问题。她这么又臭又脏，定是来打劫闹事的。就算到了警察面前，也是信你不信她的。"她现在机敏得很，"趁你脖子和肩膀的伤还在，多准备点现钱，警察要啰唆，就只管塞。尤其是外国警察，收了钱就懒得管了。"

太太望着满地的血，鼓起了惊乱的心，语无伦次中抓住了重点，打了报警电话。一挂下电话，她立即扯烂了发髻拉破了衣衫，一副恶斗过的模样，对着小姨太说："我是自卫？像不像？"

"像的。"小姨太苦笑，"这些年你喜欢什么我喜欢什么彼此心里都有数，倒都派在了这用场上。"

"不能扯出我丈夫和你的干系来。"太太千叮万嘱，拿定了主意，"你我是闺蜜，我先生若来过你家，也是替我送东西或接送你与我聚会，你俩没相干，不会损伤他的名誉。"

太太救了她，还全副心思替她着想好了，小姨太简直要感激涕零。

小姨太不大放心，再度伸手去探前妻的鼻息，确实还微弱地有进出的气。太太举过一只花瓶备在手里："最好多晕一会儿脑子缺氧，要再生事，我还是打。"

小姨太满眼钦佩地望着太太："你不必这样帮我的。"

"帮你有好处，看她掐死你，我也未必多解恨，回去还得发愁。"她四处查看着，忽然在凌乱的地面上发现一张旧照片，是很久的照片了，有点泛黄，照片上的两个人穿着长身的黑大衣，相视而笑。

太太认出来了："那是你？男人是谁？"

小姨太指指地上的女人："她的前夫。"

"离婚了还来找你？"

"她赌光了赡养费，疑心我吞了她前夫的钱，上门来索要。"

太太松口气："赌徒？那到了警察面前更好说了，就是啰唆。"她略微担心，"那这个男人什么身份？会不会来救他前妻？"

"一个作家，去世很久了。"

"我先生没见过这照片？不知道这人？"

"是。他从不翻我书房的东西。"

太太一点头，很坚定："他没见过就好，没见过就好，快收起来！"小姨太依言收好，此刻她半颗心依靠在太太身上，很是信任她了："你为什么这么在意？"

太太苦笑："还不是为着我那可怜的丈夫，一直沾沾自喜和你是青梅竹马，你才对他用钱如此松动。至于你的钱何处来，他只管装糊涂才好心安理得。他要知道你跟过一个有钱的作家，嫉妒心上来，比来比去，处处不及人家，也是不用活了。男人啊，就是这点子心胸狭窄，和活人要比，和死人也要比的。我若还想和他过下半辈子，也不能眼见他唉声叹气，我听着也受罪。"

"你这么说的男人，倒和女人差不多。我以为争风吃醋是女人才有的事。"

"关在一个小院子里，埋头围着丈夫儿子，一点眼界也没有，什么世面都没见过，自然是容易争风吃醋小心眼儿的。可你若被生计逼上来，这时候就只盼活得好才有用，什么伤春悲秋，都丢脑后了。"

小姨太深深地叹了口气："这是实话。"

她们一同进了警察局，因事先对好了话，前妻又有滥赌的底子在，打砸在先，又将小姨太伤得鲜血淋漓，连办事的警察都没见过这样生咬人肉的惨状，收了太太一沓子现金，果然办事雷厉风行起来。

前妻醒来后千方百计本还想吵骂，但想到讨债的人要捉了她去，怎么也赖在警察局不肯走人。满了四十八小时就该放人了，警察局也不愿多留一个人在。

出了警察局，阳光难得地好，两个女人同一回在局子里待久了，只觉得浑身酸臭味，恨不能好好拿柚子叶煮水泡个澡。男人候在警察局门外，百般焦虑无措，搓得手指头都脱了一层皮。他急得嘴唇上起了一层焦皮，眼里根本没看到小姨太，直冲向太太："你怎么杀人了，你怎么杀人了？儿子有个杀人犯的母亲可怎么办？我有个杀人犯的太太……"

太太的心大半都灰了——他只想着他自己。她忍不住辩驳："我要杀了人，还能好端端地走出来么？"

"那可怎么办？事儿能了吗？我去求我们领导想想办法……"

太太实在忍不住："要求领导，这两天你早跑去了。这会子我人都出来了，你去做什么，宣扬家丑么？你怕的不就是我成了杀人犯，我们尚未离婚，我还是你太太，会拖累你前程么？"

太太进了一回局子，出来竟这样高声大气言辞犀利了，半点面子都不给他留，男人全然没想到，竟是呆住了。片刻他才瞧见有些憔悴地走出来的小姨太，退后一步嗫嚅地问："你们一块儿杀的人？"

"程先生这话说的，好像我们俩是什么专业杀人犯似的。是您太太自卫，当然也是为救我。今天能留下这条命，真是谢谢程太太了。"她客客气气地对太太说，"你那儿不宽敞，我那里有浴缸，用柚子叶煮水去去晦气。这两天，警察应该取证完了，娘姨也打扫了，应该能用。"

"那也罢。就烦你一遭。"

两个人有商有量，谁也不搭理浑然无主意的只顾自己的男人。

男人在后头"哎"了一声，太太不耐烦地转头："什么杀人不杀人，满嘴里胡吣，回来吓着孩子。家里你多顾着点，我有事，自会回来。"

太太用鼻孔哼了一声，大为鄙夷，不觉伤怀："瞧他的样子，恨不能早早离了婚，省得沾上我这样一个有杀人嫌疑的前妻。"

"他离婚不是想娶我么？这下好了，我也是有嫌疑的，可入不了程先生的眼了，阿弥陀佛。"小姨太笑了。

太太对着惨白的太阳叹了口气："你说我们俩怎么竟没半点运

气，遇不见淑人。"

"这城里大半都一样。所谓佳话，那是太难得了，万中挑一。常人嘛，结了婚，不过稀里糊涂过日子，大被一盖，各做各梦。"

太太被她怄笑了："你倒想得通透。"

太太怕前妻再找小姨太麻烦，一直住在她家中照应，彼此抵足而眠，相互守着，并不要男人来沾染分毫。

男人很踌躇，想着太太在这里，也该上来照顾一些，送汤送水。谁知太太一口回绝："很不必。你且顾家里，万一这里再有人来寻事，你也不能伤人，以免坏了前途。"

男人被她一番义正词严说得满面讪讪，只好挂了电话。

后来得知才出警察局前妻就被要债的人带走了，下落不明，才松了口气。男人自被太太喝止过，纵然一肚子疑惑，到底半步也不敢上门来。两个女人经历了一场打劫，相对坐着，喝着茶，无话不谈起来。

太太叹息："也不知道捉她的是什么人，是捉去美国当猪仔呢，还是卖去南洋，总之是没好下场。"她说着又感伤："一个女人真是不能往下作路上走，那么一大把钱在手，生生丢在了赌场上，自己吃没吃到喝没喝好，这一世到头来算什么呢。"

小姨太与太太互望了一眼，都是感伤。这个世上不太平，女人能倚仗的无非是自己的丈夫，可要是丈夫都不可靠，也就只要靠着自己，和手里牢牢握着的钱了。

她站起身，去开了保险箱："无论她再不再找来，我都打算搬家了。搬离了这里，知道这个地址的人也都死心了。"

太太讶异："这么大的房子，你就空在这里了？"

"租出去，你替我收租，一年的租金够养家送学了。"她关上保险箱，从里头拿出一匣子珠宝，推到太太面前打开，宝光四射，太太差点睁不开眼睛。她认不全这些东西，粉的红的蓝的绿的，也有几颗雪雪白的，那是钻石。她心里一沉，大致估了个数目，惊讶得连舌头都差点吞下去。

"你要做什么？"太太吃惊地问。

"这些年我有对不住你的地方，你又救了我一命。"小姨太低声耳语，"记着，这些东西都是自己的，不用你先生知道。握紧了这个租契，什么事也难不倒你。"

太太看着那些五颜六色的宝石，跟糖果似的随手收在盒子里，不觉双唇微微发颤。"我原是来劝你回心转意的，不想竟都成全了我。"她定定神，也不推托，"好，我懂了，也承你的情。明日我就寻个银行的保险柜储起来。"

"那是最好不过。"

"那你去哪里？"太太寻思着问。

小姨太闲闲一笑："我伶仃一个人，天地广阔，去哪里都可以。不用担心我，放心，我绝不会来找你的先生。"

"我先生……我……难为你记一点比邻而居的情分，和他相处至今，其实和你之前那位是天差地别，也难为你和他这么些年，想也忍了他不少。"

他们三个人，若不是互相忍耐着，依存在这段关系里。其实，早就要不得了。

小姨太微笑着说："莫要提程先生了，我只识得你，郦芸，他与我不相干的。"

"是。毋宁。"

话只能说到这个份上了。她们共过患难，一起待过警察局，总有点同病相怜，惺惺相惜。可她们终究不是无话不谈心扉大开的朋友，也成不了那样的朋友。有些话，点到即止便是了。

太太真心地不想知道小姨太去了哪里，只有真正不知道的人才不会作伪。将来丈夫要问起来，她是坦荡荡地不知情。夫妻多年，这点男人还是看得出来的。如果太太不知道，一直不知道，他才真正无可奈何。

太太不说话了，她千珍万藏地寻了可靠的银行，付了一笔款子开了保险柜，东西锁进，才安安耽耽地回了家。这趟事情底细如何，程先生到底什么也不敢问。他许是知道了，许是不知道，便是隐隐约约听说什么，自己这位静默的太太是下过狠手的人，连人高马大的混血女人都敢砸，还有什么不能的。更或者，家里没了太太主事，他才晓得，最缺不得的人是太太。

小姨太是何时搬走的，没有人知道。太太心里都没准数，男人更是声都不敢吱去问一问。要寻，他也是没本事寻去的。翡丽佩公寓的灯暗了，又亮了。屋子空了，总有新的漂亮女人填进来。

日子这样过着，分不清春秋寒暑，稀里糊涂地过吧。谁能想到竟有这样一桩喜事，程太太年过四十，居然老蚌得珠，又生下了一个女儿。这可是大喜事，儿子都快成年了，又得一个女儿。人都夸程先生身体好，可不是么？生儿子次数就得少，生女儿是要夜夜搏命的。可见程先生和太太多恩爱。

连程太太自己也糊涂了。好些年没和程先生睡了，隔了这么久，动作都生疏了，居然又和少年人一样从头摸索起来，发觉了程先生新学的知识，定是从小姨太那儿得来的。程太太不计较了，这世上有什么比自己舒服更好呢？

女儿生下来之后，程先生就不再那么成日木头一样了。他有了些活气，把这个女儿爱得跟什么似的，成日抱在手里不放，连娘姨和奶妈都插不上手。

养女儿和养儿子不一样，是要娇养的。太太心头一软，出入银行多了些，那些宝石流出去几颗补贴了家用，另有些小的，做成了多宝链子，给女儿挂在了脖子上。女孩儿再小也是识货的，立刻抓在了手里不肯放，高兴地啊啊叫着。

程先生看到那条多宝链子的时候呆了一呆，有几颗宝石分明有些是眼熟的，他知道来处。可是他什么也不敢问，他是得罪不起太太了。谁说女子不如男，这个家，太太能文能武，可攻可守，厥功至伟。得罪了她，连着女儿也不能抱到怀里了。程先生乖乖闭上了嘴，当自己瞎了，看不见那条多宝链子。

程太太现在是彻底放心了。既然程先生的心总要被一个新的女人死死地抓住，不留半点缝隙，不如那就是自己的女儿。

有时候她也疑心，难道女儿和小姨太长得像，所以格外得丈夫喜欢？可细细看去，女儿的鼻子眼睛都是按照程先生的模子来的，半点别人的影子也没有，连自己的影子也没。

一家四口去庙里谢神还愿的时候，经过月老姻缘庙。程先生抱着女儿，只怕烟火气呛着了她，死活不肯进去："一把年纪了，拜什么月老。"

程太太不管，她径自拉了儿子进去："儿子大了，该恋爱议婚了，总要拜一拜。"

儿子是新派学生，不信这个，无非是孝顺母亲，敷衍一番。谁知一进来就迎头看见一个竖着的花牌，上头写着："程立雪、郦芸夫妇，恩爱百年，白首不离"。

程太太心里恍惚，自己是从未来过这里的，也没替自己竖过这个花牌，问旁边主事的师父，才知历年来都有人每月替她求拜姻缘顺遂，还请月老拉了红线，怎么都婚姻不断的。

师父便问："瞧太太的样子，是婚姻美满了。也不枉有心人这番功夫。"

程太太心里一亮，问出了是"毋小姐"，一颗心直直坠下去，望着外头程先生的背影，才定住了心。她不得不拿出应酬的精神，和师父聊了一会儿。师父说起毋小姐有日子不来了，香油是否继续要供。程太太想起了一儿一女，便说："不用了。如今家里添丁进口，开销大了，也实在供不起了。"

师父不是势利人，微微笑着也答应了。

程太太扶着儿子的手出去，程先生已经不见了。她心里有点发急，埋怨道："看你爸爸，还抱着你妹妹呢，大日头底下去哪里了，也不怕晒着你妹妹。"

儿子笑了："您别操心，爸爸比谁都怕晒着妹妹。"

两人不说话了，急急往外头赶，遥遥地看见程先生抱着一身小红衣裳的女儿站在一棵老树不远处，那树下是个墓碑，打扫得很干净。

程太太满肚子不高兴，忙上前拉住了程先生扭头就走："孩子眼明心净，怎么能来这种地方，也不怕撞到了不干净的东西回去发热。"

程先生喃喃地说："这里埋了一个作家。"

程太太咯噔一下，心里明白了几分，嘴上却说："什么坐家站家，赶紧回家。"程太太自生了女儿，地位大高，说话行事已经有说一不二的风范。

程先生还是不动，程太太就说："快走快走，小孩子见不得这些，晦气的。"

拿女儿做筏子，程先生无话可说了。

太太心里讥笑自己，这辈子，自己是没多少办法，可总有别的女人替她抓住程先生的心。

她忽然想起了小姨太，那个居然会每月来立花牌求月老保佑自

322

己婚姻的奇怪的女人,难为她救了小姨太一命,也不枉了。只是她去了哪里,就这么渺无踪迹了。当然,这轮不到她来操心。到底是她自己呢,得好好留着那一笔款子,精打细算地把日子过去,富富余余地把女儿养大。小姨太送给她的那些宝石,终究是要落到自己女儿手里的,做她一生的依傍,叫她也不用看夫家的脸色。

自己的丈夫呢,再没有提起过小姨太这个人。有什么要紧,小姨太大约也再不会想起他。不相干的人,相聚过也会散了,不比波心的云更长久。太太微微地笑了,这样的女人,自有活下去的本事,到哪里寻一个幽深的角落,照样过幽静富贵的日子,多好。南地枝头的花,就算掉在了地上,也是金黄灿灿的。

永远地,不任东风,金灿灿的。

春

时势越发地不好了。

东京到各国的航船因为封闭的环境，瘟疫在小范围内急剧暴发，船是坐不得了。至于机票，每日就那几班飞机，现在都是临时说停飞就停飞，两次买到了机票，如获至宝般赶到过机场，结果临登机说航班取消。

那种心情，就像婚礼上两次新郎都落跑不见的新娘，根本就不敢再碰婚礼这件事。

易先生在民航局有熟人，可是也答不出什么，只得说：机票是卖出去了，飞不飞也不知道。真是不知道，今天不知道明天的事。

可一直滞留在东京也不是事儿。一开始是易先生和易太太来旅游散心，缓和一下关系，看看十一月末的枫叶，那股红色，或许会为他们衰静的婚姻添些能延续下去的温度。

京都一带如果一个个寺庙慢慢游览起来，没有半个月都不够。

不过易先生是有点资产的人，这点子花销并不算什么。等疫情的消息起来时，易太太有点着急。两人从京都到了大阪，发觉通向外国的航线都断断续续了，二人一横心，无论怎样总是大城市交通和医药都便利。二人才到东京，就撞上了寻来的靖小姐。

易太太非常之诧异，也非常之客气，瘟疫在全东亚弥漫，哪里的情势都很糟糕，靖小姐怎么还敢来东京。

靖小姐到底是有本事的，在国内的路，她包了一辆小车，飞机呢，坐的是专门运送物资的私人飞机，一落地东京，就住进了同一个酒店。

易太太不用猜也知道是易先生跟靖小姐说的。靖小姐和易先生是有过婚约的，只是没结成婚，那个年代，有婚约而不能成夫妻的很多。成了夫妻又不似夫妻的也很多，易太太自嘲地笑了笑。

她心里待靖小姐是很莫名的滋味，靖小姐和易先生的婚约在前，要不是靖小姐的父亲犯了公案家里败落了，易先生不会后娶了自己。原以为两家就这么断了，谁知这些年靖小姐和她姑姑又起来了，手里十分宽松，靖小姐又不肯再嫁，对这位一直关顾自己的名义上的未婚夫很是留恋，明里暗里来往了好些年。在国内的时候，易先生是不惮于和靖小姐同居的。这个家里他也回来，一半一半的时间。

易太太觉得自己很应该拿出点正房的气度，这又不是在国内，舆情总偏向于靖小姐和易先生曾有过一纸婚约，怎么也算是两头大。在日本，只承认拿着结婚证书的合法夫妻的。所以她理所当然地和易先生同住一间，每日在服务生到来时加些小费，听他们更快活响亮地叫"夫人"。

靖小姐在吃栗子蛋糕，和易先生商量着接下来怎么办，没理会进进出出打扫的服务生。易先生皱了皱眉头，大约是不喜欢这样商量事情的正经时刻被人打断，索性立起来披上大衣说："你不是想吃草莓，我们去买点草莓。"

"这么贵。"易太太嘟囔了一句，"这里的草莓论颗卖，一盒子就老贵老贵。"

"我带足了钱过来的。"靖小姐微笑着，"你想吃什么？我一道买上来。"

易太太客气地说："不必买什么上来，天天在这儿吃，什么也吃腻了。"

"那也好。"易先生戴好了帽子，随手将一件貂皮围巾给靖小姐围上，嘴上却对着易太太说，"昨晚你喝了冷牛奶肚子不舒服，这几日牛肉也吃腻了，我们去买点饭团上来，若嫌噎着，再冲味噌汤。"

易太太默认了丈夫的安排，显得夫妻俩特别有默契似的，只转脸对着靖小姐说："劳烦你了。这个时候你赶来雪中送炭，谁知道自己也搭进去回不了国内了。原本只是我们两夫妻的难事儿。"

靖小姐笑得含而不露："你们有事，我总要来的。"

易太太想去欧洲，那地方地广人稀，空气清新，肉和奶都充足，可以待得长久。谁知看报纸，欧洲一带全暴发了黑死病，一死一大片，有老鼠的地方就有黑死病。"老鼠怎么避得了？"易太太叫起来。就是这种高级酒店，也难保没有老鼠的踪迹。

可东京也不是久留之地，易太太每日读报纸，都是带着惊骇的口吻，今日疫病又增加三十例了，又增加十例了！

这样清楚透明倒是好的，总比糊里糊涂的好。

易先生和靖小姐商量着，私人飞机进了日本境内，暂时就不敢回去。如果飞不回国内，东京是人流泛滥之地，疫病容易传播，长久住着也不安全，不如避到乡下去。

现时节包车也难，他们选定了去轻井泽。三四个小时的车程，真有什么情况，赶回东京也容易。

　　收拾了一下包袱，添了一点替换的衣物，到了轻井泽。原本这东京的后花园，在冬日是旺季，滑雪的滑雪，泡温泉的泡温泉。可现下谁有心思滑雪，一个不小心骨折，都不知道要不要去医院，会不会感染疫病。

　　订的是带温泉的酒店，每日泡一泡，也算强身健体的安慰。谁知到了酒店，才知是三人间与四人间，一气的通铺，并无两人一间。看着通铺似的房间，三人都是默然无语，想要花钱再多订个房间，女将很无奈地告知没有房间了。方圆几里，再没有别的像样的酒店。

　　这就有些尴尬了。

　　一溜的铺位，雪白的床褥，中间各自隔了十厘米的距离，聊胜于无。而且是共用一个洗手间，也是十分难堪。

　　三个雪白的床铺，都不知是易太太睡中间还是易先生睡中间。易太太睡中间呢，好似有意隔离靖小姐和易先生，醋劲太大有失体面，可要易先生在中间，多少有左拥右抱的嫌疑，也太露骨香艳了些。当然最不合适是靖小姐睡在中间，那倒像她和易先生成了正头夫妇。

　　这是绝对不可以的。

　　到底，还是靖小姐知趣，在最里边靠窗的铺位上放下了衣物，随他们夫妇怎么睡，她反正在最边上安置下了自己。易太太顺手把自己的床褥和易先生的一并，大衣脱在了中间的铺位上。靖小姐一声不吭，到底名义上那两位是夫妻。

　　女将分不清他们到底是怎样的一家，对两位女士统统地称呼为"夫人"，易太太很亲热地拉过靖小姐的手对女将说："这是我的小妹妹，她吃东西有忌口，你们等下问我，我一一告诉你们。"

易太太的日语非常流利，带着一点京都腔，这多少得益于她有一个在东北教日语的舅舅。

这里是少不得她的。——易先生和靖小姐默默对视了一眼，易先生便走到露台上去抽烟。这露台比房间还大，三边的沙发围着中间一个巨大的方桌，三缺一拉上人打麻将也行。

易太太迤逦地行出来，袅袅地说："这地方真宽敞，要是齐了人打麻将，三个月我也待得下去。不过这儿的人不会，等回去了，我要凑足了人打上七天七夜。"

易先生笑了笑："你只记挂你的麻将，国内闹瘟疫呢，就算回去了，谁敢同你聚埋一堆打麻将呢。"

易太太听了扫兴，推开玻璃门出去，外头还有一个观景阳台，趴在阳台的栏杆上向下望，一路溪水潺潺地流下去，隔一段就是一个下坡，自成一个小瀑布，日夜哗哗地响着。"这水声怪闹人的，夜里得门窗关紧，否则我可睡不好。"

叫易太太睡不好的，岂止这水声——靖小姐暗暗地好笑，自易太太背后望了易先生一眼，正巧他也在瞧她，朝着溪水里努了努嘴儿，正好几只灰墨墨的鸭子欢快地游过去。

易太太拍手笑起来："哦哟，鸭子喏。晚上我可不要吃什么牛肉生鱼片了。给钱，叫他们捉鸭子来，我们炖鸭子汤喝。"她转头对着易先生体贴："这儿乡下，鸭子都是吃螺蛳长大的，又干净又肥，就算清汤炖也好的，给你补补身子。"

靖小姐笑着摸了摸耳垂上小指甲盖大的一粒钻石，笑盈盈地说："好好的鸳鸯，定是他们这里养着的，哪里舍得杀了炖给我们吃。"

易太太涨红了脸，吃惊地望着易先生："鸳鸯都是五彩的，哪里这么灰丑的样子，怕是什么认错了吧，还是什么野鸳鸯。"

易先生的脸唰一下白了，勉强说："吃什么鸳鸯汤，伤了天物，我也不忍得。"

他转身进去，这种日式的酒店，走路地板都咯吱咯吱响，上下楼梯简直像地震。

易太太正愁自己说错了话，又不得不硬撑着，还是靖小姐若无其事地说："这次闹瘟疫，跟欧洲的黑死病一样，就是卫生上的问题，人和畜牲混居一处，上一年蝗灾粮食都没了，人饿极了什么都吃，抓着天鹅吃天鹅，抓着老鼠吃老鼠，于是闹起了病。要我说，祸从口入，凡事还是得当心点。"

趁着天色还亮，易先生提议出去走走。这走走里自然没有易太太的份，谁叫她说喝牛奶闹了肚子。这种日式的温泉酒店，所谓一泊二食，自带早晚两餐，但顿顿都是日餐，未免吃不惯。易先生在俄国留过学，靖小姐去过法国，西餐上都很能吃得。只是两人一个俄语一个法语，在日本全然无用武之地，许多地方都得易太太沟通，少不得得让着点她。

易太太之前称了肚子不舒服，又说要整理行李，便由着他们俩去。她满心眼里觉得这是自己正房的风度，由不得他们见面，都得自己说了算。反正在这个酒店里，她已经当着女将的面说了靖小姐是自己的妹妹，她们要疑心这是姐夫和小姨子，也由着她们去。

易先生和靖小姐走到了外头，两个人都是无言。这里都是村道，虽然冬季是泡温泉的好时候，可天气太冷，许多人都躲在房间里不出来。且大部分的酒店不自带温泉，就没了生意，连带着周边的店铺都挂上了"冬日歇业"的牌子，显得分外冷清萧条。

老鸹在黑漆漆的枝头哇哇地叫着。这一带都是日式的建筑，特别地黑是黑白是白，分明得格外刺眼。

易先生咳了一声："我还是那句话，你不该来的。待我回去，什么都好说。"

靖小姐闭着眼睛，哈了口气："姑姑已经染了疫病，虽然送进了外国人的医院隔离，可是谁知道什么样。姑姑要我快出来，免得被当作和她接触过的人员也被隔离起来。听说并没有病房可以隔离人了，统统送去城外，火车皮隔的车厢暂作隔离所，每天要酒精消毒，冷水冲身。"

"你身子弱，这个天冷水冲身，没病也要病了。他们不该这样粗鲁地待人。"

"非常时期，谁还管这个。一有发热就当是疫病隔离，隔离了给一样的药，也不管三七二十一，能退烧还好，不能就由着他病，最后拖去烧了干净。"靖小姐的身子瑟瑟地缩着，"这话我不敢让你太太知道，否则她也怕了我，随时可以去举报。我左思右想，横竖我要染了病，早就发作了，哪里还能好端端地站在这里和你散步说话。且这世上，除了姑姑，我也只有你了，山长水远也得来找你，彼此有个依靠。"

易先生颇为感触："我和她没有孩子，光身两个人，剩下的亲戚也都是远亲。除了你，也没谁好牵挂的。你要在国内，我还放心不下，到了一处，多少能照应些。虽然，疫病从日本到东北，都是没差多少，但人在一处，总是比各自悬心好。"

靖小姐很是感动："只是我这么奔来，叫你难做了。"

易先生摇摇头："她又不是第一日知道，总是你我有婚约在前。我想过了，实在不行，我们去香港。"

"香港？"靖小姐诧异得很，"那儿很湿热，地方又小。而且都是英国人的兵，华洋杂处……"

"你我都会点英文，应该能处下来。最大的好处，那儿能纳妾……"

靖小姐抱着臂膊，羊皮夹棉的靴子笃笃地响。她昂着下巴："若是为了做妾，你我何至于此……"

易先生很平静地说："可娶平妻。我本来就是过继给大伯家的，兼祧两房。"他的声音里夹着一丝不易察觉的沉："她又一直没生养。"

无后，到了什么时代都是个好借口。

这也是个办法。靖小姐热泪盈眶："我没想到你想得这么周全。她一直没生养，到了香港，若是能找医生看好了，也是一桩好事。"

"她当然不会生养的。"易先生望着昏沉的天，夕阳过于红和圆了，有些不真实，像个未熟的温泉蛋，流心一样红，一会子融开了，即将一塌糊涂。但周边的黑云无声地吞过来，那夕阳还未及融化，就被吞没了。

一切都来不及似的。

"为什么？"靖小姐好奇地追问，耳垂上的钻石坠子冻得更白了，雪点子似的闪。

"夫妇俩不做夫妇事，怎么来的生养？"

靖小姐捂住了嘴，不敢置信似的，半天才说："你又何苦这样……"

"一开始也想要有个孩子，传宗接代，可是慢慢地，想着生孩子也是为了祖宗，为了旁人，不是自己的意愿，何苦来着……"他没有说下去。

"那可不成的！"靖小姐压低了声音，"我也是女人，你既不肯与她生孩子，又要以没有生养娶平妻，这也太为难人了。"

他没有说话，大约也是觉得理亏，二人走了半天，终于见到一家店铺亮着灯，买了些柿饼、面包、糕点、牛乳和酸奶，冬日里没什么水果，几个橘子便贵价得很，但也不能不吃水果，草草拣选了几个用纸袋子装好，便回了酒店。

仅就这会儿工夫，易太太已经洗好了澡，换了日式的睡衣，端端正正坐着看报纸。若不细瞧，也瞧不出她已经上了三十岁，眼角有了细细的纹。

靖小姐忽然心底里冒出一阵感激。这样三个人住一处，其实是很不方便的。

单是用厕所，就很尴尬。

虽然有独立的厕所和洗手台，还有单独的洗澡间，可是木制的房子，隔音实在是差。他们清楚地听见隔壁住着一对台湾来的夫妻，妻子说着要在日本久住的计划，丈夫不同意，觉得还得回岛上去。

真是的，这样的地方，连马桶的冲水声都忍无可忍。

靖小姐望着橘色的电灯泡，叹了口气。

原本三个人睡下的时间不同，但现在开着灯便是影响别人。靖小姐和易太太谁先睡下都觉得不合适。末了，趁着靖小姐在露台剥橘子吃，易太太先换了睡衣躺进被窝里，像是躲进了自成一统的一个天下。靖小姐故意磨蹭着刷了牙，仔仔细细地，进卧室的时候正瞧见易太太头埋在被窝里，一把青丝露在外头，黑压压一大把，跟恐怖片里的女鬼将出未出似的，吓得倒退了一步，整个背心贴在了木墙板上，一阵透一阵地凉。易先生正预备躺下去，听得她的动静也吓了一跳，不自觉地伸出手要去揽住她。

照着旧日，靖小姐若是受惊，总是易先生安慰似的拍她的背心，像哄小孩子似的。

可这一下响，易太太也惊得坐了起来，口中喊着："什么事？"

"没有事。"易先生本能地伸手按住了她，替她掖好被子，"仿佛是蟑螂，靖小姐吓着了。"

靖小姐抵着木墙，看他掖被子的动作，是熟稔惯了。她心里惊涛骇浪似的颠簸。她知道他们是夫妇，她知道了许多年，可夫妇之间的默契，她是今日才清楚知道。

易太太披散着头发，深蓝色的睡衣显得她皮肤无比地白。她白着脸伸出手拍拍被子："蟑螂而已，快过来睡吧。"

靖小姐本能地不喜欢易太太这种口吻，好像她是当家的太太似的，连她睡与不睡，都要她安排。靖小姐想了想，打开箱笼，取出一件丝缎夹棉的浅浅橘色睡衣，上面打子绣白色的橘子花图样。她原本比易太太年纪小两岁，又没经过家事的蹉磨，这样一打扮，浑然是个少女。

易太太再不敏感，此刻也成了一只刺猬，刺毛倒竖起来，嘴上却笑着："我竟这样傻，在东京的时候没好好买几件睡衣，都说这里的手做睡衣是最好的。啊，还有在西阵，那些和服布料，多么好看。"

靖小姐将头发松松地束好，绾在一边，慢慢地躺下去，免得压住了头发，笑吟吟地说："是啊，错过了就是错过了，没买真可惜。不过西阵织的和服哪里是睡觉用的，好看的东西用在不合适的地方也不成啊。"

易太太心头恼火，她不是不知道易先生和靖小姐的事。从前在国内，虽然一个城里，但国人要脸面，进退都有度，也从不曾这样明目张胆，现在话戳到她眼皮子底下了，她却只能忍耐。末了，她照旧躺下去，伸手替易先生掖了掖被子，便无话了。

靖小姐睡在窗口，这一夜都睡不好。这里没有遮光窗帘，月亮的明光清水一样流淌下来，无遮无拦，原本睡在月光下是很诗意的。她和易先生可以赤着脚在月光下跳舞，说说唐人的诗。可是现在，中间隔着一个易太太。

轻井泽的冬夜十分寒冷，屋里烧了火炉，还是冷得很，且有些呛人。易太太有梦呓的习惯，说了几句什么方言，靖小姐一字不落听到了耳朵里，却没有听懂。她扭过头，在月光下看得清清楚楚，易先生和易太太头并着头睡着，虽然在两个被窝里，可都不自觉地伸出手去替对方掖被子。这显然是夫妻之间至熟无比的动作，聊作安抚。

这才叫夫妻吧。

靖小姐缩紧了身体，看那月光如冰凉的雪水徐徐融化了浇下来，她的心冻住了，冻了一夜，直到太阳升起，都没暖和过来。

第二天起来，易太太就坐着喝温牛奶。易先生醒得晚，靖小姐是焐在被窝里养神，免却和他们说话费神的劲儿。

这样一来，倒独留着易先生和靖小姐在床上了——虽然中间隔了一个铺位。但那种亲近与暧昧，如这冬室里的暖气一样，湿润地弥漫开来。

这样静，外头是哗哗的水声，又急又密，好像银河倾倒，独屋里是三个人自成的一个小世界。任何时候，人类只要存在，三个人就够了，感情、猜忌、防范、钩心斗角、合纵连横，什么都有了。但若只有两个人，尤其是一男一女，那就无趣，只能学亚当和夏娃做夫妻。

易太太坐在露台喝牛奶，身上盖一件房间提供的厚棉袄袍子，松松地系着。易先生竖起枕头靠着，说："不是说喝牛奶喝坏了肚子么？还喝？你也好歹保养下自己。"那种口气，是夫妻间才有的嗔怪和不客套。

易太太说："喝坏了一次就一辈子不喝啦。那吵过一次架就一世不成夫妻了。"

易先生很反感她这样强调自己的身份，什么也往夫妻两个字上带，可他也不好说什么，索性穿衣服起身，响亮地哈了口痰，一下子吐进了马桶里冲掉。

"昨晚冷得很嘛，我就想起来喝点温的。我看这屋子里光有火炉是不成的，等下我去和女将要几个热水袋来，否则冻感冒了，这里连药也没处买去。"

易太太絮絮地说着，易先生要用洗手间了。靖小姐觉得尴尬，听见易太太要去讨热水袋，连忙赶在易先生前头刷牙洗脸，先去散了一会儿步，又在酒店公用的洗手间用完了厕所，免去了尴尬。

真的，虽然彼此有感情，他们俩又是夫妻，可几个人受得了对方上厕所时的响动和气味。靖小姐和易先生这些年，都各自住着，便是过夜，靖小姐的屋子也有里外两个卫生间，隔音做得很好，又很通风。她不知道易先生夫妇是怎么解决这个问题的，左右她是受不了这样的响动的。

如今挤在了一块儿，竟要先面对这样一个难题。

泡澡成了最大的解决尴尬的办法，易先生和易太太出去泡温泉，留靖小姐用洗手间和洗澡。易太太和靖小姐出去，易先生自处。易先生和靖小姐不去泡澡了，泡得皮也要脱掉，只得去散步，总也算没办法的办法，把洗手间留给易太太用。一泊二食呢，早饭和晚饭用餐的时间特别长，菜慢吞吞一道一道地上，三个人从没这样坐在一起用饭那么久，说完了时事，说说出来前国内的情况，可什么事也经不起一天两顿，每顿饭两三个小时地说，到最后彼此默默拨着小钵子里一粒粒的饭，简直要憋出气来。

空下来的时候，就觉得时间特别特别地长，在乡下没有别的事做，靠在露台上，看着灰尘在金色的阳光下细细地飞扬，飞扬。灰尘都看腻了，就拿出纸板和铅笔来画画。靖小姐读过女中，学的是室内建筑，画画于她不过是小巧。

易太太和易先生有一搭没一搭地说着话，易太太吃不下冷的紫菜蛋黄饭团，就用滚烫的茶泡开了，拿汤勺一点一点按着，看泡软了才慢慢嚼着吃。

易太太颇为得趣，笑着说："这倒有点像我们上海的茶泡饭，若是紫菜换成咸菜，蛋黄换作咸鸭蛋，那便圆满了。"

靖小姐想，她和易太太的饮食习惯没什么大不同，以后同锅同灶还是可以的。毕竟到了外头，人生地不熟，怎样也是三个人相依为命。

她这样想着，不自觉地将易太太和易先生说话的神情画了下来，画上的易太太微微歪着头，一张面孔撒娇似的对着易先生，易先生似听非听，脸却始终朝着易太太，有种夫妇间独有的亲密。

她突然灰心起来，她虽然和易先生有婚约在前，可到底不是夫妻，天长日久朝夕相处的人是他们，不是自己。她对着易先生，便没有这样的神气。

真的，从前她从未觉得易先生和易太太像夫妻，如今觉得真是像了。两个人在一起久了，连不耐烦的神气也是相同的。

易太太看见她的画，微微地抿嘴笑了："靖小姐把我画得真好看。还画着易先生对着我呢。哼，我说话，他几时转过脑袋来仔细听了的。"

"那是我巧，就这一回也抓住了画了下来。"她顿一顿，舌头底下发涩，还是笑，"其实你说话易先生总瞧着你，十分尊重你，是你只顾着说，没察觉而已。"

"你可尽够为易先生说话的。"这话真酸，酸得易先生和靖小姐互相看了一眼，都有点难堪。

易先生忍不住跳出来："画上都明明白白了，还能造假？也就你平日里百般嫌我不好。"

"哪里啦——"易太太这一句带着长长的吴音，无比娇嗲，"若是拍婚纱照，个个都娇媚恩爱。"

这话便是赤裸裸讽刺靖小姐没办过婚礼了，好在靖小姐涵养好，只是充耳不闻，慢悠悠地画了一张婚纱图，最简单的齐胸拖地婚纱，披白纱。

国内早不时兴这样的婚纱了，还是易太太跟着易先生去俄国，才拍了一套西洋式的婚裙，还不敢拿出来点眼，一路都藏在手提箱里，偷偷摸摸在家看个过瘾。

易先生和易太太还是有一搭没一搭地说着什么，那是他们夫妻间的闲话，她插不进去，只好画着自己的自画像。

她从窗玻璃里看到自己的样子，灰绿格子的厚棉袄旗袍，一件貂皮大衣，外强中干似的。现在貂皮保暖，真要去了香港就累赘了。那边暖和，用不上貂皮这样的东西。此刻画里的她有些臃肿，许是衣裳的缘故，衬得她的脸越发小了，挂不住忧愁似的。

易先生见她停了笔，就问："怎么不画了？"

"画你们是夫妻，我独一个有什么意思。"

"别顾眼前的困局，想想往后。据我所知，内地的疫情重，但因为两岸不往来，所以香港有疫情也特别轻微，不似国内人多，想救也难。"

她忽然想起了易先生的打算，去香港定居，娶她为平妻。内地早就一夫一妻制了，这样私下往来很招人话柄，何况靖小姐家独住一栋房子，风声越来越紧，迟早拿她们姑侄开刀批判。这次狠狠心出来，一则是为找易先生要个说法，二则也是狠了心，将早年父亲存在东京的一批小黄鱼取出来，还有一盒子钻石，若卖了在东京乡下暂时躲几年也是没问题的。再不然，去穷一点的东南亚，总会有说中国话的华人，总能存活下来。

可是易先生想到了香港，和大陆又近，彼此却不通，英制底下，她的英文有用武之地，就可去工作，不用靠捏着这点子钻石和黄金过日子。至于易太太,在国内做惯了太太,只能当个居家妇女,或依靠易先生和她的收入为生,或翻译俄文赚取点费用,想来也不能说什么。

靖小姐想起姑姑,如果可以做平妻,她或许能安慰。和易先生拖拖拉拉这些年不过明路,无非是因为不愿意做妾,而且国内早是一夫一妻制,易先生要离婚再娶,照旧还是娶一个资本主义小姐,那也是不能的。

这样想着,能去香港,前途总是光明了一些。她和易先生总去散步,趁着散步的时候做一点梦。有时候不愿意再走回去,就在路边随意找东西吃。小地方也有小地方的好处,虽然冬季歇业的店铺很多,一片冷清,可好歹有本地村民的食堂,炸猪排饭,蔬菜天妇罗,还买到过烤红薯。

易先生说,香港小是小了点,人也多,多少上海人和广东人偷偷跑去了那里。

易先生说,香港房子窄小,过了湾仔就很冷清了。她要愿意便捷呢就住九龙和中环一带,如果喜欢清静,就去海边安置一所房子,要紧的是能出去。

靖小姐说,我没有别的要求,就算同住一起,也是一人一层楼,免得尴尬。

易先生很爽快地说好,他自己也要一层,清静一些,免得到时候做夹心饭团难受。

回去的时候,房间里一股酸苦味,才知易太太是吐了,不只吐,还腹泻。闹得屋子里一股子浊气。

天太冷,靖小姐不好意思开门开窗通风。易先生可不管,门窗开得四面通风,朝着厕所里嚷:"你怎么了?可要去看医生?"

后半句是空话,这里根本没有医生可以看。

厕所里轰轰的，易太太还在呕。上吐下泻这种事，既没有药，就只能呕干净了泻干净了才算完。折腾到了后半夜，易太太才安静下来，靖小姐帮着她洗了头发洗了澡，才洗去那酸臭味。易太太坐在小木凳上，轻轻仰脸望着她："你的身材真好，不像我和易先生，肚子都出来了。"

靖小姐半蹲着替她穿上浴袍："早些睡吧，再过两天就出发了。"

"可以回国了么？"她有些欣喜，"回国对我们也不利，按易先生的意思走吧。"

话是这么说，可易太太后半夜下了脓便血，头痛到休克，竟是痢疾。乡下没有好医生，他们听了酒店女将的指引，开了半天车出去，终于找到一家西医，打了针止住了。

易太太醒过来第一句话就是："我要死了，倒也没那么多麻烦了。"

易先生急得什么也顾不得了，拿袖子擦着眼泪："你胡说什么，疫症都躲过了，难道还躲不过一个痢疾。你福大命大，我们要长寿到老的。"

靖小姐听医生的吩咐取了药，一袋袋分好，写下每日每次吃多少，听得这一句，手里的钢笔一顿，斜斜画了一道，她重新拾起笔，又重重地一笔一笔写下去。

幸好吃了药，易太太的痢疾缓了过来。她像个坐月子的女人窝在被窝里，额头系着一块软巾，每日只能吃白粥。易先生怕太太客死异乡，服侍得很周到。他特意提出换了床位。易太太的位子在最角落，避风；他睡旁边，便于照顾，省得夜里七八次起来，难不成都叫靖小姐照顾。靖小姐呢睡另一边，管好自己就成。

易先生无论怎么服侍，一句怨言都没有，从来看不出他是这样仔细的一个人。到了要紧处，竟然是这样靠得牢。

靖小姐坐在露台上慢慢剥着橘子，薄薄的橘子皮贴着橘肉，十分不好剥，稍稍用力，就有汁水溅出来。靖小姐拿碗用热水烫了，将剥下来的橘子放在洁净的碗里，等着易先生空下来来吃，一直等到橘瓣都发干了，易先生才囫囵吞了两口，又朝卧室里张望，怕易太太有什么需要。

靖小姐含了一颗梅子在嘴里，倒了茶水给他："你且润润唇。"她慨叹："真是恩爱夫妻。"

"少年夫妻老来伴。这辈子我对她不算好，她要客死异乡，我就真对不住她了。再说，总要和她说你的事，对她好一些，我也好开口。"他伸出手，悄悄握住了靖小姐的手腕，"你能明白我的，是不是？"

靖小姐的手腕上戴着一只细巧的金表，秒针走得迅疾而玲珑，嘀嗒嘀嗒，大半生都这样嘀嗒着溜走了。她竟然要用大半生才来明白，他们是夫妻，无论怎么样都是真正的夫妻，不管睡和不睡，夫妻这个名义足以将他们生老病死都绑在一起。这和她是不一样的，她孤身一个人，除了自己照顾自己，从未病中得到过易先生这般的照顾。这半生已经过去，和这个男人夹杂不清，难道下半辈子还要与他们夫妻同处一室，将这样细碎的寻常的又刺痛心肉的恩爱看在眼里。

她什么也没说，只是把金表摘了下来。易太太一时起不来身，在这里每一天的开销都要钱，现金渐渐不大够了。幸好老板娘很喜欢她的金表，几次流露出问价的意思，倒是可以卖给她，到时候换机票也要钱。

易先生还在说："到了香港就好了，你这么为我，我都明白，无论怎样，便是平妻也要给你个名分。"

真的么？国内已经许久没听过这样的称呼了，一夫一妻，一个丈夫只能有一个妻子，妾都不许有，何来平妻。

而她，真的要做这个平妻，和易太太做了姐妹，共处一室，对着这个男人么？

她始终是没有习惯的，起与居都是三个人，饮食说话都不那么方便。

易太太完全好起来已经是严冬。有村民珍惜地摘着草莓，双手捧着，不过五六颗，指望它们卖出满意的价格。

去香港的机票并不算贵。易先生一路安慰着易太太："香港热，疫病多在冬春，那儿闹不起疫病，就是各国人都有，吃东西万万小心，不可再痢疾了。"

易太太不理会易先生，只是笑吟吟的，对靖小姐说："我这趟病得拖累人，难为你抛头露面出去为我的病交涉了。"

他们终于下了飞机。从扶梯上走下来，易太太才知道香港是这样地热和闷，而且，并不香。飞机的翼危危险险擦过一座巨大而畸形的城寨，那里有奇怪的尿臊气和阴滋霉潮的气味，冲天而出。

她心里没有底："我们住哪里？"

"订了浅水湾的酒店，先暂住几天，就可以搬了。房子在中环，很方便的。"

同样肤色面孔的小工奔忙着拿行李，靖小姐倒是很坦然，握了几个银元的小费给他们，交代他们小心些。"哦。我不大喜欢这里。"易太太说，"日本虽然冷，但看起来干净些。要不我们还是想办法，回国内去。"

"哪里还能回得去。"易先生苦笑着，与靖小姐相视一眼，都觉得易太太天真。

易太太腿一软，有些站不稳，便倚在了易先生怀里，靖小姐只顾低着头，当作什么也看不见。

易先生准备了一路的话，终于可以说了。风猎猎地响，吹起了易太太的裙角，露出了她腿上的丝袜。丝袜不知道什么时候钩破了，一条长虫似的撕开，咬着她身体的要害去了。

易先生心里一阵怕，又有几分可怜。他无数的话在肚子里过了过，最终说了一句："丝袜要换一换。"

易太太看了一眼丝袜钩破处，完全地不以为意，只顾脱着外套："热也热死了，这是什么鬼地方？以后我们就要在这里了呀。"

靖小姐嘴角的笑意将凝未凝："这里永远没有冬天，以后厚袄子就用不到了。"

易太太说："真的么？我就不信没有个起北风的时候。"

易先生有些艰难地说："你听阿靖的，以后你们一样做主了。"

一口风呛过来，他咳嗽起来。飞机旁的噪声轰轰地，吞没了他的话音。

易太太没有听清，正拉住了他的手追问："什么？你说什么？"

机场的广播里无比清晰地传来：自今日起实施《修订婚姻制度条例》，旧式、新式中国婚姻及纳妾等婚姻形式一律废止，即取消一夫多妻陋习，只遵循一夫一妻制。

易太太忽然明白过来什么，死死地盯住了易先生和靖小姐，又忽而嗤地笑了："国内早就实行一夫一妻了，这里到底是慢一拍。不过再慢，到底是跟上来了。"她将大衣托在手腕里，推开了易先生的怀抱，步履坚定："这儿真是个没有冬天的好地方。北风，北风是永远起不来了。"

易先生不知怎么地，心头也是一松，他回头看着靖小姐，几乎以为是自己眼花了——靖小姐竟也微微地笑着，像座乳白的石雕一般，全然没有一点惊动。

靖小姐的步子迈到了易太太前头："是个好地方呢，咱们常来常往，彼此照应。"

鸡
饭
的
故
事

⚫

　　在北京，他带她去吃这家最好吃的海南鸡饭时，其实他们的感情已经不算那么好了。

　　情爱是否牢固，在爱里的人知道得最清楚。痴恋的时候，那种排山倒海的痴缠、想念曾如何把两个人紧紧缠裹。他在你眼里，如珠如宝，永远熠熠生辉。一眼望去，连他眼角的笑纹都清晰可数，可整个人，都是那样发着光。

　　是怎样的天昏地暗呢？一颗心都悬在他身上。人与人的喜与悲忽然就这样共通了，仿佛是开了窍通了灵，眉梢眼角轻悄一动，对方就能心意明了。分花拂柳，蝴蝶的翅膀轻轻一扇，在爱着的人心里都是一篇诗文华章。

　　那时候想，人与人的相遇真是缘分。

　　有的人缘分深，花开并蒂，夫妻白头，是夜夜枕臂上的恩爱。有些人缘分浅，是对面相见不相识，怎么都对不上眼，说不上话，比陌路还要陌路。

他和她的缘分不深也不浅，足够九月茶花开满路，玉面青裙相识初。

那个时候她在上海工作，他在北京。是在秋天旅行的某个湖边相识，回来又是同一班飞机，你一言我一语说起各自旅行里的点滴，才知她的行程一直比他慢一天，都是跟着他走过的路在走。有那一瞬的沉默，便同时举起了香槟，在三万英尺的高空饮尽。

然后，他便寻各种各样的机会来上海出差。她在静安某家高跟鞋店工作，老板娘的三层小洋房铺子，一楼二楼售卖咖啡点心，三楼则是罗列的各式高跟鞋，看得女人们吃饱喝足之后，转着圈儿蹬走一双双高跟鞋。

他的工作比她忙，天南海北地飞。不像她，守着林荫路梧桐翠影，是一天又一天。每次他到虹桥，坐地铁到静安站，拐进嘉里中心，陪她一起吃午饭。

时间匆忙，他和她吃得很简单，最多的时候是在一家泰国餐厅，最招牌的不过两样，鸡饭和猪宝船面，零零碎碎有一些芒果糯米饭、椰青和泰式奶茶，但都没有招牌菜那么好吃。

她非常地犹豫，选择困难。一个人吃饭的时候，根本选不好该吃鸡饭还是猪宝船面。

鸡饭有鸡饭的好，鸡腿肉，软、嫩、滑，煮得鲜嫩多汁，像个清淡佳人，蘸上配得恰到好处的酱料，简直有画龙点睛的妙处。船面配料丰富，香得盛大诱人，尤其那满满的猪宝，就是酥透了的猪油，简直勾魂夺魄。

胃小美味多，简直难煞个人。

有他在，就根本不用这样为难了。无论她选什么，他就是另一样，配合得亲密无间。

当然，更多的时候，他更热爱鸡饭。

其实不管点什么，都是从对方的碗里 share 另一份。他夹最嫩的鸡腿肉给她，她舀带着猪宝的热汤喂给他喝。简直如同手足忽然不能自如，需要对方对待孩童般地呵护，还是扑心扑肝非要尽心去照顾那种。

他非常地爱吃鸡饭，他们几乎去吃遍了上海所有的鸡饭，怎么也不会腻。

他吃完饭，便有工作要做。她回到店里。有时有秋雨，打得梧桐黄叶落，憔悴了一地。雨滴落在硕大的玻璃窗上，是她等他的心情。

而他，会在某一刻，轻轻扭开带着风铃的玻璃门，携着疲倦不散仍要赶来的匆匆，来饮她亲手冲泡的一杯咖啡。

更多的时候，他便坐在三楼，看她替老板娘试新到的样鞋。

细细的高跟，走在寸许厚的地毯上，仍稳稳地撑着身体。丝缎、丝绒、珍珠，都是矜贵的呵护，把脚掌包覆得很好看。

他喜欢看她穿高跟鞋，不着丝袜。薄薄的脚掌，纤细的脚趾，躲进鞋身里，丝带细细系住，便是简单的好看。

他笑她，你不该卖鞋，只要专心在这里试鞋就好，非常好看。

没有人夸过她的脚好看，店里请过的脚模如云如流水，从来没有人在意过她的脚。她有些不好意思，只在两个人独处的时候，赤足去踩他同样赤裸的脚背。

他的脚背宽，她的十个脚趾踮在他脚背上，才能够到他的脖子。他低头轻吻她的面颊，便是最静好的时光。

更多的时候，他是安静的，音乐反反复复地听着白光的《如果没有你》和葛兰的《教我如何不想她》。

那是有年头的歌，有点像他这样有阅历的男人爱听的。他比她大十一二岁，十一二岁，几乎可以是一个小年代。

有时候她也奇怪，他那样出色，怎会在遇见她前一直是一个人。他只是笑，为了遇见你啊。

甜的话如米酒，会醉人。她原也知道，自己并非出类拔萃的好。他爱她，或许真是缘分深重。

她也不再说话。长夜漫漫，她只是靠在他胸口，静静地听完一曲又一曲重复的歌，直到依偎着睡去。蒙蒙眬眬里醒来，仿佛是他在亲吻她，她翻个身，又安心地睡去。

如此，也是不知岁月几何。

店里的高跟鞋渐渐做出名气，大概世上的女子都喜欢华服美衣丽鞋。水晶鞋是美是梦幻，但她们家的鞋子也确实好走，穿上照样可以赶地铁跑楼梯。越来越多的女明星穿着她家的鞋出入红毯，鞋子为娇嫩的足添了光彩，也随着穿的人矜贵起来。

老板娘的分店一家家开起来，她出差也往北京去得越来越多。

北京的冬天太过干冷，晴好的时候是脆棱棱的枝丫利落地刺破湛蓝的天空。他们就去故宫逛，在红墙碧瓦蓝天下一句接一句地对对子。他的国学功底很深厚，兼在英国读过书，几乎是应答如流。

她的心情那样畅快，好的伴侣，真是有说不完的话。每次他们你一言我一语地说完什么，他会忽然定定望住她，叫她的姓名，"陈欢照"。

他便解释，她的名字是古人所云的相见欢，这样的欢喜，可以照见彼此。

她也唤他的名字，连名带姓地，"单璧殊"。

真的，就这样唤着彼此的名字都是喜悦。因为知道呵，呼唤着名字的时候，就是希望对方可以专心地看着自己。这样握着手看着天光一分一分亮起，就是最美。

那一天，她是记得很清楚的。

是北京初雪的那一日，她一直记得别人说，在初雪那一日一起看雪的人，会永远在一起。

他早一天便告诉她，找到了北京最好吃的一家海南鸡饭，约她一起去吃。

她颇为兴奋，也期待。

一大早的工作是招呼一位刚归国的女画家在她们店铺试穿几双新到的女鞋。那位女画家在国外居住了多年，肯来试鞋，一是因为北京的店铺就在她家对面，二是因为她脚掌薄，脚踝又细，穿鞋子务必要求柔软再柔软，妥帖裹脚才好。老板娘知道她细心，特意嘱咐了她去陪伴。临出门前，她吻一吻熟睡中的他的脸庞，他略略醒来，揽住她的脖子亲吻她的耳垂。她反过去亲吻他的耳垂，才发现原来他打过耳洞，是在一个很特殊的位置，许是年月长了，又不戴耳钉，那耳洞已经长完整，不仔细看，根本看不出来。

她好奇："为什么会在这种位置打耳洞？"

他笑笑："年少轻狂。"又问她："什么来头的人，值得你这么一早去店铺里等着？"

她想起那位小姐的芳名，实在也是万分好听，便说："丹碧芝，是一位很喜欢画芝兰的女画家。"他仿佛不感兴趣，翻了个身，不说话，似乎又睡着了。

她收拾好，轻手轻脚出了房门。

丹碧芝并无想象中那样大牌，如约而至，甚至早了三分钟，是老派人的规矩。她谈吐极温和，那声音呖呖的，如黄莺儿在枝头甜唱，简直叫人忘记了她的擅长是画画。

丹小姐有那样美丽的足，美到叫人心惊。她的足极白，更难得的是脚趾颗颗如珍珠，是那种雪白的南洋珠。指甲是微微的粉红色。她的脚背又平又直，足弓有微微的弧度，像雨后的彩虹桥。欢照看得挪不开眼睛。丹小姐发觉了，朝她微微笑。

她很不好意思。深深地觉得，丹小姐若是肯穿她家招牌的水晶鞋，那一定比辛德瑞拉更像一个王妃。

每试一双鞋，她都轻声说"谢谢"，然后温柔地、婉转地，一句一句说出鞋子的优缺点，连帮她试鞋的人都信服。

聊得熟悉了，听出她的语调里带一点点宁波口音，欢照是上海人，与她说起上海菜，倒有共同语言。到了快近午餐时分，欢照帮忙订餐。丹小姐很客气，"鸡饭，我只吃鸡饭，最好是海南鸡饭"。

连说三句，足见喜欢。

欢照一愣，旋即笑着答应。她转身去打电话订餐，忽然见到店铺外硕大的落地玻璃窗外人影一闪，似乎是他的身影。可是这个时分，他应该在开会，怎会来此。许是自己过于想他，才这般眼花了。

末了，丹小姐挑了四双鞋，都是最简单的款式。黑色的丝绒或银灰色、宝蓝色的丝缎，最花哨的一双，也只在鞋尾缀一粒细细的珍珠。八厘米的高跟，是因为她个子娇小，不到一米六一点点。这高度适合走，也显得人亭亭玉立。鞋身包裹着她的脚，越发显得她足形纤巧，让人不忍移目。

欢照笑："丹小姐喜欢珍珠。"

丹小姐笑着点头："最喜欢珍珠耳坠。"

欢照喜欢她的措辞，爱与不爱，都是分明的。这样的女人，让人心生欢喜。她索性问："丹小姐为什么喜欢画芝兰？"

"其实也不是喜欢画芝兰，是喜欢听白光的歌，一听到，下笔就是芝兰的飘逸的叶。"丹小姐说笑着，手机突然响起微弱的铃声。"微风吹动了我的头发，教我如何不想她？"

不知怎的，欢照的心蓦然一沉。她趁着丹小姐接电话，细细去看她的耳垂，并没有耳洞。她的心越发沉下去，再去看那个位置，果然，没有戴耳坠，可是分明是一个小小的清晰的耳洞。

丹小姐并没注意她的凝视，只是挂了电话看窗外："下初雪了呢！真是浪漫。"

怎么浪漫了呢？如果刚才她没有看错，如果刚才在窗外的人真是单璧殊，那么是不是他和丹小姐也同看了这一场初雪。

暖气充足的室内，她忽然觉得哪里漏了风，吹着初落的雪子融在她心尖子上，冰冷的一滴，又一滴。

雪落便是深寒。

那一天的午饭，他并没有来。她按着他一早所说的地址找到了那家茶室。在京城闹市的某个街口，小小的一个铺子，只能容纳三四桌人。老板有粤语口音，问她要选鸡胸脯肉还是鸡腿肉。她毫不犹豫地选了半只鸡腿肉，又要一份菜心，一份鸡杂。也不管他会不会来，狼吞虎咽地吃。

吃了一半，仿佛慧至心灵。她突然问："有位女画家丹碧芝，是不是很喜欢你们家的海南鸡饭？"

老板很自豪地讶异："你怎么知道？我们的店开了很久，很多年前在老铺子，丹小姐还年轻的时候，几乎隔天就要来点我们家的海南鸡饭。她最喜欢吃海南鸡饭。就是现在，她刚回国，居然找到我们新搬的店，又过来吃。"

她的心又下坠了几分。

最后老板还免费送了她一碗撒满了葱花的鸡汤，"光吃饭会噎着啦"。

其实也不会，她根本没吃出这第一名的海南鸡饭有什么特别。鸡肉是什么滋味，或许和白灼菜心一个味道。鸡饭是蜡黄的，吃在嘴里和外头寒雪里的蜡梅花一般冷冰冰。

一模一样耳洞的位置，他的已经长好，她的还留着。一样爱吃的海南鸡饭，一样爱听的歌。那个仿佛是他的身影，他来看的人是谁？

她慢慢离开，没有问他为什么突然爽约。他既然不解释，她也不会问。就好像这件事从来没有发生过一样。或者，也真的是她不敢问。所有的气球都一样，轻轻一戳就会破。还不如放远了，也就飘远了。

她回到酒店的时候，他没有回来。等了很久，也没有回来。她睡着了。到了天亮，他也没有回来。

她终究没有去问，一条讯息也懒得发。好像不问、不提，这件事就没有发生过一样。

到了第二天夜里，他是回来了。如常一样，和她闲聊几句工作的事，只字也未问她昨天如何招呼丹小姐的事。她开足了暖气，穿着真丝的睡衣，故意赤着脚走来走去。

他拉住她："酒店没有地暖，这么好看的脚走来走去，会冷。"他把自己脚上的拖鞋脱给她："穿上。"

她笑嘻嘻："你有没有见过比我更好看的脚？"

他也笑嘻嘻："当然有。这世界上那么多好看的脚模。"

他没再说什么，仿佛也很疲倦，便一起躺下睡了。他与她每天睡前都有说不完的话，今天倒是难得的静。她按熄了灯，他惯常一般搂住她睡。枕在他的手臂上，好像怎么都不对。她换了几个转身，索性从他手臂上挪开，背对背睡了。

他问她："白天工作很累了？"

她干脆按了手机，听一首歌吧。是白光的《如果没有你》。一曲终了，她掩在月色里轻轻笑："如果没有你，日子怎么过？好像，也就是记得她的一切慢慢过吧。"

他不作声，似乎是睡着了。

他陪她去吃那家海南鸡饭的时候，已经快过年了。铺子里生意有点冷清，只有他和她。老板热络地招待他们，他点了鸡腿配金黄的米饭，一碟碧绿的白灼菜心，和一碗处理得干干净净的鸡杂。她喜欢吃鸡心和鸡杂，他都夹给她吃了。

老板碎碎地说着话，无外乎是"新年快乐，恭喜发财"之类。最后老板说："幸好你们今天来了，明天我就关门放假了。"

他有一搭没一搭地和老板应和着。外头街道上的树枝都光秃秃了，一点生气也没有。路上也是许久才有一两个人影走过，都裹得严严实实的，不肯在冷风里多停留一秒。

一个城市，说空就空了。

随着冷风进来的，是一个娇小的女子。老板的背景音乐不知何时换了葛兰的歌，那样袅袅、袅袅地唱着，合着这个八九十年代装修风格的茶室，无比地契合。

那个女子，欢照是认识的，老板更熟悉。小小的脸，纤纤的眉，细细的眼。她与老板打了招呼，转头看见欢照，笑着称呼一句"陈小姐"，又看见欢照身边的单璧殊。

欢照后来想起来，那一天，她与他特别地不像一对情侣。唯有桌上的菜色，暴露了他们同桌而食的熟识。

什么都不用说了，他的眼神，几乎已经表露无遗。他挪不开自己的眼睛，简直连一转都不能转。

丹小姐落落大方："都是老朋友了，初雪那天还见过，怎么好像不认识我了？"

他这才微微笑，客气地说"好久不见"。

其实是不对的，丹碧芝的口气里，他们才见过。是他，已经乱了方寸。

欢照在心里默默叹了口气，这样比自己年长还见惯世面的人，居然会乱了方寸。哪来的好久不见，在他心里，分明是在心里朝朝暮暮长相见割舍不下的人。

老板将打包好的海南鸡饭拿出来，丹小姐礼貌而周到地告辞，一丝不错。她忍不住去看他，他似乎也很快恢复了往日的沉静。

可她心里明白，终究是不一样了。

当然是不一样了。她忽然明白了，他为什么单身了那么久？她也明白了，他看她，终究和他看丹碧芝完全不一样。她在他眼里，没有那种熠熠生辉的光芒。

他们默默地吃完了这一顿海南鸡饭。终于什么都没有再说。

那是京城最好吃的海南鸡饭。他没有说错。

因为吃过之后，她再没有和他去吃过任何海南鸡饭，所以成了最后的最佳，无可比拟。

可能人与人的缘分确实不一样。有的缘分深，是情深似海，一世割舍不下的牵挂；有的缘分浅，浅如荷塘，寻常时也是旖旎风光。可一时荷塘见了大海，自知是浅，也不愿做那比较，自己便散了。

这样，也便是散了。

或许到了来日那一日，他也会记得的，他与她的点滴。然而，那也是要分开了才会记得的。那就这样吧。

# 清
# 洁

"轰……"覃世樊坐在沙发上，听着隔了两层墙外远远的低微的闷雷般的声响，烦倦地皱起了眉毛。

世樊知道那是什么声响，是云霓佳在如厕后冲水的声音。他觉得很是不雅，人类既然发明了冲去恶臭秽物的便溺器，为什么要在处理这些秽物时发出这样轰隆的声响，而非悄无声息的，是这样昭告天下：看，我做了这样天大的干净的事。

屋子的隔音不算好，世樊听得云霓佳在窸窣地摆弄衣物的声音，冲洗双手的声音。他登时不耐烦起来，他的妻，是从一窄室的臭气里出来，将要和他说话。

他非常地不耐烦。他自认为是个有些洁癖的整齐的男人，结婚这么些年，他都是趁云霓佳未醒的时候如厕大解，连每日数次的小解都会在便溺器里事先垫上草纸，以求发出最小的声响。婚后这些年里，他也这样要求过霓佳，作为一名勤俭持家的主妇，云霓佳很诧异地以为那是完全浪费的不必要的行为。下身用的草纸里攒下的这些钱，天长日久，足够买好些世樊要抽的烟——放进嘴里的。

世樊是读过书的人，认为夫妇俩分开楼上楼下两个洗手间，用隔音最好的设备，是十分必要的。因为夫妇俩这么上床亲密下床君子的关系，最需要免去产生不好的联想，防止天长日久地过早生厌。

因为这个每日不可或缺的生理行为的声响，这对夫妇里，丈夫对妻子过早地疏远了。

其实，这个问题也是可解决的，世樊可以听音乐。只要他的太太一如厕，他就及时地想去扭音响。所以他家的音乐，总是响上那么一两分钟或是十几分钟，断碎的，不成曲的，有些扰民的。邻居们换了一茬又一茬，总是说："覃先生啊，雅好音乐得很哪。"

这不失为一个解决方案，更是博得了一个好名声。可即便这么做了，世樊也是仿佛听见了那些声音的，心中烦恼的。可见，一个丈夫要疏远他的妻子，总是有这样那样的理由。

他站起身，披上大衣，戴上礼帽，径自要出去。

霓佳趿着拖鞋踢踢踏踏地出来，眼皮子也不抬地哈了一声清喉咙，吐出一口浓痰在纸上，随手一裹扔进客厅缎子镶边的垃圾桶里，说："又要出去啊？"

世樊"嗯"一声，实在是忍不住，克制而温和地提醒："要吐痰可以吐在痰盂里，不要吐在纸上裹起来扔客厅的垃圾桶。你要知道，如今这世道，这种洋货的缎子镶边垃圾桶多贵，只能摆在客厅和卧室装样子的。"

霓佳不耐烦起来，明明是他错，他养小老婆，却事事训导她，处处挑剔她的不足。好让他心安理得去寻别的女人。

她恨恨地想，男人都是喜新厌旧的，且等着看什么时候厌了小公馆那边。

世樊说了两句，觉得这些年也教了霓佳多次，她总心不在焉，可见不把自己的话放心里。这样的妻……他摇摇头，疾步走出门去，衣角带起的风刮到了霓佳的睡袍。

这么好看的蕾丝粉色真丝睡袍，也是沾染过异味的。他想。真丝那样珍贵顺滑的衣料却是最易沾染气味的，洗一洗清除旧恶却是容易洗坏了，真是无法亲近。

霓佳知道他去哪里，她没有过问——这是一个正室的矜持，什么都知道，却什么都不说。

那边的小公馆，早已是半过了明路的。世樊丝毫地不怕她这个明媒正娶的太太。孩子已经大了，都去外地读了大学。嫁过来的时候，霓佳就看中了他一个好处——上没有高堂，只有一个名义上养大他的远房大伯。没有公婆的挟制，不必经历多年媳妇熬成婆的委屈苦楚，做个自由的当家太太，实在是难能可贵的好处。

可是日子久了，这好处就成了坏处。上无老，意味着有什么事时，没了长辈的挟制，她一个人根本不成事。

一开头霓佳当然是委屈的。儿子一生下来，传宗接代大事完成，世樊显然是敷衍着她了。一开始只是找舞女寻乐子，渐渐发觉宽松的经济足以让他赁下一个女人长期拥有，就不必一笔子一笔子地零散花销了。毕竟要得到一个女人的路数每一次都差不多，说好听的话，约会喝茶吃饭，送礼物，都是一样的，长久些，反而省钱些。

大伯只他一个远房侄子，待得大伯驾鹤仙去，留下的东西尽归了世樊。光城中就有好几处房产，世樊就挑了一所他认为两边来往方便，可以兼顾的，置下了一个女人——当然，霓佳是不肯承认的，世樊是终于遇到了一个可心的人儿了。

雅莹是许过人家的，快要进门前半年丈夫死了，守了望门寡。雅莹是争气的人，愿意这么守寡下去，贞洁烈妇般，被人口口传着。哥嫂却是不愿意了，不肯一口闲饭养着妹妹，只推说怕耽搁了妹子青春，夫家也败落了，不再出钱养这么个闲寡妇，一路推着她见人吃饭相亲。雅莹受不得这口气，想着与其去做一群孩子的继母为人续弦，不如找个实惠的落脚。于是这么半露了名分的，便跟了世樊。

这是乱世里，上海已经被新的旧的洋的中的冲昏了头，世界是五颜杂色的。名分从盘古开天辟地开始就是头一样要紧的，至今不变。可是实惠也一样要紧起来。所谓面子和里子，那是齐并肩的。以前必得进门奉茶做了小，或是得到先头太太的允准称个两头大，抬头不见低头见，守着姐姐妹妹的规矩，如今是各自一方天地，各自的底下人都称呼一句"太太"，谁也不见得比谁矮了一肩，颇有占山各自称王又互不打扰的本事。

何况雅莹是知道的，世樊先头娶的那位太太，资质不过尔尔。这么些年，雅莹也算明白过来了。一个女人总是要跟着一个男人的——无论是死了的还是活着。

跟一个男人生活在一起，是顶新鲜的事。虽然她很多年前就仿佛有过一个，但从未在一起过过一日。理论的经验攒了许多，终于用在了一处实践，有了发力的地方，所以待这个中途得来的世樊，她是用足了心的。

大部分人夫妻做过了十年，就无所谓什么夫妻生活了。或者说夫妻的生活里，已经没有了房事这一项。这一点上，霓佳倒是颇为欣慰的。无论世樊怎样地面露不满，他们是难得的结婚超过二十年还同房的夫妻。霓佳自诩为传统闺阁出身的女子，是绝不会露一点言语和行动上的主动的。哪怕在临近四十岁的时候，孩子们一离开，阁院空了下来，她觉得格外地空荡荡的，四肢骨骼都摇曳着咯咯的酥落落的响声，她也绝对是不会露出分毫的。大多数时候，她坐在沙发里织着毛衣，一针一针的，竹制的毛衣针穿过毛线，人为地编织成了一个小孔，穿过去穿过去，收紧了收紧了，她就面红耳赤起来，热辣辣地羞惭。她浑身浑脑地不自在起来，像是被人发觉了什么不得了的秘密，掩也掩藏不住似的难堪。

世樊对她这些细腻的心思从来是毫无察觉的，或许察觉了，也是那样地故作不知。他对着报纸可以对牢一个下午，又一个傍晚，霓佳也不大清楚，那些大到国家政治小到寻猫启事，到底有什么启益。或许白纸黑字，比眼前的妻子更有趣味。或许世樊是喜欢那些黑白分明的干净整洁的。但还好的，没到两或三个星期，世樊在她仔细地沐浴更衣上床后，又未上洗手间的间隙，将她的身体扳过来，再扳过来。

世樊并不亲吻霓佳的嘴，虽然遥远的从前，他当然也是亲吻过的。但很久的，霓佳想，那大概也是一种尴尬的味道。世樊总是很敏感地从她的口内察觉到她吃过的饭菜的气味。你很难想象，两个人身体贴近的时刻里，会说："这肉冻的气味腻了些。"他吮了吮舌头："唉，你先吃了鱼丸吧，这鲍鱼肉敲得不碎，有些腥气。"

霓佳立刻尴尬地不吃了，可是哪怕是换了不沾油的清水白菜，世樊还是能清晰地闻出来。这不得不迫使她去揣想，睡在身边这个喘着粗息的男人，到底是一个人还是一条狗。

霓佳后来百无聊赖时看过一些飞檐走壁劫富济贫的武侠小说，她有些恍悟过来，世樊与自己的房事，多有这么点劫富济贫的意味。居高临下式的，蜻蜓点水一样。他瘦长的四肢辽阔地撑开，宛如一只蜘蛛，身子尽可能地和自己的身体凌空隔开，她总觉得冷，皮肉不贴近，四下里漏着风，风在两具身体间穿梭横越，她羞赧地像暴露在荒山野岭里任人观看。

她恨不得捂住脸不发出任何声响。

后来霓佳知道，世樊是格外小心的。毕竟男女交合的要紧处，前后都有排泄处，格外不美。世樊于是特别小心，这小心令夫妻之间少了亲近密切，可也不是没有好处——霓佳从未看过妇科毛病，妇人群里，她是最没有身体病痛烦恼的。

可是这点子房事又是特别难能可贵的。因为两三个星期才有一次，比甘霖还要少，恰到好处地解了一点点她的渴，使她不至渴死，又有了新的更多的对雨润的盼望。

有时候她是恨世樊的，恨他这么冷这么淡，这么几乎要渴死她一般折磨着她。可恨又怎么样？他们是守礼人家，世樊平躺着的时候，她只微微侧过身去，世樊立刻轰隆着翻过身体，把一面清瘦的脊背留给她，一堵墙似的，昭告她所有的野心都被他读了出来写在了墙上，只看她羞不羞。

她是羞愧的。好妇女是不该有这样的念头。而且婚姻里面，并没有规定男人一定要和自己的太太睡觉。她只好咬紧了牙关，咬得牙根都发酸了，和身体里那痒酥酥的咯咯声斗争着。

世樊还是走了。她的世界里留下她自己未能察觉的异味，包弥着她单薄的身躯。

世樊到来时，雅莹已经换了一身家常的丁香色滚深一层莲青色拷边的宽身旗袍。九分的袖子露出雪白一截藕似的臂膀。世樊脱下大衣交给姨娘挂起来，笑吟吟地摸了一把雅莹的手臂，关切地问："冷不冷哪？"

当着娘姨的面，雅莹有些不自在，她很不喜欢这样不庄重的神情举止，哪怕只是夫妻间应有的亲密。她脸上腾地红起来，斜眼暗示娘姨在，又吸了吸鼻子："身上一股子冻风味。坐火盆边吧。"

屋子里刚生了火盆。十一月的时节，冷风阴沉，空气里湿答答冷冰冰的，压得人眉眼都低了。雅莹是做人家的性子，十分节省，并没有在每个房间里都上了火炉，只是人在哪里一个火盆跟到哪里，看着可怜巴巴的样子。连娘姨暗地里都说："有着姨太太的宠爱，倒比个正头太太还要会过日子。"

雅莹没有孩子。日子过得简单。世樊不来，她也不出去交际，她的世界就只有小公馆那么点大不说，连爱吃的菜也只做一个浅尝尝，只等世樊来，才做他喜欢的几样菜，那时才是不厌其精的。世樊在她身边一立定，就闻到淡淡的沐浴后的柑橘清香，并不是俗气的花露香水气味，让人闻之愉悦。

他进去洗手间洗手，台子上摆着玻璃花瓶，插着几株海棠红果和白霜乌桕，清凌凌地可爱。临窗的一汪清水里丢着橘子皮，泡得清清静静的，气味宜人。

这样子的别致心思，由不得世樊不喜爱她。钱是世界上最污糟的东西，在低等的高等的乞丐的绅士的手里转了一圈，捏在清洁的雅莹的手里却是再合适不过的。所以他心甘情愿地，哪怕两边人口差着那么多，他给雅莹的用度只会更多而不会少。

雅莹很感念世樊的好。世樊的年纪，和她也不大可能有孩子了。没有孩子便没有依靠，她总是矮了那边一头。世樊私下给的款子、房契和首饰，都是给她的保证，所以她益发地要世樊看见她的好。

做另一边太太有做另一边太太的自律。因为是半途结来的缘分，不比结发夫妻，总得倍加勤谨，免得月老的红线轻轻一颤，那情丝就断了。

比如，世樊来之前会提前一晚先打电话过来告知。雅莹就会隔半小时用青盐细细地刷牙，用薄荷叶和竹叶熬过的水漱口。然后服食小剂量的泻药，让自己的肠道彻底地排泄干净。接着泡澡，将积蓄的汗液污秽从毛孔里浸泡出来，大量地出汗和热水有助于排出这些，再涮洗干净，脸上和脖子抹上雪花膏，身上每一寸抹匀了香体膏。最后，连洗手间都被仆妇清洗干净了点上香蜡熏过，又在世樊来之前撤掉了除去烟火气。这样上上下下里里外外都洁净了，才能安心迎接她的男人，她的衣食所靠。

有时候雅莹想，她做他的情妇也有些年数了，之所以能这样相安无事彼此和好地过下去，也是抱定了除了夫妇男女之外他们还是老板与下属的关系，所以能这样和谐地过了三五年，彼此不厌倦。

当然，这也是有赖于世樊是有节律的不错的男人，从不会搞什么突然袭击，便是在从前约会的时候，必定是提前一晚打电话来约定时间，给她留出从容不迫的整理时间。

做正头夫妻有做正头夫妻的坏处，比如想名正言顺地离开，也是不大能够。更别说给自己打理干净的时间了，毕竟，如果光是听着她做完这些事，也是一件残忍无道的事情——一个男人，怎么能够想象一个女人在用泻药对付自己，频繁地上厕所，频繁地冲洗着马桶。

世樊待雅莹是好的，因为实在挑剔不出一星错处和不妥。雅莹其实学过怎么做主妇，但那是许多年前，纸上谈兵的，到底没真正做过一日。待跟着世樊，一口气都用起来，才发觉那至少是七八年前过时的东西了，重又得学起来。

这一沓学得有好有坏，光支使厨子和老妈子，就有许多的门道。这个厨子是乡下托来的，说是做过天香楼——谁又知道呢。他倒是会做清淡的菜，也会做一些西菜，就是本地菜做得不大像样。几次三番，雅莹都担心世樊吃不惯，正想要换了厨子。谁知渐次发觉这厨子擅做乡下各种花菜，例如油炸黄花菜啦，香油凉拌水芹菜啦，嫩嫩的没开的南瓜花骨朵滚上面粉油炸啦，或是正盛开的昙花掐下来新新鲜鲜地滚糖粥啦。这几番很得了世樊的夸赞，那厨子颇为得意，也无人与他计较本地菜做得好不好的事了。

雅莹窥视着世樊的爱好不过如此，就越发发性起来。首先，一应鸭鹅、鱼虾、蒜姜之类有腥气的东西，世樊在的日子里是绝不上桌的。另则，按着时节天山雪莲锅子也烫起来了，菊花花瓣煨小牛肉汤也炖下，玫瑰酱桂花糖也是每常桌上就搁置了备下的。遇到上火，芦荟百合清炒一个，再弄点南边的霸王花、西洋菜煲汤，日子过得别有滋味。

世樊常笑："你这日子哪里过得像个上海女人，倒是天南海北的女人混在了一处。"

雅莹斜斜地瞥他一眼。她原是正经闺秀，奈何家里哥哥纳的年轻姨太太和父亲留下的老姨太太们多是堂子里出身的。她拘束守寡久了，日久和她们一处，羡慕她们说笑自在，就不自觉地浸淫了一路长三书寓里的媚态。如此一来，恰有了正经人家教不出的轻媚自好，而长三堂子里的风流又落了下乘，不似她受过望门的苦，格外自矜端雅一些。

加之雅莹的小姑子是留洋回来的，每次被夫家派来看望这位守望门寡的嫂子，总是格外崇敬又怜惜的，告诉她下午茶第一步用隔茶渣，先倒茶，再加奶，先前后搅拌六次让茶与牛奶混合，再旋转搅拌，充分发挥香气，末了将搅拌勺放在杯垫上，而非杯子中。甜点上来，无外是三明治、司康和甜点，放在三层铁质托盘里，由下往上，口味从咸到甜，淡到重。

雅莹未见过这些西洋的下午茶，但毕竟是少年人，终究听得饶有兴趣。和世樊第二次出去那日，世樊虽然是不惧怕这些场合的，因为到底看人就能学会，虽然略显呆笨些。可是身旁约会的雅莹就在耳边柔声指点着，三明治要用手拿着一口吃掉，司康上想不好涂奶油还是果酱就都试试。尤其司康一定要趁热用手掰开，世樊很在意会否掉出许多碎屑，可雅莹笑着解释能否轻松掰开是很检验司康好吃度的。她肆无忌惮地抹上奶油，大口吃着，特别香甜，越发显出她超越实际年龄的年轻活泼，又沉稳体贴。待到在一众小姐里，手指并拢拿起杯托时，雅莹门外汉似的跷起兰花指，微微令人侧目了。在座的小姐们有些暗笑她的三脚猫礼仪和落后，雅莹也窘起来，还是世樊笑说："喝下午茶嘛轻松愉快就好，何必依足那么多外国人的规矩呢。"

世樊不是偏心，而是雅莹跷着兰花指端着骨瓷杯托实在是有些古今相宜中西合璧的美。他瞬间觉得吸引了。一个女人太中式，他家里已经有一个了，毫不吸引了。一个女人太西式，他又克化不动似的，要拿自己的时间去迁就另一种礼仪的人。还是雅莹这样的好，带出去不算失礼，就算有点瑕疵，长久孤身的女人懂得自省，尤其在她急于待嫁的时候，放在家呢更是贴心。

再约会过几次，吃过饭看过电影跳过舞，婚事就这么定了。世樊特别地满意——这怎么都是一笔划算的买卖，比起娶新式舞厅里的女人，比起娶长三堂子里的女人，还是少不经事的需要撺哄的贫家女学生的，雅莹都算是上上之选。她是守的望门寡，嫁妆都没堂堂正正用出去。这些年里贴补哥嫂的家用，变卖了总有六成，剩下的四成自己硬生生扣下了，一股脑儿带来了。虽然是陈年旧物，但到底是积年攒下的一片心，竭力博个体面来的。

世樊不知怎么触动了情肠，想起自己初来大城市挣扎下根基的那些日子，也是一般争要着这薄薄的体面。

不管怎样，这一头家算是安了下来。一开始是遮遮掩掩的，怕着两个孩子在身边，霓佳闹起来，总是不好看。可直到孩子们都送出去上学了，世樊终于安点心下来，试探着霓佳的态度，才明白过来霓佳是早知道了，点了他两句，只不说破罢了。

这下他得意起来，自己到底是一家之主御妻有术的。或者，一个家庭和一个公司并无两样，都是谁赚了钱来养活人口，谁就说了算的。

霓佳当然是不说破的。这件事她隐隐约约知道许久了。女眷的圈子里没有秘密，谁娶了谁，谁纳了谁，都是藏不住的。早有熟悉或不熟悉的女朋友透了话过来，连地址都问清楚了，管要她稳准狠地打上门去。霓佳不是不气恨的，终究是到了这一步——一个男人不管怎样地爱洁净，到底逃不脱别的女人的手掌心，还是落了进去。从结婚的第一天，她就是料事如神的，知道男人逃不了这一天。等终究到得这一日，她也想和所有的正房太太一样打上门去，出了这口恶气也好，吓吓对方也好，哪怕是和世樊闹一场呢，打破了他冷淡无表情的脸。可，还是不划算的。

不划算。她思来想去，恨不得抱出算盘来一笔笔款子写清楚。可她心里明镜儿似的，比算盘珠子打得还要清晰。世樊若是换女人，一笔笔的款项出去，请客吃饭送礼过夜，未必比这个花销更省。若是遇到个厉害的，或是家世更好的，直接上门来逼迫她这个正房太太让位，她未必有十全的把握。虽然她并无犯七出之条，虽然她有可仰仗的一子一女，可男人发起疯来，谁知道呢？这世界并非少有对结发妻子赶尽杀绝的男人，而且世樊没有父母，连个挟制他的人也没有。更让她虚弱的是，哪怕缔结了婚姻，并没有任何一条明文规定，一个男人不能去和别的女人睡觉。

她终究是孤立无援的，霓佳绝望地想。

所以世樊弄来了雅莹，并不算最坏。不必霓佳亲自去问，自有人会去弄清楚雅莹的底细迫不及待来告诉她。一个望门寡的女人，自然是不吉利的。这样的女人出身不低，太狐媚的一套是不会的，不能全盘迷住了世樊的心。而且雅莹守了几年望门寡后也不算很年轻了，要生孩子，风险也大了些。若她和世樊没有孩子，那霓佳母子的地位自然是巩固的。她盘算着儿子毕了业就赶紧订一门婚事，总不能要做祖父的人了，在喜事上把祖母给换了。

何况，更何况，男人哪里有不出毛病的呢？

霓佳有些庆幸地虚弱地笑了，比起那些闹新潮的学生，最后莫不是私奔了，末了回来做了男人的妾，一桌三四个坐在了一起。或者男人离了婚，和前头的太太并不分开住，总有三四个前头太太了，和新人住在一起，胡天胡地。男人哪，不管是搞新潮运动抛弃了不识字的旧糟糠再娶女学生，还是遵循老式的三妻四妾，没有不打饥荒的。

世樊能熬到这个岁数，她都要怀疑世樊是不是不太成——在那方面。他对自己总是那样不热络的，疏离到了极限的。

霓佳独自躺在床上，望着丝绒窗帘里漏出的一丝半缕蓝莹莹的月光，不免好奇——他和雅莹，在床上也是隔得那么远么？

世樊一直兼顾得很好，以前这里住四日，那里住三日；现在是每处三日半，非常公平。小公馆不时地花着装修的银钱，都是在洗手间上和墙上，为着换最新的便溺器，隔上最厚实隔音的墙。

霓佳却不会。她住的地段好，左邻右舍又近，装修起来是一种打扰，索性就这么过吧。后来，她是有些安慰的，尤其隔壁的汪氏夫妇搬过来后，日子又尤为有静响了。

再后来，听说雅莹得了便秘症有一段时间了。世樊也带她去看过，并不算有效。医生说吃的东西太少，排泄少而缓慢也合理。或许在世樊眼里，这种颇为痛苦的病症是人类进步和文明的一种延伸。因为它是人的身体合理地延长了排泄臭味的时间，保持了颇长的洁净。倒是霓佳知道，好笑了一段时间，终于忍不住指着报纸上的泻药广告旁敲侧击说："一个人若是排泄不好，脏东西储存在肚子里，那整个人不得发臭呀。"

世樊并没理会，只是在那边多待了两日表示抗议。那算什么，霓佳不怕的。既然他与雅莹好上的时候都没丢开这头家，时间久了，就更不会了。男人都是没长性的，她隐隐期盼着，迟早有一日世樊会腻了雅莹的，就如腻了她一样。偏他是丢得掉雅莹，却丢不掉她三媒六聘的云霓佳的。

霓佳有些欣慰地想，有了雅莹之后，世樊看她，终究没有那么不耐烦了。或许是给彼此的时间多了些，或许是两厢里有了比较，总有谁更好更坏一点的时候。世樊在那边不回来过夜的夜里，她一个人静静地，听着隔壁老汪家汪太太扬声骂新请的姆妈的声音，倒也能睡着了。

这个时候，无论汪太太怎么骂，老汪总是不出声的，不像世樊总是不耐烦地皱着鼻子哼着气，无论是对自己还是对孩子和下人。老汪，老汪是个好脾气的人，对谁都细声细气的。那股细声细气，霓佳一开始是看不上的，忒不像个男人。可是慢慢听着声音相处下来，这又成了老汪的优点，在世樊的冷漠的对比下。嗯，世界上总有好脾气的男人的。霓佳心里泛起一点莫名的温柔。

汪太太的脾气不好，很是急躁，所以必须吃药。一吃药，她就可以长久安静地睡上几个小时了。

霓佳是近距离地见过老汪的。

叫老汪，是因为他比云霓佳的年纪看着大上七八岁，比世樊也大上几岁。不过老汪略圆胖，人一圆润，脸上的皮肉被撑开，皱纹就撑没了，倒没那么显老。反而世樊清瘦，法令纹深刻地一道一道。

在邻近的阳台上，石栏与石栏不过一拳的距离。月光牛乳似的流泻下来，兜也兜不住似的，把世间什么不尽完美的都镀了一层乳白的光晕。霓佳清楚地记得，那一日她吃坏了东西，不停拉肚子。世樊去了那边，她拉得双腿发软，又不愿一人闷在屋里，索性走到阳台上来散散气味。

那是去年快入秋的时候，桂花的冷香一阵甜过一阵，回味却是暖融融的，是吸饱了秋日阳光的蓬勃气味。霓佳倚在冰凉的石栏上，有些凄凉的孤清。粉色的丝绸袍子罩在身上已经有些微凉，应该换一件夹薄棉的真丝睡衣。可她难受着，懒得去换，也不愿这个时候叫醒仆人。正犹豫着要不要进去，一蓬烟味弥散过来，她微微有些呛——世樊是不抽烟的人。他总说，放屁是散气，为什么还要另吸烟气进去？

所以霓佳总是闻不惯烟味的。老汪穿着条纹的暗蓝袍子，因为身量饱满，那条纹也是撑足了曲线的，饱满流畅，绝无虚弱飘忽之态。他忽地见着霓佳，慌乱里有些不好意思地弹了弹烟灰。老汪讪讪的，指了指里屋："好容易睡了，我可以出来吸一支解闷。"

呵，原来别人的婚姻里，男人也会和女人一样闷。

那烟灰的星子飞出来，暗红一点，险险落在她袍子的袖子上。老汪越发慌起来，隔着两家阳台的栏杆伸手就要来拍："唉，你那袍子，这么美的袍子。"

霓佳懒懒地看一眼，其实并没有沾到——沾到也没什么。昂贵的真丝袍子坏了，自会跟世樊要钱再买一条——她才不会动用私房钱。当然，烟灰星子不太好解释，或许她可以用剪刀铰了，称是碰坏了。

"没事。"她温和地笑笑，"一条旧袍子而已。"

老汪一壁手足无措地踩掉了烟头，一壁赔笑："多好看的袍子，乳白色的衬你，有股牛奶的香气。"

霓佳有些吃惊这个男人对颜色和气味的混沌，再低头看看，月光下那粉色褪尽了，是淡淡的乳烟色——错了也是好看的，有香气的颜色。

她有些热泪盈眶。是多少年了，好久没有男人夸她有香气了。世樊不会。她和世樊生出来的儿女更不会。她一直被嫌弃着，是有异味的。如今她拉肚子了，被世樊嫌弃了半辈子，她都觉得自己有异味了，唯有眼前这个男人却是觉得她有香气的。

她忍住了泪，笑吟吟地哽咽："汪先生真会说话。"

他有些儿惊喜："你怎知我姓汪？"

她抿嘴儿笑，和静的，微侧了头那样不胜凉风的娇柔："您家姆妈一直称呼汪太太，您自然是汪先生。"她故意的："汪太太是个热闹性子的人。"

"啊呀。"他摆摆手，脸色都变了，"不要提贱内——"他颇遗憾："她脾气坏得很，不似覃太太您，温柔静雅。"

温柔静雅，那全是因为被嫌弃的寂寞而不得不保留的最后的尊严吧。她望着眼前人微圆的诚恳至赌咒的面孔，有些好笑。那种好笑，是有种爱怜意的。比起世樊的冷淡，他的无措和慌张都是久违的、新鲜的、趣致的。

她忽然想起来，这个时间，两家的仆人们应当都已经睡熟了。

为什么要想时间呢？或许私心里她也觉着，和一个邻居的已婚的丈夫在深夜里聊天，是不大妥当的。

可是那晚的月色这么好，后来几晚的月色也是那么好，一天比一天好。他们不约而同地会在那个时间走到阳台上。她莫名地喉咙底下酸起来，世樊不知怎么和那一位倚在一起看月色呢。她的胃底空起来，泛着更深的酸楚——是一种饥饿的空虚，她整个人都成了一只巨大的胃袋，喊着饿、饿、饿……

老汪是那样会看眼色，将她的寂寞与空虚尽收眼底。在那一刻，他微胖的身形轻轻巧巧迈过了石栏。三层高的楼房，他竟有那样的勇气——而这勇气，竟然全是为了自己而生的。一个徐娘半老被丈夫丢在一边的两三个星期才顾及一回的女人，成了别人眼里可逾墙索得的珍宝。

老汪是热情的，与他的太太一般，总是有稀里呼噜的声音——无论是在床上还是床下。而且因为胖，他的身体垂坠地与她略显扁平的身体贴合着。她空落落的胃袋里似塞进了乳酪、油封肉、发满的花胶，肉嘟嘟地滚滚着，十分地满了。

她满足地打了个饱嗝儿。那饱嗝或许是带着食物从胃袋里钻出来的气味的，她立刻警觉而羞惭了，生怕老汪也闻出了什么，如世樊一样嫌弃她。然而并没有，老汪只是一搭又一搭用微汗的手心抚摸着她光滑的如肉冻一般的手臂，满意地嗳着气。

霓佳在不被无声地嫌恶的日子里畅意舒展了许多，再不似被训练狗鼻子一般嗅嗅自己这里，又嗅嗅自己那里，总是觉得哪里不对劲。

老汪过来的日子里，她吃饱了，心满意足地瘫着身体，任他喂一点儿，再喂一点儿，终于有些腻了。她报复性地痛快地想着，世樊在别人身上，别人在她身上，恍惚地叠起来，成了一块三明治。隔壁非常安静，吃了药的汪太太，睡得异常熟。天地间只剩了这一点稀里呼噜的声响，也是异常轻微的，和楼下刘妈她们一群仆妇的呼噜声、梦呓声。

世樊回来的那段日子，她待他小心翼翼了许多，有时也有些过分的殷勤。连世樊都有些奇怪了，她只是赔笑，连躺在他身边，都隔远了些。世樊偶然有了兴致，照例地来扳过她，她有些木然，瞪着眼睛看他，世樊惊了一跳，问她做什么，她只是迷瞪瞪的。世樊想，或许是老夫老妻了，这点子敷衍也不需要了。那也好，待雅莹，他总是更勤力些。

为着少了这点夫妻之实，世樊对着霓佳时也不尽只是看报纸，话多了不少。霓佳是害怕世樊的狗鼻子闻出些什么的，尤其是在床铺上的时候。有没有老汪残留的烟味呢？虽然世樊回来前就是要换床单枕套的，然而别的男人停留翻滚过的气味……幸好并没有。她竟这么胆大，真是想想也后怕。有次世樊还问："怎么不吃鱼了？好久没吃了。"

她是知道雅莹那边极少吃腥气东西的，可她也不敢当面吃了，偷腥的人怎敢再吃腥。世樊在那边吃不到鱼虾等腥物，回了这里便格外贪嘴，一径吩咐了刘妈去买鱼做宋嫂鱼羹，虾子清水一煮蘸醋吃。世樊吃了好些，大快朵颐，索性赖倒做也痛快，叫刘妈明日去买猪肝和腰花，要爆炒至七分熟，吃最鲜嫩的。

然而尝遍了荤腥，最后还是回到吃鱼上来。

刘妈的鱼买得新鲜，霓佳做得也好，大量地加黄酒、姜片和葱，香得隔壁汪太太探过头来赞许："覃太太烧的什么？一手的好厨艺。"说着就要拉老汪来看，老汪只是挠头笑："这鱼真香！香！"

汪太太心无城府地笑："我们老汪嘴刁，什么鱼都嫌不好吃，唯独覃太太下厨，他倒肯夸奖。"

霓佳谦和地含笑。汪太太再要搭讪询问，霓佳便由此指点了汪太太一些下厨的要义，其实汪太太病着，没什么精神，厨艺上也不钻研，她由此更得意了些时候。连世樊也说："请的厨子再好，也不及你的手艺合口味。"

真的，她从未想过，为着和老汪的亲密，四个人都快活和谐了许多。

有一次世樊不在，老汪照例在月夜里过来。

霓佳忍不住问："她是什么病？"

老汪含糊地嘟囔了一句什么，又说："病了很多年了，总不见好。"他叹了一声："有时候看她这样子，自己都控制不住自己的那种歇斯底里和躁狂，还不如死了好哪。"

月光森冷冷地照进来，似一段阴恻恻的目光。霓佳打了个寒噤，有些吃惊地望住他。老汪没有觉察，仿佛只说了句最平常的不要紧的牢骚，喉咙里又叽里咕噜响起来。霓佳从他的身下滑脱出来，拿被子严严实实地掩住了自己。

夫妇之间，总是不惮以最大的恶意去揣测对方的。因为太密切了，什么恶言恶语说出来，都是直插心肺的。他若说你有精神病，你再辩白自己不是，旁人也总疑心，这样辩白，总是有点不对路。你若说他有什么隐疾，对方再出医生证明，总有人觉得那是伪作的。就似一对夫妇，客气地夸对方，总无人信，可是互相背地里数落，大家就相信了，这是一对真正的夫妻。

可是盼着对方死了——中年丧妻是人生一大幸事，可真要如此么？最贴身的人，竟拿生死来计较自己？霓佳怔住了，世樊有没有盼着她死过？据她所知，离婚是麻烦的事，非常麻烦，倒是她死了，丧事一办反而简单，而且大操大办，他还能落下个重情重义的名声。然后她死了，小公馆的那位便名正言顺了。或许，世樊因为并不想自己死，不想孩子们失去了母亲，所以另置一个小公馆？

她有些糊涂了。

老汪回去后，他们有一阵子没了来往。她再不在夜里往阳台上去，只推说天儿一日冷似一日了。老汪倒是似乎总在阳台上抽烟，那烟味儿隔着玻璃窗飘进来，和着他含糊的咳声、丢烟蒂声。霓佳想，她的嗅觉和听觉似乎都灵敏了。

天气冷了，世樊对那边也多了几句抱怨，在霓佳面前也不忌讳。霓佳只是温和地笑，男女之间久了，哪有什么好话。再好的人，看多也腻了。

这天她很高兴，世樊又去了小公馆，老汪也很急切，她便由着他过来了。他们已经很熟悉了，路数一清二楚。事毕，老汪抚摸着她的手臂说这些日子少见，心里没个踏实，日子也过浑了。她照例恬静地笑着，不说话。男人的话，有几分真的呢？对着你说好话，转头就能对着另一个女人说你坏话。那张嘴，说的话和便溺器冲水一样。

隔壁忽然有响动，似汪太太响亮地往痰盂里吐着唾沫，又起身进了洗手间，连续地按着冲水，轰隆轰隆。

发明什么劳什子抽水便溺器呢？就不能做成安静无声的？文明的世樊以为，人类的排泄行为就该是安静的、独自的、悄无声息的、无气味的，排泄处的隔壁就该是淋浴间，事后要立刻沐浴清洗，除去残留的异味，那才可堪称进步。

霓佳的心意，在这一刻和世樊无比统一起来。世樊在别的女人身边，她在别的男人身下，这一刻是真正的心意相通，夫妇一体了。

真的是夫妇啊，十几年相处下来，心念都往一处去了。她着实地，有点想世樊了。

静夜里那声响跟打雷似的。老汪在她身上打了个战，骤然出了一身油汗，冷冰冰滑腻腻地滑落下来，像块油馊气十足的腌坏了的肉。他屏住呼吸听了许久，不自信地喃喃道："她醒了？她怎么醒了？"

霓佳也有些惊，忙推他："不是吃了药就睡熟了吗？不见了你会怎样？她会寻你吗？"

"我说我出去抽烟了。我……"他慌忙地搜罗着衣服穿上。

"抽一支烟能多久？你好回去了。"她瞪着杏核般的眼睛看他，故意这么说。

"是。是。"他抖着穿上衣服,"她是有病的人哪,不能太刺激她。"

老汪心里是真的不踏实了,溜溜地走了,霓佳急急拉住他:"可不能走楼梯!下人们都在底下一层睡着呢。"

"还是爬阳台回?万一她守着呢?"老汪不敢。

"就说你在阳台抽烟,回去了呀。她要真闹,就推说她一个病人吃了药发昏。谁能信她一个病人。"关键时刻,还是女人有决断。老汪逡巡缩回了几回,终究还是溜溜地爬了回去。

房间又空落落了。不过片刻,响起洗手间冲水的声音,老汪似乎在骂骂咧咧:"抽根烟回来就急着上马桶,睡了睡了。"

他是故意大声说的,要她在隔壁听见,像在报平安。一夜无话,很是安静。霓佳抱膝坐了一会儿,觉得床上油腻吮吮冷汗淋淋的,甚是索然无味,更有点恶心——她怎么让这种男人爬上了自己的床。她厌恶地清醒着,索性站起身来,发狠一样将床单被套一应都扯下来,丢进浴缸里泡着,自行换上了一套新的,才觉着累了,稀松地想躺下去。哪知才要坐,才发觉自己身上有汗津津他的余味,更是恶心。她也不想睡了,先漱口刷牙,再服一点泻药排泄干净,从嘴脸到唇舌到底下一应,凡有老汪口水流经内部的,通通以泻药排出。再久久地用大量水冲洗,每一根发丝都洗干净,洗去老汪沾染过的气味。她才能安心地躺下来了。

世樊是第二天一早回来的。霓佳都有些诧异,他很少这么早回来的,往常起码在雅莹那里用了下午茶吃了晚饭才姗姗回来的。

世樊知道她要问,索性自己说:"雅莹腹泻了一整夜,我实在受不了那气味嘈杂,先回来了。"

霓佳打心底里要笑出声来,幸好自己清洁干净了。果然世樊说:"哎,今儿你这里特别干净。"

"太太闹了一夜不安生，该困了。"刘妈一大早来抱了换下的被褥床单去洗，世樊来不及洗澡，昏昏沉沉安适地躺下，疲倦地嘟囔一句："女人闹起肚子来，一样可怕。连着进五六趟洗手间，神女也变仆女。"他边说边摇头，终于睡着了。睡之前罕有地，难得地，搂了霓佳一把："时间还早，你还睡吗？"

霓佳有些受宠若惊，换了烟霞色的睡袍，安然伴他躺下了。世樊嗅了嗅她的头发："你还挺香，一早洗了澡。"

拜汪太太所赐，闹了一夜折腾干净了自己。她微笑："就算你有事出去，我也该在家干干净净等你，这才是夫妻。"这话再合时宜不过了，世樊亲密地拍拍她的肩膀，两人依偎着睡了。

这样的亲密足有两星期了，世樊没有再往那边公馆去。霓佳有些不好意思问，世樊翻着报纸看到泻药的广告，没好气起来："一个便秘的人误服泻药，会是什么样子。原来攒了一肚子臭物，散出来是臭气熏天了。"

霓佳默不作声地收拾好碗筷，说道："普通人也罢了，若是个倾国倾城的美人，或是放在心尖子上的人儿，忽然间见了她拉得两腿酸软、满面蜡黄、手忙脚乱的样子，的确是有落差的。"世樊不说话，合上报纸就走了。霓佳想，雅莹要有冷落的日子过过了。

雅莹果不其然被冷落了。天越来越冷，世樊按时地去公司上下班，回来时刘妈已经烧好了壁炉，又添了火盆，将室内烘得暖暖的。老汪有日子没来了，也不敢来了。除了那半夜突然起身的汪太太，还有整日常住的覃先生，哪敢越雷池一步。便是老汪愿意，霓佳也是腻了。

这样相安无事过了快一个月，便是小年。雅莹那边破天荒地派了人来请，世樊犹豫了片刻，推说身上不爽，便不过去了。雅莹那边肯定是要失落的，霓佳高兴起来，提着菜篮子出去，亲自去选些好菜下厨。才到门口，汪太太颤巍巍探出身来："覃太太等我，我也正要往楼下走走。"

霓佳和汪太太走在昏暗的楼梯上，汪太太胖大的身子挤着她，连楼道也随着她每下一步摇摇欲坠。

汪太太的声音似乎是在笑："我们老汪给您添了许多麻烦吧？真是……他总有那么多声响。"

霓佳悚然惊动起来——她知道，原来她都知道了。

女人猜女人，都是百分百地准。无需要说破什么，霓佳就明白了，汪太太都知道了。

霓佳惊出了一身冷汗，像拉肚子过后，浑身的虚软。汪太太自顾自地说笑着："我们老汪呢，什么都好，就是过于俭省了，什么钱都不肯乱花。眼里啊，只有不花钱的东西是最好的。"

这分明是扇她的耳光了——她是个不花一分钱的女人，末了是他们夫妻赚了，一起占了她的便宜。

真的，女人若按价值论，她是彻彻底底输给了世樊的那一位。真奇怪，这个当口，被别人的太太指着脸骂，最后绕来绕去想到的是和自己丈夫的其他的女人相比。

霓佳在浑身冷汗里静下神来，笑起来："是啊。我们世樊，就是太能花销了。什么都该学学汪先生的好。汪先生，是真好。"她的声音腻答答地低下去，竟然能暖昧而熟络地笑起来。她和汪太太共用了一个男人的身体，共享的，是最亲近的女人和女人的关系。男人？男人有什么要紧，关键时刻，男人是用来做利刃的，是比武时的一把刀，或是一把锋锐的暗器，能用来赢就行。

霓佳这一辈子的不痛快，在这一刻痛快了起来。

汪太太，是个病人哪。哪里经得起这般刺激，一时间什么话都说不出来，胸脯子起伏着，喘着粗气，竟站也站不稳，一屁股坐了下去，溜溜地滑将了两个阶梯下去。

霓佳快乐地笑起来。她终于是赢了一着。哪怕她自己的丈夫被旁人占了一半去，她也终究占了旁人的丈夫——虽然是那样冷腻滑溜的一个男人，送给她也不要的。霓佳顿了顿，忙弯下腰，作势要扶，手却始终没有搭到汪太太身上，只是扬声叫："汪太太摔着了，快来人哪！来人啊！"

汪太太笨重的身体又溜溜地滑了下去，转过了楼梯，哐一声巨响，似撞到了一个男人。

霓佳怔了怔，她辨出了这个男人的声音，她抑制不住地慌乱起来，跨过汪太太的身体，冲了下去。

果然是世樊！

汪太太的病越发沉了，汪家很快搬走了。

世樊是中风了。医生说，这个年纪的男人最容易中风了。世樊可以听得见、有思想，啊啊几声表示应承，已经很好了。只是失禁这种事，比起性命得保，实在算不得什么了。

雅莹的小公馆那边，到底也没有说要将世樊接过去，只是每天的晚餐是按世樊平日爱吃的送来。霓佳思来想去，哪怕刘妈怂恿，到底也不放心把世樊送去轮流照顾，自己也好歇一歇。她心里是没有底的，那天的话世樊听见了多少，听明白了多少？他是真的被汪太太撞倒了受了惊吓，还是听明白了才中风倒地的？

她不敢去细想，只敢自己守着他，宁可自己辛苦，细细地照顾他，生怕他突然大好了说出什么话来，却也不肯教他死了。她宁愿用最辛苦的办法，扎扎实实用心用力照顾着他，让他活在自己的照管下。

这个男人在身边了，无论日与夜，都在身边了，走不脱了。这是第一重喜。第二重呢，他爱吃什么不爱吃什么，嫌弃什么食物进了她的嘴又冒出什么味儿来，她都不管了。她想给世樊吃什么就吃什么，喝什么就喝什么。"先生是中风动不得，得吃点生姜羊肉让身子发热。鱼虾也要多吃，小孩子吃了聪明，大人吃了也补。还有鸭肉鹅肉乌骨鸡，轮流地上，强身健体。再不然，让人去寻鹿血，腥膻是腥膻了些，能补益身体就好啊。"真痛快，霓佳花着他的钱，打着为他好的名义，做尽了他气味浓重的腥膻菜式，堆在一块儿。他吃不下，霓佳就耐着性子一口一口喂下去，不厌其烦。谁见了不说霓佳不离不弃，是个十足的好太太呢？

这第三重喜呢最可喜的，霓佳再也不疑心自己身上的气味了，她爱吃什么吃什么，爱什么时候洗漱就什么时候洗漱，如厕冲水这种事世樊更管不了她了。因为世樊已经成了最污糟的那个人，随时屎尿缠身，要人不停去抹拭擦净。哈，真好笑，原来最爱干净的人呢，现在要眼睁睁看着自己大小便失禁，浸泡在恶臭里，连一点控制的能力也无。

每逢这个时候，霓佳就温顺地蹲下身来，柔声说："这种事刘妈可以做，请个看护也可以做，但还是我来做的好。我们是夫妻，我做什么都比他们方便些。"

世樊不置可否，呃呃两声，也不能说出什么来。

霓佳没去管雅莹的日子怎么过。雅莹亦不敢上门来服侍，一是明白自己的身份，终究是矮了一头的；二也怕一来就此被认定了姨太太的身份，从此辛苦服侍一个中风的人不说，还要守着礼数正儿八经侍奉霓佳，受双重的罪。这是绝对不成的。可雅莹也不敢走，她捏着世樊的一些钱，便是世樊不好了，也吩咐了管事的人每月有养家费打过来。只要她肯留着小公馆覃家姨太太的名分，安守自在，日子倒落了清净，还能叫声苦——那边太太厉害，我哪里争得过，人都被霸在那里了，见上一面都不能。

　　不管雅莹怎么想，霓佳终究成了众人眼里不离不弃的好太太。当然地，她已经做了一辈子众人口中的好妇人了。这一世，终究得了这个贤惠的好名声。

　　这是守得云开见月明了呢。到底是结发夫妻恩情深，到头来都守在了一块儿。人人都来贺霓佳，这是要白头到老了呀！

　　霓佳微微地笑了。覃世樊与云霓佳，到底是一对恩爱不离的好夫妻的。

情
人
节

今年是暖冬的缘故，春笋上市得特别地早。因在封锁期间，每家每户只能隔天出去一次采买菜蔬和日用品，忽然收到这一大箱春笋，沈太太非常高兴，认为这样的朋友是体贴的，雪中送炭的。

要知道也就是因为暖冬，容易发瘟疫。果然从年前瘟疫就发作得不可收拾，人传人，室传室，最后闹得政府严令，家家闭户不出，每日有人来上门量体温，检查有无咳嗽流涕，以保没有传染瘟疫。

沈先生很烦恼，他上了四十五岁，前十年在北方的工业城市工作，那些地方一年四季里有三季受雾霾的影响，鼻子就不大好，到了冬天最容易犯炎症，不停地流鼻水。平日里吃着药还没事，现在医院成了治疫症的重地，谁还敢去？沈先生的药就断了，没事就要拿纸巾揾着鼻子。沈太太为此很烦忧，怪他得了不合时宜的病。

沈先生苦笑起来，他这个太太就是这么拎不清，这世上难道有什么病是合时宜的吗？当然，他是不会说出来这个话的。中年夫妻最忌讳话多，话一多就容易争吵，最好的办法就是点头或者摇头，若是被逼急了，就"嗯"一声，或是背后悄悄横个白眼表示无声且无用的反对，也就算了。

这一箱笋自然是沈先生去抱上来的。要知道瘟疫期间什么东西都容易传染，谁知这快递盒子干不干净，有没有得过瘟疫的人摸过擦过，流过飞沫上去。他很聪明地从家里拎了个干净的塑料袋下去，戴着一次性的手套，在楼下收取处小心翼翼地围着看了一圈，没有特别的异样。送笋的快递员也不在，现在讲究"无接触送达"，楼下门卫处放一张桌子，送东西的人量过体温无事，把东西放桌子上，尽快离开。等收东西的人自己来拿。反正这时节草木皆兵，沈太太说起来飞个媚眼也容易传染，所以外头不正经的女人都少了，大家无事都不出门。

沈先生知道沈太太是意有所指，他们这个公寓，面积不小，不是新婚夫妇或者小家庭刚需的户型。这里独身女人多，不是还没有结婚靠着父荫，就是被有妇之夫养在这里。沈先生这个年纪不大不小，正好还属于沈太太眼里别的女人的目标，所以耳提面命、时刻督醒是很需要的。

沈先生戴着口罩，呼吸的水汽还是蒙上了他的眼镜。他有些艰难又极小心地往下拨了一点口罩，在沈太太没有发觉的范围里，人也通气一些。笋捡出来，盒子连包装都丢在了楼下垃圾处，清清爽爽。

此举得到了沈太太的表扬，夸奖他难得那么会做事。

妻子的表扬，听在沈先生耳朵里很不是那么回事，能把夸奖的话说出批评的意味来，也是沈太太的一个本事。当然她是不察觉的，她觉得自己说话最妥帖不过了。

这笋果然是非常地好，又鲜又嫩，切出来都带着山林的清香气。

沈先生当机立断，做腌笃鲜，若是做油焖笋和炒二冬，都是拿酱油和冬腌菜玷污了这么好的笋。

沈太太倚在厨房门边，笑吟吟的："今天是情人节，你下厨，就当是给我送礼物了。"

沈先生抬了抬眼镜，怔了片刻，日子早就过糊涂了，昨天和今天一个样，今天和明天一个样，后天是什么样，简直也不用想，都是一样的。

沈先生笑了笑，一摊手："我倒想出去给你买束玫瑰花，可惜花店都打烊。"

别说花店，就是便利店和药店都统统关门避疫。

沈太太叹了口气："这个时候我可不想要什么玫瑰花，我只想吃生菜，你要买得到几棵生菜来给我吃，我便谢谢你。"

"那可难了。"沈先生说了这句就不说话了。菜场统共只开一家菜铺，胡萝卜和土豆有，绿叶蔬菜得凭运气。沈太太吃惯的生菜是在进口超市卖，别说开车去那么远，就是有，人家也早不进货了。一切以最低生活标准为准。

沈先生和沈太太结婚那么久，除了蜜月的那几天，从没待得那么久。这可苦了沈先生，本来就没什么话好说，现在脸对着脸，除了叹息下瘟疫怎么还没结束，有人怎么还不要命不戴口罩出来走动，简直无话可说了。

于是沈先生埋头看报纸看新闻，但看到的都是苦事，他每日还到楼底下放放风，看看自己种的花，不至于花都没人管，死了。沈太太呢，做家务看电视，反正请的钟点工不敢让人上门来，什么都得自己做。这可苦了沈太太，最后还是沈先生体谅，一天只做两顿饭，早饭连着午饭随意，吃粥吃馒头炖个蛋都可以，晚饭正经有饭有菜，才算过了一日。

沈先生切好了笋，放进风过的咸鸡和今早新鲜买的排骨，放在砂锅里笃笃地炖。

沈太太过来看了两次，哎呀了一声："你一次烧那么多笋干什么，我们两个人得吃几顿才吃得完。且光吃这个，腻也腻死了，再不要吃腌笃鲜了。你倒是一顿断送了我的胃口。"

沈先生慢悠悠地说："你这人规矩呀也不懂。你不记得，这咸鸡是谁送的？"

沈太太不好说什么了。是对面楼的季小姐。年前她送了一个佛跳墙的锅子来，三只风过咸鸡，三只酱鸭，出手阔得很，说话也客气："我一个人住，吃不了这许多。沈太太多尝尝，就是替我分担了。否则我一个人对着这一堆东西，可要发愁。"

因为阔，因为从容，和沈太太说话也不疾不徐，亲切里透着尊贵，沈太太实打实地想，季小姐虽然三十出头，未婚，长相也不差，但也从不在自己防范的范围里的。因为到了这个年纪不肯结婚的，又住在这样的公寓里，一则是有足够的经济实力，二则是眼高于顶，挑人挑下去只会越来越差，但眼光是养高了，断不会看上沈先生的。

沈太太点点头："我们这个公寓楼，会做人做事会说话的，也就季小姐了。她年前送的礼那么重，我正愁不知道怎么回礼，结果第二天就闹瘟疫封锁了，我也不好去走动。"

"我们没人家富贵，就送时鲜货。要知道时鲜货金贵来，那个什么佛跳墙，吃得我上嘴唇黏下嘴唇，口渴也渴死了，我是不喜欢的。"沈先生说起季小姐，总是淡淡的，带着一股不屑的敬而远之的口气。

沈太太心里是喜欢他这样的口气，可面上却瞪大了眼睛："你这个人就是不识货，佛跳墙是名菜来的，外面卖得多贵。"她又沉吟："这个季小姐，穿得那样好，手上耳朵上的珠宝时时换新，虽然看不见她男人，但养小老婆也不是这样养法的。"

"人家是自己有钱，底气硬吧。"

"我听说隔壁罗太太要和她做媒，请她相亲，问她有什么条件，人家就笑嘻嘻说，这房子车子都是自己买的，别处也有几间差不多的，要是要嫁人，总要选家底差不多的。噎得罗太太不敢再提这个事了，活该是老姑娘。"

沈先生心里微微地得意，也不说话，打开砂锅盖看了看。他做菜是拿手的，笋是淡物，本身只有鲜甜，没有味道，非得放咸肉或是咸鸡调味，省去盐料。可风过腌过的肉都偏柴，笋是大素，就得配荤，大肉太油，排骨正好，有点油花又不至于太腻。这三物一起，才炖得出世间的美味。

沈先生最喜欢吃笋。男人就像笋，君子之器，又中通刚直，所以会甜言蜜语哄人的男人是没有的。好的男人就是埋在深林土下的笋，得识宝的人看，一锹子下去，选得的人就捡到宝了，否则呢，出了竹子，越来越老，也就错过了。这一点上，沈太太就是识宝的，占了先机了。他想到季小姐，微微地摇了摇头。她终究是晚了时候。

笋里头，他最喜欢吃腌笃鲜，固然有人喜欢放百叶结千张或火腿的。他却觉得配上荤肉，一咸一淡，就尽得滋味之妙。就好像男人，一生里总得有两个女人，一个调味，一个滋养，缺了咸肉，滋味不足，淡而腻口。缺了排骨，那咸得简直吃不下去，难以将就。非得左右逢源，才催出男人的智慧和鲜气来，男人才不容易老。

腌笃鲜是做成了，沈先生尝了一口，很为自己的手艺受用。沈太太也尝了一口："跟着你，饿不着就是了。"

沈先生颇为得意地哼了一声，寻了一只大汤碗出来，满满盛了一碗，努努嘴："你给季小姐送去吧。记得，现在特殊时期，碗就不用人家还了，免得万一有什么传染的。"

沈太太倒不是心疼那只碗，只是看着就为难："汤汤水水的，难道要我送去么？你也不心疼我，情人节还支使我捧那么一只大碗上上下下送人呢。"

沈先生说话是很有道理的："季小姐的东西是送你的，你去还人情，不是应当么？汤汤水水嘛，走慢点也就是了。"

沈先生越是这么说，沈太太越觉得是苦差事："现在都提倡无接触的，我送去了也只能放她门口就走，她也不敢开门，就算开了门难道大家戴着口罩寒暄么？这样好了，你送去，放在她家门口，敲门告诉两句就走就是了。"

沈先生喉咙拔高了："所以我又要做菜又要当送菜小哥，情人节你就是这么给我过的。"

沈太太笑着拍了一记他的肩膀，嗔道："你这个人，老夫老妻了，这样矫情。"

沈先生不得已，到底还是走了这一趟。他隔天出门采买一次，倒不觉得换衣服有多么麻烦。沈太太从隔离封锁到今天，都是宽松厚实的棉睡衣睡裤，真要换衣服出门一趟，她对着衣柜都不知道穿什么好。

沈先生特意地穿戴了平常的衣服，戴上口罩和眼镜，嘴里嘟囔："出门一次就多一次危险。"

他拿了剪刀，沈太太问："你还拿这个做什么？"

"左右都下去了，我先去看看我的花。"

"你送一趟就是了，好像花比人要紧似的。"

"那是当然的。这花我种了几年，这人我见过几面？"沈先生理直气壮。

沈太太笑骂了一句，由着他去了。

沈先生将汤碗盖好，放在一个保温篮里，慢悠悠地走下去。这一个多月，也唯有他来理睬这些花儿，侍弄得不错，暖冬里也开了两朵红月季。

开得正是时候呢。

沈先生小心地将花剪了下来，把剪刀留在花圃，才往季小姐家去。

电梯里都消了毒，一股子消毒水的味道，也加了纸巾盒，按电梯按钮都是用纸巾，用完即弃。

沈先生上了楼，敲了敲门，四下。门隙开一条缝，里头探出来一张清水面孔，略微有些憔悴，正是季小姐。

门口的地毯用消毒水清洗过，沈先生在上面反复蹭了鞋底，才脱下鞋换了拖鞋进去。季小姐便是在家也穿戴整齐，松垮垮一件羊绒衫，底下紧身的牛仔裤。沈先生知道的，每日都有保安上门来量体温检查，她是矜持，不像沈太太，懒得换衣服，知道是保安也只伸一个头出去，身体藏在门后，大大咧咧无所谓。

沈先生把保温篮放在桌上，季小姐递两粒药片给他，温水已经放在手边，沈先生忙吃了，叹息说："我这鼻炎还是犯，现在工厂停工，路上没车，都没雾霾了，还是暖冬，照样也不见好。"

季小姐说："幸好你在我这里放了备用的药，等下拿回去，就当是从哪里翻出来的。现在医院不敢去，这药不知道还够你吃多久。"

沈先生说："别了，还是放你这里，吊着我的命吧。"

季小姐睨他一眼："何苦说这些肉麻话，你知道我不喜欢听的。"

"今天情人节嘛。"沈先生握住她的肩膀，"往年都不能陪你，还是今年闹瘟疫，反而寻到个由头上你家来。"

季小姐微微地笑："我不喜欢这种凑热闹的节日的。"

沈先生欣慰极了，季小姐就是这样一个省心的人，跟着他这几年了，并不爱他的钱，也不用时时陪着，更妙的是，一切西洋情人节中国情人节都不需要他陪。便是沈太太的生日，他们的结婚纪念日，她都不发一言。

再没有比她更懂事的情人了。所以他们安稳地相处了这些年，感情一直很好。

沈太太却不是，往年这种日子，她都要出去嘎闹猛，越难订的餐厅越要订，提前一个月就要打电话订好，双人情侣套餐。玫瑰非得九百九十九朵，黑压压的一大束，订的是厄瓜多尔的品种，她与花合影，年年都是人与花娇。他不是没提醒过，情人节那天所有人都往城里去，堵车堵上两三个小时不能动，就算早出门，餐厅不到七点不能吃上饭，只能坐着干等。等终于一道道叫"比翼双飞""连理同枝""山盟海誓"的菜送上来，肚子早饿得咕咕叫，还得举行献花仪式，哄沈太太笑，等一径把这些美好都吃掉了，也不知是什么滋味，华而不实。再堵上两三个小时的车回去，都快凌晨了，于沈太太而言，这圆满的盛大的一天才算结束。

沈先生呢，第二日起来还得去洗车，情人节的玫瑰花上盛行洒金粉银粉，还有一种可怖的蓝色玫瑰，叫"蓝色妖姬"，是花剪下来插在药水里生生变色的。他其实很怕那样的花，像死了的人，尸体还要艳装。

今年因为瘟疫，他倒是逃过了一劫。

沈先生将两朵红月季递给季小姐："买不到玫瑰，自己种的月季。"

"你知道我不爱闹那些虚文。"季小姐将花插进清水瓶里，顺手放两片阿司匹林。她回头笑："其实你不剪下来也好，我经过花圃看到，就像看见你。"

沈先生心里有温柔的触动，他很想抱一抱季小姐。可是瘟疫期间，一切接触都是危险，他最终还是忍不住握住了她的手，心底里满是溢出来的柔情。

他不是不记得，每年那九百九十九朵玫瑰的下场。那样美的厄瓜多尔玫瑰，一起盛放，一起枯萎，那是一场盛大的凋零，房间里久久充斥着那种糜烂的香甜气，怎么通风也散不去。

"你总该和我提些要求。我陪你的不多，如今一封锁，越发出门难了。"

"我还有什么不满意，隔天和你在菜场一起逛逛，经过楼下花圃也能见到。"她微微地笑着，"你人虽然在她那里，心思却永远在我这里。"

真的，多么有趣。季小姐笃定地想，原来两个人就算做了夫妻，天长地久在一起，恩爱给别人看，可谁真看得清另一个人的心都分给了谁。

为着这个缘故，她永远不会结婚，也不会过那些世俗的节日，显示给别人看，谁知谁在暗笑呢。

沈先生越发地捉摸不透，一个女人什么都不从他身上索取，他就摸不定她的心，得到了也似没有完全得到。就算多少年过去，季小姐都是历久弥新的，不会叫他厌倦。

他们相视笑了，是再情深不过的爱侣。季小姐打开了腌笃鲜说："我最喜欢这个名字，听起来笃笃定定的。"

沈先生喂她喝了一口汤："你肯买了这里的房子住，和我近邻，我的心才稍微笃定一点。"

"总是方便一点好。"季小姐望住他，"我不过是贪你这个人罢了。"

沈先生鼻尖有一点酸楚。每年的情人节，无论西洋的还是中国的，都是沈太太的价值体现，她是他爱的太太，特别在那体现爱情的那一日。而自己呢，不过是恩爱的陪衬，献出爱的人，唯有在季小姐这里，他是永恒地有价值，他爱着，也被爱着。

沈先生轻而坚定地说："我爱你。"

当然，这话，到了情人节，他也说。他总深情地对沈太太说"love you"，沈太太很满意，却没有发现，这句话没有主语。谁爱你呢，只是说爱你罢了，他连那个"我"字都精打细算地省去了。

季小姐笑着握了握他的手："你快回去吧，免得她疑心。"

她不多留沈先生，反而催促他回去。她知道的，天长地久的相处会令人心生厌倦，适度的分开是另一种情深意浓。

沈先生舍不得地望了她一眼，终是恋恋不舍地走了。

沈太太百无聊赖，拿指甲刀锉着指甲。睫毛没法种，美甲不能做，这个情人节毫无意趣。新闻里说这个情人节城里的花商统共才预订出了三束玫瑰，花农们不得已都让花烂在了地里。她觉得很欣慰，也很公平，如果她没有玫瑰，那情愿大家都没有。她得叫沈先生来，告诉他这个消息。她转了一圈，发觉沈先生还没回来，忽然想起来，沈先生出门前并没有问自己季小姐是住对面楼哪个单元哪一楼。

她的一颗心立刻拎了起来，刹那间冰雪浇头，手都有些颤了。

她用左手摁住了自己的右手，拼命地提醒自己——不能想下去，再不能想下去了。

可是她的脑子里偏偏特别清楚：难道沈先生有季小姐的微信，私下联系？难道他熟门熟路，知道季小姐住在哪一间？

她的心腾腾地跳着，立刻探头望楼下花圃里看，花木森森的，梅花和早樱夹杂着开，并看不清有人影似的。

她不安起来，给季小姐发了微信：收到趁热吃啊，我们家那个手艺一般，你就尝个鲜。

沈太太觉得这话很得体，一是看二人是否接触到了，二是强调正宫地位，我们家那个。那态度，客气里带着沈先生乃自据之物的味道。

季小姐并没有回复，她只看了一眼，就把手机扔在了一边。

沈先生已经到家了，拿着那把剪刀，一进来就到厨房里冲洗。沈太太心里安定了许多，嘴上却问："怎么去了那么久？"

沈先生不耐烦地皱皱眉头："你也不告诉我季小姐在哪一层，我一阵好找，电梯里进进出出手机也没信号，不能问你，后来去保安室看了查体温的记录才找到，敲门人也不回应，估计是睡着了。我放门口就回来了。"

沈太太一点疑心也没有了，丈夫是好丈夫，季小姐没回复也不是没礼貌。当然，面也没见上最好。她想了想，今年没有玫瑰花和大餐，只好连着砂锅拍了个腌笃鲜的照片，秀了一把恩爱，收获艳羡无数。

毕竟，对于大多数夫妻而言，盛大的婚礼是昭告天下我们结婚了，而一年几次的各种情人节，则是告诉大家——我们没有离婚，你看，他还是肯为我出钱买花请吃大餐的。仅这一天就够了，这一天，足以让大家记得几个月，原来他们还是一对夫妻呢。

当然，沈太太并没有忘记，她特意@了季小姐，表示分享的快乐。

季小姐悠悠地喝着汤，沈先生的厨艺很是不错，汤的滋味鲜咸俱。当然，她看到了沈太太的朋友圈照片，她当作才睡醒，回复了表示谢意。她想，她当然是要谢一谢的，沈太太的分享，她的快乐。

# 去你向往的世界

🔘

　　他说，将来的世界，每个人有手机，小小的一个小盒子大小，随身携带，你想念谁，就可以打电话给他，接通就可以说话。

　　她笑，一脸诧异："你说的是电话吧？电话有线，那么大一个，怎么可能随身抱着？你这是哄我没出过城见过世面呢。"

　　"出了城能见的世面就那些，不稀奇。"他对现有的一切，都不甚满足。

　　"什么呀，电话都是稀奇的。满城里就你们府里有几部电话。"她有些艳羡。

　　"我们府里那几部，得有人专门守着电话接听，听到找什么人，就满院子喊去找。"

　　"哎呀！"她捂住了脸，"那不嚷得前院后院都知道了，还有什么意思，说要紧事传信儿要掩密些。"

　　他欺过身来："怎么，四小姐年纪小有心事了，这信要给谁，包在我身上，妥妥当当给你送到。"

她啐了一口，转过身，油亮亮的辫子梢就扫过了大少爷的面颊。

她说："一时哄人算什么本事，要紧的是一辈子哄得住人。"

他正经了神色："不哄你，都是真的。将来女孩子和男孩子一样上学，在一个学校里，学国文、算术、英文、俄文、日语，还有体育课，为了交际还学跳舞，男女抱着一起跳，进一步，退一步，踏着音乐的拍子来。对，还要学钢琴呢。"

她掩住脸，但忍不住悄悄在指缝里瞧："哎呀，太羞人了，男男女女抱在一起跳舞，那还是学校吗？"

"学校的好处，是教人趁年轻的时候就适应新世界的变化。"

"什么是新世界的变化？"她好奇不已。

"四小姐，你每天和你的姨娘住在家里，顶多在廊下吹吹风晒晒太阳，院子有多大，你们的世界就有多大。难得你爹松了口肯让你进私塾读书，可那只是女德女则女训，一点实际的帮助也没有。"

她低着头听着，好似没有上心，一双脚有一搭没一搭地晃悠着，像被春风吹皱了波心的绿水。

他被她颜色丰富的鞋子吸引，这鞋有种俗气的好看。"在那里，女孩子都穿十厘米的高跟，穿着露胳膊露腿的裙子，走起路来像一朵摇曳的花。"

她咬着手指笑："越说越不靠谱，哪有女孩子露身上肌肤的，十四街的娼妓都不这么穿呢。"

他说："等你去就知道了，那里人都这样。那么热的夏天，裹一身布头，热不热啊！存心要人中暑吗？"

她不好意思，又不能驳什么，她心里是向往那样的世界，即使听起来像在她长大的世界里根本不会出现的样子。

她穿着粉红的缎子鞋，软软薄薄的锦缎裹着她的脚，看得出足趾一颗颗如珍珠可爱的形状。鞋尖上绣着一朵大红色的花，十片花瓣，丰足的满艳，簇簇团圆。

可那时候她还小，不知道一双鞋已经占卜了她的未来。她只怨姨娘出身低，虽然抚养了她，教她规矩保护她，可于审美上是毫无帮助的。

这样重大的宴席出门，各家的小姐都极尽隆重地打扮，可姨娘拼出全力拿出手的，是一条宝蓝色丝绵长袍，袍角都打着银线，每个角都塞了沉甸甸的铜钱，提醒着小姐们走路稳重，裙上一点褶皱也没有，真是心思周到。唯一的败笔是沿着襟扣绣着淡淡一圈粉红色的花。那原是好意，宝蓝色庄重又大方，也算明艳，但千万想不到那浅色花瓣配得过于娇淡，弱不禁风的样子显示了寒酸，上不得台盘。姨娘竭尽全力为她妆点好了，末了还是让人一眼看清楚她的出身。她羞愧了，整张脸都唰一下满出一种血红来，那是少女的一种自愧又自惭，以血的力量。失去生母的照顾，抚养她的姨娘是老爷身边年长失宠的妾房，终年见不上老爷一面，就与她做伴，算作母女。

姨娘已经不盼今生了，她只盼来世，来世是一个新的世界，姨娘可以从头来过，再回一次十四五岁的俏皮模样。为了这个，她永恒地坐在廊下捡佛豆，捡完了一筐又一筐，每捡一粒都要念一句佛，盼一次来生。

幸好，心善的姨娘是疼她的，看着不忍心，进去倒腾了半天，挑出一双簇簇新的鞋给她看："我是天生大脚，半途缠小脚，怎么也缠不像。当初你父亲闹着要给你缠足，最后你偷偷放了，你父亲原要打你，后来想想算了，放也放了，最要紧是外头又流行天足了，小脚不好嫁娶，你就成了一双半大脚。这鞋子小一点，原是我年轻时做下的，如今给你穿，喜兴。"

人生的一切，都要喜兴。这是姨娘教给她的。

她想，她也挑剔不得，参加了宴席，不过几个小时，她还是得回到这个小小的浅浅的院子来。这里的一切都是旧的，跟人一样旧，黑黢黢的。唯一的新鲜，是可以抬头望见四方的天空，偶尔有鸟飞过。

于是她装着喜喜兴兴地来了。庶出的小姐也是小姐，母亲那边上不了台盘，父亲终究也有体面的。一大堆小姐挤在一起听戏，戏台上的一切是热闹的、华丽的，唱念做打，有种隆重的规整，一颦一笑都错不得。台上做人比台下做人更错不得，人人都看着呢。

她想，她们这些女孩子，一会儿是台上的人，被人拿来品评样貌身段年龄身家，有没有人家了，配哪家的少爷合适，高一点儿或低一点儿，都会成了别人的谈资。一会儿呢，她们也是台下的人，忘了自己被人拿来评头论足，也兴高采烈地评论着别人，窥视着别人。

譬如方才，有人在后花园捡到了一张被丢弃的条子，写着某日某时某处见。

小姐们沸腾起来，纷纷传看着那张纸条，互相怂恿着去赴约："是你呢，说的是你呢。"

连她也不能例外地被拉上了打趣："四小姐，纸条上约的可是你呢？"

她红了脸不说话。吓！居然她们这些小姐堆里也出了这样的故事。

她一直以为那是戏文里的故事，月上柳梢头，人约黄昏后。从未出过闺阁的小姐偶然爬上了墙头，见到了骑着白马经过的男人，也不问他家中贫富，是否有妻房，只为觉得他好看就觉得是天作下的姻缘，这样一见倾心，一颗心随了他走，天涯海角。

她想，那种花团锦簇的热闹真是虚的。谁会见了一个男子一面就喜欢上他跟着他走呢？万一是个拐子怎么办？将女子拐走了卖，再顺利也没有。

她自认不是个聪明人，可这样的笨故事，她也只当个笑话看。

所以这个穿军装的男人站在她面前时，她知道了他是帅府的大少爷，她也只是有些心慌而已。

真是心慌，穿军装的人沾了血，刀尖是血，枪口也是血。她以为他说话也会喷着血沫子。虽然他是英挺好看的。可她是女人，天生怕那些威杀太重的男人。也因为这样，他留着她，她不敢走了，只得乖乖听他问话。

不过好似，他和她见过的男人们不一样。

她不是没见过男人，父亲、弟兄、表弟兄、堂弟兄，各路的叔伯们，多半是留着粗粗长长的辫子，和女人一样绞了麻花油油的一把拖在脑后，或是在脖颈上绕了几圈，像条死蛇。

她一直想，那么麻烦，为什么不剪掉呢？

或许剪不剪，他们都是躺在榻上抽烟泡的人尸，夏天换了丝质的长袍，冬天是厚重的棉袍，浆洗得硬挺挺的，越发像一套寿衣。二十岁的男人和八十岁的男人，都没有区别。

他不一样。他有活气，他剃平整的短发，穿衬衫和军裤，也懂得穿西装。听说他留过洋，娶过太太，很有女人缘。女人缘和女人缘不一样。他的父亲擅长强抢女人，暮年还抢了天津一个十六岁的堂子里的女人做姨太太；她的父亲呢擅长用钱，一房一房地往家里填，一人一个院子，谁最会烧烟泡最会生儿子就是谁得宠。

他的女人缘呢，就像他是火，吸引飞蛾扑棱棱飞过来。

蛾子太多了，最近的一个，说他安了一个外室，明目张胆地带进带出，全然不顾他父亲给他娶的那位大太太的脸面。

她低着头，数着窗上一棱一棱的朱漆窗格，那是新刷过的朱漆，血红的，像滴滴凝聚的人血，像五月明媚的榴花，像鞋尖上的喜兴，一朵朵盛开到了眼前。

"大少爷，您是军里人，不作兴说谎的。"

"对着你一个小女孩，我说什么谎？"他笑嘻嘻的，绕到她跟前来望着她的眼睛。

他真是比她大好多岁呢，怎么也想不到他会这样来和她说话。她"哎呀"一声转过了身，拧着一把蜈蚣辫子咬在嘴里玩儿。这是时下时新的蜈蚣辫儿，三股细辫子，从头顶就挑起，每一股都绞进去另一股发辫里，不似简单的麻花辫，到扎头发那节才开始编，编得再油光水滑一条辫子，也只能空落落显出被稀薄的头发遮挡住的突起的后脑勺。再青春少艾的辫子也失了趣味。

眼前的周小姐，有天真的面孔，一把动人的头发，十分有意思。而且她与他都是生母早逝，是被姨娘养大的。

他心中有些触动，低沉着声音问："你嘴上涂的是什么胭脂？"

她抬起眼眸，扑闪扑闪的。他一直带着笑脸，她胆子也大了："那边的女人都涂什么胭脂？"

"那叫口红，一支支的，并不是纸头上抿嘴唇的胭脂。有红色、橘色、紫色，也有时髦的姑娘涂黑色。"

"呀！那么吓人。黑色可不好看。"

"你这嫣红色好看。"他乌黑的发梢抵过来，嘴里呵出的热气拂在她面上，痒酥酥的。

她的脸也是嫣红的，红得烧起来，成了一种粉红的透明。她的头越发低下去："口红是什么样子？"

"一支支圆管子，女人们喜新厌旧，从来没一支用完的，惯会丢开手。"

"喜新厌旧。"她嘟囔了一句。

他笑嘻嘻："你说谁？"

她心里一惊，这话像是当面批评他一样。关于他的传闻太多了，不外是和哪个女人罢了。喜新厌旧，简直是在说他。批评的话不可当面说，尤其是男人。这是姨娘教给她的经验，从失败里累积来的惨痛教训。

男人到八十岁亦是小孩子，只能哄，不能批评。

她索性做出小孩子的模样，谁叫她比他小那么多岁呢。她说："说我自己呀，听你说了这个新世界，就不喜欢现在这世界了，可不是喜新厌旧？"

他欢喜起来："你真聪明。"他伸手揪住了她的辫梢，比画起来："那边的女人头发都不大打辫子，梳得笔直，或烫卷了，都披散着，显得一张面孔小小的。"

"脸盘儿大不好么？"她疑惑地摸了摸自己的脸，"好福气呢。娶亲时长辈们都喜欢媳妇儿有福气。"

"我们那里是新时候，喜不喜欢，要不要结亲，都是男女两个自己定，长辈们中不中意，不是最要紧的。"

吓！她又听呆了。那就是父母之命媒妁之言这一套完全没有用了。怎么可能？往前数一千年两千年都不可能，难道未来的日子可以？

这样想想，她是越发心动了。在这儿，她所能嫁的，不过是个富人家的庶子，她才能毫无委屈地嫁过去做个正房太太，一生的心思都花在如何生儿子巩固地位和压制小妾们。若是嫁个穷酸士子，当然能做正房，丈夫或许会更听话些。若他有仕途，前十几年她倚仗着家世会过得安稳些，等他挣出前途来，她已经人近中年，势必会被小妾欺负到头上来，忍辱强斗。再不然，舍出周家世代的脸面，朝着帅府或是更高的门第去搏一个宠妾的身份来。丢了家族的颜面，最后能在妾位上争到多久的宠？连她自己都觉得是至大的冒险。

她正专心致志盘算着她的前途，他俯下身来，低低地说："你的眼睛里有光。让我亲一亲那光。"

亲完了，她有些慌乱。她从未被男人亲过眼睛，她口不择言："什么我的眼睛里有光，难道别的女人就是死鱼眼睛吗？"

"是的。"他很认真地点头，"四小姐，我会再约会你，我想和你说话。"

她回到家，人是迷迷怔怔的。偶然清醒一些，她和哥哥弟弟们打听他说过的新奇的世界里的事。他们都嘲笑她："你可是疯魔了。"

真的像是疯魔了！他会不会是留洋留傻了，回来信口描绘一个世界来哄她。

可是她有什么值得一个人那么动脑筋来哄的吗？仿佛没有，她只是一个中等偏上家庭的庶女，而他呢，是高高在上的帅府大少爷。

可他是沉了心来哄她了，借着帅府聚宴的机会，派自己姐姐来接，接到了也不去宴席上，两人就在书房坐着，有说不完的话，关于那个新世界的。他显然是喜欢她的聪明的。

她向往不已："你会不会带着我去看看那新世界？"

"会的，一定会的。"他们眼睛望着彼此的眼睛，四手牢牢交握，不肯有一刻放开。"我和很多人说过那个新世界，没有人相信，人人都以为我发痴梦了，只有你愿意要我带你去。"

"你带着我，我才去。我们在一块儿。"

"好。在一块儿。"

当然也不是没有要分别的时候，他有军命在身，随时要奉命出征。有一回落着雨夹雪，他不知用了什么方法来了她住的小院，姨娘听到军靴橐橐的声音，人都呆了，只敢望着四小姐。四小姐如坠梦中，她眼睁睁看见他掀了帘子进来，脱下帽子和披风放下，她情不自禁地转身去倒热水，给他打毛巾洗脸擦手。

他短促地说着："我明日去和日本人打仗，打多久多凶险不知道，你愿不愿意等我。"

"除了等你，我没有别的什么想头。"

这般旁若无人，姨娘听得呆了，好容易想起自己在这里多余，赶紧带了丫头出去，严令她们闭上嘴守门，守得好像大少爷没有来过一样。

他躺到了她的床上，他们依偎在一起。他穿着衬衫，那衬衫的气味真好闻，她很安心地靠着他睡着，他却不容许她安静，使劲折腾着她，好像他再不能回来了一样。

真是作孽。她知道姨娘醒着听着动静。这罪孽啊，再捡两世佛豆都不够了。

他是清晨时分离开的，从进来的角门边。她想起来了，整个府里的人都认识他，谁敢得罪帅府的大少爷，所以他能这般如入无人之境。

想瞒得再紧，风言风语终究是传出来，父亲都知道了。为着这个缘故，她见到了久未见面的父亲，哪怕他们都住在周府里，一个一个院子隔开，多么隔膜。父亲打量了她很久，才沉吟着说，要送她离开北方，去云南读书。她心里明白，父亲是不想她和大少爷往来，落个不妻不妾的身份，叫全家跟着尴尬。她说不出反对的话。她是自小被父亲用钱养大的女儿，这样的女儿没有反对的资格。

父亲的话说得很委婉："出去读几年书，腹有诗书气自华，回来好议一头亲事。也不用太好的人家，齐大非偶。"

她盯着父亲那把大辫子，很温顺地说好。

父亲很快为她收拾好了行装，要姨娘陪着，一路去山高水远的云南。听说那儿路途遥远，有许多奇装异服的民族，饮食也不一样，但都是有趣的人，不出来也许一辈子都不知道。但她也知道，那里还是蛮荒之地，不是他所说的新世界。

路启程了才两天，就听到一路都是吃了败仗的消息，她心慌意乱，什么都顾不得了，跳了马车就要追去军中。幸好马车夫认识路，劝了她回来，带着她紧赶慢赶到了军中。

幸好，虽然是吃了败仗，但败得并不厉害，小胜了两场就往后退了。

他是无事，只是感动，从没有女人追到军中来陪吃败仗的他。这份情义，实在无价。

此事最后惊动了大帅，大帅出面，认可了她这个儿媳，接进了帅府居住。大太太待她很客气，口口声声妹妹妹妹叫着，全不当她是个妾室，只当平妻。

她很欢喜，没想到这一生，竟还能高攀到此处。

唯一不高兴的是，她迂腐的父亲，周老爷。聘则为妻奔则为妾，他固执地守着旧有的一套，登报宣告四小姐与他脱离父女关系。

这一宣扬，说四小姐爱义当胸一腔无畏的有，骂她寡廉鲜耻不顾名节的也有；说周老爷不识时务不知抬举的有，赞他名节护家乃为清流的也有。

足足喧闹了几个月，四小姐得尽了大少爷的怜爱。无论到哪里，大少爷都携着她，恩恩爱爱，风头无两。

直到有一回大少爷奉父命去上海铲除军中勾结日本人的内奸，那是他们如胶似漆后第一回分开。公事上她不能参与，便留在家中收拾他留下的衣服。昨夜换下的外套口袋里头，有一瓣硕大的玫瑰花瓣，用细细的指甲印掐着：今夜七点，你姐姐家中书房见。

她脑中轰然一下，像受了重重的击打。这种写在花瓣上了然的信笺，是不会传错人的。只有女人会用指甲在玫瑰花上掐字，约在他姐姐家的书房，呵，和她也约会过的地方，简直被他当作堂子待客的地方，真是恶心无比。

昨夜，至于昨夜，他很晚才回来。如果是七点的约会，他十二点回来，五个小时，足以把什么都做全了。

她将衣服抓在手里，一叠声地唤司机唤用人，给她换衣服整理行装，她务必得追到上海去问个明白。用人看得出她气得泪流满面神色不好，悄悄请了大太太来说话。她一见就流泪，喊了声"姐姐"。大太太一看就明白了，摇头道："我以为他能对你真心多久，原来也不过扭头就忘。我知道，他外头刚赁了一栋新屋子，不知预备给谁住下的。"

这一说更了不得，正天翻地覆，姐妹二人说得悲戚时，大帅已经伤心得不成了，让人扶着进来。外头一叠声地喊着："大少爷没了！大少爷没了！"

她嘴上正诉苦，忽然双唇发颤没了力气，双腿一软跌坐在沙发里，大太太吃不住惊吓，已然昏厥过去。她死死扑到大帅跟前，哭喊道："父亲！父亲！他怎能死了呢？"

大帅强撑着说："内奸暗杀，根本没防住，就这么没了。"


他的死讯明明白白时，她就离家出走了。她并不算明媒正娶，离开也无妨，一个下堂妾而已。连着他死之前一点风流韵事都被她带走了。人都死了，还能追究什么呢？

她一路南下，待过北平、天津，辗转到了上海。上海是新开的十里洋场，什么新鲜奇特都往这里汇拢。

上海租界，是她能找到的最接近他说过的那种新世界的样子。

她手里有大笔可观的钱，租了两层楼的房子住下，独门独院，闹中取静。

她一直观察着这个和其他地方不一样的新城市。

虽然很多细节不对，比如并没有人拿着像小小盒子一样的没有线的电话在路上走，随时打给要见的、想念的人。可是到底有两三分像他描述里的样子。她住的公寓有了一部属于她的电话，每天热热闹闹地响着，阿妈替她接电话，一口一个"密斯周不在呢，出去了。您说什么我记下来，密斯周回来就打给您。"

在这里，她再不是遥远北方的四小姐，她是密斯周。

密斯周穿着有细细跟的高跟鞋，漂亮的衬衫和利落的裤子，她和洋人朋友们交往，国文底子固然有旧学的家底，新学起来的算术、英文、俄文、日语都厉害，还有骑马、打球，她半大的脚并不妨碍她运动的出色。要跳舞的时候，卷过的头发就不披散了，梳拢成时髦的发髻，穿露着胳膊和腿的洋装裙子，更大胆一点，大片雪白的胸脯子露着，像一只骄傲的白凤凰。

她的舞跳得很好，姿势标准。进一步，退一步，踏着音乐的拍子来，一步不错，像一朵摇曳的花。因她专门请了人教钢琴和梵婀玲。

众人都知道密斯周大方，和异性跳舞就是跳舞，毫不做作尴尬，可要借着跳舞占她的便宜，那却是不能够。她的身与心，都只属于他一个人。

她已经有几百支口红了。芳芳大厦里但凡有时新的颜色到，她色色都买齐，一季几十个颜色，很快储了一抽屉。

她记得他说过，没有一支口红是用到尽的。

她就是一支没有用完的口红，上嘴没几日，颜色就过了季。

常常在半夜里，她光脚穿着高跟鞋踢踢踏踏走。木地板有笃笃的回音，嗒一记嗒一记，让她不至于太寂寞。

她很想告诉他，自己现在穿着十几厘米的高跟鞋也满场飞旋着跳舞了，她还有无数支唇膏，她两笔就可以把上下唇涂得很饱满。

可惜，他已经死了。他永远不能知道。

她时常会拿起电话，里头嘟嘟地响着，每几个数字后就会通向一把人声，可她不知道哪个号码后面能找到他。

她终于到了他口中的新世界，过上了他说过的生活，可是这里并没有他。

没有他的任何一个世界，都是无尽的寂寞。

她睡不着，常常在夜里泪流满面。西洋的医生开给她安眠药，白色的小圆粒，吃一颗，就可以睡着，睡着了就有可能在梦里与他相见。

他们相处的日子不长，那些梦反反复复。

她非常想念他。

想念到四处寻找他说过的类似的新世界，投身其中，认真地过着他所说的每一天。

是的，他不在了，她爱意尚浓，把自己活成了他口中那个世界的人。


真寂寞，那样寂寞蚀骨的日子不知过了多少年。一个偶然的机会，让她知道，那次政变的暗杀之后他还活着，只是被囚禁在了山区，与世隔绝。

她冷了的一颗心再度活泛起来，几经求恳，花了大笔的钱通门路，终于求到一个机会，在他身边照顾。

被囚禁了几年，他的身体已经很坏了，也的确需要人陪伴。大太太要抚养孩子孝顺长辈，其他的外室无名无分，想来想去她最合适，连战场也奔过，这个不算什么了。无人再有意见。

　　为着见到他，她已经在密密的丛林山路上走了很久，走迷了方向，才见一座乌黢黢的小院子，窄小的门洞仅容一个矮小的女人侧身而过。这是怎样的羞辱。

　　见到他的那一刻，他在廊下一把小竹椅上坐着，眼睛微眯，看了很久才问："是绫卿吗？"

　　她没听过这个名字，仿佛是女人的名字。她想过这一刻见到他会热泪盈眶，却不想是为了这样热泪盈眶。

　　片刻，带她来的人说："是夫人来了。"

　　他的口气立刻淡漠下去："夫人啊。"

　　他的眼睛不大看得清了。直至她走到身边，他才知这夫人不是大太太，才笑影儿多了些，吩咐人今晚一定要弄些酒菜，为夫人接风。

　　她就这样成了夫人，囚禁处所里他唯一的妻。

　　她时常想起他们的初见，后来想明白了，一切事，或许是当日那双鞋子穿得不好。不明不白跟着他那些年，做一个女人，底色就错了。粉红色，那是姜室穿的娇艳颜色。幸而还有那朵大红的花压一压，人生的后半段，因着家国大变，做梦也想不到一般，是她陪他到最后，争到了正室夫人的名分。

　　她没有再问过绫卿是谁，也没有问起那片玫瑰花瓣上的约会。不要紧了，死生契阔，还有什么比她终于找回了他更要紧。

　　这里很安静，常常只有竹叶沙沙的声音做伴。穷极无聊，他们也会一起生活说话。

　　"以前你和你姨娘在那只有四方天空的小院子里的时候，你在想什么？"

　　她默然片刻，自从被他口中的未来世界吸引，她所有的念想，就都是他。

她想了想，索性说："想你。"

他嗤一声，并不太相信的样子，丢下手里剥着的青豆，捏一捏她的脸颊，爽朗笑起来："原来看不出你那么会哄人，那我以后不寂寞了。"

她跟着他笑的尾音笑了，兀自笑得畅快、欢脱。她笑了很久，笑到他一直看着他，带着疑惑的表情颓然问："你怎么了？有什么值得一直这样高兴么？"

不高兴的是他。这半生的囚禁岁月将他的凌云壮志中途斩断，零碎的那些梦想，和这个人一并丢到了这个四方小院子里，再不许他离开。

家国大变，她才有机会千里寻来，留在他身边，照顾他，陪着他。

真好，这个世界只有她了，再没有女人愿意进来吃这份苦。

没有关系，她爱他，在以为他死后去寻找过他口中描绘的新时代的样子，依稀找到了两三分，可是那个世界那么寂寞，没有他，她是失去了线的风筝，一切都是虚无。直到现在，她很满足，她可以全心全意地守着他，他就算有异想，也不得不和自己守着，一起抬头望望四方的天空，偶尔有鸟飞过。

她想起了自己的童年和少年，那些还未曾遇见他的日子，坐在廊下跟着姨娘有捡不完的佛豆。头低得久了脖颈会酸乏，她抬起头望见四方的天空，偶尔有鸟飞过。

那时节她以为，她总得困在那四方的天底下一辈子。这方小小的四方天地，让人心生厌意。

可是如今，同样的小小的四方天地，成了她最现实安宁的所在。

她也问："你说要带我去的新世界到底在哪里，我找到了上海都发觉终究不对头。"

他笑笑:"或许是我瞎说的。或许有一天,人可以飞到月亮上去。"

她的笑容越来越宽和:"那你可以慢慢瞎说给我听,我爱听。"

真好,她愿意永远这样下去,只要对着自己爱的人就好。

她想,这就是她最向往的世界。

# 我没有姓名

🌑

今晚是七夕。

老旧的电梯大概经不起负荷，在特殊的日子罢了工。楼道里一整天上上下下脚步咚咚，忙乱得很。这幢楼里人不算多，可据说楼顶一对年逾六十的夫妻，今日都在拼多多上买了十几块的绒线花，永不凋谢地爱一把。

不知何时，这对夫妻长期两地分居，一年才有一次见面机会，还要被两个孩子连同众多叽叽喳喳的喜鹊大型围观的日子，一个盛大的节日。

她记得很多年前，是没人在意这个日子的，更不会当成节日来过。再很多很多年前，这是个伤离别的节日，天上的人在说团聚，地上的人在写诗作文慨离别。

她站在窗口看了一会儿，穿着各色闪送快递衣服骑着电瓶车风驰电掣的小哥们后座放着大束大束粉色红色的玫瑰花，在堵得纹丝不动的路上寻找着缝隙，开得小心翼翼又如鱼得水，简直像在看一场杂技。

她记得她读书的时候，也有男生送玫瑰花，那种玫瑰和月季差不多大小，样子也差不多，小小的酒杯的模样，千篇一律的猩红色，送九朵十一朵就很了不起了。若是送九十九朵，那就是要求婚了，那么隆重。

哪像现在，厄瓜多尔玫瑰、肯尼亚玫瑰、哥伦比亚玫瑰，单头或者多头，花朵硕大得惊人，挤挤挨挨堪比芍药那么圆，茎子若不修剪有半人那么高，动辄九百九十九朵，压得快递小哥人也矮了一截。

那么硕大无朋的玫瑰花，放着满室生香，那样一朵一朵饱满欲滴，欲撑未撑，要生要死地妖娆。

真的是要生要死，她几乎是洞悉了那些花的结局，不过两天，娇艳的花瓣上生出铁锈一样黯黄的折痕，花养在清水里，不管加多少阿司匹林，终究会养出腐烂的气味，从花瓣到花蕊，齐齐腐坏，比凋零还要可怕的腐坏。到时候小小的斗室内，全是那种死亡的气息。要如何捧着这巨大的死亡，忍着恶臭和滑腻将它们扔进楼道的垃圾桶里——占了巨大的位置，还要被打扫的工人嫌麻烦，真是作孽。

她想，她不作孽了。

当然，她连作孽的资格都没有，向来这样的节日，举世的热闹与欢腾里，没有她的份。

楼下的阿姨见她穿着家居服下去倒垃圾，笑眯眯说："衣服都不换，不出去吗？今天是不是男朋友过来？"

她笑笑不说话。

阿姨又说："还没对象呀？什么时候阿姨给你介绍一个。"

她又笑了笑，转头走了。

窝在楼上一整天，自家的门铃响了，她等了很久很久，终于响了。

她打开门，快递小哥一脸抱歉地说："不好意思延误了，今天路上特别堵，还好这些东西不大会坏。"

她很和气地笑笑，没有关系，这一天的时间特别长，人们会被欢乐延续到凌晨，延续到第二天的天明，这个所谓的中国人的情人节。

她是中国人，她有情人，但她不过节。

她接过东西，清点了一下数目，一大袋子莲蓬，应该是早上新鲜采折的，还带着湿淋淋的水汽。这种水汽，让人遥想起银汉迢迢。真有银河就好了，她想，什么见不到的面，怎样望不到的人，都可以归咎于银河，银河太阔了，怎样也渡不过。不在人力不够，而是天河太深，这样想想，就能释然许多。

祖师奶奶早就说过了，喜欢下雨，好像那人不来，不是他的缘故，是雨的缘故。

女人自我安慰、自欺欺人起来，愚蠢得可怕。

可是最怕的，不是连骗自己都骗不下去么？

她静静心，坐下来将莲蓬用清水洗了一遍。早上的水汽到下午就干了，莲茎折断处有点儿发黄了，清水洗一洗，就又水灵一些。

她坐在桌子边开始剥莲蓬。大概今天来买莲蓬的人不多，店家很有心地送了一枝含苞待放的莲朵，还是个花苞呢，紧紧地闭着，像蘸饱了水的毛笔。反正，这是个充溢着玫瑰的日子，再不济也有勿忘我，谁会在意多一枝莲花。

真是，涉江采芙蓉，采之欲遗谁？留给她这种孤独的人最相宜了。

她能背很多关于莲花的诗，这样一个人坐得久了，小时候读过的诗歌都充满了脑子，一行叠着一行，字里行间都是油墨那种糊腻腻的印子，一搭子一搭子化开来，和喜鹊的翅膀一样，乌漆漆的。

坐看飞霜满，凋此红芳年。结根未得所，愿托华池边。

欲取鸣琴弹，恨无知音赏。感此怀故人，中宵劳梦想。

馨荽不相采，敛苹空自愁。芳意羡何物，双双鸂鶒游。

涉江玩秋水，爱此红蕖鲜。相思无因见，怅望凉风前。

采莲南塘秋，莲花过人头。忆郎郎不至，仰首望飞鸿。

真是的，想起莲花，真没什么特别欢喜的诗句。莲心是苦的，莲根戳在污泥里，莲藕呢，藕断丝也连，没个干脆的时候。莲茎更苦，枝枝中空，生来就肠断。

莲花，真是一枝伤心花。

伤心花对伤心人，也没有什么不对。

小时候她特别懂事，知道大人都有自己的事情要忙，没工夫管她。她就自己拿书本来读，一页一页读下去，半懂不懂，读得累了趴着睡一会儿，醒了继续往下读，渴了自己找水喝，饿了就忍耐着，总有大人自己也会肚子饿了，想起来她也没吃，叫她吃饭。

从小她就这样体谅，不能催促大人为自己做饭，不能喊着嚷着饿了，让人为自己劳作，给人添麻烦。

给她吃什么她都不挑剔，都说好吃。大人们都感叹她好养活，其实有什么好不好养活，只有沉默不作声，大家才不会觉着她累赘，抚养着她也就抚养着她。

大人们都说，她是一个懂事的孩子，从不为难人。

　　长大了，她也这么懂事。男朋友说合不来要分手，就分手；遇到自己现在爱的人，她从不主动开口要他陪，也不要什么礼物，时间和精力，她从不要求，怕给他添麻烦，虽然她心里也是想要这一切的。

　　她是个再懂事也没有的人，最适合做情人，连情人节都不用过的那种情人。她想，真若有一天被揭破了，解释说只是朋友，也没人不相信的。

　　这样也好，她想，免得给他添麻烦。

　　今天，她特意买了些莲蓬来剥。没有什么比剥莲蓬更花时间，不用工具，只用手剥。莲蓬剥开是丝丝缕缕，但并不相连的孤清。一颗颗挖出莲子来，再剥去青绿色的皮。用工具就快了，时间就不那么容易打发。用手剥呢，费时费力，剥得手疼了就歇一歇，就算有什么寂寞的心事，也能发散发散。

　　剥好了莲心，也适合她这种独居的女人吃。不像西瓜、哈密瓜、榴莲，凭借一己之力根本吃不完，活生生显得自己的弱小；一个苹果、一个桃子，吃起来就觉得怪孤单的，她是形单影只的，不能连水果也是。梨子，她最讨厌这种听着就要分离的水果。柿子她喜欢的，可是多吃两口容易拉肚子，万一病了，连个照顾的人都没有，反而麻烦。她总不能要他来陪护，这是没道理的，她说也说不出口。

　　她一个人久了，怕黑、怕雷声、怕噩梦、怕孤单，可最怕的还是病了，一个人挂点滴，左手打着药水，右手能握住手机给他发一些信息。他会要她多喝热水多休息照顾好自己，她也只能自己照顾自己。打点滴最烦就是会想上厕所，身体注入太多液体，也急于排出。有一次急着去医院，没注意提前换好宽松的牛筋腰带的裤子，一手举着点滴瓶，一手艰难地拉起紧绷的牛仔裤，更艰难地拉上拉链，费劲得出了一身热汗，一回头才发现用力太久，手位高了，鲜血都回流到了滴管里。她吓得冷汗直冒，手指都冰冷木掉了，赶紧找个钩子挂上点滴瓶，自己蹲下身来，让血重新和着药水流进血管里去。

这样惊险地挂完点滴，回到家还是发热，昏昏沉沉的，倒头就睡。

睡着也好，若只是小小的病也好，便于渴睡，不用服安眠药。

她长久地服食安眠药，不记得多少年了，不分日夜，寂寞的时候就服用，想他的时候就服用。

他和她许多年了。他也关心她，叮嘱她不可服药太过了，可是他不长久在她身边，也无法看护她，她又是作息颠倒的人，其实人言劝阻没有什么大用处的，陪在身边仔细看护才最有用，但那需要太多时间与毅力。他也请过几个只懂外语的菲佣来照顾她，可她吃不惯菲佣做的菜，也不大习惯与陌生人同处一屋檐下。家里多个人，总觉得他来时会不方便，还得打发用人出去，不如还是自己照顾自己，落得清静隐秘。当然，一年里，他来的日子也不多。

这许多年里，她是有爱人的，但形同没有。

都说织女有丈夫，一年见一回，也形同没有。但她不敢自比织女，织女怎样也是有太太的名分，她没有，说是爱人，说是女朋友，谁承认呢？自己也心虚，像哑了的梵婀玲，挂在墙壁上积了灰，长久地没有声音。

有一回从台北到宜兰去，夜里他说好过来，但是没回来。他有醉倒在路边的经历，她很不放心，打电话过去，电话响了几声他接起来，声音都失了往常的分寸，急急地问你怎么了。她问你怎么还没回来，是不是喝太醉？他听清楚了她的语调，终于安稳些，在谈事，很快了。

她深深懊悔，觉得是打扰他了，为此很不安了一阵。直到他回来，给她看宜兰路边拍到的萤火虫。他的照片拍得很好看，小小一团晶莹的热光，拍出了初秋将至的凉意。

她正看照片，他慢慢地尽量平和了语气说，你打电话给我，我以为你出了大事。是不是地震？我就在旁边没感觉到啊；是不是房间失火，还是你病了不舒服，食物过敏突然发烧或者你一直吃抗抑郁的药不小心吃多了那该怎么办？我该送你去宜兰这边的医院还是直接开回台北进荣总医院，我用力想用力想我有没有靠谱的医生，我很沮丧地发现竟然没有。我必须带你去医院，但认识我的医生都会告诉我的太太我带了个年轻女人看病，就算我说你是我同事，恐怕也没什么人信。我真是心思百结，谁知，你竟问我我什么时候回来这种小事。

她正不安，更加迟疑：那……我以后不打给你好了。

他不容置疑：你有要紧事，当然要打给我。你孤身一个人，整天关在家里画漫画，有什么事当然应该和我商量。

好的，但是她的人生，能有什么要事，值得他来费心。只不过他闲下来就过来，一个月至多三五天。

他说过，曾经也有过别的女朋友，总是跟他要求这个那个，爱、时间、精力、金钱他都可以给，但只有太太的位子不行。她耳聪目明，立刻听明白了这是一种预告和提醒，敲山震虎：如果她逾越，她也会是那样分手的下场。

她问：你很爱她吗？

当然，否则我怎么会一个人空窗了一年多。

对于一段婚外情，能让一个那么忙的男人念念不忘一年多，也算是真心了。

不知道将来他们分散，他会记得自己多久。

　　她的日子很空很空，她喜欢画漫画，各种花卉的漫画，虽然画得很好，但因为没有什么情节，也不谐趣，卖得并不算好，只能给各种杂志书籍画插画，自给自足。

　　她是个很配合的画手，所有合作过的人都说，无论怎样要求修改，她都会尽力做到，而且加班加点，尽快地做好。这世界上少有这样的人了。

　　与她合作，没有人会不放心。

　　与她做情人，他大约也很放心。无须负担生活，无须付出大量时间，安静、温顺、爱他。有时候他也疑惑，她太像一个古代纸灯笼上画着的美人儿，虚虚地笼在灯影下，连吃醋的意思都没有。她从不当着他的面生气，更别说哭泣，他有时候于心不忍，反而故意要逗一逗她，女人都在乎的名分，她会不在乎吗？他故意地提起自己的太太，她只是抿紧了嘴唇，带着淡淡的笑意，那笑意里全是克制、无措和忧愁，他不敢再逗了。他知道她爱他。

　　爱到沉默寡言，只有痴情相望的眼。然后背过身，她连哭也不让他知道，眼泪都在背地里流。

　　她也想要那庸俗的粉光灿烂的玫瑰花，一打不够，要两打，要他光明正大地亲手送上来才有意义。

　　花不光是花，要送得亲力亲为，殷勤备至。别人一打，她两打，满足往昔长久的缺失。

　　真是，她只是静默，不代表内心没有翻腾。

　　她想，她读了那么多书，小时候是为了打发寂寞，长大了还是为了打发寂寞，稍微有点进步的是，能在寂寞的时候照见和自己相似的影子。

　　她像什么呢？花非花，叶非叶，不得掌心怜，只是一颗小小的莲心，苦凝在心里久了。

她真喜欢玫瑰，做花特别像花，娇气，带刺，做女人也特别像女人。

人们总说玫瑰带刺，可是莲茎也带刺，什么中通外直，不蔓不枝，不过是因为无人娇捧在手心，才许多年无人知道罢了。

真是，谁知道一颗莲子心，特别向往做一朵玫瑰。

她是真向往，那些过节的日子。

平凡的日子寂寞是静水深流，到了节日，是撞石的湍急的河水，哗啦啦的，人也跟着匆匆忙忙，提前几日跟着广告走，跟着宣传走，好像不这样预备着过节，人也没个目标似的。

跟所有人一样的目标，似乎也挺好。

道路特别拥挤，餐厅特别昂贵，菜色搭配得特别花哨而庸常，捧着花走路会让双臂受累，小礼物不管是香水也好镯子也好项链也好，小小的东西，用巨大的盒子装着，有一层一层累赘的包装，丝带、塑料纸，都是浪费，可是浪费也有浪费的好，有人真心诚意愿意为你这样浪费。

真的，俗气归俗气，她也想过节。

所有不食人间烟火，是因为连烟火气都够不到，只能说自己不食不闻，以作清高不流俗。

在俗世里，与俗人俗情厮混期中，俗气有俗气的好处。

除夕、中秋、冬至是和家人过的节日，特别隆重、盛大、精心准备，合家欢聚。放在电视剧里，大房二房为了谁先过节，是要巴掌相向演足一部撕逼大戏的，要不然也要苦情流泪，像《半生缘》里世钧的妈妈，总是抱怨无尽。清明、端午、中元、重阳、腊八一家人齐心协力地过，同劳同食，再然后就是七夕、情人节，两个人的生日，必须攒足了日常的无趣与分离，拧着劲过得比蜜还甜。

谁不想光明正大的呢？走在太阳底下，挽着自己心爱的人，一路挽着一路说笑。说什么都可以，太阳怎么那么好，云朵白得像雪地里打滚的熊，花草有股晒过的蓬勃气。

万物清朗，无心不欢明，什么都是好的。

可是她爱他，她遇到他晚了，这些都与她无关了，她只能走在影子里。

也该和别的情人一样闹一闹，吵吵，撒撒娇，多半他也会送她一些珠宝房子车子安抚她。再不济，他会多陪她一些时候。

可是她连闹也不敢，若不小心多说一句可能有含沙射影意思的话，自己先不好意思起来，怎么能这么说话呢，他多心就不好了。

一开始她就是很清楚的。他有太太，虽然常年分居两地，可是只要还是夫妻，明面功夫都是要做的，大至过年中秋，小至立冬，喜悦如中外情人节，悲伤如清明七月半，他们都要一起过。

夫妻总要有夫妻的样子，什么节日都伴在一起，吃顿饭，哪怕不说话也行，鲜花礼物总是要做足。

他也知道太太有情人，他们各自有情人，各自都知道，但是不想知道更多，不想知道是谁，不愿知晓内情，日子照样过。

反正只要自己不闹离婚，情人们熬不住了，吵闹得狠了就只好分手。所谓铁打的夫妻流水的情人，终身的一夫一妻制。女人想，只要自己咬定主意不离婚，死也死在这个位子上，就没人能上位取代自己，至死都是某太太的名分。男人也知道，费尽心力离婚，换了情人上位做太太，不就是换个人吃饭过节，日子久了，也有无趣的一天，还是得出轨。

谁也不愿意伤金动财。离婚，除了旷日持久地争吵，两边的家人都做不成家人了，他们是世交，一扯扯上无数无辜的人，断折几十年的交情，这是不该的。更不该的是要分钱，大家都是过错方，平白失去一半身家，怎么也不划算。

现时这世上，谁要女人值得付出一半身家去用心得到，简直要欢呼为真爱。

她一直等啊等，他终究是没有来，只是对她说，七夕快乐！

七夕，没有爱人在身边，有什么快乐可言。

她剥好了洁白的莲子，一颗一颗吃下去，天光就亮了，她服颗药，就睡了。

第二天他来看她时，她还没醒。他用多余的莲子煲了甜汤等她醒来。很清甜，他的厨艺其实不错。他陪着她吃饭，喝汤，她在冰糖莲子的甜味醇厚里感觉到莲心不合时宜的苦味，她还是不作声地咽了下去。扭头看看日历，晚了一天，今天是立秋，已经过了七夕。

她也乖觉，终是没有再提，不给他一点点可能为难的机会。

她死的时候，是一个七夕，她买了好多莲蓬，一个个剥出了莲子，剔出了莲心。她的身体慢慢地蜷缩起来、透明下去，成了绿白细细的一芽，成了那堆莲心里的一根，毫不起眼的，归属于她的世界去了。

莲子清热、微甜，可是没人知道，莲心太苦了，终于有一日，苦味浸透了身体，把自己苦死了。她只是不说话、不说话。

莲花不可见，莲子心独苦。心既然如江莲长久苦楚，不如凌波人去，归于银汉迢迢。

她静静地死去，合作方大多只知她笔名，真名是谁，含混不清，最后是查了身份证才清楚，很普通的一个名字。她也没有夫家，没有冠以夫姓，她到底是一个姓名模糊的女人，躲在他身后数年。

最后，是他站出来，以善长仁翁的身份来办了最简单的后事。灵位上写得很清楚，姓甚名谁。那是她的本名，她并没有运气，冠以他的姓氏。

也罢了，终身孤寂，那也是一个收梢。

puppy love

⬤

　　重遇 puppy love 的那一年，她三十四岁。彼时在深秋琉森的湖边，她戴着耳机，听着很久以前的情歌。那首歌叫《泪光》，她读书时最爱在 KTV 唱："等眼泪变成钻石，等忽然梦见发过了的誓……"她盖着羊绒薄毯，倚在沙发上，华人并不多，那身影又是十七年前铭刻于心的。她见他错愕惊喜的笑容，也不觉微笑起来。

　　她把耳机分给了他一半，那个时候，她在 KTV 唱这首歌，少年不解愁滋味，他只是静静地听，微笑着，那样温和静默。

　　都吃腻了蘑菇牛肉粒的酥皮面包，也吃腻了蔬菜沙拉，冰寒天气，正好去吃泰国菜暖身。热气氤氲，聊天里带起回忆，也是愉快。

　　天气非常冷，要裹着厚厚的羽绒服，最适合彼此贴在一起取暖、倾诉心事，心与心的距离也变得格外短，容易抵达。

　　十七年，正好是生命的一半。能和十七年前的人重遇，又能交心，是难得的运气。

回国之后便常常在一起，吃饭、逛书店、听演唱会，和十七年前的少男少女约会并无两样。那时她扎着高高的马尾辫，碎发松松散散地落开，碎碎地蓬在耳边。阳光洒落下来，那碎发是淡淡的金色，如水蜜桃上绒绒的细毛，十分可爱。他忍不住想咬一口，又舍不得，便轻轻地"哎"一声，她看书看得入神，便转过头，微微发蒙。

这么多年，她与他各自经历了恋爱、结婚、离婚，都没有生育，独身一人。所幸再一次相遇的感觉十分好，重拾多年前的感情，她与他十分亲厚。他亦叹："兜兜转转，初恋总是最美。"

朋友看她恋爱如少女，笑话她："重穿十七年前最爱的衫，不觉古旧么？"

她笑吟吟答："我身材保持得宜，依旧十分合身。"

这样合拍，她却依旧没有和他同居。白天工作，傍晚约会，夜里分开，甚少彼此留宿。周末他一早过来，买菜做饭，午睡小憩。也不是没有动过同居的打算，但想想离婚后独居了这些日子，各自有各自的习惯，住在一起要改变作息，打破个人隐私，实在是不便。

经过首饰店时，他也郑重其事买过钻戒求婚。大家都是凭能力富足之身，钻石买得不大不小，正好一克拉，戴在纤细手指上登样，非常家常，并不过分夺目。

有一刹那，她犹豫了。再结婚是大事，就算忽略两个家庭的组合，只安排年节见面，两人共同生活起居，也是对人生的至大改变。何况又不是懵懂少女，经历过一次婚姻，那热闹底下的荒芜，想起来都浑身战栗。

当然是登对的，光从事业考虑，彼此独立，经济富裕，绝不至成为对方的负担。职业：一个医生一个策划。性格：一个沉稳一个安静，连煮饭做菜都是对方喜爱的旧日口味。成家立业算是体面，带出去也十分合衬。而且人过三十要再婚，可选择的余地极少。若是选择年长的爱人，对方多半也是离过婚，说不定还有孩子，有前任家庭的牵扯负累；若是选择年轻的爱人，处事不成熟也是极大烦恼。何况要与全新的一个人相处，从性格到生活方式全部都要重新适应过，实在是辛苦异常。他与她得到的，都是彼此认知范围里最好的选择。

不爱么？当然是爱的。重逢是幸运，还有默契与旧情就是至大运气，何况旧情之中，又注入新鲜的爱意。成年人可以彼此包容迁就，但爱到为对方改变自己，还是十分艰难。

能这样理性考虑，其实或许，还是不够爱的。或者，是更爱自己。没有勇气，也实在不愿改变独身所拥有的一切，在三十几岁的时候，重新来一次婚姻的生活方式。

钻石很美，在阳光底下熠熠生辉。她忽然想起十七岁时就爱听的那首歌："等眼泪变成钻石……"十七岁那年分手，也并非没有号啕大哭过。那些眼泪，现在已经忘了是为何种理由分手而落泪，但那些伤心是真的，这些年为别人伤心也是真的。

既然如此，何苦要再婚一次？

她在电光石火间有些明白，那些重遇 puppy love 的人为何最终还是默默离散，是畏惧过往，还是担忧前路？或许都有。

她因着工作再次前往琉森。他并未追来，长途飞行太费时间，他并不那样空闲。往返机票加起来，或许是两个月薪水，也是不小的开销。

琉森深秋的湖景，到底是她自己一个人默默欣赏。时间的魔法师，亦会在感情的拉扯度量中，告诉她许多事的答案。

她的眼角有一点泪光。再得到是欢喜，再失去，也不过是那点泪光。

她再不会像十七岁那般号啕大哭了。

# 食粥记

●

从地铁佐敦站出来，转 B2 口，步上窄窄古旧的步行梯，转出来简直觉得世界清宁。比起上一站尖沙咀的人潮汹涌，佐敦简直是另一个世界。

她每次来香港，都会到这家粥铺。很少有游客知道，那是他心目中的第一名粥，曾经诚意满满向她推荐"滑鸡粥、及第粥都好，哪怕是一味白粥也是好味"。

她看到他用繁体字一个一个字告诉她他心中所爱，隔着屏幕也会笑出声。

那时是真喜欢，真在意，才会这样一点一点细碎地诉说自己的喜爱。因为唯有在心爱的人面前，这些小喜爱才是有价值，才是被在意、被记得的。

她依着他所说的，去了西贡街。那是一家旧式的粥铺，守在并不热闹的街道里久了，甚至有点周遭冷清它独热闹的意味。味道一定是好的，否则不会总是挤满了人。大多是本地口音，坐下来，熟门熟路地点单，伙计连眼皮都不抬一下。

铺子的装修都有些古旧的意味。很多时候，古旧有着岁月温润摩挲的痕迹，一点新是人潮涌动，一点旧是人气依旧，都是有底气的人才有的味道。

她喜欢这样的底气，这样的自信与笃定。

好像他站在那里，所有的兵荒马乱都停止了，都可以按照他说的，有条不紊地进行下去。

有人许一点安稳，许一份安心，是她在那样慌乱的职场里作为一个新丁最需要的。

说穿了，不过是寻常的办公室恋情。他比她大不少，本来对她严苛，但看她乱到极处还坚持着自己那么拼命要做好每一件事，想起自己的新人岁月，便情不自禁要护她。

他的护是不动声色的，所有人都没有察觉。她却是每一次都那么敏锐。几乎不用言语，眼神便是种种懂得。

他留意她每一句话的喜恶。她是同样的。

真的，喜欢着一个人的时候，谁都可以心细如发，种种敏锐，直比福尔摩斯。每一个动作，每一句吐露，每一条朋友圈信息，都简直可以做一篇深度阅读理解加心理分析。连一个无心的叹息都可以写出一千字以上的人物内心分析。

简直，每一个在爱里的人都是天生的作家。

她满心记得他的推荐，点了及第粥，又点滑鸡粥，看到有鲍鱼，几乎是忍不住点了一只加在滑鸡粥里。

他在手机的那头吐槽她是个"土豪"，一一点评她点的粥，几乎是有点骄傲的。

那是一个女人对一个男人的爱意。总是有点点小女孩的乖巧和顺从。

完全不管肚子是否能塞下，简直就是拼力一为，那么老远辗转来了，总要尽兴。而且，没有点奶茶，没有配油条，没有加菜心，纯粹地期待米粒熬煮到极致的满足。

这样一言一语，仿佛也是他坐在她对面，一起食了这一碗粥。

及第粥里的猪肝是她喜欢的，非常嫩，刚刚烫熟，一切恰到好处。从前和朋友们一起吃饭，他们多半嫌内脏不能入口，唯有他和她吃得眉眼默契。

呵，饮食同契，也是一种接近。

滑鸡是她和他都喜欢的。他们在一起，吃过各式各样好吃的鸡，一道农家乐的蒸鸡，他教她吃完鸡肉，用蒸出来的原汁原味的那一点鸡汤和鸡油拌白米饭，那滋味，简直销魂难忘。还有海南鸡饭，鸡腿肉胜过鸡胸脯肉许多，他惯常地要半只，比一个手势，熟识他的老板便笑眯眯去斩。他和她再点一份鸡杂，吃得欢欢乐乐。还有么，还有豉油鸡，做得非常地嫩，她一日两餐都点，他都惊讶，"再好吃也不能顿顿吃呀"！她却是那样的脾性，因为喜欢，就可以一直一直喜欢下去。菜点不腻，人也如是。

更要紧的，是这一碗粥呀，熬得那样浓稠绵密。吃一口在唇齿间，简直舌头都可以一起化了进去。她恨不得立刻打电话给他：喂！你为什么要告诉我世界上有这么好吃的一碗粥？以后要是吃不到了可怎么办？

他在电话那头咯咯笑。

隔着电话，她都能想象他眉毛飞舞起来的样子。如果此刻她在他怀里，会轻轻摩挲他如剑的眉毛，一根一根分明的，她都有耐心细细地数。他的眼睛，他的双眼皮，他的耳垂，她轻轻用嘴唇留下占有的痕迹。他紧紧拥抱她，像从来不曾拥抱过一样，抱得她喘不过气来，推一推他，他复又抱紧。

恋爱的时光是傻气，傻到说尽了爱里的傻话，盼着人世无生离，或许只有死亡才能把他们分开。

可是后来，又是怎样离散了呢？是朝夕相处的办公室生涯耗尽了热情？是工作与情爱纠缠在一起没有了缝隙？如同每一对职场情侣一般，无声无息又不动声色地，轻易放开了手。

是真的轻易。

比起那些时候，总是依靠在一起，他死死抓着她的手，连抱着她坐在海边沉沉睡去时也不肯放开。她在夜色星光下看着他熟睡的面庞，轻轻抚摸他嘴唇的棱角，拥吻着他。若她想起身，他也不肯放手。

那样情意深重，还是分开了。

成年人的分手，多半理智、克制而且过于礼节满满。生怕一言一行的不得体，让往后的记忆里都落下了深爱过的把柄与难堪。

离开时，都恨不得说，没事没事，我并无怎样爱过你，你并没有那样伤害我，我也不想伤害你。好聚好散，再见亦是朋友。

可是谁都知道，是不会再见的了。

她很快申请调动工作，逃离开有他的生活，辗转去上海、北京，渐渐在香港和上海之间频繁往来。

她也以为自己不记得了。完全隔离的生活，屏蔽掉朋友圈，就是屏蔽掉近在咫尺的生活，从此远隔千山，遥离万水。

唯有每次在香港工作的间隙，在这个城市还未完全清醒的时间。几乎是每次他对她说"早安"的时间，她乘几站地铁，从中环到佐敦，舍下中环大街小巷的云吞面点、烧鹅濑粉，甚至是老铺子的早茶，丢开尖沙咀的热闹纷呈，拐进西贡街的小巷，默默坐下，独自点一份及第粥，一份滑鸡粥，加一个鲍鱼。

那是她所有无处可诉的念想。浅浅的维多利亚港湾倾倒不下，小小的天星小轮承载不动，拥挤的地下铁也早无了缝隙可塞。

他们不提爱过，也许没有人想记得，那一段短暂的爱过，也许根本不愿一提。

这是十年。

她照例坐下，点完粥，伙计已经有点点认识她。每次都是一个人，坐在角落，一个人吃完两碗满满的热气腾腾的粥。

她扭过头，在尚未完全睡醒的蒙眬里，忽然全然醒了过来，她分明听见是他的声音，点了一份及第粥，一份滑鸡粥，加一个鲍鱼。

伙计笑吟吟地招呼："不要菜心和油条啊？喝什么？冻柠檬少糖？"

他朗声道："谢啦。都不需要，就是喝粥。"

她在身侧的镜子里看见他的背影。

他微微长出的白发，他瘦削的背影，根本无须一秒钟的辨认，她就能说出，白发长在了哪里，他的身形，是如何被岁月压得稍稍低了一寸。

那一刻，她非常想哭。可是居然没有眼泪，只盼着点的粥快点儿快点儿来呀。让那温热，抚平她心底久别不敢重逢的不安与悸动。

是啊，如何敢重逢呢？如何敢言语，是说好久不见，还是尴尬地点头微笑迅速说再见，还是如那窄小的店铺里幽幽唱着的一般，"为何我却偏偏喜欢你"。

她终究没有言语，唯有在伙计迅速送上的热粥里，与他背对着背，默默地，默默地，饮尽那份一模一样的粥，那一点记得，那一点，他们爱过的痕迹。

# 如影随形

没有人会想到，在后疫情时代，我会得了双向情感障碍。

起初只是越来越不愿意出去，反正是冬天，畏惧寒冷不愿出门也是寻常。况且疫情的消息起起伏伏，不出门也是好事。

带着母亲和孩子去腾冲过年，和最要好的闺蜜，我们已经是第三年一起过年了，几大家子热热闹闹的。腾冲有孩子最向往的高黎贡山和温泉，温泉对母亲的身体有益，天气也好，温暖如春，不用在杭州受寒。因为我懒，以前要转机，总不肯去，现在有了直飞，方便许多，想了想就去了。也还是因为懒，贪图方便，订的是房间就带温泉的酒店。泡泡温泉吃吃西瓜，不要太适意。

发觉不太对劲的是我闺蜜，起初我也懒，但对泡温泉是很起劲的。前几年我们都在日本泡着温泉过年，我带着她的两个女儿，一日几泡，还不远路遥地走路去泡露天汤。可是今年，温泉就在卧室门外，我宁可坐在边上看着，都懒怠下水，大有夏天那时候带了泳衣却不下泳池的气势。然后我亦不肯出门去任何景点，因为出门前就没怎么愿意收拾行李，只胡乱带了一两件外套，哪怕是母亲和孩子都去，我都托付给了闺蜜陪着，自己闷在房间里，宁可独处，也不起身离开房间半步。

吃饭是到了非吃不可的地步才吃，实在不可拂了情面，叫众人等待。

转机与延误都是寻常事，但在我都变得无比焦虑，不想说话，不想和任何人说话。

思诺思于我的睡眠已经毫无用处，增量到三颗、四颗，我还是无法入眠……

回到家，我连行李都无法再收拾，丢在那里，连卧室门都不大愿意出去，母亲做好的饭菜亦懒怠吃。每天叫同一个外卖，蟹肉牛油果生菜沙拉，浇上油醋汁，一天就吃这个一样，吃上两三个月都不厌倦。

我只得求助我的医生同学。

幸好，我不讳疾忌医。

幸好，我积极寻求治疗。

我在短期内懂得了许多药物的名称：启维、妥泰、心达悦、美时玉、思瑞康……

不断地用药，试药、换药，强烈的副作用带来身体的紊乱，内分泌失调，时不时浑身冷汗，头痛欲裂，身体颤抖，严重时别说连车都开不了，连走路都双腿发颤……我不想年迈的母亲看清我这个样子，只好假借说睡觉裹在被子里，汗湿了睡衣和被子，体重亦是在药物作用下激增，即使吃不下什么东西，也是一日一斤地增重，一月重了三十斤，比我临产前还胖，所有的衣物都穿不下去，手脚都水肿着，鞋子也穿不下去，才被母亲发觉我的不妥。

药物的作用让我一直昏昏沉沉地睡着，她并不喜欢我这样睡，一直念叨着要是上班了老是这样贪睡该怎么办？我懂得的，她一直觉得我做个正常上下班的老师，管着孩子的学习就好，写作是有空暇时可有可无的事。

我很难跟她说明白什么是双向情感障碍，就像我也不懂，我的身体里怎么会藏了两个小人，一个会突然激怒气喘胸闷，一个会抑郁伤感沉闷。我只能慢慢地解释，我的种种难受的症状。

具体到详细的症状，母亲是可以理解的，但综合所述，她不明白。就像所有人都会问，你什么都有啊，有什么可抑郁不满的呢？

她觉得，每样都可以解决的。

比如，不想出门，就坚持出门好了啊。

想睡觉，忍耐住，多做点家务或者去上班，忍一忍就过去了。

发胖，那就多做家务多运动就好了。

抑郁症，那就多管管孩子，忙了就不抑郁了。

我……

我根本无言以对。

鲁迅说过，人类的悲喜并不相通。即便亲如母女也是一样。

可是话说转回来，我那么爱她，她那么爱我，我又为什么要她感知我的痛苦呢？

直到她有一天发觉真正不对劲了的两件事。

第一，我很久没在淘宝买东西，家里许久没收到快递了。

第二，整个春天，我一步都没走到楼下，去照顾那些我爱如性命的月季花，给它们浇水、施肥、除草、喷药。而春天，是最该施肥的时候，别人家的月季都开了，我家的月季只是含苞，总是开不了。那是因为我一次都懒得去施肥，任由杂草满长，和月季争夺肥料。至于浇水，天要下雨就算了，我是一滴水都没去浇过。

然后母亲才真正觉得我病了。

大人如此后知后觉，反倒是我的儿子是最敏锐的。小小的一个人儿，常与我在一起，我上课，他也上课，我放假他也放假，我们娘儿俩大致地步调相同，他倒能最先觉察出我的不妥。因为夜里无眠，我剩下的活儿除了反复给他把踢开的被子掖上，就是枯坐着写写东西。到后来请了病假，实在不能上课了，日日在家休息，他大约失去了安全感，很是彷徨，常去我以前的办公室寻我，寻不见，回到家做作业就要我坐在小板凳上，陪坐在他身边。

以前不是这样的，他做四十分钟的作业，休息十分钟，我进去给他喝水吃点东西，顺便检查作业。现在不行，他一分钟都不可以让我离开，若我起身去喝水、吃晚饭或是去洗手间，他就一动不动，一字不写，或者在你的遥声催促下敷衍一两个字，毫无效率可言。

他的黏，大大加深了我的焦虑。我像是被捆绑在了他身上，他不许我离开，而我只想躺下休息，休息，休息……

这样的磨蹭陪写作业对谁都无益，但我心知他是在怕。于是我慢慢地一点一点告诉他，妈妈头痛，我拉着他的小手让他摸我额头的冷汗，让他感知冷汗和热汗是不一样的，冷汗是因为妈妈在生病，我给他看我发抖时手臂上起的鸡皮疙瘩，他明白了，妈妈在生病，妈妈需要吃了药睡觉，和他小时候生病发烧吃了药睡觉一样。

他终于容我去睡一睡了，在他独自写作业的时候。

于是很多时候，我管不了他的作业了，大概是这样的"为母力"下降，他的成绩一度起伏得很厉害，而我在药物的影响下，心态也变得无比佛系，无论他做题错得多离奇古怪，我都一笑置之。

于是地，他不紧张了，我也不紧张了。

好像我的病，也带来了一点好处，他对待考试，不像上学期那么紧张，一定要要求自己非98不可了，也不和同学比成绩了。因为他的妈妈根本也没什么兴趣知道，只会看看他的试卷错在哪里，勉强有力气跟他分析下试卷就又倒下了。

塞翁失马，焉知非福。

我们都能很平淡地看待考试这回事，尽力，尽力就好了嘛。谁知道哪天，他又会出其不意给我来个高分，给我惊喜一下，反正就跟过山车似的，才一年级，我们都惯了。

他也习惯于反过来照顾我，每个周末他先起身，替我掖好被子，自己蹑手蹑脚洗漱完毕，尽量不发出声音，关上门去到客厅喝水，吃外婆做好的早餐，再回到自己的书桌那里，开始做我前一晚就布置给他的口算和练字。做完之后，他开始画画、搭积木，再来悄无声息地隙开一条缝，走过来亲我一下，看看如果我还没醒，就再度关上卧室门，提醒家人轻一点，不要发出响动，他就可以趁我睡懒觉的时间，很适意地看一会儿电视——对，尽量把声音调小。

于是我满足地睡着，他也满足地看了会儿电视，我们都平衡了。然后就等着我醒来，整个下午陪他读英语、做各种练习，然后陪他午睡，就像他小时候一样。

他是爱我的，我是爱他的。

做母子，相处也有磨合期。尤其是幼升小的一年。

他的老师告诉我，他很上进，也很脆弱，他真的很在意你快乐不快乐，在意你的一个笑容一个眼神。

哦，我的孩子，我不希望你那么早成为一个学会察言观色的孩子。可是真的是你，照顾我比我照顾你更多。

这个疫情时代，许许多多的事在改变，本就颠覆了我以往的认知。

我在巨大而缓慢的静默里，有了许许多多空白的时间来钝钝地念想，那只是念想，而不是钻牛角尖，我根本没有钻牛角尖的力气，连一条条看朋友圈，都觉得乏力无比。

我只能静静地感受身边最近的人与事。

这样也是好的。世界变得很小，感受却可以很真。

从前，我绝不相信，两地相隔许多时候依然能无惧相爱，情意只会深，不会浅。谁若告诉我，我一定以为他是痴人说梦。

我也从不相信，爱了许多年的人，会突然说不爱就不爱，真真正正是完全没有了感觉，全然忘却了，是哪一年哪一天，曾经爱过这个人，是真的认识这个人么？

爱情，我其实也并不了解什么是爱情。

一介凡人，看到的也不过是爱情千变万化里的星星点点，昙花一现。

我在抑郁和沉默里，反倒相信了爱情来与去的真实，生命倏忽地到来又离开，让人猝不及防地欢喜和悲伤。

我们不过是一介凡人，没有能力去抵抗时间轰隆的无常，所能做的，不过是在长久的岁月里，记录下涓滴琐碎的小小欢悦，在偶尔绵长的悲伤里让自己记得，曾经那样快乐过，值得永远不忘，一生不枉。如影随形般跟着你。

这就是我小小的久悦记。

在这两年疾病和疫情的兵荒马乱里依然会安静地听到一首歌，执着地相信：谁说我们不能在一起？

## 图书在版编目（CIP）数据

久悦记 / 流潋紫著 . -- 北京：作家出版社，2021.10
ISBN 978 - 7 - 5212 - 1497 - 0

Ⅰ . ①久… Ⅱ . ①流… Ⅲ . ①散文集 – 中国 – 当代
②中篇小说 – 小说集 – 中国 – 当代③短篇小说 – 小说集 –
中国 – 当代 Ⅳ . ①I217.2

中国版本图书馆 CIP 数据核字（2021）第 143861 号

## 久悦记

作 者：流潋紫
责任编辑：袁艺方 卓尔文
装帧设计：棱角视觉
特约设计：雨 辰
封面插画：张秋娱
出版发行：作家出版社有限公司
社 址：北京农展馆南里 10 号 邮 编：100125
电话传真：86 - 10 - 65067186（发行中心及邮购部）
86 - 10 - 65004079（总编室）
E – mail: zuojia@zuojia. net. cn
http: // www.zuojiachubanshe.com
印 刷：北京盛通印刷股份有限公司
成品尺寸：142 × 210
字 数：250 千
印 张：13.75
版 次：2021 年 10 月第 1 版
印 次：2021 年 10 月第 1 次印刷
ISBN 978 - 7 - 5212 - 1497 - 0
定 价：68.00 元